王

谢

王征宇 著

广西师范大学出版社
· 桂 林 ·

天下合久必分，分久必合。三国归晋后，晋祚并未延续多久，便发生了"八王之乱"，后遇上匈奴、鲜卑、羯、氐、羌等胡族和一些汉族豪强建立割据政权，北方大乱，历史进入十六国时期。

司马睿是司马懿的曾孙，十五岁继承父亲爵位为琅琊王，结交琅琊郡的大世族王导。王导见西晋天下大乱，便辅佐司马睿出镇建邺，在相对安定的江东建立"根据地"。随后大批北方士族为避战乱南渡而来，司马睿安置并重用他们，王导乘机联络南方士族，在南北世家大族的合力拥护下，东晋于三一七年建立，司马睿于三一八年正式称帝，是为晋元帝。

目录

第一章

拾书归还　王谢初见

咸和二年（327 年）春天，东晋立国十年，都城建康（今江苏省南京市）一派欢乐祥和的生活景象。秦淮河边春风荡漾，桃红柳绿；秦淮河上碧波粼粼，舟船来来往往，徐徐奔向远方。建康城里阳光普照，远处炊烟袅袅，近处马车、牛车不断行驶而过，行人悠闲地去集市采买，叫卖声此起彼伏。大街上，有时会走过一列守城戍卫，进行交替换岗，有时急速驶过几个骑兵，或许有边疆急报赶着去官衙报信。

晋元帝司马睿定都时，把建邺改名为建康，一直沿用东吴旧城，后命丞相王导在原有基础上扩建城池，砌筑砖墙替换原来的土墙。经王导扩建后的建康城，东西南北各四十里，城墙高耸，南拥秦淮，北倚后湖，西临长江。城四周有石头城、西州城、东府城、白下城、南琅琊郡城等众城围绕。

此后建康城又多次扩建，宫城东移，都城南面正门为宣阳门，再往南五里为朱雀门，城中有跨越秦淮河的浮桥——朱雀桁，可直抵用以祭天的南郊，形成正对宫城正门、正殿的全城南北轴线。建康宫处在中轴线中心位置，壮丽巍峨，殿阁崇伟。

宣阳门至朱雀门之间的五里御道两侧布置着官署府寺，中书省、尚书台、门下省、秘书省等一字排开；南端临秦淮河左右分建太庙、太社；居住里巷则主要分布在御道两侧和秦淮河畔。秦淮河两岸居住着众多高门大族，其中有一条巷子集中居住了东晋朝的高门大族，这条巷子就是闻名于后世的乌衣巷。

乌衣巷位于秦淮河南岸，曾是三国时期吴国戍守部队的营房所在地，因为当时军士都穿黑色制服，后来就以"乌衣"作为巷名。乌衣巷离建康宫不远，居闹市而清雅，虽繁华却不流俗。高门大户争相落户于此，缘于丞相王导率领的琅琊王氏在乌衣巷建府，王门子孙便于此地开枝散叶。

名门望族琅琊王氏，系簪缨世家，自西汉大臣王吉徙家于琅琊国临沂县（今山东省临沂市）后，其子孙繁衍生息长达四百年，以郡望为名，称为琅琊王氏，其后代大多出仕为官，成为当地高风亮节的世家大族。至魏晋时期，王导的伯祖王祥因"卧冰求鲤"被列为"二十四孝"之一，位至司空和太保，在三公之上，为琅琊王氏在乱世中迅速崛起打下了坚实基础。

而王导正是西晋光禄大夫王览之孙，王览和王祥是亲兄弟。时序到了西晋末年，中原大地战火连天，琅琊王氏千余人在王导率领下自临沂举族迁居建康。南渡之后，因对故乡的思念，琅琊王氏一直以北方故地作为家族的称呼。

王导与琅琊王司马睿是发小，素来友善。永嘉元年（307

年），司马睿听从王导的建议，出镇建邺，王导相随南渡，安抚南渡的北方士族，联络作为土著的南方士族，并联合手握重兵的从弟王敦，最终帮助司马睿建立了东晋。建武二年（318年），晋元帝司马睿登基并改元太兴，任命王导为丞相。

乌衣巷因王导居住于此，成为当时的天下第一巷，人人都以和王家为邻而荣。乌衣巷内，豪门华堂，鳞次栉比，闻达天下。从乌衣巷走出的子弟，时人皆称"乌衣子弟"，那是集富贵、荣耀和显赫门第于一身的象征。京城人无不羡慕生活在乌衣巷的少年郎。

这一天，一位身长八尺、仪表堂堂、气度非凡的"乌衣子弟"从官衙下值回家。他正是王导的从侄，年二十又四，长得英俊潇洒，人称"长而美白"的王公子王羲之（字逸少）。王公子写得一手好书法，在秘书省任职秘书郎，掌管图书经籍，校写各类文书。

这天王公子匆匆归来，宽大袍袖里藏着一幅书帖，是他刚刚找到的东汉蔡邕"飞白书"真迹，他想回府摹写练习。

随着一阵清脆的铃声，一辆漂亮的牛车停在了乌衣巷王氏府门前，这王氏府延绵好几里地，台阶高高，正大门上方挂着一块府匾——琅琊王氏。两扇乌黑发亮的大门徐徐打开，散发着独特的世族大家气场。

王羲之兴冲冲跨上台阶，前脚就要跨门而入时，后面响起一个稚嫩的童声："阿兄请留步，这是否是您的书帖？"王羲之转身望去，只见一个七八岁样子、眉清目秀的小儿郎正举着他的宝贝书帖寻问他。

王羲之走下台阶，一边摸索着自己的袍袖，一边朝儿郎走去："正是正是，你在哪里拾得？"儿郎见他过来，低头作揖，不慌不忙递上书帖，回道："我刚看见它从阿兄袍袖里掉出，便从地上捡起来，喊住了您。"

"原来如此！正是我的书帖。"王羲之接过，但仔细打量起这个骨骼清奇、雅致俊逸的小儿郎，问道："你是谁家儿郎？请问尊姓大名？""在下是陈郡谢氏的谢安，就住在您府上隔壁！"顺着儿郎所指的方向看去，王羲之发现正是与王氏府比肩为邻的陈郡谢氏府。

"在下琅琊王氏王羲之，字逸少，谢过谢小郎君！"王羲之也回了个揖礼。小郎君再作揖，彬彬有礼道："久闻阿兄大名，在下见过逸少兄！"

王羲之心里有些好奇，他十一岁那年跟随叔父王廙从遥远的临沂搬迁至建康，已在京城生活了十余年，这里的邻里小伙伴他都熟悉，何时突然多了一个如此俊美的小儿郎？

"可我从来没见过你。"王羲之向谢安投去好奇的目光。小郎君不慌不忙地回答道："逸少兄，我以前生活在会稽郡始宁县东山上，前些天我第一次随我阿母来这里，我阿父说让我来京师见见世面，拜师读书。"

"原来如此！尊君可是太常卿谢幼儒（谢裒的字）谢大人，您从兄谢仁祖（谢尚的字）世袭他先父的咸亭侯，和我是好友，仁祖还是我家叔父王丞相的司徒掾属。"王羲之似乎对一切了如指掌，笑眯眯地看着这个比自己小好多的儿郎，随即又说道："小郎君，此地说话不便，为表谢意，可否去我府上一叙？"

能被邀请去琅琊王氏府上，那是多少人梦寐以求的事。谢安小郎君却不亢不卑地回道："谢谢阿兄，今日天色已晚，我得回家了，以免母亲大人记挂，您也辛苦一天要回府休息，在下择日登门拜访，如此可好？"

王羲之见过很多知书达理的儿郎，但没见过有如此懂事的，他上前一步，作揖道："好，明天下午申时，我在这里等你，不见不散！"

第二天下午，谢安小郎君依约来到王府，王公子早就在大门口迎他。

跨过王府的高门槛，豁然开朗，里面好大一片庭院建筑，亭台楼阁，鱼池回廊，草木森森，花丛锦绣，曲径通幽处散落着一处处小院落。

王羲之住着一个单独的院子，谢安进去后看到一个很大的水池，与别处不同的是这个水池颜色呈墨色，一看便知道这是王羲之洗笔的地方。

进得厅堂，出来一位婉雅俏丽的女子，梳着坠马髻，穿着素色襦裙，细心地为谢安引路，王羲之笑呵呵地说道："来，见过你嫂子！"谢安连忙回身作揖道："嫂夫人福寿安康！"

夫人低下身回了个福礼，这位女子正是王羲之新婚妻子郗璿（字子房）。她可是当朝太尉郗鉴的千金，谢安听从兄说起过王羲之"东床坦腹"的故事。

谢安看着眼前这位亲切温婉的大姊，心里甚是温暖。

王羲之径直把谢安引到自己的书房，书房里堆着各种书家名帖，也放着王羲之自己写的各种帖子，谢安目不暇接，王羲之开口道："谢安小郎君，为了表示对你拾书帖而不昧的感谢，我想送个礼物给你，这书房里有的没有的，你尽管开口！"

谢安慢悠悠地在书房里欣赏了一遍，才缓缓开口道："阿兄，我不需要奖励，这是我应该做的！""哦！"王羲之饶有兴趣地看着这位小郎君。

谢安接着说："承蒙阿兄看得起，邀请我来府上大开眼界。久闻阿兄书名，假如阿兄不嫌弃小弟的话，小弟愿意拜您为师，从此好好学书！""当真想学？"王羲之哈哈大笑，"来，写几个字让我瞧瞧！"

于是摊开笔墨纸张，谢安不慌不忙地写了起来，写完起身，王羲之端详了一会儿，说道："小郎君结字和笔法虽然还没最终成形，但自有一种寄情山林、自发淡古的意味，孺子可教也！""逸少兄，收我做徒儿吧！""收了！"

书房里传来阵阵笑声，郗璇在外间感到奇怪，王郎整日沉湎于学书，平时不怎么爱说笑，今天怎么会和一个黄口小儿谈得如此投缘。过了一会儿，她听王羲之出来传话："快到晚膳时间了，我们留小郎君一起用膳吧！"

谢安觉得很不好意思，想起身告辞，但被王羲之挽留："不必担心，事先没和你打招呼，这会儿我已让管家通知你家从兄谢仁祖了，他等下也一起过来，用过晚膳，你可以随从兄一起回府！"

谢安作揖道："谢过阿兄！"王羲之说："不谢，今晚我们王氏府夜宴，等下你还可以见到我叔父王丞相！"

"这……小弟做梦也想不到如此荣幸！"谢安第一次来京城就这么好运。

第二章 王府夜宴　拜师学书

是夜，王府前厅灯火通明，烹饪精美、陈设雅致的晚宴即将开始。按规矩，男主人们在前厅围坐一圈，女主人们在后厅围坐一圈，每人一张案几，在几前安坐享用。咸亭侯谢尚带着爽朗的笑声走了进来，一进来就和好朋友王羲之互相作揖，他道："逸少兄，没想到我今日能参加此宴，竟是沾了我从弟之光啊！"

王羲之也笑道："谁让老弟你一直藏着这么有气度的小弟，不给我们认识机会，今日你来的确只是沾光而已！"

说话间，王家的兄弟子侄都差不多进来了，大家互相寒暄，依次落座，只见他们个个头戴笼冠，身着褒衣博带，气度非凡。

不一会儿，只听仆人们一阵急促的脚步声后，管家们簇拥着一位长者进来。长者年五十有余，风姿弘远，嗓音洪亮，文雅中透着威严，众子侄皆起身致礼。不用介绍，谢安便知道这就是王导丞相了。王丞相在繁忙的政务之余常常不忘教导王家

八

子弟，而一起用膳正是两代人最好的交流机会。

王丞相进来后，落座于首席，与众子侄面面相对。他发现今日多了两位邻家子弟，并不惊讶，也许下人事先禀报过，他只是笑呵呵地问道："今日给客人们准备了什么拿手菜啊？"管家回禀道："今日大菜是洛京名菜牛心炙。"

王丞相当下就打开了话匣子："牛心炙，好菜啊！想当年逸少长嫂的伯父周伯仁宴客，逸少随我赴宴，他那个时候才十四五岁的样子，自然敬陪末座。伯仁当时是右长史，也是人物品鉴专家，经他品评的人物可谓前途无量。那时他家也上了这道'牛心炙'。一般吃这道菜，主人按例须先敬席上最重要的宾客，然而，伯仁一反常理，将烤炙好的牛心切下一块，先送到末席王逸少的案上。他说，这位少年乃是当年为大晋救壶关的王旷之子，你们可别忘了这是忠烈之后啊！结果满堂皆惊，王逸少自小虽然话语不多，可是才华显现，旷达飘逸，从此世人对逸少是刮目相看哪！"

众子弟听了都啧啧赞叹起来，王羲之有些不好意思，起身向王丞相作揖道："多谢叔父大人提携，说起我当年这段佳话。今日我带来了两位陈郡谢氏的兄弟，等会儿请叔父大人予以品评。"

"哦！"王丞相饶有兴趣地看着两位谢家子弟。在朝堂上，王丞相是一个非常温和的人，他常常笑而不语，很少有发怒或一脸严肃的时候。如今回到家里，王丞相似乎更加放松，眼里满是慈祥。

这时谢仁祖早就按捺不住激动的心情，从座位上站了起来，给大家一个亮相。结果，众人都哈哈大笑起来，因为这天谢仁祖穿着一条大花裤子，大大咧咧从座位上起身行礼。王丞相很早就认识谢尚，知道他是豫章太守谢鲲之子，小时候就被称为"再世颜回"，但坊间一直传说这位谢公子喜欢穿花里胡哨的服装，以示时尚典范，今日果然不改旧日习气。

但是人不可貌相，在谢仁祖的父亲谢鲲去世后，丹阳尹、太子师温峤来谢家吊唁，当时才十余岁的谢尚号啕大哭，哀伤至极，之后擦干眼泪诉说经过，言谈举止异于平常的孩童，温峤十分看重他，还把此事告诉了王丞相。王导十分爱才，后来就找谢尚做了属官。

王丞相见众人哄笑，便对谢尚说："仁祖会跳'鸲鹆舞'，在座诸位都想一睹风采，不知可否满足众人意愿，为晚宴助兴？"

谢仁祖起身应诺，整理了一下头巾，翩翩起舞。一时间，他俯仰摇动，优美欢快的节奏引得众人一致叫好，有的子弟还跟随谢仁祖一起舞动起来，王丞相一边为他拊掌击节，一边开怀大笑。一曲舞毕，王丞相说："仁祖率性任意，不拘细节，不做流俗之事，好！堪比前朝名士王戎。"

王戎是魏晋竹林七贤之一，也出身琅琊王氏。谢仁祖能得到如此评价，相当不俗。王丞相接着说："仁祖将来可当大任！"仁祖连忙上前谢过丞相，有丞相这句话，再加上典籍官的现场采写，谢尚未来的仕途肯定差不到哪里去了。

谢尚亮相完毕，大家把目光转向了谢安。只见谢安不紧不慢地起身，说道："我是太常卿谢幼儒之子，因结识逸少兄，今日得以拜见丞相大人，和王家众兄弟相见，获得如此厚待乃谢家子弟三生有幸，小弟感佩之至！"说话间口齿伶俐，神态自若，一点也不像是刚来建康都城的乡下孩童。

"你又有什么拿手好戏？"王家众子侄见是个儿郎，便起哄道。

谢安一听不慌不忙道："我给大家吟唱《道德经》开首段。"大家连说好，谢安就吟唱起来："道可道，非常道；名可名，非常名。无名，天地之始，有名，万物之母。故常无欲，以观其妙，常有欲，以观其徼。此两者，同出而异名，同谓之玄，玄之又玄，众妙之门……"稚嫩的声音美妙悦耳，听之余音绕梁，似幻似真。

王丞相不觉感叹道："谢小郎君神态沉着，思维敏捷，风度条畅，将来前程亦不可估量！"说毕，王丞相沉吟片刻，将烤炙好的第一份牛心亲自送到谢安案上，并说道："今日我也来学学周伯仁。"众人皆拊掌称赞。

王羲之见状后非常开心，说："我王家和谢家子弟交好，这事得到叔父大人首肯，我们会世代和好下去的！"

王丞相接着王羲之的话说道："无论是谢家士子还是王家士子，抑或是别的世家大族子弟，我们都该立下宏愿，以收复中原故土为己任，以大晋苍生百姓安居乐业为大业，勠力王室，克复神州，成为我朝有为士子、国家栋梁！"

"勠力王室，克复神州"这句话就这样深深印进了小谢安的心里。

　　小谢安成了王羲之的徒儿，每隔几日就去逸少兄书房报到。王羲之也教得十分上心，甚至还和他分享起他小时候姨母卫夫人教他学书的经验。

　　"来，谢小郎君，请看！这就是卫夫人写的《笔阵图》。"王羲之指点着书中的要点，耐心地教导起来，一如当年卫夫人之教导："横，要如同千里阵云，隐隐然，看似无形，实则有形；点，要如高山坠石，磕然如同山裂石崩之响；撇，要如利剑斩断犀牛角和象牙一样有力；折，要如百钧之力弩发，强劲有力；竖，要像万年枯藤一样苍劲雄强；捺，要如崩浪奔雷，气势非凡；横折钩，要像强劲的弩、坚挺的筋节……"

　　谢安听得津津有味。王羲之又告诉他，练书还在于自己悟道，他在得到姨母真传后，又跟从叔父王廙学书，加之不断苦练，最终总结了一套自己的经验，创新了笔法。每每展开一张纸，他以纸为阵，以笔为刀，以墨为甲，以砚为城，以心为将，以结构为谋略，用笔有吉凶，出入为号令，屈折为杀伐，兵来将挡，水来土掩，慢慢开创了他自己独特的王字妍美书风，飘逸而流美，清新又脱俗。

　　可以说，王羲之的青少年就是在笔墨纸砚中度过的。他练字练坏的毛笔，堆在一起成了一座"笔山"，他家的小水池也慢慢变成了"墨池"。王羲之习字，无论休息还是走路，心里总是想着字体的结构，揣摩字的架子和气势，而且不停地用手指头在衣襟上比划，时间久了，连身上的衣服也划破了。有一天，他在书房聚精会神地练字，连用膳都忘了。仆人送来他爱吃的蒜泥和馒头，他却埋头写字没工夫吃，等到母亲和仆妇进来时，看见王羲之正拿着一个蘸满墨汁的馒头往嘴里送，弄得满嘴乌黑，她们忍不住都笑了。

经过十多年的苦练，王羲之的书法终于超越了姨母和从叔父，声名远扬。

这一天，谢安去书房，见王羲之正埋头在一块块木板上写字，寻问后才知道逸少兄今日得了御差——晋成帝司马衍要去北郊祭祀，他命书法天才王羲之给朝廷书写"祝版"。祝版上的话无非就是祈求国泰民安、五谷丰登之类，但是字写得好不好关乎皇家颜面。

谢安刚想说我明日再来，就被王羲之挽留道："无妨！我写好了，可以交差了！"

第二天，建康城里流传起一个故事，大意就是：王羲之写祝词，直接写到木板上，写完再由工匠雕刻出来，祝版才能算是正式完成。工匠在那块木板上削了好半天，也没能把王羲之原来的字迹刮掉。匠人拿起祝版仔细一看，大吃一惊，连声赞叹。原来，王羲之写的每个字都渗入木头三分多，好像刀刻进去一般，哪里能轻易刮掉呢！工匠不禁赞叹说："王逸少的字，真是入木三分哪！"

第三章 新亭之问　冶城遇变

又过几日，王羲之对谢安说："谢小郎君，今日天气好，我带你去新亭郊游。"谢安当即欢欣雀跃地说："阿兄安排甚好！"

于是两人乘坐牛车来到了江边的新亭。新亭位于建康城西南交通要道，濒临长江，位置险要，一直是重要的军事堡垒和守城门户。而此地风光奇特旖旎，也是一处绝佳的风景名胜。想当年许多南渡而来的士人就曾相约在这里赏景喝酒，抒发对中原的思念之情。

长江边上有一个新亭码头，船和人在这里来来往往，交汇融合。这时已是暮春之日，只见遥远的天际与江面连成一线，云层洒着金色的光线，被风四处吹散，翻滚着奔向远方。

一艘接一艘的大船自江北驶来，船停靠码头后，一个个峨冠博带、衣袂飘飘的北方士人从船上下来，他们神色凝重，忧心忡忡，后面跟随着一家老小和成百上千的族人，一时之间，船码头上人头攒动，宛若黑云压阵。

看到这个场景，谢安问道："阿兄，这里每天都这样吗？"
王羲之对谢安说："我十一岁的时候就是这样渡江而来的。一晃
十多年过去了，现如今还是不断有士族举家从北方而来，你知
道他们为什么要背井离乡来到这里吗？"

谢安一脸茫然地摇摇头，出生在会稽始宁东山上的他一生
下来就已身在江东，虽然父辈和兄长也曾多次和他讲起老家在
陈郡阳夏（今河南省太康县），他们也是西晋末年跟随晋元帝司
马睿渡江而来的最早一批士族，可是他至今也不是很明白当年
究竟发生了什么，以至于那么多大家族纷纷南迁。

王羲之默默地看向新亭码头上的人群，脑海里依稀闪现
十一岁那年随琅琊王氏家族从临沂举家南渡而来的情景，一路
上舟车劳顿，甚至有几个老弱之人病死途中。他的眼里闪过无
奈和哀伤，缓缓说道："西晋末年，司马皇族的八位王子因争夺
皇位相互残杀，发生了不堪回首的祸乱，而晋室的分崩离析让
本就虎视眈眈的塞外游牧民族趁火打劫，入主中原。此后，匈
奴、鲜卑、羯、羌、氐等胡人大部落陆续在北方建立政权。因
为战乱，中原北方士族和大量百姓有的命丧黄泉，有的失去家
园，有的妻离子散，他们纷纷逃离故土。那时只有江东这片土
地还没有受到祸害，从永嘉元年起，晋元帝在我从叔父王丞相
等人的协助下，避乱南渡，以此天险之地为都城继续了晋室，
登基称帝，开创了一个新的时代。然而，避乱南渡，实乃华夏
之痛。后来，这些南迁的北方士族和民众被称为'侨人'，晋元
帝采纳我叔父的建议，安置侨民，设置了大量的侨州、侨郡、

侨县。如此，你我后辈才得以在这里安居乐业。"

"既然是避乱南渡，那这些人为什么还要穿戴得这么整齐？"谢安偏着小脑袋问道。

"衣冠虽为服饰，却是我们中原文明的象征。你看，这些士人虽然在逃难路上，但是他们依然衣冠楚楚，讲究风度，士可杀，不可辱，衣冠楚楚乃真君子也。只是，我们何时才能收复中原，回到故地？唉……"王羲之发出了一声长长的叹息，看着滚滚长江东逝水，无尽伤感，这一切都落入小谢安的眼帘。

谢安又偏着小脑袋问道："阿兄，您为什么懂得那么多？"王羲之低下头，认真地看了一眼谢安，说道："因为经历，经历是人生的导师，也许你长大后会比我经历得更多，你就会比我懂得更多！"他看了一眼远方，说道："如果有一天，我们王谢子弟有足够的能力回到中原故土，一定要回老家看看！"

谢安凝望着遥远的长江天际线，想象着老家的样子……

过了些日子，这天秋高气爽，王羲之又约谢安一起登冶城。冶城是春秋末年吴王夫差在金陵城西边筑起的一座冶炼兵器的土城。春秋战国时期吴越争霸，最初越国战败，但是越王勾践卧薪尝胆，经过十年生聚，十年教训，最终灭掉吴国，越国在占领吴国领地后，在金陵城修筑越城，冶城也随之换了主人。再后来冶城不断变换城旗，真可谓山河依旧，无限沧桑在尽头。

登上冶城的高台后，王羲之极目远眺，历史兴衰感在心中起伏万千。谢安说："阿兄，这里真是好地方，能一眼看到建康城全景！"

"是啊，很久以前，我的另一位从叔父王敦曾带我到过这里，他说让我看看这建康城的全景，就会明白山河有多辽阔，我们心胸就该有多开阔！""你父亲大人和从叔父大人他们现在都在哪儿啊？""在天上！"王羲之不知道为什么，自从认识了谢安，他不自觉地对一个七八岁的小孩敞开了心扉，也许这就是缘分。

其实在建康城里，王羲之没有多少同龄朋友。自永嘉元年起，北方战乱伊始，琅琊王氏一千余族人陆陆续续随司马睿南渡至建康。他的父亲王旷镇守淮南，与总督江东的琅琊王司马睿是姨表兄弟，而王导、王敦也都是辅佐司马睿的得力干将。实际上最早提出南渡计划的人正是王旷。

"八王"之一的东海王司马越入主洛阳后，匈奴人攻击上党（今山西省长治市），司马越命令司马睿派王旷率三万兵士去救壶关。王旷是西晋末世少数几个想力挽狂澜的人，在部下都不看好形势的情况下，他带着满腔救国热忱千里驰援上党，在离壶关五十公里处的高平，也就是战国"长平之战"的所在之地，迎来了他与匈奴人的最后决战，结果王家军全军覆没，王旷从此下落不明。这一年王羲之才七岁。

不知为什么，王氏家族对王羲之父亲的死讳莫如深，不愿意提及，仿佛父亲的死是一件极不光彩的事，后来有人猜疑王旷投降了匈奴。

笼罩在家中的乌云让原本心态阳光的王羲之渐渐变得内向，甚至有些自卑，不愿意与人亲近，久而久之连说话都有些结巴。

幸而王羲之兄弟和母亲均由王氏族人鞠养，叔父王廙对他们照顾有加；从叔父王导非常喜欢他，把他当亲生儿子一样教养，一有空就过来教他读书写字。另一个从叔父王敦大将军虽然较忙，但对他也格外重视，在建康时常常带着他去军营视察，甚至在帐中谋事都不避讳他这个侄子。

司马睿登上帝位非常感念王导、王敦的恩情，称呼同岁的王导为"仲父"。登基大典那天，司马睿多次请丞相王导同坐御床受贺，王导再三推让道："如果太阳也和地下万物一样，那么老百姓该去哪里沐浴光辉呢？"司马睿这才作罢。然而，世人却从此演绎成了"王与马，共天下"的故事。

东晋初建的一段时间内，王导主掌朝政，王敦主掌军权，从此开启了东晋朝特有的"门阀政治"时代。然而，不甘心沦为傀儡的司马睿自有想法，他渐渐对琅琊王氏产生了不满和忧患。为了集中皇权，他开始在身边聚集起一批人才，形成了汉武帝时期的"内朝"制度，以对抗王氏兄弟，并逐渐削弱他们手中的大权。在这种情势下，不忍屈居的王敦最终打着"清君侧"的旗号，选择从武昌起兵，一举攻入了建康。这时，有人劝说司马睿立即诛杀王氏家族，一时坊间传闻四起。

一直没有表明态度的王导表现得非常痛心，率族中兄弟子侄二十多人，于每日天亮时到台阁处跪着，等待议罪领罚，并向司马睿叩首谢罪："叛臣贼子哪个朝代都有，但想不到会出在我们王氏家族中。"

王敦攻入建康后，司马睿很害怕失去好不容易得来的江东天下，于是选择了对王氏兄弟的屈服。他从皇座上走下来，拉着王导的手说："我正要托付一国之命于您，您怎能说这样的话呢？"

王敦起兵后，王导一度也认为是佞臣扰乱朝纲，同意王敦前来"清君侧"，但当那些人被杀逐以后，帝室势力退缩，王导发现王敦还想进一步夺取政权，另立他人为帝，便再也看不下去了。王导和司马睿有一起渡江的情谊，他擅长权衡利弊，作出对家族最有利的决策，于是他对王敦晓之以理，极力劝说王敦不要试图篡位。没有了自家兄弟的内应，王敦无法实现他的野心，最后只好退回武昌。

永昌二年（323 年），司马睿在忧愤中驾崩，距他在江东称帝不足五年，年仅四十七岁。司马睿临终前托付王导辅政，年轻的晋明帝司马绍继位。心有不甘的王敦以为又有机可乘，第二次起兵，由武昌移镇姑孰（今安徽省马鞍山市当涂县）。这次王导毅然决然地选择了和王敦分道扬镳，完全站在维护晋室的立场上，联合郗鉴、温峤等人予以反击。当时王敦正患病，王导率族中子弟故意为王敦发丧，大家都以为王敦已死，于是胆气倍增，斗志高昂，最后王导率军亲自讨伐王敦，王敦兵败而亡。

王导的大义灭亲和高风亮节获得了举国上下对他的无上尊敬，也保全了琅琊王氏全族人的身家性命。

王敦死的那年，王羲之二十岁，原本是从兄从弟的叔父王导和王敦因为不同政见，各持军队兵刃相见，秦淮河畔血流成河，王氏家族中追随王敦的人悉数被捕被杀。第二年叛乱平息后，王敦被剖棺戮尸。

政治是鲜血淋漓的，最后的胜利属于晋室和王导，但是自此之后，王羲之内心更加孤寂，他第一次知道权力和欲望就像双刃剑，能使亲人反目成仇。对于王丞相，他从原来的可亲到后来的又敬又怕，乃至敬而远之。王羲之对王丞相给予的扶助常常婉拒。

他时常想起不知所终的父亲和最后身败名裂的从叔父王敦，他们曾经是那样和蔼可亲，他不相信他们做了对不起天下百姓的事情，甚至还遐想着有一天父亲会回来，他们一家人得以团聚。

正当王羲之沉浸在回忆之中时，谢安指着东边的建康城城门外说："阿兄，您快看，这么多人骑马而来，他们这是要干什么？"王羲之顺着谢安所指的方向看去，只见成千上万骑兵马黑压压地从城东疾驰而来，为首的将领打着几个旗号，王羲之眯眼看去，是一个个"苏"和一个个"祖"字。

王羲之大吃一惊，他说："我们快回家吧，又要打仗了！"他拉起小谢安，飞速地下了城台，直奔乌衣巷而去。

当天晚上，城里传来消息：历阳内史苏峻发起，联合镇西将军祖约，以讨伐庾亮为名，起兵进攻建康城。

苏峻、祖约之乱源于"王敦之乱"时晋明帝引流民入卫京师之事。原来，司马睿进驻建康后，对于率众南来的流民深怀忧虑，所以命令他们只得驻留于淮河一带，不让渡过长江。王敦起兵东下时，司马绍手中无兵可以对付王敦，只能接受后任太尉郗鉴的建议，引江淮流民入卫京师，而郗鉴正是借用这支流民兵组成的强悍部队，最终得以平定"王敦之乱"。

郗鉴的部队中有两人功勋卓著，一个是苏峻，另一个是祖约。苏峻在平定"王敦之乱"后，因功劳卓著升任冠军将军、历阳内史，加散骑常侍，渐渐拥有很高威望，而且武器精良，有精兵万人，成为江北一支强大的军事力量。另一方面，祖约也曾参与讨伐王敦，并镇守寿春，防卫北方，祖约认为自己名气和资历都不在郗鉴之下，却未能成为晋明帝司马绍临终托孤的辅政大臣，所以耿耿于怀，更认为这是庾亮篡改了遗诏。

出身颍川庾氏的庾亮是司马绍的皇后庾文君之兄，司马绍驾崩后，晋成帝司马衍即位，庾太后临朝称制，庾亮便拥有了决断政事之权，颍川庾氏便成为继琅琊王氏之后又一家崛起的大族。但是庾亮执政后，一改王导的宽和政策，杀害司马宗室，大失人心。这引起苏峻、祖约不满，于是相约起兵进攻建康，庾亮大惊失色，但为时晚矣。苏峻攻入建康宫后，庾亮弃妹妹和小皇帝不顾，带着族人连夜逃出建康城。

从那天起，建康城里的百姓都不敢轻易出门，"王敦之乱"才平定没两年，又来了姓苏和姓祖的，这天下何时才能安定？第二天傍晚时分，王羲之正在家里练字，他听到一阵匆匆赶来的脚步声。原来是谢安来了。

"阿兄，我是来和您告别的，眼看又要打仗，我阿父说还是让我和阿母一起回始宁东山暂避，趁现在城里还没有戒严，我们今晚就走，等过了这段，我还会回来的！""也好，这城里要是一开打，说不定百姓就出不了城，到时连吃饭都成问题。""阿兄你一定要保重，等我回来还要向你学书，往后，我们还有大事要干，一起回中原老家！"

谢安一步一回首，说得王羲之一阵心酸，这小郎君真是他的晚辈知己，可惜有缘的人总是要别离的。

　　始宁是一座美丽的江东城邑，自秦朝在会稽建郡算起，此地已有数百年建城历史。始宁县地域含括会稽郡上浦、章镇和三界，位于剡溪的终点，曹娥江的起点，县治设在三界。

　　始宁由汉光武帝刘秀起名。汉顺帝永建四年（129年），战乱频繁，东汉开国皇帝刘秀为维护帝制集权，将地势险要、历来为兵家必争之地的剡县三界以及上虞南乡重新设置为始宁县。而这个地方又是古越国的发祥地之一，越王勾践和他的先辈曾从这里走出山岙，走向平原之地，建立越国都城，虽经秦统一六国，始皇惧怕"东南有天子气"，几次迁徙越人，但这里的百姓似乎依然保留着越地百姓勇武彪悍的民风，一直被人叫作"强盗窠"。光武帝刘秀给这个地方取名为"始宁"，意在期望此处嘈杂之地从此得以安宁。

　　始宁东山，是一座并不高的山，山下的上浦一带自东汉起就以烧制越地"青瓷"而闻名。东山东临开阔的曹娥江，曹娥江

天，已长得人高马大的长兄谢奕（字无奕）到船码头迎接，虽说谢奕和谢安不是同母所生，两人相差十一岁，但是谢奕对这个异母小弟关心备至，总是亲送亲迎。

"小郎君去京师见过世面了，看！半年不见，人也长高了，更显风采了。"谢奕一上来就一把抱起小弟，扛在双肩上，谢安乘机也在谢奕的肩头撒娇道："可不是吗？我还见到了王丞相，拜大名鼎鼎的逸少为师呢！""早听说了，看把你美的！"

兄弟俩有说有笑地沿着一段山路拾级而上，眼前就是陈郡谢氏府了，这处建在半山的别墅，坐北朝南，左靠东山湾，右临曹娥江，风水绝佳，环境优美，是当年先祖谢衡精心建造的山居。

"下来吧！"谢奕说着便把谢安从肩上放下，牵着弟弟的手，往庭院走去，一边走一边说道："我还听仁祖兄说你在王丞相府上可有面子了，丞相把第一份牛心炙送到你面前，还一直夸奖小郎君！""嗯，要不是京师发生了动乱，我可还想留在乌衣巷，逸少兄对我可好了，下次你去，我介绍你们认识！"

谢安进了自家院子，一蹦一跳，谢据和谢万两兄弟立马围上来，好兄弟分别半年格外亲热。

庄夫人见儿子玩儿去了，赶紧回房安顿下来。

这年年底，谢府张灯结彩，喜气洋洋，远道而来的客人陆陆续续前来贺喜，原来是谢奕要娶亲了。谢奕年已十八，长得高大魁梧，一表人才。他很早就出道，年纪小小就名声在外，广受推崇，十七岁时被举荐入职，任剡县（今浙江省绍兴市嵊州市和新昌县）县令。

谢奕去剡县任职后，放手理政，并下令整顿旧习，所有案件不得故意拖延，所有民怨可申诉可纠察，还对一些不合理的条条框框、制度规则进行了修改。告状申冤的百姓越来越多，县衙门前排起了长队。

剡县的百姓都知道来了一个年轻县令，敢为百姓做主，敢为百姓出头。为此，谢奕得罪了当地的一些土豪恶霸，好在谢奕并不惧怕，他为人直爽，有一次对下属说："你们放话出去，本官不怕天不怕地，谁要是上来和我叫板，我就和他较真到底！"

那些土豪恶霸本就理亏心虚，现在一看来了一个京官，想想人家根正苗红，处事不偏不倚，也就偃旗息鼓，不再兴风作浪。不到一年，剡县政令畅通，百姓安居乐业。

这事一传十十传百，成了会稽郡的美谈。太常卿谢衷与一位阮姓同僚交好，同在京城为官，因两人都来自会稽郡，就越来越熟络，最后攀起了儿女亲家。阮氏也是当时闻名天下的世族大家，阮姓同僚大名叫阮越，是魏晋名士阮籍、阮咸的后人，而他老家就在会稽郡山阴县的阮社。

说起"阮社"，可大有来头，早在三国时期，"竹林七贤"之一的阮籍率侄儿阮咸离开洛阳，远迹江南，避居会稽，并在离会稽柯亭不远处一个叫竹村的地方以诗雅集，以酒会友，使竹村成为众多魏晋名士心心念念的地方。"两阮"此后索性在会稽长居下来，竹村也改名为阮社，成为阮氏后裔集居之地。

一来二去，谢衰就与阮越定了长子谢奕的亲。阮越的女儿叫阮容，年方十五，长得眉清目秀，姿容雅丽，且能吟诗作赋，颇有大家闺秀的气度。

谢奕听说要给自己娶妻，高兴得合不拢嘴，这年春天就催着阿父把阮容娶进门。从兄谢尚比他娶亲早，就嘲笑他说："看把你急的！人家女儿得满十五岁行及笄之礼后才能嫁过来，你急什么急！"按当时规定，男子满二十岁行及冠之礼，同时可以取名以外的字，女子满十五岁行及笄之礼，也可以有自己的字。谢奕的确是个急性子，不过当时男女都早婚，朝廷鼓励百姓早婚早育，以增加人口。

虽然建康城里正发生动乱，但是这并不妨碍远在始宁的谢奕娶妻。于是这年年底，陈郡谢氏府上一派欢乐祥和的气象，喜宴连着办了三天三夜，与谢氏交好的世家大族纷纷赶来喝喜酒。

谢据、谢安和谢万三人，像过新年一样喜滋滋地等着长嫂进门。这天，谢安正和兄弟在大门口放爆竹玩，那时还没有火药，所谓爆竹就是燃竹而爆。听着竹子焚烧发出噼噼啪啪的响声，兄弟几个跳着笑着，大呼过瘾。

这时，山下上来一拨客人，为首的是一个十五六岁的少年郎，长得浓眉大眼、英气逼人，在几个年龄相仿的公子中间显得格外有气势。新郎谢奕在大门口迎接，一群人见面后，相互寒暄作揖，好不热闹。

"来来来，我给你们介绍，这几位是我在建康城里相识的公子兄弟，这几位分别是我的二弟、三弟和四弟。"谢奕哈哈大笑着，指着格外有气势的少年也给自家弟弟介绍道，"这位可是大名鼎鼎的桓温桓大公子，熟读兵书，武艺高强，你们都学着点啊！"

原来，谢奕也曾随阿父谢裒去乌衣巷谢府住过一段时间，在那里结识了城里的一帮公子，再加上谢奕喝酒豪爽，这些公子都喜欢结识他，一来二去就成了好友。这其中相处最为友善的要数这位叫桓温的少年。

桓温（字元子），谯国龙亢县（今安徽省蚌埠市怀远县龙亢镇）人，东汉大儒桓荣之后。桓温的高祖是曹魏大司农桓范，然而在西晋时因得罪司马氏在狱中被诛杀，谯国龙亢桓氏因此被沦为刑家，在西晋时期已非高门望族。桓温的父亲桓彝南渡之后，交结名士，和谢奕的伯父谢鲲一起跻身于"江左八达"之列，立志建功立业，辅助晋明帝平定"王敦之乱"，使家族地位有所上升。桓温是桓彝的长子，未满周岁便得到名士温峤的赞赏，因此以"温"命名。

谢奕和桓温因父辈齐名，得以认识，从小在秦淮河边玩耍，由此成了发小，来往甚密。

这时，谢安上前端详着桓温说道："桓兄，京城不是在打仗吗？你们怎么出城的？"桓温低下头，一把抱起小谢安，爽朗地笑了起来："这位是不是京城里传说风度条畅的谢安小郎君？"

谢奕对这个弟弟很是自豪，马上回道："是啊，人家和王逸少可是好朋友！"

谢安听了，一本正经地仰起头反问谢奕："阿兄，这么说你也认识逸少兄啊？怎么没邀请他来东山喝喜酒呢？"

众人听闻，都哈哈大笑起来："可不，谢公子你怎么忘了王公子呢？"桓温听了，打趣地说："你阿兄和王公子不熟呀！"

谢安正疑惑，桓温又说道："大家有所不知，苏、祖之乱还远没结束，这京城出来进去风险很大，我听说，庾亮部队被苏峻、祖约的流民部队打得焦头烂额，已撤出建康城，庾亮丢下太后妹妹和小皇帝外甥，带着族人逃命去了，现在还是王丞相留在宫中主持大局，平衡两方势力，也不知道什么时候能结束叛乱。"

桓温分析得有理有据，几位公子听得甚是佩服。只有谢安还是偏着小脑袋追问道："阿兄，那你们几个为什么敢出城来，不怕吗？"

桓温被他逗笑了，说道："小郎君问得好！我们是由我阿父的兵士护送而来，你想想看，我们和你长兄是什么交情，就算打仗了也阻挡不了我们到东山来喝喜酒！"桓温说得豪气满满，谢奕甚为感动，连连说道："兄弟我等下一定好好敬酒！"桓温大笑道："怕是你新妇不愿意吧！"

喜酒喝到第三天傍晚，阮容终于被迎进门了。在爆竹声声中，桓温将小谢安一把抱起，高高举到头顶，好让他在迎亲的人群中看得清楚一些。谢安高兴得在桓温肩膀上大叫："阿兄，我看到长嫂了，长得可好看了！"桓温听见谢安叫自己"阿兄"，不知为什么心里荡漾起一阵阵激动，连声应道："好好好！"

　　阮容夫人举着一把团扇，从轿子上缓缓地走了出来，眉眼清雅，风华绝代，她身后的嫁妆好几船，还有十名陪嫁侍女。这排场就是在京城也算不小了。

　　阮容一亮相，谢府上上下下都喜欢这位知书达礼的新妇，爆竹声声将喜宴推至高潮。一对新人喜滋滋地进了洞房。

第五章

仁心小郎　老翁可念

　　谢奕娶亲之后，仍去剡县上值。谢安自从去了京城，回来后格外关心起天下大事，嚷嚷着要随长兄一起去剡县看看。都说长兄如父，谢奕对这位三弟从来百依百顺，于是就带他从东山来到剡县。

　　这天，谢奕要审案，让小谢安跟着他来到县衙，观摩他如何处理政事。小谢安穿着母亲庄夫人给他新做的一套青布衣裳，神情严肃地端坐于堂前。

　　这时来了一位老翁，年六十有余，被小吏们押到堂前跪下，一副抬不起头的样子。县衙堂前站满了看热闹的街坊邻居。

　　谢奕问左右："此翁所犯何事？"手下说："老翁偷了邻家的牛，赶到集市上去卖，被人发现后追了回来。"而堂下那邻居是个壮汉，正不依不饶地要求处罚这老翁。

　　谢奕看了看那位老翁，问道："你为什么要偷别人家的牛？"老翁支吾了半天，终于说出实情："我家的牛去年被人偷了，我本来想把这头牛牵回去耕完地再送回，不想这牛死活不肯去我家地里，我一生气就把它牵到集市上去卖，想换成钱再买一头回来。"

谢奕听了很生气："你这老头，怎么如此不明事理？"堂下一片议论声。小谢安看着怒气冲冲的长兄，心想从来没见过他发这么大脾气。

谢奕想了一会儿，转头对老翁说："你虽盗窃不成，然贼心可诛！看来让你坐牢不妥，这样吧，来人，给老头拿我的醇酒来，罚他喝酒！"

堂前两名小吏面有难色，他们心想：这醇酒可是烈酒，一般人喝上一碗都会酩酊大醉，县令自己爱酒如命也就算了，怎么会使出这招？但只得照办。

谢奕则越想越生气，大声对左右道："拿大碗来，给他满上！"堂前立即充满了浓烈的酒气，老翁喝下去一大碗，不一会儿，脸色通红，大汗淋漓，喘着粗气。谢奕又道："继续！"又喝下一碗，喝第三碗时老翁摇晃起来，东倒西歪，眼看就要倒地不醒了。

这时，小谢安突然开口了："阿兄！"谢奕听到这稚嫩的一声唤叫，脸色顿时缓和了下来，问道："安弟有什么想说吗？""老翁很可怜，阿兄怎么能这样对他？"

谢奕听了，哈哈大笑起来："安弟，你的意思是要饶过他？""老翁罪不至此，阿兄还是放了他，让他尽快回家种田去！""好！想不到安弟有如此仁慈之心，那就按安弟的意思，放了老头，让他回去好好面壁思过！"谢奕命壮汉邻居扶老翁回家去，并告诫今后邻里之间要不计前嫌，有事互相帮衬，壮汉连连称诺。

这时，堂下前来看热闹的街坊都叫好起来，啧啧称赞堂上的小郎君，称颂他小小年纪仁爱非凡，以后定是大晋国的栋梁之材。

这事传到了始宁东山的谢氏府上，庄夫人颇感欣慰：谢安和谢奕虽不是一母所生，但兄弟俩情意深重，将来必有天地造化。

第六章

王导之痛　羲之之憾

光阴如梭，一晃十二年过去了。晋成帝咸康五年（339年），北方发展成为前凉、前燕、后赵控制的局面，原益州蜀郡建立了李姓成汉国。此时的东晋立国二十余年，历经数难，始终没能收复中原一寸土地。

这年七月，骄阳似火，暑气逼人，乌衣巷琅琊王氏府内，人心惶惶，人们走路说话都小心翼翼。王丞相躺在病榻上，脸色蜡黄，他已重病数月，虽经名医医治，但收效甚微。

一会儿，侍从来报，司马衍亲自驾车来琅琊王府了。王导赶紧让人搀扶着从病榻上坐起，大口大口地喘着粗气。一会儿，十八岁的司马衍赶到，王导想站起来行君臣之礼，但是被司马衍拦住了。这已是司马衍第二次亲临王府看望，这次还带来御医给王丞相尝试新的药方。

王丞相弓着背惭愧地说道："陛下，都是老夫耽误了国事，还让陛下亲驾寒舍看望，老夫实在无颜以对啊！"

司马衍看着王丞相，难过地说："王大人不必担忧，您是三朝元老，晋室中兴第一功臣，我司马皇族多亏了您多年匡扶，才能坐享今日天下！"接着对内侍官说："吩咐下去，今日就在王氏府召见群臣，举行朝会。"

不一会儿，群臣集聚乌衣巷琅琊王氏府，在王氏府的庭院里开了一个朝会，会后还集体给王丞相祈福平安。如此礼遇在历朝历代的大臣中，恐怕唯王丞相一人而已。

病中的王丞相百感交集，待司马衍和群臣散去后，他躺了下来，两行热泪顺着脸颊流了下来，多少往事在心中交汇奔腾。

"王敦之乱"后，晋明帝病逝，司马衍继位时还是五岁的小孩，由其舅父庾亮摄政。庾亮想大权独揽，排挤王导，削弱外地将领的兵权，激起了"苏、祖之乱"。

苏峻、祖约是"流民主帅"，镇守淮河，防备"五胡"，战功显赫。但是，门阀大族看不起他们，严禁"流民"进入江东。本身就是替罪羊，还被削弱兵权，苏峻、祖约岂能容忍，庾亮让苏峻入朝为官，王导极力反对，认为可能引起兵变。庾亮不听，一意孤行，苏峻、祖约果然起兵攻打建康。

苏峻、祖约入城，劫掠后宫，王导时刻陪伴在幼小的司马衍周围，呵斥叛军将士，从中斡旋，最后没人敢靠近小皇帝。

苏峻对王导一向尊敬，且自愿位居王导之下，因为王导对小皇帝的保护，他一时也不敢对帝位有非分之想。这时有人建议苏峻杀了王导，索性灭了琅琊王氏，良心未泯的苏峻就是不答应。这边，王导乘机暗中策反，一边寻找机会带着小皇帝逃出建康城，一边与镇守江州的温峤和镇守荆州的陶侃商议对策，最后借助温、陶之力，平定了历时两年的"苏、祖之乱"。

"苏、祖之乱"时，建康城被纵火焚烧，满目疮痍。温峤建议迁都南昌，陶侃建议迁都荆州，说到底他们都是想控制皇室。又是王导出面，力排众议，坚持仍以建康为都，只是将宫城迁移至石头城，直到咸和四年（329 年），陶侃、温峤平定"苏峻之乱"后，宫城才又重新迁回建康。王导保住了幼帝，也再次力挽了东晋的半壁江山。

"苏、祖之乱"后，幼帝渐渐长大，懂得感恩的司马衍非常敬重王丞相，每次王导入朝，司马衍都要下拜行礼，因为在幼小的司马衍心里，王导就是他的人生导师和晋室依杖，王导却一再推辞，不敢承受。有一次，司马衍在给王导的诏书上写着"惶恐言"这样的话，中书省起草的诏书，则写着"敬问"的字样。大年初一，王导入朝，司马衍亲自前来迎接，还以家人礼拜见王导的大夫人曹夫人。

王导一向勤俭朴素，家中没有多余的粮米，穿衣不同时穿两件帛衣。成帝知道后，送他锦帛万匹。王导患病后，司马衍亲自到他府中，嘘寒问暖，还常常亲驾舆车将他接到宫里商议朝事。

如此君臣关系，犹如父子，甚至胜过父子。

想到儿子，王丞相心里隐隐作痛。王导一共有六个儿子：王悦、王恬、王洽、王协、王邵、王荟，在他的教导下，儿子们都十分重视学习儒家经典，但王导的家学也不只是把儿子们培养成迂阔的学问家，而是打造成明习政事、富有见识的政治人才。

王导最得意的儿子是长子王悦（字长豫），王悦生母就是正妻曹夫人。这是一个孝顺父母的孩子，又是一个心地善良、知书达理的孩子。王悦年轻时，被时人拿来和王羲之、王承并称为"王氏三少"，成为当时"乌衣子弟"的杰出代表。因为王悦从小就有好名声，加上王丞相在朝中的地位，王悦便做了元帝太子司马绍的王友，就是伴读太子的书童。等到司马绍即位，王悦又入宫担任太子侍讲、中书侍郎。

王悦待人接物十分儒雅，他与父亲说话从不放肆孟浪，甚至还要经过慎重思考，做到字斟句酌，不出差错。父亲去上早朝，他经常细心地将父亲送至车上。王悦还常常陪母亲整理箱子，做到井然有序，甚慰母心。王悦年纪轻轻就端方仪正，虽说有点古板，却是标准的儒家士子风范。

然而，天妒英才，三十多岁的王悦因为一场大病，撒手人寰。白发人送黑发人，王丞相和曹夫人无论如何也接受不了这个事实，一夜之间全白了头。此后，王丞相每每上朝去，登车的那一刻就会睹物思人，暗暗垂泪。曹夫人则经常一个人默默地对着儿子为她整理好的箱子，不忍心打开看，一个人一坐就是一天。不久，曹夫人追随儿子而去。

曹夫人去世后，王导知道自己也时日无多，他给儿子们一个个交代后事。最后，他想到了一个人——从侄王羲之。他对侍从说："王逸少在哪里？找他来见我。"

此时的王羲之三十六岁，在武昌的庾亮幕府任职。

王羲之出道，由他叔父王彬、岳父郗鉴举荐，起家秘书郎。秘书郎虽然品级不高，却十分闲适，王羲之过了一段十分平静的书生生活，有更多的时间勤习书法。秘书省内广泛收集先朝及本朝书法名家钟繇、胡昭、张芝、索靖、韦诞、皇象等人的手迹，王羲之得以玩赏和临摹这些珍品。同时，他也经常与本族及其他大族子弟切磋书艺。

"苏、祖之乱"平定后，王羲之在王彬和郗鉴的举荐下，由秘书郎迁为会稽王友。王友与秘书郎同为六品官，主要在王府里陪着游宴或会见宾客，并伴幼王读书，算是比较清闲的官职。

会稽王就是司马昱，即晋元帝司马睿的幼子、晋明帝司马绍的异母弟弟。元帝在世时十分宠爱这位幼子，下诏封司马昱为琅琊王，后来成帝又封司马昱为会稽王，以会稽、宣城两地作为司马昱的食邑。

如此一来，王羲之得以来到京师以外的地方担任职务。王羲之比司马昱年长十多岁，陪伴他读书，也教他学习书法，但是成年后的司马昱似乎更喜欢清谈，时人评价他"清虚寡欲，擅长玄学"。

咸和四年（329年）后，王羲之被任命为临川（今江西省抚州市）太守。临川地僻民稀，远离频发战乱的长江两岸，生活相对平静。王羲之携母亲与妻子一同上任。他着力清理积弊，勤政爱民，为民办事，取得了不俗的政绩，享誉一方。

咸康二年（336年），王羲之回到建康，一个偶然的机会让他结识了手握重兵的庾亮，庾亮非常赏识他，向他发出征召。

对年轻气盛的王羲之来说，他向往保疆卫国的戎马生涯，更渴望建功立业。慎重考虑后，王羲之决定入征西将军庾亮的幕府为参军，远赴武昌任职。后来，庾亮升为司空，迁王羲之为司空长史。

然而，这时对他有举荐之恩的叔父王彬离世了。王羲之请假回建康料理丧葬事务。其间，王羲之率夫人看望老丈人郗鉴，郗鉴此时镇守京口。郗鉴与他谈及庾亮与王导不和一事，从稳定大局出发，希望王羲之想方设法从中疏导，减少两人之间的敌意。

听闻此事，王羲之心中非常矛盾，也非常难受。当时的天下，王导、庾亮与郗鉴形成了三足鼎立之势，共主晋室。帝舅庾亮野心勃勃，欲与太尉郗鉴结盟，取代丞相王导，但是郗鉴不同意，这不仅因为琅琊王氏是他的姻亲，也因为王导的人品和威望。

王羲之知道此事来龙去脉后，心里就像打翻了五味瓶。因为此时的王羲之是庾亮的部下，对庾亮敬重有加，而王导是他的从叔父，郗鉴又是他的老丈人。王羲之与三个巨头都有着密切关系，政治的残酷性再一次重重击打着王羲之敏感脆弱的内心，他强烈地感受到政治的分裂是多么无情，心中也涌上了对出身大家族的忿恨。

临回武昌前，王羲之拜见王导，叔侄俩长谈许久，羲之说起了庾亮，意思是不要总和庾将军针锋相对，王导听后十分不悦。时人都知道庾亮和王导明争暗斗，但总体来看，庾亮手握重兵，占了上风，见风使舵的人纷纷改换门庭，投靠庾亮。王导受此排挤，自然愤愤不平。

这时刚好有一阵西风从窗口吹进来，王导用扇子遮面，挡住灰尘，并含沙射影地说道："这是庾元规（庾亮字元规）吹起的灰尘吧，身上都被弄脏了。"王羲之听了无言以对。

王丞相见侄儿无动于衷，于是说道："逸少，你还是回建康任职吧，我准备上表，荐你为侍中，不要与那些庸人为伍，我们琅琊王氏需要你这样的子侄来朝中担任重要职务。"

王羲之听后很不以为然，任性的他并不明白叔父此番安排的深意，想也没想就谢绝了，第二天只身返回武昌。

王羲之并不知道他走后，王导十分懊恼。对王导来说，他对这个侄子有着别样的情感，当年王旷救壶关下落不明，他和族中兄弟一起照顾他们一家，他教他学书，王羲之一度十分崇拜他，两人关系如师徒亦如父子。但不知道为什么，长大以后的王羲之和他越来越生分，忙于朝政的他没多少时间和侄子沟通，也不甚了解侄子真正的想法。自从王悦走后，他对余下的五个儿子挨个考察，都不甚满意，他认为最有培养潜力的当数王羲之，因为王羲之和他一样，虽不能领兵打仗，却可以培养成为相才。眼下自己病重，唯一的心愿是尽快把侄儿召到身边，悉心交谈一次，然后举荐他入朝为重臣，这于东晋王室和琅琊王氏都是有利之举。

王导的侍从在他耳边轻轻说道："大人，已派人快马加鞭去武昌送信，王公子应该很快就会回来！"

　　王导闭着眼睛，眼前一会儿是"避乱南渡"，一会儿是"王敦之乱"，一会儿是"苏、祖之乱"。作为一代名臣，他本可以问心无愧地告别这个世界，可是时至今日，琅琊王氏的后继者成了他心中最大的痛。

　　几天后，王导的病越来越重，已数日不进汤水，但他常常望着门外，似乎在等待一个人的到来。然而，他终究没有等到这个人，就咽气了。

　　王羲之接到信后，快马加鞭地赶来，无奈路途实在遥远，等他到达之时，已是王丞相走后第二天，终究没有送上最后一程。王导的侍从对他说："丞相最后走的时候还在问你有没有到。"王羲之听闻，两行热泪"唰"地流了下来，他问道："叔父有没有给我留下什么遗言？"侍从告诉他没有。

　　东晋首辅王导去世了，终年六十四岁。司马衍举哀三日，遣大鸿胪持节监护丧事，并以太牢礼祭祀，追谥王导为"文献公"。自晋室中兴以来，没有臣子的哀荣可与王导相比。

王导去世后，郗鉴也在同年去世，三足鼎立之势，最后只剩下庾亮。此时，后赵皇帝石勒去世，庾亮见状，以为可以借机收复中原，于是派出精兵驻守邾城（今湖北省武汉市新洲区）。邾城是江北的一座孤城，后赵和东晋一直都没有派驻守军，要想收复中原，这是至关重要的第一步。此后庾亮亲率十万大军派兵伐蜀，占据石城，成为诸路大军的后援。

然而，这年秋天，后赵大军却突袭邾城，庾亮认为邾城城池坚固，没有及时派兵去救援。于是，邾城失陷，守城将领投水而死，数万兵士被杀，此战东晋损失惨重。庾亮为自己的轻敌追悔莫及，向司马衍谢罪，并请求自贬三级，降为安西将军。不久，朝廷下诏让他恢复原职，但是庾亮推辞不受，之后便忧闷成疾，于咸康六年（340 年）初去世，享年五十二岁。

庾亮的去世，表明了第一代世家大族的领头人基本退出历史舞台，温峤、陶侃先行离去，然后王导、郗鉴和庾亮差不多同时离去。在庾亮的葬礼上，王羲之见到了庾翼（庾亮之弟）、桓温、殷浩、谢尚、谢奕，这些比他年龄更小一点的南渡二代一个个开始崭露头角，就像是戏台上第二场戏即将开演了。

殷浩是王羲之从小就交好的朋友，年少时就以清谈著称，尤其精通玄理。他俩在庾亮幕府同事数年，彼此了解，颇有情谊。王丞相葬礼之后，殷浩约王羲之去长江边上的新亭喝酒散心，俩人聊着聊着就说到了王羲之的官职。

殷浩说："我听说文康公（庾亮的谥号）快要告别人世的时候，曾向朝廷上表称赞你的才干，希望朝廷能够重用你，有这么回事吗？"

王羲之苦笑了一下，说道："是又怎么样？我若想在朝中为官，先叔父在世时就可以做了。我只想做点于国于民有益的实事，这就是我当年非要去武昌前线的理由。如果现在还有机会，我还是希望再到前线去，无论是北边或西边，我都不怕。否则，我只想归隐山林，去过悠闲日子！"

殷浩叹了口气，说道："安西将军庾翼请我做他的司马，我打算称病，不如你和我一起隐居山林，从此不再出仕。"王羲之道："我打算再等等看。"

可是朝廷并没有立即采纳庾亮的建议，王羲之一直在朝中做个闲散官员，直到咸康八年春，王羲之接任江州刺史，加宁远将军。但没过多久，他又被朝廷召了回来。

王羲之心中的苦闷可想而知。四十岁以前的王羲之非常希望通过仕途建功立业，可是天不遂人愿，他无法实现理想，也眼看着琅琊王氏在王导之后日渐式微。

然而，与琅琊王氏为邻的陈郡谢氏，此刻正一步一步地走向上升通道。

咸康八年，年仅二十二岁的司马衍病逝，临终前下诏让其同母弟弟司马岳继承帝位，司马岳的王妃褚蒜子遂被立为皇后，是为康献皇后。可惜晋康帝司马岳也不寿，即位两年就驾崩，他和褚蒜子所生的两岁儿子司马聃即位，成为东晋的第五任皇帝晋穆帝，年号永和，褚蒜子成为崇德太后。因为司马聃太小，在群臣的请求下，褚蒜子效仿其婆母庾文君临朝摄政，就此开启了褚太后三度临朝、匡扶东晋六帝的传奇人生。

褚太后是谢氏家族的外孙女，谢家由此成了名副其实的皇亲国戚，进而开启了继王、郗、庾三大家族之后的新一代世家的荣光。

褚太后的娘家不怎么有人才，但是她母亲的娘家人才济济。国舅谢尚精通音律，善于舞蹈，工于书法，是当时典型的名士。谢尚看上去风流倜傥，做起事来却相当务实，他一开始只在朝廷里做黄门侍郎这样的清闲官，后来出任建武将军、历阳太守，都督江夏义阳随三郡军事，既管民事，也抓军务。他为政清简，也很爱惜士卒。刚到任时，郡府出四十匹布为谢尚建造乌布帐，然而，当时天寒，谢尚见将士们御寒的衣服不够，于是命手下将四十匹布全部拆散，拿去为将士们做了衣裳。

谢尚在军中口碑极佳。建元二年（344年），朝廷任命谢尚为西中郎将、督扬州六郡诸军事、豫州刺史，镇守历阳。

谢尚的叔父谢裒也是个文武兼备的官员，因打败后赵军队有功，迁吏部尚书、国子祭酒，正三品，负责朝廷祭祀大礼。谢裒的长子谢奕本为剡县县令，"苏、祖之乱"后，被召至建康为官，初为吏部郎，不久出为晋陵郡（今江苏省常州市）太守。谢裒四子谢万也随父来到建康，入职司徒掾。谢裒此后又添了五子谢石、六子谢铁。唯独谢裒三子谢安愿意留在东山，过着耕读猎渔的快意生活。

咸康五年（339 年）的冬天特别冷，秦淮河上结了厚厚的冰，没有了王导的建康城里似乎笼罩着一层淡淡的愁云惨雾。乌衣巷内高墙林立，透过这些高墙，里面处处亭台楼阁、曲径通幽、庭园深深。

谢奕夫人阮容随夫来建康生活，一晃十年了，孩子一个接着一个出生，此时的谢奕在晋陵郡太守任上，经常不在府上，幸亏有家人照顾，阮夫人才没有感到特别落寞。

这天下起了雪，不一会儿，鹅毛大雪覆盖了秦淮河两岸，到了傍晚，茫茫天地银妆素裹，唯有点点绯红的灯光在雪白的世界里传递着世间温暖。

夜里，挺着孕肚的阮夫人想早点休息，她刚想入睡，朦朦胧胧中见到一个仙子像雪花一般轻盈地飘落谢府后院，衣裙飘飘，随风起舞，她想起身去寻找她的踪迹，却怎么也起不了身，正挣扎着，梦醒了。接着腹中阵痛，阮夫人马上叫仆人："快来人哪！叫接生婆！"

不久，高墙之内传来惊喜连连的声音："阮夫人生了！是个长相俊俏的闺女！"

　　谢府里所有的灯都点亮了，阮容一脸疲惫而幸福地躺在床上，心里特别欣慰，前面两个都是儿子，终于有女儿来陪伴她了，她让人把新生儿抱过来仔细端详，但见眉眼清雅温婉、嘴鼻俊美灵秀，神似刚才梦境中的仙女，不由自主地笑了起来。婢女们一起跪贺："奴婢祝贺夫人喜得千金！"阮容心想：原来如此，梦由心生，心由梦成。

　　数日之后，谢奕回到乌衣巷，看到阮夫人和刚出生的长女，高兴得直呼："快备酒来！"阮夫人嗔怪道："谢郎有事无事总爱喝酒！""是啊，夫人说得对，喜事就得喝酒庆贺！"

　　阮夫人说："你听我说，女儿是大雪天出生的，瑞雪兆丰年，我梦见一位冰清玉洁的仙人下凡至后院，之后就诞下了闺女。"谢奕回道："哦，如此说来，女儿以后定是我谢家的福星！""是啊，依谢郎看，女儿该取个什么好听的名字？""听夫人的，夫人饱读诗书，一定会给女儿取个好听的名字。""女儿家养在深闺中，端庄而淑雅，芳华而待时，有才而蕴藏，叫道韫怎么样？""好啊，夫人毕竟是阮氏后人，有才！这名字高雅致深，很适合我们的仙子女儿，好啊，太好了，就叫谢道韫！"

　　仆人拿酒上来，谢奕一手抱起谢道韫，一手向天空举起了酒觞，然后一饮而尽。

第八章 谢奕西行 桓温灭成

在晋陵郡当太守的谢奕，又一次遇到了好友桓温。桓温时任徐州刺史。东晋侨置的徐州是用来安置流民的，州治设在京口（今江苏省镇江市），而晋陵郡的郡治，一度也在京口。晋陵郡治和徐州州治很近，谢、桓两人一来二去就走得更加熟络。

桓温这几年的经历相当曲折。那年"苏、祖之乱"，十五岁的桓温敢于冒着战乱来东山喝喜酒，可是等他回到建康不久后，家里发生了重大变故，父亲桓彝在平定"苏、祖之乱"中，被叛军将领杀害。当时桓温十分震惊，但他抹干眼泪，上前安慰母亲和弟妹，立下誓言，放出狠话，一定为先父报仇。

咸和六年（331年），叛军将领去世，其子三人为父守丧，因惧怕桓温前来寻仇，预先在殡仪堂内备好兵器，以防不测。然而，桓温还是乔装打扮成吊丧的客人，趁机混入殡仪堂，手刃了叛军将领之子，并追杀另外两个儿子，终于报得父仇。时人皆为桓温的有勇有谋所折服。

桓温此人长得姿貌伟岸，英武豪爽，时年十八九岁，已显现将帅之相，被司马皇家选为驸马。晋明帝司马绍的长公主司马兴男，系太后庾文君嫡出，被封为南康公主，这南康公主自小性格豪爽刚烈，颇具男儿气概，和桓温倒是相得益彰，于是满心欢喜地下嫁桓温。桓温被拜为驸马都尉，袭封万宁县男，不久，出任琅琊太守，参与庾翼的北伐，迁徐州刺史。

桓温由此成了司马岳的姊夫，是名正言顺的皇亲国戚。

永和元年（345年），庾翼病逝，临终前请求让儿子庾爱之接掌荆州，但辅政大臣何充为削弱庾家势力，向朝廷推荐了桓温。丹阳尹刘惔认为桓温确实是个奇才，但野心不小，便提出不能轻易让桓温掌握荆州这么重要的军事基地。他建议会稽王司马昱亲领荆州，然而，擅长清谈的司马昱却辞让不受，因为比起出镇边境，他更愿意入朝为官。一来二去，桓温顺利地迁升为安西将军、荆州刺史，都督荆司雍益梁宁六州诸军事，实际上掌握了长江上游的兵权。

如此一来，年轻的褚太后不动声色地重用了桓温和谢尚，以任用司马家的其他驸马和娘家亲戚，扭转了原来庾亮一家独揽东晋军事大权的格局。

桓温升任荆州刺史，临走之前特意跑到晋陵郡找谢奕辞行，但是谢奕回建康乌衣巷去了，于是桓温又赶往京师。正好谢奕在给两岁的儿子谢玄办生日酒，于是桓温携南康公主一起去贺喜，还送去了不少贺礼。

谢尚、谢奕、谢据兄弟几个都在，各自的夫人都来作陪南康公主。席间，桓温对谢奕说："我想起来十五岁那年我去东山喝你

和阮夫人的喜酒，回去后家里就出了事，仇人杀了我阿父，我誓报
父仇，后来终于如愿。如今我来喝你儿子的生日酒，过几天我就
要起程去荆州为朝廷效力了，你说，这回我该立下什么誓言呢？"

谢奕说："克复神州！"桓温起身敬了谢奕一觞，又道："此
乃王丞相提出的口号，也是我辈的宏愿，你看我这么一提，你
就明白，我们兄弟的感情就是不一般！"说完又连喝了几觞。

酒席散去，谢奕并未觉察什么，但是谢尚二弟谢据之妻王
夫人看出了其中奥妙，她对谢据说："桓元子对大伯如此殷勤，
必有用意，莫非有意想让大伯和他一起西行吗？"

果不其然，谢奕在桓温的极力劝说下，前往荆州任安西将
军司马，从此成为桓温的得力干将。

谢奕去了荆州，没带家眷，一个人无拘无束，穿戴也不讲
究，虽然桓温已从好朋友变成顶头上司，但是他常常找桓温喝
酒，谈笑风生，喝醉了依旧说些不着边际的话。桓温也不介意，
常指着谢奕对人说："看！这是我的方外司马。"

有一次，谢奕又追着桓温一起喝酒，桓温实在受不了，就
躲进了南康公主的房间，直爽的南康公主大乐，说道："如果您
没有一个如此狂放的方外司马，此刻我怎么能见到您呢！"而
谢奕找不到桓温，就跑到桓温家的客厅找了一个守值的兵士说：
"来，我俩一起喝！"那个兵士受宠若惊地看着醉醺醺的谢司马，
谢奕却哈哈大笑道："失一老兵，得一老兵！"

桓温后来听说了这件事，一点也不生气，时人皆以为两人
是莫逆之交。

　　桓温到了荆州，立马进入角色，厉兵秣马，积极备战。事实证明刘惔没看错人，桓温的确是一个出色的守疆拓土的将帅之才。永和二年（346 年）十一月，时年三十五岁的桓温上疏朝廷，请求伐蜀，但朝廷迟迟不予回复，桓温没等朝廷回复，亲率部队西进，向成汉国发起了进攻。

　　成汉是十六国之一。西晋末年，益州蜀郡的巴氏族领袖李特率领难民起兵反晋，数年后，李特之子李雄接任首领，攻下成都，三〇六年称帝，国号成，史称成汉。

　　桓温的这支精锐部队沿着长江逆流西上，一路上如入无人之境，很快便越过了三峡天险。听说晋军长驱直入，成汉国皇帝李势立即动员全国军队进行抵抗。

　　桓温这支远征军堪称神速，看到气势如虹的晋军出现，成汉军心大乱，未战已先行溃散。李势调集残余部队欲与桓温在成都城下决一死战。

　　决战时，桓温所部前锋一度处于失利态势，乱箭一直落到桓温的马头之前，军心震恐，人人欲退。但是，桓温面不改色，迫于形势，他决定鸣金收兵，也许是上苍有意，传令官慌乱之时，鼓手错将收兵战鼓擂成了总攻战鼓。鼓声让人们战胜了恐惧，迎来了意外转机。一时间，晋军士兵呐喊声四起，义无反顾地冲向迎面而来的成汉军。

　　面对视死如归的晋军将士，成汉军队被震慑住了，大败而逃，成汉士兵被斩杀无数。晋军大破成汉军，长驱直抵成都城下，桓温命令部队焚烧了成都各个城门。

城内的李势君臣无心再战，当夜李势带着部下趁夜打开东城门，狼狈出逃。

永和三年三月，桓温进入成都。桓温在成都城内接受了成汉旧臣的建议，表明了赦免李势家族的态度。听到这个消息后不久，李势派出部下向桓温送上了降表，桓温接受了李势的投降。后来，东晋朝廷封李势为归义侯。至此，成汉政权历经六主，存续四十六年，被桓温一举歼灭。

桓温灭成汉，在东晋朝野引起不小震动，时人以为一代神武将才显世了。永和四年，桓温被封为征西大将军、临贺郡公。

而时人更愿意津津乐道的却是桓大将军灭了成汉之后的一段逸事。

桓温平定蜀地后，偷偷娶了成汉末代皇帝李势的妹子为妾，南康公主听闻后非常生气，当即带着几十名婢女，手执刀剑，怒气冲冲地到李氏住所兴师问罪去了。

桓温一向惧内，把李氏藏在他书斋后面的房中。当南康公主冲进李氏住处，看见李氏正在梳着一头瀑布般的黑色长发，动作娴静而优雅。

成汉公主的花容月貌让东晋公主大吃一惊，而李氏看见南康进来，十分平静地对公主说："我国破家亡，本来就不情愿来这里，今天如果被你杀了，倒是遂了我的心愿。"南康公主听此一言，"咣"的一声丢下手中刀剑，一把抱住李氏，说道："我见汝亦怜，何况老奴。"

从此俩人姊妹相称。

第九章

姊弟情深　安石初仕

桓温的方外司马谢奕虽然爱喝酒，但这并不妨碍他生育很多子女。

建元元年（343 年），阮夫人为谢奕再添一子，这个儿子生来肉嘟嘟粉团团，因此被阮夫人笑称为"肉团子"，再细看一眼，发现这孩儿一脸英气，他就是谢玄，小名羯儿。

谢玄一周岁的时候，阮夫人让他抓周，谢玄的两只小手一只抓住一个香囊袋，一只抓住一把玩具木剑，阮夫人笑问谢玄："你到底要哪样？"谢玄就放下香囊袋，紧紧抓住了木剑。

永和三年（347 年），此时东晋已立国三十年，初期的混乱和世族之间的内争已渐趋平稳。谢道韫八岁，谢玄四岁，他们一出生就是满眼的富庶与安逸，不曾见过战火燎烧，也不知南渡路上的凄惶和悲伤。

姊弟俩在乌衣巷的深宅大院里玩耍，看着青苔油油地生长，欣赏花蕾次第绽放，惊奇虫子们在草丛里鸣叫。他们在竹园深处寻找露出嫩尖的春笋，然后在园子里撒欢嬉闹，有时也许只为寻找一根能逗虫鸣的草柄，两个粉团便追逐奔跑，阿姊说："肉团子，快跟上，不然阿母找不到我们又要急了。"谢玄在比他大四岁的道韫后面屁颠屁颠地跟着，跑得小脸通红。

有时姊弟俩也会到秦淮河边看一艘艘装饰华丽的客船停泊，或者看一艘艘高大威猛的兵船徐徐靠岸，他们问阿母："这些船从哪里来，要到哪里去？"阿母说："从很远很远的地方来，到很远很远的地方去。"他们说："我们也想去。"阮夫人说："羯儿小郎君以后会走得比这更远。"

道韫问："阿母，那我呢？"阿母说："道韫会嫁出去啊。"道韫回道："阿母，我不要嫁出去，我要一直陪着阿母和羯儿。"羯儿也扯着阿母的衣襟说："阿母，不要把阿姊嫁出去好不好？"阿母说："好好好，我也舍不得呢。"

过了一会儿，道韫又仰起她的小脸问道："很远很远的地方在哪里？"阮容朝着秦淮河北边的方向眺望，轻轻叹了一口气，说道："河洛自古富才雄，汉魏文章半洛阳。"

其实，阮容也没见过洛阳城，洛川伊水只是她心中勾勒的梦乡之地。她也是"南渡二代"，自幼生活在小桥流水的会稽阮社，有时也随父亲在建康小住。然而，父母族辈教她从小看经史子集，她知道了什么叫"容与乎阳林，流眄乎洛川""翩若惊鸿，婉若游龙""荣曜秋菊，华茂春松"，等等，甚至还想象，金谷园当年是何种景色？金谷二十四友是何等的"诗酒风流"？"竹林七贤"又是如何雅集于竹林之下清谈论玄？她的先祖为什么要作穷途之哭？无数个场景在脑海里激荡，有时她也感到心痛，为了逃难至江东的无数士人和百姓。幸好周围的生活慢慢安静下来，孩子们在这里可以暂避混乱和不安，过着一种平和优越的生活。

阮容整理了一下被风吹乱的鬓发，抬起头说："孩儿们，我们回家读书去了！"

回到家，只见一个高大俊岸的身形穿过了乌衣巷，这个人就是孩子们的三叔谢安（此刻谢安已取字安石）。傍晚一大家子在谢府的厅房相见，堂屋里点着很多油灯，大厅敞亮如同白昼。

祖父谢裒和祖母大夫人孙夫人安坐于厅堂，接受子孙们的请安拜受，满脸的慈祥、满眼的欢喜，人到晚年会越来越喜欢热闹，而今日谢府的热闹堪比过节。

四叔谢万先进来，从伯谢尚接着也来了，几位伯伯婶婶和族中兄弟姊妹都过来相见。他们的父亲谢奕此时已西行而去，二叔谢据正在东阳太守任上。不一会儿，谢据的夫人王氏也牵着唯一的儿子谢朗出来相见。

道韫的目光在谢家的每个男子身上掠过，最后停留在安石叔父身上，谢安时年二十五六岁，一言一行有高山一样的宽博雅量，说话不急不躁，徐徐道来又不失威严。道韫慢慢走过去，在他不远处停下来，静静地听他和别人说话，那声音带有浓浓的鼻音，但是非常悦耳，一下子就传到她内心深处，并划出一道道涟漪。

细心的谢安也发现了一个小女孩正拉着一个小男孩的手在观察他，仿佛一对异常安静的小人玩偶。谢安见状俯下身来说：

"是道韫和羯儿吧？来，见过三叔，转眼间这么大了，上一次见道韫还在襁褓中，如今已长成闺中千金，羯儿可是头回见，都会走路说话了，长得真快！"说着就抱起了羯儿，谢玄也不怕陌生，只听他奶声奶气地说："安石叔父长得可真高，刚刚羯儿还只看到他下巴，现在羯儿看到他的高鼻子了！"众人都笑了起来。

少有才名的谢安一直在东山隐居。时任吏部尚书、国子祭酒的父亲谢裒希望他和谢尚、谢万一样出仕为官，他却常常推辞，这回父亲大人年岁已高，写信让他务必来京城一起住。在父亲的一再催促下，谢安只好应了朝廷的征召，即将入职司徒府。

这次谢安带着夫人刘氏前来，刘氏是本朝大名士、晋明帝驸马刘惔的妹妹，谢安能娶到这样的女子也是陈郡谢氏声名逐渐显赫的缘由。这位刘夫人才学颇高，也算得上当朝才女，然其为人却很低调，婚后夫妇俩夫唱妇随，在东山上过着快乐似神仙的日子，不曾想得到建康应召，多多少少有些不情不愿。

刘夫人见过兄弟和妯娌几个，她在东山住习惯了，反而觉得乌衣巷有些陌生。

而谢氏兄弟几个也是多时不见。谢万此时已任抚军从事中郎，先开口道："三兄这回出来可给我们谢家人长脸了，朝堂上都在传谢安石终于肯出山了！"谢安回道："哪里哪里，有我从兄、长兄和你老弟在朝中做官，我还是留在东山过悠哉悠哉的日子。"

从兄谢尚因为父亲走得早，和从兄弟们亲如一家人。这次刚好回家省亲，听了谢安的话，在一旁哈哈大笑起来："你小子倒是会享清福，我等又将上前线打仗去了，等着我，别又偷偷溜回东山去，等我回来，我们兄弟几个好好喝几觞！"说着，起身要为大家献上他的拿手好戏——鸲鹆舞，大家都笑了起来。

于是穿着大花裤子的谢尚又跳起了他的拿手舞。优美的舞姿和欢快的节奏富有感染力，一下子把大家都逗笑了。当年经王丞相推崇，鸲鹆舞如今已成了东晋最时尚的风雅活动，名士争相仿效，但无人能够超越原创谢尚。

再说说这大花裤子也很有来历。谢尚年轻时就喜欢穿得花里胡哨，尤其爱穿着花裤子招摇过市，时人以为他举止妖艳浮夸，还送他绰号"镇西妖冶"。但人不可貌相，谢尚在公务、军务上一点也不浮夸。

同样精通音律的谢安一看乐了，起身说："来，我们一起给仁祖兄打节拍！"于是，在谢安的带领下，大家给谢尚打起了欢快的节拍。道韫带着谢朗、谢玄等几个兄弟姊妹环绕着谢尚伯父，也跳起了鸲鹆舞，整个场面看上去就像一只大鸟领着一群小鸟在翩翩起舞，一大家子的笑声传遍了整个谢府。谢尚还会演奏琵琶，于是节目一个接一个下去，直到小谢玄在母亲怀里安然熟睡。

第十章　拜访王家　坚决不仕

过了几日，谢安去司徒府报到，朝廷授任他佐著作郎之职。刘夫人问他佐著作郎是干什么的，安石不屑地说："写写碑志、祝文、祭文什么的。"说完就自顾自出门。

穿过庭院的长廊时，见嫂子阮夫人、王夫人正领着道韫和谢朗、谢玄等几个孩童在院子里玩耍。道韫张开小嘴问道："三叔早安，您是去上值吗？"

谢安说："今日不去，我想去建康城里闲逛。"道韫又问："道韫和胡儿（谢朗的小名）、羯儿能随三叔一起去闲逛吗？"谢安想起了自己小时候随谢奕去剡县县衙上值的情形，不禁微微笑了起来。

谢安其实是想去见一个人，这个人就是他从小的偶像，写得一手飘逸书法、一开口必定要报效国家、自比诸葛孔明的人，这个人不是别人，正是隔壁家的王羲之。

谢安与王羲之的缘分不浅，两人虽然相差十七岁，但在一起无话不谈，以至于可以忘了吃饭时间。王羲之后来任会稽王友时，陪着幼王司马昱读书、游宴，也不忘找机会与东山的谢安相见游玩，所以两人一直没有停止过交往，断断续续中成了忘年之交。

谢安自拜了王羲之为师，悟性颇高的他懂得了书法之奥妙，如今不但善楷书，还写得一手潇洒的行书，王羲之评价其行书风格犹如卫玠，将来必成当朝的书法名家。

阮夫人听到道韫这么说，便制止道："道韫不可，三叔有大事要办，怎能随便带小孩儿出门。"谢安却停住脚步，沉思了一会儿说："不妨事，我此去拜访隔壁逸少兄，我带几个孩儿过去，他家孩儿也多，刚好可以一起玩耍。"道韫和谢朗、谢玄都雀跃起来，他们长这么大，还没去过隔壁王府，只听说王家名声大，也曾在花园里耳闻隔壁家小孩的嬉闹声，想必那里景色又与自家迥然不同。道韫想着，饶有兴趣地抬头望向三叔。

三叔说："这样吧，我让刘夫人一起过去，这样道韫、胡儿、羯儿等也有人照看了。"阮夫人、王夫人只好作揖答应："太麻烦三叔了！"

谢安夫妇于是带着道韫和谢朗、谢玄等人，乘着牛车进了王府。谢府和王府虽说是隔壁邻居，可是两家都大着呢，牛车也得乘一刻钟才到达王府大门下。

王羲之闻报后，早早在大门口迎候，见谢安带着谢府的几个孩儿过来，更加高兴，说道："谢小郎君，不，安石老弟，想不到啊，我与你第一次在这里见面，你与这些孩儿差不多大小，一晃十八年过去了，真像做梦一样。"

走进王府的庭园，碧水环绕着水榭亭台、阳光拂照着粉墙黛瓦，春日繁花开满了整个后园，不久传来众多孩儿由远及近的嬉闹声，正是王羲之夫人郗璇带着他们出来相见。王羲之抚着一把飘飘美髯哈哈大笑："老兄我已有七子一女，最小的献之也已经三岁了。"

谢安听闻，也哈哈大笑起来："逸少兄七个儿子，老弟我一家六个兄弟，再加上现在侄子、侄女十多个，王谢真是人丁兴旺啊！将来我和刘夫人也得像老兄一样求得多子多福啊！"旁边的刘氏不好意思地转过头去，顾自和郗璇说话去了。

郗璇虽然已是八个孩子的阿母，但眉宇间仍透着名门淑媛的大家风范。道韫一见之下，心中自有一种格外的亲近感，郗夫人拉着道韫的小手赞叹道："这可是谢家的道韫吧，早闻芳名，今日一见果然清雅神韵，如同仙女下凡，我见之难忘啊。"

道韫赶紧屈膝还礼道："谢道韫见过伯母大人！"

说话间，众人在庭院的一湾曲水边坐下，春日暖阳照在每个人身上，清风徐徐吹来，繁花吐蕊，芳香萦绕，这几天正是最好的春日饮宴之日。仆人捧着美酒和美食过来，郗夫人立即招呼孩儿们就着水边的坐垫安坐下来。

此时的王羲之更像个和蔼可亲的父亲："来来来，春和日丽，今天准孩儿们放半天假，暂时不用练字了，一起来见过谢家的兄弟姊妹们！"

道韫打量着眼前的一众孩儿，大的十多岁，小的和她相仿，她有点好奇，这么多孩儿都是郗夫人一人所生，而且听说王伯父从未娶妾。

这时，王羲之唯一的女儿王孟姜过来坐到道韫身旁，笑着说："我叫你阿姊吧，看上去你比我大。"道韫和孟姜开始亲热地说起话来。

七八岁的姑娘家看似懵懂，但心细如道韫这样的女孩早已学会察言观色。她先是见三个儿郎挤在一处玩闹，他们一直在玩儿郎玩的游戏，旁若无人，后来她知道他们分别是涣之、肃之、操之；一个和谢玄差不多大小的儿郎被他最年长的阿兄牵着手过来和谢朗、谢玄说话，她便知道了他叫王献之，他长兄叫王玄之；接着她发现有一个和她差不多年纪的儿郎没有在水边端坐，而是在树荫下蹲踞，自顾自玩着玩具，后来她知道他就是王徽之；最后她看到一个比她大四五岁的男孩，安静地坐在逸少伯父旁边，正襟危坐，神色凝重，样子有些可笑，但明显他是在听父亲和安石叔父纵论国家大事，后来她知道这位少年老成者就是王家老二王凝之。

这边，王羲之给谢安用鸡头壶倒上一觞酒，一边递过去，一边问道："安石，我听说扬州刺史庾冰以前也召过你，你只勉强去了一个月，就辞职了，这回你真的要出山应召了吗？"谢安接过，承让了一下，微微一笑："我要不来，我阿父那里交代不过去，朝廷这边也召得没完没了，不过这事至多两月，不出半年，我又可以回东山去了！"

"如此说来，安石是无意为官了？"王羲之问道。"逸少兄，你认为当官有意思吗？"王羲之没想到谢安会这样反问，就笑道："小老弟年纪轻轻何出此言？"

谢安没有正面回答，问道："那逸少兄你认为我朝还有北上收复的希望吗？"他喝了一口酒继续说，"我虽然人在始宁东山，可我知道朝廷正在失去一些良机，朝廷现在就像一块跷跷板，这边高门大户上去了，就压他一下，那边豪门世家上升了，就平衡一下，如此消耗下去，至多也就保个半壁河山，搞不好还……"他就此打住，不往下说了。

王羲之吃惊地看着谢安，人说士别三日当刮目相看，这谢安一些时日不见，倒像是个真正的隐士。王羲之虽然也是个闲官，但心还在江山社稷，于是接着谢安的话说："庾亮去世后，朝中没有了北上前线的神武将才，现如今，我倒是看好一个人，荆州刺史、征西大将军桓元子（桓温的字），刚刚灭了成汉，年纪轻轻就建功立业，我要是再年轻几岁，也随他去征战了。只要他尽力，收复中原大有希望。"王羲之想起了他追随庾亮的那段日子，不禁心驰神往。

谢安不以为然地笑了一下："逸少兄以为如果桓温真的做大了，朝廷会放心他吗？"王羲之轻轻叹了一口气："疑人不用，用人不疑，你长兄谢无奕不是一路追随桓将军去做了司马吗？"谢安道："我长兄和桓将军的确是一对好搭档，就像你当年为庾将军长史一样。"

在一边静静听大人说话的道韫，心里惊起一阵波澜，大人们说到她父亲了，接着道韫听王伯父叹了一口气，转了话题：

"说起来伤心，眼下我想去保家卫国都没有机会。你知道我为什么这么快就被从江州刺史任上召了回来？"谢安沉默，王羲之无奈地说："还不是因为朝廷想平衡各家族之间的势力，原来庾家的一些地盘分给了谢仁祖和桓元子，于是朝廷只好把我们王家的地盘拿出来重新分一下，说到底，还不是因为如今我从叔父已过世多年……"王羲之说到这里神色有些落寞。

谢安安慰道："逸少兄，这就是政治。所以说，人各有志，我还是回东山去吧，会稽郡风景独好，江边钓鱼，出海观潮，呼朋唤友，谈玄论道，岂不快哉！我想请逸少兄一起去会稽，咱们一起遍游东土名山胜水，不做这烦恼官罢了。"

王羲之一听，坚决回绝道："不，我现在不能离开建康，朝中力挺桓将军的人太少了，我要力谏太后和皇上一定要相信桓将军的才能，有朝一日挥师北上，克复神州！"

谢安淡然一笑，他端起一觞酒，不再说什么。王羲之是他的良师益友，虽然两人观念很不一致，但是他愿意听他侃侃而谈，特别是通过他了解时局和朝廷的一些看法。

"唉！如今的年轻人哪！"王羲之见自己劝说不了谢安，反被他劝说去会稽隐居，不禁感叹世道多变，惹得孩儿们投来好奇的目光。

道韫听了，心中感慨万千：在成人的世界里，女子和男子有着天壤之别，男子可以纵马世界，谈天论地，成就一番伟业，而女子终其一生，只能守着家和孩子。道韫心想：人生如果可以重置，真的希望自己成为一名儿郎……

那一天直到暮色四起、笼盖四野时，谢安才依依不舍地起身和王羲之告别。回到家，阮夫人问道韫："王家的小郎君可都见着了？"道韫点头，说道："阿母，等我长大了，可不可以不嫁人？"阮夫人笑了："把你嫁到王家去，不就近了，只隔了一道墙。"道韫嘟着小嘴，顿足急道："我不要！我不要！"

两个月后，谢安果然称病不再上值，只在建康城里清谈论玄，过得非常自在。谢家本来个个都是清谈高手，谢安到了建康如鱼得水，平时经常邀请贤达们来家里品评时事和人物。在这些名流云集的场合，谢家的孩儿们从不回避，甚至经常参与讨论，道韫虽是小姑娘家，却也常常在一旁听道。

自从安石叔父来到建康，道韫觉得仿佛有一个人为她打开了一扇窗，窗外的天空格外明亮。

第十一章 谢裒离世 东山咏雪

　　永和三年（347 年）年底，秦淮河两岸又下起了大雪，而这个冬天让谢府进入了一个悲伤的季节，六十六岁的谢裒走完了他南渡江左的创世人生，在吏部尚书、国子监酒的任上病倒了。

　　眼见回天无力，谢裒召回众多儿孙，握着侄子谢尚和自家六个儿子的手断断续续地交代后事："想我陈郡阳夏谢氏一门，自你们先祖谢缵成为士族高门，一直都尽力辅佐朝廷，良人贤达辈出，望我之后你们族中兄弟同心同德，为振兴晋室殚心竭力，为家族兴盛同甘共苦，尤其要教导好谢家子弟。我走之后，把我葬于建康城南，脸面朝北，我会一直等着中原故土重回我朝的那天。"又单独叫了谢奕和谢安两兄弟到榻前说话："无奕是兄长，最为勇毅，要给弟弟们带好头做好表率；安石聪慧又能谦让，以后谢万、谢石、谢铁这几个弟弟要拜托你，一定要照顾好他们。"两兄弟含着泪说一定谨记父亲的话。谢裒交代完这些，平静地阖上双眼，驾鹤西去。

儿孙们大恸。朝廷追赠谢裒为太常卿，葬于京城南郊。

葬礼之后，谢奕、谢据、谢万等人又将各自奔赴前程，从兄谢尚也将回豫州。这时大家想到一个大问题：这么大一个家族，谁来德育教化族中子弟？仅靠各家知书达礼的夫人，显然是不够的。

自东汉末年至东晋初期，战乱纷扰，导致官学不兴，家学成为一个大家族传承教化子弟的关键，家学兴盛才能绵延子孙、兴旺子孙。因此，当时的世家大族都设私学作为教化子弟的主要方式，教学不仅有儒学占主导的经学教育，还有佛教、道教等宗教教育，另外吟诗作赋、琴棋书画乃至习武练剑也属私学。能承担这么全面的教育任务的人会是谁？大家想到了谢安。谢安是所有兄弟中最饱读诗书的一个，书法也得到王羲之的首肯，同时最富有耐心教育子侄后代。

但是，谢裒去世后不久，朝廷又给谢安发来征召令，这回征召他为尚书郎、琅琊王友。谢安还是原先的态度，坚拒出仕。这回他打算离开建康，索性淡出人们的视线，重回东山隐居。

面对父亲的临终嘱托，他想到了一个两全其美的方法，他和刘夫人一起带大一点的族中子弟回东山老家住一段时间，做好启蒙老师。

阮夫人与王夫人也想一起回东山去，于是回乡的决定就这么愉快地决定了。

第二年春暖花开的时候，谢府的大队人马出发了。从建康到东山，又是陆路又是水路，又是马车又是航船，道韫和兄弟姊妹几个一路兴奋不已，指指点点，问这问那，直到见到巍峨东山，这些从小在城里长大的孩儿们明白了什么是天外有天、山外有山。

东山上清流激湍，木林森森，山野的白云飘忽不定，有的像过隙白驹，有的像飞舞白练，有的像奔腾不息的浪花，道韫第一次感受到了山水间的静谧和悠远，她在这里闻到了家乡的气息。

安顿下来后，孩儿们开始安心读书。谢安出手，自是不凡，他教孩儿们读经史子集，尤其是研读当时盛行的《老子》《庄子》《易经》，常常和孩子们探讨辩论，启发教育。安石叔父还教他们咏物吟诗，孩子们小小年纪个个都成了诗人。

跟着谢安回东山的子侄中有四个孩儿，小名分别叫"封""胡""羯""末"，其中"封"是谢韶，"胡"指谢朗，"羯"是谢玄，"末"指谢琰，他们基本是谢安一手培养出来的，后来都成了晋朝名人，当然还有谢安非常看好的侄女谢道韫。

一次在上完早课后，谢安问各位《毛诗》中何句最佳?《毛诗》常常被用来激发童子的文思。谢玄立即回答叔父说："昔我往矣，杨柳依依；今我来思，雨雪霏霏。"这是一句典型的悲情诗，抒发了长年戍边在外的将士的无边乡愁。谢安听了心中一惊，难道谢玄长大了想继承兄长谢奕的衣钵，做一位远戍边关的良人吗? 轮到道韫发言了，她沉吟片刻，答道："《诗经》三百篇，莫若《大雅·嵩高篇》，吉甫作颂，穆如清风，仲山甫永怀，以慰其心。"好个"穆如清风"! 谢安更是吃了一惊，这是一个女孩儿的回答吗? 他哈哈大笑，赞道："甚好! 韫儿真是雅人深致！”

时光飞逝，春去夏来，秋尽冬至，又到寒冷的大冬天，东山上人迹寥寥，恰如无尘寰界。这天，谢安让家人们都聚在一起喝茶取暖，堂屋中间生起了一个大火炉，火光闪闪，非常温暖，他跟子侄们围炉而坐，畅谈诗文。

不一会儿，天下起了又大又急的雪，雪落无声，天地苍茫，谢安吩咐仆人索性打开大门，他高兴地说："来！大家看看，白雪纷纷何所拟？"他想借题考一考子侄们的文才。谢朗想了一下，马上答道："撒盐空中差可拟。"谢安听了觉得这比喻相当不错，赞许道："胡儿才思敏捷！"其他几个也抢着说，屋内充满了朗声笑语。唯有道韫缓缓移步大门口，仔细观察起雪落，飘飘洒洒的雪花让她想起了春天，想起了秦淮河两岸迎风展姿的柳树，想起了她的很多童年往事……她是一个善感的女孩儿，但是轻易不表露心迹，所以很多时候她常常语出惊人，连叔父也不知道韫的心智究竟有多高。

回到座位上，谢道韫果然说出了惊天神句："未若柳絮因风起。"

此句一出，四座皆惊，道韫小小年纪竟有如此高妙才华，不输儿郎，恐怕天下女子真的无人能出其左右。谢安高兴得大笑起来，他仿佛在侄女的诗句中看到了雪花像柳絮一样被风吹得漫天飞舞，像花非花胜似花，此景只应天上有。然后，他又顾自轻轻地叹了一声，轻到没有人注意，为什么偏偏又是道韫？假如她是儿郎身，那该多好啊！

第十二章 殷桓之争 褚裒战败

永和二年（346年），东晋的清谈高士殷浩出山了。当年他和王羲之一起从庾亮幕府退出后，在荒山隐居十年，谈玄论道的水平得以大增，一般人与之辩论肯定甘拜下风。会稽王司马昱成了他的忠实粉丝，两人常常组织清谈会，名士多有参加，渐渐形成了"京师名士圈"，而殷浩之名声随之水涨船高。后来，诸多重臣推荐他参与朝政，殷浩一直不肯应召。

皇叔司马昱执掌朝政后，也多次隆重推荐殷浩出山，均被他一一婉拒。直到国丈、卫将军褚裒推荐殷浩，殷浩这才应征，被任命为建武将军、扬州刺史。然而，殷浩还是不断上疏辞让，并写信给司马昱，陈明心愿。

司马昱于是给殷浩写了一封回信，道："国家正当危难，衰败已到极点，幸而时有英才，不必寻访隐居奇贤。足下见识广博，才思练达，为国所用，足以经邦济世。如若再存谦让之心，一意孤行，我担心天下大事从此将要完结，足下的去留已关系到时代的兴废。足下长思静算，就可以鉴别其中得失。希望足下废弃隐居之心，遵循众人之愿。司马昱顿首顿首。"

殷浩见司马昱言辞如此恳切，总算接受了朝廷征召。

殷浩上任后，成了司马昱的心腹，以司马昱、殷浩为首的中枢执政集团，其实就是一个名士清谈集团，大量会稽人士及玄学同好被援引进来，用以制衡桓温。

在这个集团里，可谓谈笑皆名士，往来无白丁。在众多谈玄高手中，王羲之也是其中一个，但王羲之和他们又有所不同，他以为谈玄毕竟虚无缥缈，当下治国理政才切合实际。

一次谈玄会上，有人问殷浩："为官梦见棺材，发财梦见粪土，这是为何？"殷浩回答说："官本是腐臭之物，所以做官会梦见死尸；钱本是粪土，所以发财会梦见粪便。"殷浩此类语不惊人誓不休的话还有很多，时人皆以为至理名言，甚至把殷浩誉为当世管仲或诸葛孔明。

殷浩上任后，公开反对桓温出兵北伐，桓温心里十分不服气："你一个清谈名士对领兵打仗一窍不通，凭什么阻碍我出征？"而殷浩也不服气桓温这个只会领兵的行伍之人，两人很快就摆出势不两立的样子，就此结下梁子。

桓温雄姿英发，是少有的胆识皆俱的帅才，又有显赫战功，朝堂上很多人看好他领兵打仗的实力，但各家各族都忌怕他一族独大，所以桓温几次上书请求北伐，都未得到朝廷回复。

桓温行伍出身，实干起家，看不起清谈之士。桓温少年时曾听王导与殷浩谈玄，王濛、王述、谢尚都在场，王导感叹道："正始年间王弼、何晏之间谈玄，可能也就这样了。"第二天，桓温就对人说："昨夜听王、殷两人清谈，非常美妙。回头再看看王濛和王述，就跟身上插着漂亮羽毛的母狗一样。"他这是在讥讽王濛和王述不懂装懂，故作姿态。又有一次，桓温雪天打猎，碰到王濛、刘惔等人。刘惔见桓温一身戎装，问道："你这是干什么去？"桓温说："我若不是这样，你们哪里能安坐清谈？"

殷浩走马上任后，桓温就一直想找机会和他比个高下，有一次对别人说："殷浩和我小时候骑竹马玩，他总是等我玩腻了，把竹马扔给他，他才能骑。"殷浩听了也不作辩解。又一次，桓温挑衅地问殷浩："咱俩相比怎么样？"殷浩说："我和我自己打交道很久了，我宁可做我自己！"众人皆赞许殷浩。

永和五年，中原后赵的皇帝石虎病死，几个儿子互相争权，再加上冉魏国的冉闵诛杀石氏，北方陷入空前大乱。晋廷想抓住这个千载难逢的机会，派兵北伐后赵，乘机恢复中原。于是，派谁去攻打后赵成了朝中纷争的中心议题。

关于北伐人选，朝中几位重臣比较推崇的是桓温、谢尚、褚裒三人，但都久议不决。

先帝驸马、征西大将军桓温是第一人选，他现在风头正盛。但是崇德太后褚蒜子心里也没底，更担忧桓温功高震主，成为第二个"王敦"。

庾冰兄弟及辅政大臣何充相继去世，皇叔司马昱总理朝政，他给褚太后建言：要避免重蹈"王与马，共天下"的局面，必须培养新的门阀势力与桓温抗衡。

　　褚太后权衡再三，最后听从了司马昱的建言，既不用桓温也不用谢尚，起用自己的父亲褚裒以制衡当前局势。

　　同样起用外戚征讨北边，褚太后也得分个亲疏远近，她想小皇帝亲外祖父总不会有非分之想，于是就任命褚裒为征北大将军，领军北伐，进攻后赵。

　　然而，褚裒此前只任徐、兖两州刺史、卫将军，并没有多少领兵打仗的经验。褚裒接受褚太后和朝廷委任后，一路向北。然而世事难料，七月，褚裒率领三万军队，开赴彭城（今江苏省徐州市），北方士人和百姓一听国丈来战，纷纷归降，归降人数日以千计，众多百姓相聚起兵，归附东晋，他们向褚裒求援，褚裒却低估了敌军实力，只派部将率三千精锐部队作为前锋，迎战后赵。没想到，后赵派出两万骑兵和东晋的三千精锐交战于代陂（今山东省滕州市），结果可想而知，晋军大败，前锋军士被后赵军队重重包围，最后全军覆没。

　　八月，褚裒退驻广陵，主动请求贬职，朝廷不予同意，命褚裒继续镇守京口。这时黄河以北大乱，二十多万晋朝遗民渡过黄河，想要前来归附东晋。但是此时的褚裒已退回到京口，大势已去，无法接应这么多人，结果遗民们陷于孤立无援的境地，又不能自救，几乎全部葬身在归晋的路上，有的被后赵士兵杀死，有的被饿死、冻死，茫茫中原大地上，生灵涂炭，白骨遍野，惨不忍睹。

　　发生了这样的事，举国震惊，建康城里街坊百姓流言蜚语，议论的尽是这件事，甲说："国丈轻虑浅谋，能力不行啊！"乙说："朝廷为什么不派会打仗的桓温去呢？"丙说："你们可都忘了那'王敦之乱'和'苏、祖之乱'吗？"丁说："要我说，咱们太后的确也太难了……"

东晋这一仗虽然被打得落花流水，但是北方后赵内乱未定，加上战事损耗也不小，暂时顾不上南侵，倒是换来了眼前的一时安逸。一段时间后，过着悠闲生活的江东百姓渐渐地忘记了刚刚吃的败仗，而朝廷也是好了伤疤忘了疼。

永和四年（348年），已掌握朝中实权的殷浩举荐昔日好友王羲之为护军将军。这时距王羲之从江州刺史任上被召回京城已有两年。护军将军的权力很大，不但管理一支保卫皇帝和京师的军队，而且其下还有属官，若受命出征，还可以设参军。王羲之在这个职位上恪尽职守，关心士卒疾苦。他曾发表题为《临护军教》的一道军令，大意是：军营里要公役均平，我委派忠于职守、谨慎公正的人到各营，你们对自己遇到的困难，可以畅所欲言，军营中如有老弱多病、不能温饱或无法养家者，要区分不同情况予以妥然处置。此令得到了兵士们的拥戴。

然而，护军之职常常需要外出督军，有时要去江州，有时又要到豫州和荆州。时间一长，王羲之感到有些力不从心，请求调职，但朝廷始终没有答应。

这天，王羲之接到诏令，命他和司马昱、王彪之等人一起到建康宫太极殿面见太后和皇帝。王羲之心想，眼下战事暂无、晋室稍安，估计朝廷是找他商议有关中兴文化的事宜。

王彪之（字叔虎）是王羲之的从弟，王羲之叔父王彬之子，王导离世后，朝廷最终以王彪之作为琅琊王氏在朝堂高官的继承者，任命他为侍中，后又任他为吏部尚书。王彪之以刚正不阿、善于建言著称。

眼前的建康宫是咸和五年（330年）晋成帝命人在东吴苑城旧址上营建起来的，宫城的设计营造依照天象和周礼，中轴对称布局，整个宫室包括百官议政的尚书朝堂区、皇帝朝宴的太极殿区以及后宫内殿区、宫后园囿区等，正殿太极殿面阔十三间，规模宏大，气象绮丽。

王羲之随其他大臣一道进殿等候。不一会儿，朝议开始，六岁的晋穆帝司马聃在太极殿内坐定，他背后的帷幕后端坐着的正是崇德太后褚蒜子，虽然影影绰绰，但是透露着至高无上的皇家威严。

褚蒜子时年二十四五岁，可叹造化弄人，孤儿寡母必须撑起这大晋江山。褚蒜子虽为女流，但是柔肩风华，临朝称制数年来，愈发沉稳大气，母仪天下，群臣隔着帷幕也能感受到来自太后的气势。

众臣礼毕，褚太后缓缓说道："后赵大乱，现洛阳城归降我朝，本宫打算复置河南郡，属司州。"众臣皆称赞大晋国祚长存。

褚太后又说道："有件事和各位爱卿商议一下。上河（指黄河）文明、中原文化源远流长，大晋虽然定都江东，但是根基在上河和中原，为传承根脉，弘扬社稷，哀家欲派人在洛阳图河（黄河支流）古道上建一座祭祀寺，以感念人文始祖伏羲，也彰显我大晋收复洛阳的功绩。哀家想听听众爱卿的高见。"

司马昱回禀："这是流芳千古的大好事，臣赞同！洛阳图河大有来历，伏羲造书契、定人伦、正婚姻、教渔猎，其功德高大，实在堪比炎黄二帝和尧舜禹汤。太后此举，定是功莫大焉！"

王羲之附议道："此乃国家之幸事，千古之美事，臣也非常赞同！上古时期，有一龙头马身的巨兽从上河腾跃而出，背上负有'河图'的图样，同时还有一只庞大的神龟从上河里游出，龟壳上刻画着'洛书'字样。始祖圣人伏羲氏是个精通天地神灵的巨人，他依据龙马所负的'河图'图案，画出了乾、兑、离、震、坎、艮、坤、巽的八卦图，依此来代表天、泽、火、雷、水、山、地、风，又根据'洛书'记录的天文和地理现象，仰观天象，俯察大地，洞察解释万物的变化和人间伦理的秩序，一画天开，从此人间有了文字的起源，结束了结绳记事的蒙昧洪荒时代。自此之后，人们把八卦图誉为周易的始祖，中华文明的源头。《易经》有云：河出图，洛出书，圣人则之。河图洛书是华夏文明之始，祭礼拜之，非帝后不能也！"

小皇帝司马聃听了王羲之一席话，津津有味，开启圣口道："王大人讲得甚好！既然这么重要，那此寺修建一定要十分隆重。"褚太后道："皇上说的极是，众爱卿说说看，给这个伏羲寺取个什么名字？""河图洛书寺""河图寺""龙马寺"，大家起了一些名，最后褚太后说道："龙马负图寺。"众臣皆道："好！贴切形象，彰显我大晋气象！"于是，当即诏命工部在洛阳城选址勘察营造。

议完了第一件事，褚太后接着道："哀家还有一件事请众爱卿再议议，原成汉国的旧臣常璩意欲撰写一部专门记录梁、益、宁三州历史、地理、人物的方志，把我朝从定都建康开始的历史、传说、风俗、民族迁徙等编纂成书，名曰《华阳国志》，各位意下如何？"吏部尚书王彪之奏道："修史是弘扬文化、传承文明的大好事，朝廷当予以鼓励！"众人皆附议。

褚蒜子道："好！为方便常璩编撰，户部要为其拨出专项资金予以支持！"接下来又议了各地修建祠堂、门楼、村道等事宜。

等所有朝议结束之后，内侍太监对王羲之说："护军将军王大人请留步，等下去书房觐见太后和皇上！"

王羲之应诏来到太后书房，褚太后依然坐在帷幕后面，隐隐约约，司马聃在前位坐定。褚太后让内侍拿出司马聃书写的字给王羲之看，王羲之仔细看了一遍，回道："皇上的字笔墨饱满，丰神逸秀，字里生金，行间玉润，大有先帝之风范！"

一旁的司马聃听了高兴得不得了，说道："谢王大人赞许！"又有些小得意地看向帷幕后的母后，褚太后温和地回道："彭子（司马聃小名）不可骄傲！"接着又对王羲之说道，"王大人不能光说好，字的结体如何？"王羲之回道："皇帝尚年幼，笔法还不成熟，但从字的结体看分布平正，已经很好了！"

褚太后又问："眼下皇帝习书需要注意些什么？"王羲之回道："这需要勤学多练。书法好比一棵树，笔画好比树叶，结构好比树干，运笔好比树的气势。如果以国比之的话，笔画好比臣民百姓，间架结构好比文武大臣，运笔就在于写字之人，这写字的人好比太后您。"说到这里，褚太后在帷幕后面皱了下眉，在旁的内侍太监立即大声喝道："大胆！"

王羲之顿了一下，他说话一贯信马由缰，说着说着不觉就绕到太后身上做比喻了，于是连忙跪下："请、请太后恕罪，臣、臣不是故意的！"

王羲之小时候有结巴的毛病，如今一急还会结巴，褚太后觉得有点好笑，说道："王大人快请起，哀家恕你无罪！"

王羲之还在拘谨，生怕一会儿自己又说错了什么，却听褚太后说道："王大人比拟得非常好！笔画好比臣民百姓，间架结构好比文武大臣，哀家就是那个运笔写字之人，哀家现在想的就是如何把这个'国'字写好。"只听褚太后轻轻叹了口气："但是只要那些股肱大臣不和，我这运笔之人可是难以下笔啊！"

王羲之抬眼看了一下帷幕后面的褚蒜子，如果她是一名普通世家女子，这个年龄本该在后院相夫教子，安享清逸，可是现在却被推到朝堂之上，每一天都有操不完的心、处理不完的国事，更何况朝堂上都在传说其父褚裒因为宏图没有实现，忧虑过度已经病倒了，想必太后这几日一定是忧心如焚。

王羲之正在想宽慰太后的措辞，又听褚蒜子轻叹一声道："我朝重臣本应该精诚合作、互相支撑，可是眼下……"话说到这里，她顿住了，王羲之马上反应过来，回道："殷大人为朝廷分忧，但有时确实有点过分，桓将军看上去有野心，但实际上他对朝廷、对太后、对皇上还是忠心耿耿的……太后是想让我劝说殷大人不要处处和桓将军为敌吗？"说着说着，发现自己又跑题了，就此打住。

褚蒜子听了却说道："王大人，今天我们只谈书法，不谈政事。"王羲之有点发懵，不知该如何回话，只听司马聃奶声奶气地说道："有些话母后不能直说，你有什么利国利民的话直接说与两位大人听，母后什么也不知道。"王羲之怔了一下，被小皇帝说得醍醐灌顶，立即回道："太后和皇上放心，微臣明白怎么做了！"

王羲之和殷浩私交甚好，最近殷浩又举荐了王羲之。同时，王羲之和桓温早就结识于少年儿郎时期，这些年王羲之没少给远在荆州的桓温写信，有一次还特意跑到荆州去看望他。桓温对顶级老牌士族代表王羲之本来就十分敬重，每信必回，两人你来我往，每次谈及国事、战事都十分投缘。王羲之以为自己虽无缘去前线，但通过书信往来，似乎找到了存在价值，他在信中常常鼓励桓温北伐，早日克复中原。

显然褚太后对王羲之与殷、桓两人的关系了然于胸，才会让王羲之劝和。王羲之暗中得令，于是专门约殷浩大人去新亭游玩，一边游玩一边说道："深渊（殷浩的字）兄，你知道当年王丞相在新亭怒怼那些对泣大臣的故事吗？""肯定知道，丞相大人那是疾声振呼，想要唤醒那些对大晋失去信心的臣子。""是啊，今天我们不是也面临这样的局面，大家如果不是齐心协力一致对外，我们何谈克复神州？"

殷浩听出了王羲之的言外之意，不好意思地说道："我又不是针对他元子，是朝中大臣都以为不能让元子成为北伐的主导。"王羲之认真地看着殷浩，说道："我知道，其实深渊兄与元子兄都是为大晋的江山社稷着想，如果你们一个在朝堂一个在边疆，两相配合，那会出现将相和、社稷兴的大好局面！"

殷浩根本就不想理睬王羲之所谓将相和这套说辞，正和他的手下谋划他亲自出征北伐的事，只是暂时不便说出来。

王羲之又给桓温书信，一是告诉他别和殷浩计较那些不愉快的事，他已从中说和，希望两边都以和为贵；二是继续鼓励他实现北伐的宏愿。桓温又给他回信，信中诚恳地说了自己的北伐计划和大致思路，王羲之看了十分激动，似乎克复中原已指日可待。

又过了些时日，殷浩和桓温之间的关系好像缓和了一些。但是相安无事的背后，无非就是殷浩在京城忙着拉帮结派，桓温在荆州忙着厉兵秣马。

这年十一月，褚裒将军回到京口，听见门外到处都是哭声，于是问下属怎么回事，下属对他说："全是代陂之战中阵亡者的家属。"褚裒羞愧自恨，渐渐结郁成疾。同年十二月，褚裒去世，享年四十七岁。

国丈逝世，举国哀悼。发丧那日，王羲之与文武百官在太极殿内一起哀悼。王羲之长长地叹了一口气，痛心地想道：褚太后此刻不知怎样悲恸！二十岁丧夫，二十四岁丧父，但凡桓温和殷浩不是如此针锋相对，太后也不至于派褚裒出征北境……

与王羲之忧国忧民完全不同，谢安这几年在东山过得逍遥自在。他在会稽结识了诸多名士，比如同为第二代世家子弟的孙绰，两人一见如故，相谈甚欢；再比如许询，会稽内史许劭之子，清谈高人；还有东晋高僧支道林。他们组成志趣相投的会稽名士圈，经常谈玄论诗，纵情山水，放逐心灵。

一次，一众文人雅士泛舟大海，刚刚还风平浪静，万里无云，突然间风起浪涌，天色变幻莫测，众人惊恐，纷纷说道："我们回去吧！"东道主谢安却面不改色，吟啸自若。船夫见谢安高兴，便继续驾船漫游，后来风浪越来越大，谢安这才慢条斯理地说道："如此大风，我们将如何返回呢？"

船夫听从吩咐，掉转船头返航，早被吓得面面相觑的众人无不钦佩安石镇定自若的气度。谢安则哈哈大笑："尔等有所不知，我经常出海，所以见多了风浪，自然比你们更了解何时返航。"众人感慨：原来淡定不光要心理强大，更需要对事情了然于胸。

　　每到春日，安石还会带上一众文士游春赏花，同时还不忘携带数位歌女同行，这些歌女不仅颇有姿容，还能一展歌喉，可谓才貌俱佳。谢安每到诗情勃发，便和友人一道作诗唱和，然后让歌女们即兴吟唱，歌声悠扬，如仙乐飘飘，不绝于耳。每于此时，谢安就心满意足地叹道："神仙日子也不过如此罢了！"

　　如此一来，时人都在传说谢安"东山携妓"的故事，洒脱风流的才名使谢安更加声名远扬。然而，这事最后也传到刘夫人耳旁，没想到刘夫人却淡定地回道："无妨，谢郎喜欢听歌女唱歌，让他听就是了，仅此而已！"刘夫人的大度让许多士人汗颜。谢安此后一生从未纳妾，敢于放手的人也是最懂他的人。

　　谢安热衷于纵情山水。一次，他和友人游临安山，憩坐在一深幽石洞里，面对深谷，悠然对同伴叹道："此般情致与伯夷有何区别！"这伯夷和叔齐的故事世人都知道，谢安上有谢尚和谢奕、谢据，下有谢万，他这是乐得清闲，不出仕不为官那又怎样？谢安在本不该看破红尘的年纪已看破滚滚红尘。

　　支道林也是谢安的好友。支道林幼年随家人离开祸乱横生的江北来到江东，二十五岁出家开悟，初入京城，便升座讲经，援道入佛。佛玄交融是支道林讲经的特色，在谈玄说道的京城名士圈内可谓名噪一时。

　　后来他转辗来到会稽，经常到东山谢府拜访因隐居而闻名于世的谢安。当时谢安的侄子谢朗只有八九岁的样子，有一次，病刚初愈，兴致勃勃地跟着叔父和支道林一起辩论玄理，结果大和尚一时间还说不过小谢朗，两人终于弄到互相难堪的地步。

谢朗脸色潮红，母亲王夫人在隔壁房中偷偷看了一眼，就派人叫谢朗回去，可是谢安觉得谢朗辩论得非常好，一直把谢朗留住，不让他走。王夫人是个爽直妇人，只好径直走出帷幕，来到厅堂，对谢安说："嫂子我一辈子的寄托，只在这孩儿身上。"谢安愣了一下，只好让嫂子把谢朗领走，王夫人边领走边流了泪。

谢安有感而发，对同座的人说："家嫂辞情慷慨，很值得传诵，可惜没让朝廷官员听见！"这位王夫人虽然没有被朝廷册封，但被小叔这么一说，后来在历史上也算留下了千古之名。

日子久了，刘夫人看丈夫一直隐居东山，不是悠游山林湖海就是教诲子弟们读书写字，眼见谢家各门地位逐渐显赫起来，忍不住问："谢郎，大丈夫不想富贵吗？"谢安掩着口鼻，低声回她："夫人莫急！以后恐怕不可避免！"刘夫人无言以对。

没过多久，朝廷又是一道诏书，吏部尚书范汪举荐谢安为吏部郎。谢安无奈，只好又来建康报到，这回他找了个生病的借口又想推辞。

王羲之听说了此事，颇有点恨铁不成钢的味道，心里十分着急，约了谢安一起去登他们曾经一起登过的冶城。此时的谢安三十郎当，而王羲之快到知天命的年龄了。

两人边走边谈，王羲之焦急地寻问道："安石老弟，你这哪像生病？看上去年轻力壮，胜过牛犊子啊！""您看，我这不是心里有病吗？""啥病？""就是不想出来做事的病。""你老弟真是病得不轻啊！那赶紧回东山养病去呀。""这事我必须来一趟的，您知道已经多次让我出山，我再不来人家说以后要对我终身囚禁了。"两人相视，哈哈大笑。

登上冶城的高台，两人极目远眺，宽阔而清澈的秦淮河正滔滔不绝地汇入长江，而烟波浩瀚的长江正浩浩荡荡、不舍昼夜地奔向远方。面对此景，两人都想起了十多年前一起登临的时光。

谢安望着辽阔山河，心中感慨：与亘古不变的江山相比，人生何其短暂而渺小。然而，谢安一直沉默不语，看上去老成持重，反而是人到中年的王羲之忧心忡忡地面对着遥远的北方说道："以前大禹操劳国事，手脚并用，长出了茧子，周文王忙到天黑才吃饭，还总觉得时间不够用，现在国家看似平静，但是危机四伏，我们人人都应当自觉地为国效劳，而不是清谈浮辞，妨害国事。"

王羲之是话里有话，谢安怎么会听不出来？他慢悠悠地反驳道："秦国任用商鞅变法，可是秦朝只传了两代就灭亡了，这难道也是清谈所造成的灾祸吗？"

王羲之说："这不可同日而语，秦不是清谈而亡，而是苛政所致；吴国为越国所灭也不是清谈所致，而是不听忠言、不辩忠良，反被奸佞蒙蔽。在我看来，当下的谈玄论道就是故弄玄虚，荒废政务，不合时宜，那些华而不实的文章，更会妨碍大事，眼下我朝务必事君行道，纠治这些弊端才好。"

谢安转过头来，眯着眼睛说道："是是是，依我看，现在全天下就你老兄最操心国家大事，清谈是我朝当下最合时宜的文化活动，士人以谈玄为荣，以谈玄为乐，老兄您怎么纠治得了？"

王羲之闻言，叹息一声。谢安心想："所谓书生所为，常常只为自寻烦恼，大抵说的就是如此。"于是话锋一转，对王羲之说道："我可听说朝廷不愿意看到桓温再立大功，对桓温上疏北伐的要求不作正面回复，意在钳制他的发展。最近朝廷还重用了殷浩，提升殷浩为中军将军，都督扬、豫、徐、兖、青五州诸军事，这个殷大将军如今已摆出一副'北伐大功舍我其谁'的架势。"

王羲之"呵呵"一笑："原来你小子身在朝野心在朝中，对朝堂上的事了如指掌啊！"谢安回道："兼听则明，我两耳也不能只闻弦歌声吧！"

王羲之接着说道："这个殷深渊啊，我最了解了，只会清谈哪会打仗，要是让他去北伐，恐怕连自家性命都难保。眼下麻烦也来了，桓大将军本就瞧不起朝中那些只会谈玄论道的人，暴脾气发作，上书朝廷言称'朝廷养寇，统为庸臣所误'，这事震动朝野啊！"

谢安接道："桓温这番操作耐人寻味啊，实际上是向朝廷传递了'清君侧'的信号。"王羲之顾自叹息："他所要清理的，自然就是殷浩，我上次的劝和信看来都白写了。"谢安道："逸少兄，您还去劝和，要我说不从根子上解决矛盾，您再劝也没用！"

王羲之被他这么一说，一时沉默了。

谢安看着远处的建康宫，这次主动发问："您说，这桓温到底是有野心没有？"王羲之担忧地说道："依我看啊，朝廷借殷浩三番五次压制他北伐不是什么好事，本来无心，最后也会被逼成有心。我觉得看一个人的修为，有心无心看本心，心本无生因境有，前境若无心亦无！"王羲之恍然悟道："你小子绕了一大圈，又要和我清谈！"

　　两人相视大笑，临别时，王羲之说："我给你透露个事，朝廷可能会放我去会稽任职，我从心底里喜欢东郡的山水，老弟你又在那里隐居，等我处理完这边的事，日后我们在会稽相见。"

　　"此等好事，为何不早告诉我，我这下更要抓紧时间回东山去了，等您大驾光临！"谢安开心得大笑起来。

永和七年（351 年），原会稽内史王述丧母，因守丧去职。在司马昱、殷浩的极力举荐下，朝廷诏令王羲之为右军将军、会稽内史，从三品。此令意料之外又是预料之内，王羲之此前担任过司马昱的会稽王友，对东郡较为熟稔。时年四十九岁的王羲之考虑之后接受了，他也知道，自己从政将近三十年，虽自比诸葛孔明，但多年宦海沉浮，总是不尽如人意，与其在朝堂上做个闲官，他更愿意主政一方，为当地百姓做点事，更何况他喜欢那里的山水，会稽非常契合他的内心。

会稽郡辖十县：山阴、上虞、余姚、句章、鄞、鄮、始宁、剡、永兴和诸暨。

王羲之的官衔是右军将军、会稽内史。当时，晋廷任命封疆大吏都得带兵镇守一方，故而有将军头衔兼领刺史，而像王羲之这样郡守带兵并不多见，所以王羲之出任会稽，也算是朝廷对他的重用。

王羲之就这样告别了京师，一路向东而去。他看着久别重逢的东土山水，心中波澜起伏，会稽多山水，风景不与建康同，又濒临大海，见之心胸大开，而且会稽郡远离战火，水土宁静，百姓安居。王羲之心中大悦。

上任伊始，王羲之就听到郡府外吵吵嚷嚷，原来有很多百姓从各地赶到山阴城拾荒。这年天大旱，庄稼基本无收成，除了城里的百姓还有余粮，城外的百姓已到了吃树皮、啃草根的地步了。

王羲之犹豫了几日，奏请朝廷"开仓放粮，赈济灾民"。

然而，左等右等，尚未亲政的司马聃以官仓粮食是储备军粮为名，驳回了王羲之的请求。王羲之碰了壁，忧心如焚，寝食难安。

这天，王羲之突然想起小皇帝对书法颇有研究，尤其崇拜他写的字，便又写了一份奏章。在奏章中，刻意把"开仓赈粮"四个字写得飘逸洒脱，其余的字则写得平平无奇。

写完后，王羲之连夜赶往建康，将奏章亲自上呈给司马聃。司马聃展开一看，还没看清内容，便被"开仓赈粮"这四个字吸引。这四个字，每一笔都刚柔相济，笔势俊美。司马聃喜不自禁，脱口而出："开仓赈粮，好，好，好！"司马聃话音刚落，王羲之跪地便拜："臣遵旨！臣代会稽郡受灾百姓敬谢皇上！"听了王羲之的话，司马聃一顿，很快反应过来了。坐在帷幕后的褚蒜子默不发声，随着司马聃长大，她渐渐放权，这次她顺水推舟，同意了王羲之的请求。

　　王羲之大喜，十万火急地赶回会稽，开仓赈粮，救了万千饥民。百姓闻说郡守如此机智救民，奔走相告。王羲之的确爱民，当时朝廷赋役繁重，会稽尤甚，羲之每每上疏争取减免，会稽百姓受益匪浅。

　　任会稽内史一段时间后，王羲之感到北伐增加了百姓负担，所以又多次向朝廷建言："军兴以来，征役及充运死亡叛散不返者众，百姓流亡，户口日减。"意思就是人口流失，必然会减少赋税收入，导致官粮无人运输，所以他建议朝廷减轻刑名，防止逃亡，充实都邑人口。这条建议褚太后看了，批一个字："准"，让司马昱执行。

　　王羲之还及时写信给当时的尚书仆射谢尚，建议减免死罪者刑罚并充当兵役，其他刑者充百工医寺，同时可以举家充实都邑，如此既可增加都邑人口，又可便于管理，防止罪人逃亡。谢尚看了信觉得王羲之建议甚好，于是回信于他，在朝堂上正式提出政议，使此议得以施行下去。

　　开仓赈粮的第二年，王羲之还发出了命令：禁止会稽郡酿酒一年，这样可节约粮食万斛。王羲之巡检诸县时，发现几名仓督监守自盗，粮仓损失不小，便上书朝廷后立即查办了仓督，此举杀一儆百，深得百姓赞许。

　　会稽一带，江河湖海俱有，运送朝廷征调的公粮主要走水路，这被称为"漕运"。漕运好处多：运载量大，胜过车载；不用牲畜，可节省粮草成本；行驶借风力，节省人力。因此，王羲之建议朝廷：漕运可限定时间，但不必一再催促；岁终考量政绩，可来个"末位淘汰"，末名长吏，槛车送至朝廷问罪，郡守免官，或降职，发往边境困苦之地，以示惩罚。

王羲之在会稽赈荒、减免赋税、断酒、巡检，一件件、一桩桩都得到了落实，他为政务实的事很快就传遍了整个会稽郡，也传到了京师，众人都称赞他是个勤勉工作、体恤百姓的好官。

王羲之任会稽内史期间，也渐渐爱上了东郡，他觉得此地真是一个实现人生理想的地方。对羲之来说，远离朝廷、远离建康未必是原来想象的那般落寞，早知道人生可以这样酣畅，何必苦苦地和朝中那些自以为是的人纠缠不休？

他决定举家迁至会稽山阴，带上举案齐眉的郗夫人，还有他的七子一女。这里有他想要的山水风物，更有他家族世代修炼的道家仙气。

王羲之在会稽上任的第二年，就把家宅安在了山阴城的蕺山脚下。

蕺山为何叫蕺山，据说山上长着一种名叫蕺的草，蕺草也叫岑草。《吴越春秋》中说，越王自从尝了吴王夫差的粪便之后，遂患了口臭，越王灭吴后，口臭一直未好，于是范蠡下令辅佐越王的大臣都食用岑草，以清新空气。王羲之以为当今晋室缺少的就是范蠡这样的能臣，或者说有范蠡，但没有遇到像勾践这样发愤图强的君主。国家兴旺，两者缺一不可。

会稽的王氏府不同于建康的王氏府，山阴城的生活天地隽永、小桥流水、风花雪月，王羲之政务之余经常上蕺山登高望远。蕺山和山阴城里的另外两座山——卧龙山和塔山三足鼎立，形成山阴城的龙脊风水，城中有府河穿城而过，使得城中数万人家临水而居。从蕺山上望去，山阴城舍庐相望，富庶繁华，难怪西晋愍帝司马邺任命诸葛恢为会稽太守时，曾赐酒食送行云："今之会稽，昔之关中，足兵足食，在于良守。"

山阴人喜欢养鹅，那又白又肥又蠢萌的大白鹅后来成了王羲之的最爱。他在王府的后院里养了不少鹅，看它们引颈高歌，看它们在水中红掌拨清波，看它们互相打闹嬉戏，看它们为护院追逐陌生人的凶样，看着看着，王羲之觉得大白鹅的一举一动就是他书写的笔墨线条，他甚至认为，小时候卫夫人教他的点横竖撇捺折弯钩皆可以转化为大白鹅的一招一式。他越来越痴迷大白鹅。山阴的老百姓常见一个峨冠博带的官员领着一群鹅悠闲地走在路上。

有条路叫山阴道，是历朝历代修建的一条长长的驿道，道两旁风景佳美，王羲之常常带着儿子们行走在这条道上，观山观水观天地。

有一位山阴道士，特别爱好道教名典《黄庭经》，他早就获悉王羲之书法大名，无奈人家是会稽父母官，哪里能随便让写就写。他打听到王羲之非常喜欢大白鹅，就特地养了一群漂亮的大白鹅，在王羲之路过山阴道的时候，故意赶着鹅在河边经过。

王羲之看到河里游着一群白鹅，羽毛雪白，姿态优雅，喜欢得不得了，于是就让道士开个价，道士说："我的美鹅哪舍得卖，大人若是真心喜欢，就写一卷《黄庭经》来换。"王羲之一听，这也不是什么难事，当即用半天时间就写好了《黄庭经》，道士如获至宝，便让王内史欢天喜地地把这群大白鹅带走了。

王羲之家府旁边有一座小石桥，原本是无名之桥，后来因为一件事成了一座有名的桥。那是个大暑天，王羲之路过此桥，看到桥脚下一名老妪在卖六角扇，老妪很吃力地叫卖着，但路人都匆匆而过，一连几天都是如此，王羲之看不下去了，于是停下来和老妪说："我给你的扇子写几个字，保证卖出好价钱。"这不识字的老妪怕弄脏了扇子，将信将疑地递上扇子，让王羲之写上字，没想到这写扇子的人刚离开，那几把被题写的六角扇被一抢而光，还卖了比平时多两三百倍的价钱，老妪真是做梦也没想到。

第二天，老妪在王羲之必经的路上等他，让王羲之再写几把，王羲之照办了。第三天，老妪又在原地等他，王羲之远远地发现了，便不再从桥下经过，而是从另一条小弄绕了过去。此事后来一传十，十传百，山阴城的百姓给那座桥取了个名：题扇桥，那条王羲之躲着走的小弄便成了躲婆弄。

还有一条长长的弄堂，也和王羲之有关。王羲之的书法在山阴城名声大噪后，求字者不断。有一位做山阴酒的商户非常想得到王羲之的字，于是想了个办法，通过王府的邻居去求字，几天后，邻居赶着几只大白鹅，来到王羲之府上，王羲之见了特别开心，笑呵呵地为邻居写了几个字。

第二天，酒商如约去邻居家拿字时，刚好被王羲之撞见，王羲之有一种被出卖了的感受，极度懊恼，连声说："我今后再也不随便写字了！"于是抓起一支笔，向书桌上一掷。不料，那支笔从桌上弹起，穿破窗纸，沿着窗外弄堂向前飞去，刚好狠狠砸在酒商身上，这酒商一路狼狈而去，后来这条弄堂就被人称作"笔飞弄"。再说那支被王羲之狠狠摔出去的笔飞到一座桥上停了下来，从此那座桥被叫作"笔架桥"。

　　总之，王羲之在会稽居住的故事后来都被老百姓传得神乎其神。

　　王羲之又见谢安，是在山阴城的郡衙府。两人相视，寒暄之后，执手大笑，谢安道："愚弟没有说错吧，老兄于会稽很适性吧！"王羲之说道："适性，适性！我们兄弟俩终于可以在东郡的秀山丽水中相会，这大概也是命中注定的事吧！"

　　谢安又道："逸少兄，你看，我给你带来了一帮道中好友，一定会让你在东郡乐而忘返，心有归处，不再记挂建康！"王羲之转头看去，是孙绰、支遁、许询、谢万等众多文人雅士，他哈哈大笑："太好了！我正求之不得，各位光临，蓬荜生辉啊！"

　　王羲之是朝廷的外放高官，又是琅琊王氏家族的代表人物，门第显赫，书名才学均属顶流，大家仰慕已久。自他到来之后，越中各路名士争相拜访，品评时事，悠游山水，王羲之俨然是当朝文化界领袖。

　　而王羲之看过去，眼前这批名士也均是不同凡响的人物。

　　孙绰（字兴公）时任右军长史、永嘉太守，是当时士族中最有影响的玄言诗派代表人物之一，只见他没穿平常官服，着一袭大袖宽袍，足蹬高齿屐，衣袂飘飘，道风凛凛，谈吐不俗。

身披红色袈裟的支遁（字道林）乃当朝高僧、佛学家，年纪轻轻就在建康设坛讲佛，得到名士王濛、殷融的赏识。此时只见他双手合十对王羲之念道："阿弥陀佛！"

许询（字玄度）披裘策杖而来，他是隐居会稽永兴（今杭州市萧山区）的大名士，是如假包换的官二代，其父许皈曾任会稽内史，也是王羲之的前任。晋明帝曾连征许询为司徒掾，许询无法回绝，便舍家财珍宝和山阴、永兴两处私宅为寺。如此一来，连皇帝都知道他为了隐居，连家宅私产皆可抛弃，足见其去意坚决，从此再也不征召他了。

最后一个出场的谢万是谢安之弟，此人声誉在外，貌似风头已超过一直隐居东山的谢安，只见他头戴白纶巾，身披鹤氅裘，足蹬木屐，十足的名士派头。据说，皇叔司马昱曾与谢万一整日长谈玄理，谢万滔滔不绝，侃侃而谈，让司马昱对其刮目相看。此时的谢万正任吴兴郡太守。

王羲之带着众人在郡衙内转了一圈，然后落座，品茶论道。谢安手执麈尾说道："王右军仕于会稽，是吾等荣幸和福分，各位今日来会稽府衙求见，现如今有何高见尽可以畅叙心怀。"

孙绰抛砖引玉地说："夫佛也者，体道者也；道也者，导物者也。佛是体悟的道者，佛、道是无为而无不为的，无为所以虚寂自然；无不为所以化导万物；佛、道至为高深，时人断不可囿于传统，体察不到佛与道之博大精深。"这是对佛和道之间关系的玄论，众人以为此说甚妙，皆赞不绝口，唯独此前持务实观念的王羲之有些不然，侧目而视，尤其对沙门弟子支道林有轻慢之意。

孙绰见状，有些尴尬地对王羲之说："支道林对佛理见解新颖独到，心中所思皆很美妙，我们一起听听他怎么说。"

支道林见状，先是谦逊了一番，继而开口道："贫僧来谈谈《庄子·逍遥游》。"王羲之以为支道林必定诵佛讲经，不知其一开口就直奔老庄："以前名士向秀、郭象以为，万物各任其性，各当其分，无论是芸芸俗物还是古之圣贤，皆有待于外物，都可为逍遥。贫僧却不以为然，万物都有自己不可改变的性质。夏桀、盗跖以残害生命为本性，照此说法，他们也算是逍遥。贫僧以为，外物没有自性，虽然存在，仍然是空性，只是人生而执着，外物才'有'。如此，只有对外物不起执着之心，顺应外物而又超然物外，'物物而不物于物'，悠然无待，畅游于无穷放浪之境，才能求得至上满足，才能叫作'逍遥'。人自足其性，也要'各安其分'，才能达到逍遥的境界。所谓'圣人''至人'，也就是得'性'而已。"

支道林有关逍遥的一席话，才思新鲜奇特，文采卓然烂漫。王羲之听后，不觉注目而视，心想：此僧不俗也！乃大赞道："甚妙，甚妙！"后来索性敞开了衣襟，解开了衣带，安坐于榻上，听各位嘉宾徐徐道来。

许询是个奇人，不喜做官，好隐遁，好山水，好泉石，好神游，好采药，乐在清风朗月之下，举觞畅饮，放牧心灵于天地之间。王羲之听他讲起在永兴的隐居生活，不觉心驰神往起来。

王羲之年轻时其实也是清谈高手，这时见来者个个能谈出境界，不觉也来了兴致，接着几个人的话题说道："今日群贤集聚，我们继续来谈《庄子》。"

谢安接道："那我来谈谈《渔父》篇，渔父认为天子、诸侯、大夫、庶民，这四种人能够各自摆正自己的位置，各自过好各自的日子，就是治理国家的最好境界。而孔圣人擅自修治礼乐，排定人伦关系，从而教化百姓，各位以为孔圣人这人是不是也太多事了？"

王羲之听闻，一脸严肃地评价道："安石连孔圣人也敢评说！"众人皆开怀大笑。

谢安则一本正经地继续辩说道："庄子的'齐物论'是道家的基本主张。道家认为贫富差距产生贪，没有贫就没有富，没有贵就没有贱，矛盾是差异造成的。同理，没有圣人，就没有大盗。在《道德经》里，老子也是这样说的：不尚贤，使民不争。不贵难得之货，使民不为盗。没有差异，就不存在圣人和大盗。"

众人皆沉思起来。

谢万接过来说："庄子想要告诉我们，面对世事本该用包容之心看待这一切。当我们的心超脱一切，站在至高山峰，眺望远方，不被世俗羁绊时，我们所感受的风景就是'吾丧我'的境界，天地与我为一，万物与我同生。"

众人纷纷举起麈尾，辩论向纵深推进，开始精妙绝伦起来。

孙绰说："自然万物皆有其本性。只有把世人以为的标准都剔除掉，回过头来看，就会发现，万物本来的样子就是很美好的。这也是在告诉我们，千万不要限定自己，每一个人本来就是各有各的能量，各有各的价值，谁也改变不了自己的本性。"

谢安道："在自然万物面前，人很随性，也很渺小。试想一下，假如我们现在站在最高的山峰，俯瞰世界，所有的一切都变得非常渺小。高山、大海也都不过是秋毫之物罢了。所以如果我们打开自己的胸襟，俯察宇宙之大，那么眼前的琐事和烦恼，都不算什么了，一切都可以随时间而去。"

王羲之听了十分感慨，众人最后让他作总结发言，他说："老子和庄子的确伟大，上面这些道理讲完，好像世间所有问题都可以解释清楚了，但是这还不够，人是渺小的，生死是短暂的，唯有时间和空间是永恒的。如此看来，我们今天争来争去的所谓的是非曲直、得失输赢，在永恒的时间和空间里并没有什么意义！"

众人皆为王羲之的总结所折服。王羲之突然发现他在会稽找到了生命的意义和价值，一时间觉得人生何其短暂，远在建康城里的门阀争斗根本不值得他烦恼和焦虑，原来朝中的那些争议声此刻都渐渐离他远去。

第二天早上醒来时，王羲之依稀记得昨晚又梦见十一岁那年全家南渡的悲凉情景，狼烟四起的北方土地和生灵涂炭的黎民百姓，恍惚间，他又觉得怎能就此安坐东南，逍遥越中呢？

第十七章

劝退桓温　殷浩首败

殷浩与桓温之争终于要见分晓了。永和七年（351年），北方冉魏政权被前秦灭亡，前秦的势力越来越强，而后赵在石虎病逝后依然纷乱不断。东晋经过这两年的休养生息，积蓄了足够的力量，经过多次朝议，朝廷认为收复中原的计划可以再次启动。但是派谁出任北伐主帅又成了争议的焦点。

以司马昱为首的辅政大臣力挺殷浩，殷浩以为这些年来他和桓温在朝廷和坊间被百姓比来比去，心中十分不爽，现在有个机会看看到底谁是能臣。如果搏成功了，他殷家就能全面崛起，成为新的世家大族，足以和桓温抗衡到底。殷浩于是应征，遂被朝廷诏命为中军将军，都督扬、豫、徐、兖、青五州军事。

而对朝廷来说，疑人不用，宁愿起用从未带过兵的殷浩，也绝不同意多次上书请求北伐的桓温。桓温治下有八州之地，自行招募军卒，调配资源，已逐渐形成半独立状态。褚太后心里早忌惮他有不臣之心，所以荆州一有风吹草动，建康就如坐针毡。好在国家太平，桓温也不敢擅自兴风作浪。

　　年底，殷浩急着上表出师北伐，桓温也上表请求北伐，但朝廷均迟迟未予答复。这些年来，褚太后习惯于末位表态，她总是先让群臣争议和辩论，在听了多方意见后再权衡利弊得失，最后才作定夺，而且一般都倾向于大多数人的意见。褚太后的稳当持重正是当年司马皇家看中她的主要原因。

　　朝廷诏命殷浩之后，桓温忍无可忍，认为朝廷就是被一帮清谈之士耽误，白白错失大好时机，于是自行领兵五万东下武昌。此举引起朝野上下一片震动，恐慌之情在建康一度蔓延开来。司马昱和殷浩这下急得团团乱转，殷浩打算辞职退让，以避开桓温的风头，但被吏部尚书王彪之劝阻了，王彪之说："万万不可，此时退让更加助长桓温气焰。"

　　远在会稽的王羲之闻听后，也不等褚太后发话，自作主张给桓温去了一封信，信中说："桓将军骁勇善战，能助大晋平定天下之人，非阁下莫属，但蜀地地形险要，运粮艰巨，当年诸葛孔明曾多次北伐无果，便是这个重要原因。如今阁下的行为使得人心恐慌，人人斥责，如果足下军中有人利用这一点，打着朝廷的旗号，为自己的荣华富贵牟利，暗中使得阁下的军队崩溃离散，那么大晋就会失去阁下，以后更别提克复大业了。羲之顿首顿首。"王羲之书信中言辞恳切，利弊得失分析到位，桓温看完信，竟然惭愧不已。

　　王彪之也建议司马昱亲自写信给桓大将军。司马昱当即写了一封长长的动之以情、晓之以理的信，总算让尚有君臣之义的桓温上书谢罪，从武昌班师回镇，返还荆州。

建康虚惊了一场。

永和八年（352年）年初，殷浩再次上表请求北伐，褚太后觉得再这样久议不决总不是个事，于是下定决心任命殷浩为主帅，正式挥师北伐。然而，军队还没正式出发，殷浩就从马上摔了下来，幸亏没有受伤，但此事引起军中恐慌，将士都议论这是北伐不利的征兆。

殷浩北伐的首要目标是收复许昌（今河南省许昌市）。殷浩命淮南太守陈逵、兖州刺史蔡裔为前锋，安西将军谢尚和北中郎将荀羡为督统，一路向许昌进发。许昌的守将叫张遇，原是后赵的将领，冉魏取代后赵后，他不愿为冉魏效力，归降了东晋。但是，谢尚和张遇对接时，没有安抚好他，张遇很快变卦，不让晋军进入许昌。

另一位后赵将领姚襄也投降了东晋，他来到寿春与谢尚会面后，得到了谢尚的礼遇。谢尚很快和姚襄一同进攻许昌。前秦皇帝苻健得知晋军进攻许昌后，立刻派出两万人马前往救援张遇。晋军与前秦军在诚桥（今河南许昌东南）发生激战，结果晋军大败，被斩杀一万五千多人，谢尚率领的部队几乎全军覆没，姚襄丢弃辎重才勉强护送谢尚退回淮南。

殷浩的第一次北伐就这样以失败告终了，但他并没有放弃再次北伐。为了节省朝廷开支，筹措第二次北伐的军费，他解散了建康的太学，并把长江以西一千多顷水田作为军粮储备，屯田驻兵，等待下一次机会。

　　坏消息中有时也会夹杂好消息。在此次北伐过程中，安西将军谢尚的属下找到了大晋国遗失了数十年的传国玉玺。谢尚得到此玺后，派亲信三百里加急将玉玺送至建康，从晋怀帝司马炽手中流落到前赵的传国玉玺又重回司马皇家手上。

　　举国上下一致赞扬谢尚将军，这让本来因兵败被送交廷尉治罪的谢尚功过相抵，最后只是将谢尚降职为建威将军。

　　这传国玉玺说来话长，玺随帝走，玺在帝在，它好比接力棒，帝帝相传，朝朝相承。细细算来，从秦始皇起，玉玺到司马聃时已相继传承了五百多年。

　　这国玺相传是由《史记·廉颇蔺相如列传》里记载的和氏璧雕刻而成，当年秦王愿意拿十五城去换，还为后人留下了"完璧归赵"的故事。后来，秦统一六国，和氏璧最终归了秦始皇，丞相李斯遂将和氏璧加工成了天下共物——传国玉玺。

　　这传国玉玺方圆四寸，上纽交五龙，正面刻有"受命于天，既寿永昌"八个篆字,以作为"皇权天授、正统合法"之信物。秦之后国玺归于汉,汉之后又归于曹魏,曹魏之后归于晋。晋永嘉五年(311年),前赵刘聪俘晋怀帝司马炽,玺落前赵,此后,后赵石勒灭前赵,得玺,传到了冉魏皇帝的手上。冉魏请求晋军救援,传国玉玺终为谢尚手下的将领所获得,由此,传国玉玺重归晋朝。

太后褚蒜子和司马聃为此等大事喜出望外,因为晋室在江东建都立国,若没有这传国玉玺,似有名不正言不顺之疑,如今玉玺归晋,天心圆满。如此说来,殷浩的北伐也不能说全无胜处,但是时人都将此功归于安西大将军谢尚。

就在这年年底,王羲之去建康朝觐述职。放任会稽两年,他勤政爱民,造福百姓,深受会稽人民爱戴,朝廷对他的政绩甚为满意。

王羲之抵达建康时刚好是月半,建康城的夜晚出现了硕大的血月亮,这月亮红通通地照着全城,全城百姓人心惶惶,都在议论这血月亮。民间大多数人认为这是不祥之兆,建康宫里的气氛紧张而神秘,朝野上下尤其对殷浩继续北伐充满了疑虑和担忧。

王羲之等外任官员的述职是在太极殿上朝议时一并举行的。先述职,然后由各辅政大臣评议,考察不合格的官员将被免职或降职。王羲之获得了一致好评。

接下来就是朝议,主题主要是殷浩的第二次北伐,是让已失败过一次的殷浩再次征战,还是让桓温取而代之?有大臣建言："眼下出现奇异天象，皇上和太后当体察民情，多多听取民意。"此时，大臣刘惔建议道："战场拼的是实力，臣建议撤还殷浩，由桓温取代，桓温有实战经验，平定中原非他莫属。"又建议道："臣还举荐姚襄和桓温一起北伐，姚襄对北方地形熟悉，他若做先锋和向导，定能事半功倍。"

刘惔说的姚襄是羌族首领的儿子，雄健威武，刚刚归降东晋，东晋把姚襄安置在谯城（今河南省商丘市），优待有加。姚襄曾单骑渡过淮河来到寿春，求见豫州刺史、安西大将军谢尚，谢尚也撤掉仪仗护卫，穿着便装接待了他，两人第一次见面，就如同多年故交，可见姚襄是诚意降晋。

此时，又有大臣建议道："不能再重蹈当年褚裒将军的覆辙了，毕竟现在北方群雄逐鹿，前秦的势力越来越强，我们输不起了！"

司马昱听了一脸懊恼，上前一步禀道："臣以为不可，殷浩已在寿春屯田驻兵快一年了，兵力也布置至各处，怎能说撤就撤，前功尽弃。"

这时王彪之出列附议道："臣以为桓将军眼下正镇守荆州重地，不宜出兵，请太后和陛下三思！"

王彪之的话一下子戳到褚太后的隐痛，她知道如果此时让桓温接替殷浩，胜算的可能性很大，平定中原指日可待，但到时朝廷就真的无人能与桓温抗衡了。城池得失只是一个数量，但作为朝廷必须确保偏居江东万无一失，决不能将晋室置于火上炙烤。

想到这里，褚太后已打定主意，在帷幕后开口道："会稽内史、右军将军王羲之有何高见？"王羲之怔了一下，没想到太后钦点听取他意见。王羲之出列，禀道："臣附议刘大人，臣以为才分文武，殷浩的确众望所归，在朝堂上定是中流砥柱，但让他领兵打仗，臣以为实乃弃长扬短之举！臣以为，桓温将军有英雄之才，愿太后和陛下勿以常人之遇对待他，须恩威并施，使其心甘情愿为朝廷效力，方是再次北伐的上上策。"

王羲之的建言其实说得精辟到位，一时朝堂上许多大臣在私底下表示赞许，但是总理朝政的司马昱见王羲之力挺桓温，立即反驳道："否也！尔等总说殷浩不会打仗，谁是生来就会打仗的？桓温将军也是久经沙场才有今日之功，如今殷浩出征不到一年，尔等怎能就此断定他一定会输？况血月亮之说只是怪力乱神，勿以此动摇前方军心！"

王彪之等人出列附议。

在司马昱等重臣面前，王羲之显得人微言轻，他心里本来也不抱多少希望，倒是听出褚太后多多少少有些挺桓温的意思："光复中原是几代人的梦想，良机一旦错失不会再来。"

褚太后停顿了一下，接着说："然而，哀家也要确保各方平安，周全考虑北伐大计，刚才刘大人建言甚好，为确保万一，现诏命殷浩为征北大将军继续北伐，姚襄为平北将军协助殷浩。请诸位爱卿相信，殷浩大将军会竭尽全力，哀家和诸位一起耐心等待前方胜利的消息！"太后此话一出，朝议就这样决定了，看上去是一个折中方案。

朝议结束后，太后和司马聃又在书房召见了王羲之。此时小皇帝已十岁了，书法又有长足进步，一番点评之后，太后开门见山地说："哀家听说会稽风景优美，百姓富足，而且雅士集聚，文风浩荡，王大人回去后是否邀请各位贤达名士，体察各位贤人所思所愿，听听各世家大族对此次北伐有何建言良策，从中调和一下世家大族之间的嫌隙。"

褚太后此次没绕弯子，算是直接诏命了。她认为王羲之是调和各族势力的最佳人选，一来他现在外放会稽，于朝中官员没有多少利益冲突，二来王家是最老牌的世家大族，郗家、庾家、桓家等几大家族都尊王家为老大，谢家等新晋权贵更是尊重王家。

王羲之正思忖着，只听司马聃说道："王大人前次做得很好，替母后和朕分忧了。"王羲之闻言，立即跪拜道："臣领旨，我知道怎么做了，定不辜负太后、皇上所托。"

永和九年（353 年）三月初三，上巳节，王羲之刚刚过了五十岁。

上巳节的习俗可以追溯到殷商时期，人们相约洛水，文武百官和黎民百姓皆去水边洗濯污垢，祭祀祖先，消灾祈福，通常称此活动为修禊。王羲之心想，不如借此时机来个水边饮宴、郊外游春，搞一场大型的雅士聚会，也好完成年前的御差。

春天是会稽最美的季节，王羲之思量一番，最终选择了一处绝胜之地——兰亭。

兰亭位于会稽山阴的兰渚山下，春秋时越王勾践曾在此植兰。兰，在秦汉之前是儿女之信物，《郑风·溱洧》写道："溱与洧，方涣涣兮。士与女，方秉蕳兮。"到了魏晋，兰就成了名士高洁之饰物，遍植庭院。亭，并非亭台楼阁之亭，《汉书》云"十里一亭，十亭一乡"，亭是驿站，也表示是一种机构设置，兰和亭合在一起就成了一处绝妙的地名。

　　兰亭建在山阴道旁，此地有崇山峻岭、茂林修竹，又有清流激湍，映带左右，王羲之政暇之时多次到兰亭，特意命人在兰亭附近建起一座园林。而三月初三这天晴空万里，天朗气清，惠风和畅。兰亭，于天时、地利、人和，都具备了载入史册的诸多条件。

　　王羲之邀请了何人参加雅集？兰亭集会参加者共计四十二人，几乎囊括当时主要的世家大族，其中有二十几位军政要员，王家、谢家、郗家、庾家、桓家、孙家悉数到场。谢家：谢安、谢万、谢绎、谢瑰、谢藤；庾家：庾蕴，庾友；桓家：桓伟（桓温之子）；郗家：郗昙（王羲之小舅子）；孙家：孙绰、孙统、孙嗣。王家到场的人数最多，王羲之、王玄之、王凝之、王涣之、王肃之、王徽之、王献之，王献之时年还不到十岁。

　　客人收到王羲之的邀请函后，纷纷赶来，有的早在会稽郡下榻多日。

　　雅集从辰时开始，首先按照风俗，所有来宾用香薰草蘸了水洒在身上，装扮一新的婢女则准备笔墨纸砚立于一旁待命，现场同时配有专门的书生记录嘉宾诗文。

　　王羲之在主人位安坐后，其他人依次落座，随后王羲之捋了一把美髯，高声说道："今日群贤毕至，少长咸集，吾等不妨敞开胸怀，畅叙幽情。"众人皆应和。

　　空气中弥漫着氤氲的水气和一缕缕兰花吐蕊的幽香，兰亭边上的竹林里，嫩绿的竹子正迎着阳光节节生长，一弯清澈的流水在众人面前曲曲折折地沿伸至远方，那些红色的、白色的花瓣在风中轻舞飞扬，随着流水漂落打旋。时光恰如一朵盛开的花，被纯净的阳光和空气穿透，凝固成一幅最美的画卷。

王羲之抬起头看了看湛蓝的天空，岁月静好的感觉在心头升腾。

所有人生中十之八九不如意之事这时都退去了，"仰观宇宙之大，俯察品类之盛，所以游目骋怀，足以极视听之娱，信可乐也"。彼时王羲之享受着阳光透过树荫照在脸上的温暖，享受着清风拂过脸颊的惬意，更享受着众人对会稽兰亭的赞美之词，心情无比愉悦。

受到花瓣随流水漂零的启发，王羲之让一旁侍候的婢女们取觞过来，盛满了美酒的觞从上游顺水慢慢漂下去，停在谁的面前，谁就饮下觞中之酒，并作诗一到两首，如作不出则要罚酒三觞。游戏规则一出，众人皆欢呼响应，觞停下的那一刻，引得众人的一片欢笑和一首接一首诗词的吟诵。欢笑无论年龄长幼，不分地位高低。

王羲之起身，沉吟片刻，以四言诗开篇：

代谢鳞次，忽然以周。

欣此暮春，和气载柔。

咏彼舞雩，异世同流。

迺携齐契，散怀一丘。

众人皆拊掌称赏。

少顷，王羲之又吟诵了一篇长长的五言诗：

悠悠大象运，轮转无停际。

陶化非吾因，去来非吾制。

宗统竟安在，即顺理自泰。

有心未能悟，适足缠利害。

未若任所遇，逍遥良辰会。

三春启群品，寄畅在所因。

仰望碧天际，俯瞰绿水滨……

众人皆欢欣举觞，为之庆贺。

吟毕，王羲之坐下品酒。今天的酒是陈年的山阴甜酒，酒坛开启之时，闻之芳香四溢，品之味甘隽永。王羲之初到会稽之时就被这琼浆玉液深深吸引，来会稽两年多，对此物已是欲罢不能，没有它何来修仙问道，没有它如何心旷神怡！

谢安一听逸少兄如此有才，早就按捺不住，先吟一首四言诗：

伊昔先子，有怀春游。

契兹言执，寄傲林丘。

森森连岭，茫茫原畴。

回霄垂雾，凝泉散流。

王羲之带领众人拊掌称赞，谢安谦虚了一番，接着再吟五言诗一首：

相与欣佳节，率尔同褰裳。

薄云罗阳景，微风翼轻航。

醇醪陶丹府，兀若游羲唐。

万殊混一理，安复觉彭殇。

王羲之"呵呵"一笑："好你个'万殊混一理，安复觉彭殇'！"

这边谢万来了诗兴：

肆眺崇阿，寓目高林。

青萝翳岫，修竹冠岑。

谷流清响，条鼓鸣音。

元萼吐润，飞雾成阴。

孙绰吟道：

流风拂枉渚，停云荫九皋。

莺语吟修竹，游鳞戏澜涛。

携笔落云藻，微言剖纤毫。

时珍岂不甘，忘味在闻韶。

孙统吟道：

> 茫茫大造，万化齐轨。
>
> 罔悟元同，竞异摞旨。
>
> 平勃运谋，黄绮隐几。
>
> 凡我仰希，期山期水。

郗昙吟道：

> 温风起东谷，和气振柔条。
>
> 端坐兴远想，薄言游近郊。

接着就是小儿辈了，王肃之道：

> 在昔暇日，味存林岭。
>
> 今我斯游，神怡心静。

王凝之道：

> 细缊柔风扇，熙怡和气淳。
>
> 驾言兴时游，逍遥映通津。

对王羲之儿子们的诗作，众人又一阵拊掌称好，赞道："文脉传承，文风可继哪！"轮到王献之时，献之调皮地吐了吐舌头，他还是个黄口小儿，于是就罚酒三杯，不一会儿就面色通红，晕晕乎乎。

光影在曲水边变幻，所有的美好，其实一刻也不曾停留。不知不觉中两个时辰快过去了，王羲之和来宾们都喝了不少酒，他半坐半躺，唱和应答，陶然忘我，仰天大笑，一觞接一觞的酒让王羲之的脸色红润起来，在阳光下显得神采飞扬，光芒闪烁。

这一天，在人群中，王羲之无疑就是那个引领众人的文化领袖。

在醉与非醉之间，王羲之在众人的欢声笑语中突然沉默了，他凝望着远处的青山，出神地想起了很多，想起了南渡而来的曲折艰辛，想起了从小丧父的悲哀，想起了从叔父王导撑起的王氏大族，更想起了远在荆州的桓温和驻扎在寿春的殷浩，想起了晋室的未卜前程……

如今，已到了知天命之年，他于国于家都是忠心不二的，可是无休无止的门阀之争和势力较量，北伐的前景十分黯淡，而王氏家族的式微，让那个曾经辉煌一时的"王与马，共天下"的时代也日渐远去。

然而，他多次的力争也不算白费，至少褚太后对他特别器重。王羲之事先和谢安、孙绰、桓伟等人私下聊过北伐和门阀之事，他们大多数人的意见是听从朝廷的，不然又能怎样？桓伟这次专程来会稽，就是想告诉王羲之，父亲桓温专门给殷浩写了一封信，告诉他北伐中原是国家大事，他一定会顾全大局，做好驰援准备，只要殷浩发出命令，他的大军立马会前去支援。王羲之觉得自己没看错桓温，在朝堂上力挺桓温的建议虽然最终未被采纳，但至少让桓温感到了后方有支持他的力量。

这次兰亭雅集其实就是一次东晋军政高官的意见统一会议和各世族的平衡协调会议，幕后的任务已基本完成，王羲之在太后、皇帝那里可以交代过去了。想到这里，王羲之心里稍稍宽慰了一下。

天下没有不散的筵席，临近尾声，面对众人吟诵的三十七首诗词，众人提议结成《兰亭诗集》，请东道主作个序。

王羲之面对一张被展开的空白茧纸，有种倾诉的冲动，他拿起了鼠须笔，此时虽已有八九分醉意，但心底分明是清晰的，遂落笔成章，一气呵成，如行云流水般快意："永和九年，岁在癸丑，暮春之初，会于会稽山阴之兰亭，修禊事也……"

众人喝彩阵阵，序写得文采飞扬，笔笔光彩，逸少今日之书法堪称神奇之巅峰。

序的开首是明媚的，被和煦的阳光和清风召唤着，被亲朋和好友簇拥着，但是写着写着，王羲之突然想起了什么，调子陡然一变，沉重起来，就像醉酒忘情之人，笑着笑着，突然失声大哭："夫人之相与，俯仰一世。或取诸怀抱，悟言一室之内；或因寄所托，放浪形骸之外。虽趣舍万殊，静躁不同，当其欣于所遇，暂得于己，快然自足，不知老之将至；及其所之既倦，情随事迁，感慨系之矣。向之所欣，俯仰之间，已为陈迹，犹不能不以之兴怀，况修短随化，终期于尽！古人云："死生亦大矣。岂不痛哉！"

天地之所以长久，因其不自生，而人有父母，故生有涯，欢乐短暂，下一刻终要散去。夕阳西下，春去花落，无边的夜色即将来临，冰凉的霜露即将侵肌，美梦也终将醒来。当生命的尽头找不到一个依托的时候，除了悲凉和孤独，还剩下什么？时光犹如穿隙白驹，相聚总是短暂的，就算你是一个人生赢家，一辈子努力拼搏，终于得到了年轻时曾经想要得到的一切，但俯仰之间，已成过去时，而且青春已逝，生命终将消亡。人生除了生死这件大事，什么都不重要！

作为琅琊王氏代表和文坛领袖的王羲之，个性鲜明，喜形于色，在众人眼里，他是个书艺超群的名士，超然世外，特立独行。但其实王羲之是一个有强大政治抱负的人，他继承了父亲王旷的一腔报国热情，明知不可为偏要千里救壶关。他骨子里是个积极的入世者，不同于谢安的"万殊混一理，安复觉彭殇"，他是"固知一死生为虚诞，齐彭殇为妄作"，生和死、长寿和夭亡是不能等同视之，人活在世上就是要寻找价值和意义。

年届五十，理想却遥遥无期，王羲之的内心又是孤独的，那是一种无人理解和无法言说的孤独，类似世人皆醉我独醒。写到这里，王羲之停顿了一下，他的眼里有潮雾涌上，泪光隐隐闪烁，这一刻一直在身旁的谢安轻轻安抚了一下他的脊背，尽管谢安与他和而不同，但在这世上最懂他的人莫过于谢安！

一场欢娱的盛会，留给王羲之的有山水之乐，有生死之悲，更有人过中年后的无限感慨，人该怎样活着才有意义？《兰亭序》最后发出了千古嗟悼："后之视今，亦犹今之视昔。悲夫！故列叙时人，录其所述，虽世殊事异，所以兴怀，其致一也。后之览者，亦将有感于斯文。"

写毕，众人大赞："好！后之视今，亦犹今之视昔。"王羲之扔了鼠须笔，回首再看自己这张涂涂改改的作品，醉眼蒙眬中感觉飘逸洒脱，风采神秀。孙绰、许询等人在高声评论："逸少兄之《兰亭序》，真是飘若浮云，矫若惊龙！""快看，这些之字写得尤其精彩，且之之不同！""我等诗集借逸少兄之书法，将千古流芳！"

第二天酒醒之后，王羲之再看那《兰亭序》，非常满意，感觉笔笔皆似神来，此后几日又重写几遍，但怎么也找不到那日感觉。恐怕王羲之也没有想到，兰亭雅集造就的封神之作《兰亭序》，让他在世上从此有了书圣之美名。

《兰亭诗集》定稿后，王羲之又誊写了几本，送给亲朋好友，还特地给褚太后和司马聃各作了一册精装本，再次上京面圣。但那张《兰亭序》原稿他怎么也舍不得，便放在家里，想以后哪个儿子书法了得，就传给哪个儿子，这是王家的精神财宝，应该代代相传。

王羲之给褚太后呈上《兰亭诗集》后，太后如获至宝，大喜道："王大人对提振我朝文化贡献卓越，可喜可贺！希望在文化振兴上再接再厉。另外，兰亭雅集对调停各家族之间纷争亦有贡献，只是……"太后停顿了一下，又道："此事非朝廷出面，属王大人私邀，且结果不宜公开，哀家对王大人的封赏也只能从长计议。"王羲之道："臣明白！太后和陛下褒奖就是下官最大的荣幸！"

王羲之离开建康前专门来到殷浩府上，特意写了一幅廉颇、蔺相如将相和的书法送给殷浩，其中的含义自然十分明了。在王羲之的调停下，东晋各大世族的纷争总算平稳了数月。

永和九年十月，殷浩再次举兵，打破了原来的平衡。

出兵前，王羲之给殷浩写了封信，信中说："阁下前次北伐失败，朝廷内部对此议论纷纷。得志时门庭若市，失势时落井下石，是人性常态，希望将军认真考虑，如果再次失败，恐怕天下再无将军容身之所。现今不如大度承认自己的错误，责备自己的过失，与桓温要像廉颇、蔺相如那样友好相处。"王羲之劝谏殷浩为国家考虑，度德量力，三思而行。但是心意已决的殷浩哪里会理会王羲之。

王羲之又给司马昱写信，司马昱坚信殷浩一定不会成为褚裒第二，还专门去殷浩府上鼓劲打气。

殷浩就这样开始了二次北伐，他亲率七万大军，以平北将军姚襄为先锋，自寿春出师，准备进据洛阳，修复晋室园陵。这个作战计划看上去很完美，但很多细节从一开始就没做好。

殷浩只做了两方面的准备。一方面，劝诱前秦苻健的大臣梁安和雷弱儿，让他们诛杀苻健，承诺事成后将关中地区交给他们管辖。梁安和雷弱儿假装答应了殷浩。另一方面，殷浩觉得在历阳（今安徽和县）练兵的姚襄并不可靠，派人暗中刺杀他，两次暗杀都没成功，这下惹毛了人称羌族"小霸王"的姚襄。

归晋原不是姚襄本愿，只是当时石赵内乱，替石虎卖了一辈子命的羌人首领姚弋仲看到自己支持的石赵在和冉闵的大战中失败，感到石赵灭亡是早晚的事，为了后代的身家性命考虑，临死前给儿子姚襄指了一条道路：南下归晋。姚襄遵从父愿，加上归晋时和谢尚一见如故，十分投缘，所以当时也是真心归晋。可是殷浩二次北伐时并没有派谢尚一起征战，姚襄对晋室暗生不满，尤其对主帅殷浩不满。

当时前秦苻健派出将领赶赴关中处理张遇的叛乱。张遇因谢尚不能安抚，叛晋，占据洛阳，攻打仓垣，使北伐晋军不能进入许昌。但是第二年，张遇被苻健打败，苻健以他为征东大将军、豫州牧。他的继母韩氏被苻健纳为昭仪，苻健屡次在众人面前称他为义子。张遇不堪其辱，欲杀苻健，最后事情败露，被反杀。就在这个当口，想当然的殷浩以为梁安和雷弱儿刺杀苻健已经成功，判断失误也就算了，还让已心怀不满的姚襄作前锋，自己率领七万大军向洛阳进发。

此时的姚襄已决心反晋。他给殷浩传递假消息，说自己的部队在夜里受敌攻击溃散了，让殷浩赶来接应，暗地里则在殷浩的必经之路设下埋伏。殷浩听说姚襄部队溃散后，让部队全速前进，结果中了姚襄的埋伏。

殷浩知道前锋部队叛变的消息后，十分胆怯，丢下辎重，退守谯郡，器械军粮尽为姚襄所夺，将士死伤、叛变者不计其数。

过了几天，殷浩又派将领对姚襄发起进攻。姚襄从淮南出发，迎头痛击晋军，并大张旗鼓渡过淮河，驻扎在盱眙（今江苏省淮安市盱眙县），招募流浪在外的军人。姚襄的军队达到七万之众，最后派使者到建康，陈述殷浩的罪状，并自表谢罪。

姚襄、殷浩两军相对，终使前秦坐得渔翁之利，前秦占据了洛阳等中原大批城池。

就这样，殷浩的第二次北伐彻底输了，朝野上下一片愤恨之声，王羲之得到这个消息，仰天长叹："为什么朝廷就不能相信桓元子！"

桓温听说殷浩北伐失败，义愤填膺，心中愤懑一触即发，即刻上疏了一篇长文指责殷浩："中军将军殷浩深受朝廷恩典，身居要职，朝廷对他宠信不疑，多次让他参与朝政，而他却不能恪守职分，随心所欲。殷浩受命北伐，却无报仇雪耻之志，树立朋党，制造事端，终使仇敌大肆杀戮，奸逆蜂拥而起，华夏大地纷扰动乱，百姓困苦不堪……"桓温又列举了殷浩十条罪行。

迫不得已，朝廷将殷浩废为平民，流放到东阳郡信安县（今浙江省衢州市）。

殷浩虽然被罢黜流放，但神情坦然，一副听天由命的样子，依然谈玄咏诗，即使自家亲人也看不出他被流放的悲伤。只是整天用手在空中比画着什么字，一开始大家猜不出他在比画什么，时间长了，看出是"咄咄怪事"四个大字。这四个字后来流传开来，一直传到建康，最终成了一个成语。

殷浩的外甥韩伯素来受殷浩赏识。他随殷浩同到流放之地，一年后回京，殷浩送他回程，在路上吟咏一诗给他："富贵他人合，贫贱亲戚离。"吟罢，潸然泪下。

至此，朝廷内外大权尽归桓温，朝中已无人能阻止桓温北伐。然而，桓温对殷浩有恻隐之心，打算让殷浩回朝担任尚书令，于是派人送信给殷浩。殷浩读完信，十分感动，欣然欲允。他摊开纸张准备写回信，但殷浩太重视这封信了，为避免出错，他翻来覆去地摊开纸张又合上，如此重复几十次，最终给桓温寄出的竟是一封空白信函。

桓温收到信函，暴怒异常：这不是戏弄他吗？从此两人绝交。

永和十二年，殷浩郁郁而终。

殷浩被逼废后，王羲之一直在追忆他和殷浩的种种过往：少年时两相交好，尔后在庾亮部下共事。殷浩这人博学多识，但就是喜欢夸夸其谈，不务实际，而且虚荣心太强，心胸又不开阔，这种人在国家艰难时期绝不能重用。假如殷浩能正确处理朝廷与荆州的关系，不管桓温怎样专横，是可以笼络而为朝廷所用的。

王羲之闻说殷浩去世，扼腕叹息，并在纸上写下八个字："外扰内乱，国何以堪。"

第二十一章

会稽问道　王家提亲

　　永和九年的秋日，不同于春天的惠风和畅与茂林修竹，会稽郡层林尽染，万山红遍，秋水与长天共一色。正是秋高气爽的时节，王羲之政务之余决定邀请谢安、谢万、孙绰、许询、支道林等友人一起上会稽山观景。这次，王羲之还特意携三子前往，三子分别是凝之、徽之和献之。

　　会稽山原称茅山、亩山，远眺烟雾缭绕，近看巍巍屹立。自汉以来，这里成为佛道胜地。

　　众人一路攀登，首先到达宛委山，山中有阳明洞天，为道家三十六小洞天之第十洞天，洞天处有一块巨石耸立，约两人高，宽处不足十米，中间有一掌宽的缝隙，相传这石头缝隙里藏有"金简玉书"。大禹治水，七年不成，受玄夷苍水使者指点，在宛委山得到藏于阳明洞天的山神书——"金简玉书"，方才了解了山河体势、水源地形，终于使治水大功告成。水患平息后，大禹又把"金简玉书"藏回原处，此后这里被称为"禹穴"。众人环巨石一周，赞叹此石的确不凡，但怎么也找不到"金简玉书"，便感叹只有神仙才能遇见。

王羲之又率众人登上一处山峰，给大家介绍起会稽神山："诸位，太史公曾在《史记》中言：'禹会诸侯江南，计功而崩，因葬焉，命曰会稽。会稽者，会计也'，《吴越春秋》也记载，大禹'周行天下，归还大越'，禹崩，立下遗嘱归葬会稽山下，这就是'会稽'的来历，会稽山因此而名震天下，成为五镇名山而亘古流长。春秋战国时的越国子民是大禹苗裔，无余是禹的子孙少康的庶子，也是第一代越王，后来经过他的子孙允常和勾践两代越王的努力，越国成就了春秋霸业，一直开疆扩土至我们王氏曾经的故土琅琊，建立了大越，威震四方诸侯。秦始皇一统天下后，始皇帝上会稽，祭大禹，登临秦望山，留下李斯碑。汉武帝元朔三年，太史公上会稽，探禹穴，言称大禹陵寝就在大禹陵碑亭下面。"

众人听了王羲之一席介绍，都拊掌称好。没想到王羲之来会稽才两年时间，就对当地天文地理和人文历史了如指掌。众人皆觉得此地东南形胜，风光绝佳，的确是风水宝地。

支道林说："此峰顶数十米见方，形似香炉，贫僧给此峰取个名叫香炉峰，可否？"王羲之大赞其妙："道林师傅既有此心，往后弟子会派人来这山中勘察地形，于此峰修建寺庙，弘扬我祖佛法，不枉香炉这两字含义。"支道林双手合十，王羲之立即派人记录下来，以便今后载入郡志。

第二天，一行人泛舟若耶溪，登会稽云门山。若耶溪从会稽西南部深山腹地的若耶山发源，沿山势蜿蜒而下。若耶溪有七十二支流，会三十六溪之水，流经龙舌，最终汇于大禹陵，然后又分为两股，一支西折注入东汉马臻所筑的鉴湖；一支继续向北入海，全长百余里。若耶溪灌溉着周围的万顷良田。若耶溪还是著名的铸剑地，战国时期著名的铸剑家欧冶子就在此地铸剑，日铸岭就因"他处不成，至此一日铸成"而成名，越王宝剑在此横空出世，所向披靡。

王羲之说道："若耶溪还有一处地名叫'风泾'，'风泾'有一个美丽的传说叫'若耶樵风'。相传东汉太尉郑弘年少时一直生活在若耶溪旁，以砍柴为生。有一天，他在溪边拾得一箭。有一老人前来寻箭，郑弘当即把箭归还于他。寻箭者见郑弘诚信聪慧，便问他希望得到什么报答，郑弘回答说：'这里的老百姓经常遭受若耶溪运载柴薪不便之苦，愿若耶溪清晨起南风，傍晚吹北风，以利山民行舟船之便。'老人应诺之后，眨眼不见了踪影。此后，若耶溪果然出现了如郑弘所愿的'朝南暮北'之风。从此，当地村民便能随风势行船运载货物，受益无穷。"众人听了又是啧啧称叹。

此后一行人来到了云门山，此山在秦望山南麓，有若耶溪流经，可通往山阴城，山势不高，但环境十分清幽。一行人都是第一次到此地，只觉得云门山仙气飘飘。中午时分，大家在一农户家中歇歇，农家讲了一个故事："这村里有位青年樵夫到山上砍柴，看见棋盘石上有两人在下棋，下得非常精彩，便坐在旁边观棋，一盘棋下完，他背着柴下山去，却发现山下的村庄和家已不认识了，他的老伴已去世多年，儿孙们比他还老，居然问他是谁，他从哪里来。他这才明白，原来他看两位神仙下了一盘棋，山上只一天，世上已过了一百年！"众人听了不觉心驰神往地朝山上看去，原来会稽真有神山，此行不虚。

王羲之一边想着一边打定主意，过些时日再来考察一番，并在此处建一座归隐之居，等空了闲了就来这里打坐论道，或者请高僧大德共聚此地，讲经诵佛，此等人生岂不就是神仙？况且此地离山阴城也不远，等隐居之宅建成，他还想仿照兰亭雅集，邀请诸位文友再来一次"云门雅集"，岂不美哉？他把想法说出来，众人皆称赞，在东晋朝，真的没有一个人能比得上王羲之更有雅趣了。

几天后，一行人来到会稽东南方向的一座仙山，此山竹林参天，叠翠清凉，因葛洪入山炼丹而被当地百姓口口相传，成为仙山。葛洪出身江南士族，自小家贫，但刻苦好学，白天上山打柴以换取笔墨纸张，夜晚读书抄写记诵。他时常寻访典籍探究学问，哪怕路途遥远艰险，也一定去寻访，直到有了结果才肯罢休，如此得以博览群书，成为江东精通儒学的名士。后来葛洪又师从南海太守鲍玄，鲍玄非常器重他，还把女儿许配予他为妻。葛洪继承了鲍玄的学业，同时又钻研医术，所撰写文章著作，透彻精妙，文辞华美。晋太安年间，石冰作乱，吴兴太守顾秘是义军都督，顾秘传檄书召葛洪为将兵都尉，让他攻打石冰的部队，葛洪打败了这支敌军。"石冰之乱"被平定后，葛洪不计较自己的功劳和赏赐，径直去了洛阳，想要搜求奇书秘籍来充实学问。葛洪见当时天下已乱，便南渡躲避，他对各地长官邀请入幕的诏书一概不应。后来因年岁渐高，更是一心想要炼仙丹以求长生不老。

王羲之等一行人到达诸葛仙山时，附近村里的族长等出来迎接，他们说见过葛洪，那时他约莫七十岁，须发全白，道骨仙风，曾上山炼丹，后来又南下到别处修炼，至今山上仍有他留下的炼丹池、龙潭等，一座普通的毛竹山也因此而得名仙山。

王羲之问族长："那仙翁此后何去何从？"族长说："听说葛洪带着儿子、侄儿去了罗浮山上炼丹。"王羲之听说，心里十分神往，原来真的有仙翁来过会稽，看来此人已成为传说。一行人上山察看了炼丹池和龙潭，感叹斯人已去，但飘飘仙气依然留在这大山深处，王羲之遂让随身小吏记文，命名此山为诸葛山，以便今后载入郡志。

会稽山水收于眼中，藏于心底。不仅如此，此行还让各位品尝了会稽的各种山珍佳肴，王内史推荐最美味的菜肴首推鹅肉。村民还拿出一种土酿的酒让他们佐餐，王羲之闻了一下说："此酒堪比山阴甜酒。"

会稽百姓人家一般都会自酿米酒，渐渐就有了山阴甜酒这样的美酒，风靡各地。山阴甜酒是用麦曲、精白糯米和鉴湖源头水酿成，能贮存多年，越陈越香，久藏不坏。王羲之曾见孙绰、许询用银瓶装了山阴甜酒，就哈哈一笑："银瓯一枚，贮山阴甜酒，边读边饮，其乐无穷啊！"

而会稽山民自酿的却是另一种高粱米酒，和中原的高粱烈酒有相似之处，但又不一样。王羲之让三个儿子也喝了酒，结果是个个面色通红。王羲之哈哈大笑："这会稽郡真是十里不同风，百里不同俗啊！"

大家喝得十分尽兴，王羲之似乎又找到了兰亭雅集那天的感觉，他接着说："近几日悠游十分尽兴，余下还有一事，请诸位品评在下三子。"

向来慢条斯理的谢安这才仔细打量起三位王公子。王凝之（字叔平），逸少次子，时年十九，少年老成，内敛沉稳，喜怒不形于色，王羲之说讲时，听得一丝不苟，据说在书法上已得到王羲之真传，擅长草书、隶书，得到名流品鉴，即将出仕；王徽之（字子猷），逸少五子，时年十五，正是春风得意少年时，穿戴不修边幅，且说话无拘无束，天马行空；王献之（字子敬），逸少七子，时年十岁，清俊少年卓尔不凡，言谈不多却显出少有的才华，形貌举止看似放达实则不散漫。

谢安观察逸少三子后，不觉微微一笑，只道了一句："逸少兄高门大族，子弟都是才华盖世，声名在外，只是……都是郗夫人一母所生，性情却各有千秋，俱佳，俱佳！"

后来，仨兄弟离开后，谢安私下里对王羲之说："小者最佳。"王羲之问："为何？"谢安悄悄道："吉人辞寡。"

王羲之会心一笑："安石老弟好眼力，在下也十分看好献之，只可惜了！""可惜什么？""献之尚幼，如果他和凝之、徽之一般大，安石老弟不就可以选其为婿啊！"谢安哈哈大笑："你老兄还真风趣，在下以为，以后献之被人选为佳婿的好事不要太多！"

谢安笑归笑，心想自己有二子二女，此时女儿们年纪尚小，王羲之似乎话里有话，谢安便接着反问道："逸少兄这是想为凝之和徽之物色子妇吗？"

王羲之说："正是，凝之已过了弱冠之年，徽之也过了束发之年，我正为他们物色门户相当之妙龄女子嫁入王家为子妇。"谢安哈哈大笑，说道："说吧，你琅琊王氏看上我陈郡谢氏哪位女儿了？"

王羲之停顿了一下，正色道："正有此意，想来你陈郡谢氏子侄众多，且从小家学渊博，又通读诗书，才华高妙，你我两家如能结秦晋之好，岂不美哉？"

谢安心中一个激灵，问道："逸少兄莫不是看上我陈郡谢氏那位有咏絮之才的大才女不成？""正是正是，此等才女不输男子，其幼时，我和郗夫人曾与之见过一面，温婉大方，雅人深致，郗夫人多次在府上和我提起此事，想让谢道韫入我王门，安石老弟意下如何？今日就算是我王逸少为儿提亲，请老弟务必允诺，定能给我琅琊王氏带来荣光和福祉！"

谢安心中波澜起伏，道韫年已十四，即将到及笄之年，近来上谢府提亲的人家络绎不绝，都是高门大户的子弟，因为道韫才气过人，声名远扬，甚至有皇族子弟也派人前来探听，阮夫人爱女深切，都以夫君谢奕外任不在家为由拒绝了。

如今，东晋朝最大的门阀士族琅琊王氏主动提出这门亲事，谢安心中自是欣喜无比，为侄女高兴，能嫁入王门，成为鼎鼎大名的王羲之子妇，那是多少女子梦寐以求的好事。然而，谢安心中掠过一丝不安，虽说自古以来，儿女婚姻由父母之命、媒妁之言来决定，可是这冰雪聪慧的道韫会看上王门子弟吗？况且这王门子弟中哪一位才配得上道韫？

　　想到这里，谢安停顿了一下，问王羲之道："逸少兄，此乃天大喜事！我陈郡谢氏能承蒙琅琊王氏高看，把女儿嫁与王家，是吉星高照，福降谢氏，你我两家若能联姻，我谢氏从此门楣高升，无比荣光啊！只是……此事还得容我向长兄无奕禀报，向我长嫂阮夫人道明，我长兄一直在桓元子帐下，你也知道他为人直爽，在下担心和他不说清楚，他会说长道短。""安石老弟自不必过虑，请放心，我会给谢无奕去信一封，诚恳地向您陈郡谢氏提亲！""如此甚好！只是还有一事不明，您是为凝之还是徽之提亲，抑或还可以是其他王家公子？"

　　王羲之捋了捋美髯，哈哈一笑，他想起了自己当年被郗太尉选为东床快婿的故事，眼下自己膝下七子，长子王玄之已成亲，次子王凝之、三子王涣之、四子王肃之、五子王徽之的年龄皆和道韫适配，就是五子王徽之也比道韫年长一岁，既然才貌双全的道韫足以适配王门，那就如当年郗太尉选婿一样，把这个选择权交给谢家人，甚至可以让道韫自己来决定。

　　王羲之把这些话说与谢安听，谢安觉得非常在理，说道："逸少兄，容我回家商议。"

第二十二章

言传身教　芝兰玉树

这天，谢安从山阴城坐船回到了东山谢府。

一进门，花团锦簇的庭园里欢声笑语，他远远望去，原来是阮容夫人在教谢道韫、谢玄习剑，一个少男和一个少女在那里挥剑比试。

道韫年方十四，早就脱去幼时的稚嫩，出落成一位熟读诗书、温文尔雅的世家女子，样貌出众，才气超群。而此刻的道韫英姿飒爽，修长挺拔的身影特别吸引人眼球，几个连贯的击剑动作一气呵成，颇有几分女侠风采，几位姊妹在一旁击掌叫好，妙龄少女们银铃般的笑声传得很远。

谢玄年方十岁，虽然稚气未脱，但身板挺拔，英气勃发，亮剑动作干脆利索，和阿姊过招，一招一式颇显章法，有少年英雄的气势。

阮夫人悉心指导子女剑法，让安石想起了会稽历史上一位女侠，名叫越女，越女三十六剑曾助力越国复兴，完成春秋霸业。这位阮夫人自幼生活在越地，自会稽阮社嫁至东山谢家，生育了很多子女，又特别会持家，把谢府上下打理得井然有序，谢府男女老幼均夸赞阮夫人，夸她在众多妯娌面前做出了榜样。

对道韫、谢玄习剑，谢安早有所闻，今日亲眼所见，他没想到喜读诗书的侄女侄子还学会了剑法。母强子不弱，将门出虎子，谢安本就对阮夫人另眼相看，教子有方当如阮夫人。可惜的是，道韫如是儿郎，此时已是文武双全的青年才俊，各路名士早就出面评议品鉴，然后举荐出仕，报效国家。

转眼间，谢家的第三代都长大了。这几年道韫和谢朗、谢玄等谢家子侄在叔父的教导下，知书达理，通晓古今，又都善于谈玄论道。由于经常来往于会稽和建康之间，饱尝江东山水之秀，眼界开阔，心胸宽大，也懂得父辈们抛家离舍为国奔赴前线或出仕为官的不易。

长兄谢奕因长年追随桓温大将军西征，所有家中大小事情均托付给自小有仁爱之心的三弟谢安。谢奕有八个儿子四个女儿，虽非都是阮夫人所出，但是阮夫人作为大夫人治家公允，子女们也都相互扶持。道韫的年纪排在众多兄弟姊妹中间，但在四个姊妹中她是长姊，在长姊的影响下，谢氏女儿和子弟一样善于清谈。自小喜欢跟在道韫身后的谢玄和道韫同为阮夫人所出，都是谢安的得意门生，所以谢安在道韫和谢玄的心里就是叔父加父亲。

二兄谢据在东阳太守任上病逝的时候只有三十三岁，留下三个儿子托付给谢安养育照看，而王夫人以子为终身寄托，其中最疼爱自小聪明的谢朗，只是谢朗从小身体特别弱。

　　说起谢朗，至今有件事一直萦绕在谢安心中。谢安到东山不久，听谢朗说族中兄弟经常开玩笑说："谢家以前有一个很傻的人，爬到屋顶上用烟熏老鼠，结果老鼠逃走了，他自己弄了一脸烟灰，你说这人傻不傻啊？"谢安听了心中一惊："谁这么爱嚼舌头，这很傻的人说的正是小时候的谢据，这明显是有人想嘲笑他已故的二兄。"

　　谢安转念一想，就拉过谢朗，俯下身摸了摸他头，说道："胡儿知道吗？这爬屋顶熏老鼠的事情，有人把它当笑话告诉你听，你知道说的是谁呢？"谢朗摇摇头，一脸茫然。"胡儿，那我就来告诉你，他们说的这个'很傻的人'就是你阿父，你还觉得好笑吗？"

　　谢朗听了一惊，"扑通"一声跪了下去，羞愧难当。谢安接着说道："我还要告诉你，这个事当时是我和你阿父一起干的。胡儿要明白，以后不许这样嘲笑人，不管是自己人还是别人。"这件事后，谢朗闭门思过了好几天才敢出来见人。要知道，谢安根本没爬屋顶熏老鼠，但是为了让谢朗彻底明白道理，他把自己也说成了"很傻的人"。

　　刘夫人曾问谢安一个问题："你一直在教族中子弟，但是你又如何教导我们自己的子女？"谢安和刘夫人生育了两子谢瑶和谢琰，还有两个女儿，谢安想了一下说道："我以自身的言语和行为作出表率，教育他们就足够了。"

　　谢安让少年们多见世面，不断创造机会让子弟直接与名士进行高峰对话。支道林大和尚经常到谢家清谈，谢朗、谢玄渐渐成为谈玄的个中高手。有一次，一老两少谈了一整天，太阳快下山时，支道林才依依不舍地告辞出来。有人在路上碰见支道林，问他从哪里来？支道林说："今天和谢朗、谢玄'剧'谈了一番。"一时间，东山谢家的门庭更是大放光彩。

不知谁说了一声："叔父回来了！"十七八个孩子全都围了上来，七嘴八舌地问他各种问题，有人询问他山阴城的景色和美食，也有人问他要礼物，谢安笑呵呵地一一作答，并把山阴城的桂花糕、糖炒栗子、芡实糕分发给大家，女儿家还得到了叔父的珍珠首饰等礼物。谢安最后还把从王羲之府上带来的一群白鹅和几坛山阴甜酒交付给管家，笑哈哈地说道："今夜天鹅宴，请各位品尝琅琊王氏府上的大白鹅！""太好了！晚上吃王府红烧鹅肉了！"孩子们欢天喜地，东山谢府仿佛过节般热闹。

等众人散去，谢安留下了谢道韫、谢朗和谢玄三个，此三人是他最得意的门生，也是他最看好的谢家第三代。

谢安问他们最近读了什么书、写了什么诗文。道韫先说："回禀叔父，除了《毛诗》外，近日在读叔父您推荐的《嵇中散集》，重点在读其中的名篇《与山巨源绝交书》。"道韫诗书俱佳，能写诗、赋、诔、讼，还练得一手好书法，大才女并非浪得虚名，基本功十分扎实。安石听了非常满意，决意还是再考一考侄女，就问道："你读了《与山巨源绝交书》有何启发？"

道韫认真地回答道："此乃嵇康先生的千古名篇，是嵇先生拒绝好友山涛举荐他代其原职时写的佳作，他在文章中指出人的个性各有所好，而他秉性疏懒，不堪礼法约束，一旦做官以后，就会失去各种生活乐趣，怎能失去自己的快乐去做让自己惧怕的事情？嵇先生在文章中特别强调要放任自然，顺应天性，不可勉强他入仕为官，也不可以他不为官而山涛独自为官感到为难，嵇先生是真正崇尚老庄无为的大家。"安石又问："道韫以为文中哪句最佳？"道韫答道："故君子百行，殊途而同致，循性而动，各附所安。"谢安一边微笑，一边频频首肯。

谢安接着问谢朗："胡儿在读什么？"谢朗回道："《楚辞》。""喜欢哪篇？""'芳与泽其杂糅兮，羌芳华自中出.'还有：'沧浪之水清兮，可以濯我缨；沧浪之水浊兮，可以濯我足.'"谢安微微一笑，评价道："胡儿文义艳发，博涉有逸才。"

谢安最后问谢玄："羯儿所读何书？"谢玄回道："《孙子兵法》。"安石没想到谢玄小小年纪竟喜读兵书，有些诧异，但他对子侄们读书，总是以引导为主，从不干预他们的天生喜好，这样孩儿们才能各取所需，成为他们自然成长的样子。他又问谢玄："《孙子兵法》中你最喜欢哪些篇目？也说来听听。"谢玄答道："'兵者，国之大事，死生之地，存亡之道，不可不察也'；其次，'上兵伐谋，其次伐交，其次伐兵，其下攻城'；再次，'善用兵者，修道而保法，故能为胜败之政'。"

谢安听后心中一惊，继而哈哈大笑，心想这十岁的小孩喜读兵书，长大后不当将军岂不浪费人才？看来，孩儿们心智成熟的速度超过了他的想象。

要说这谢玄自幼聪慧，的确悟性很高。此刻，谢安一边考问一边打量起谢玄，只见少年穿罗着锦，衣着华丽，腰上还佩戴着一款紫罗香囊，紫罗香囊是用紫罗缝制的香囊，散发着浓浓的脂粉香味。这香囊一般是女孩儿的贴身之物，安石不禁皱了一下眉头，想起他们谢家子孙的一些癖好，不禁莞尔，比如从兄谢尚能文能武，但喜欢穿大花裤子，还喜欢跳鸲鹆舞，虽说不拘小节也能成大事，但终究或多或少影响到一个少年郎的心理成长，况且当时也流行花样美男风，好戴香囊正是晋室南渡后第二、第三代追求的时尚。

谢安心想，既然谢玄和道韫一样随母习剑，还喜读兵书，何不在他谢家子弟中培养出一名将才，将来谢氏后代中一定不乏名士，但或缺的正是将才，将才是绝不允许养成阴柔之风的。这时，他想出了一个好办法。

于是他对谢玄说："来，我们来做一个游戏，筹码就是羯儿身上佩戴的紫罗香囊，要是叔父输了，就送羯儿十个比这更漂亮的紫罗香囊，要是你输了就把它交我处置。"

谢玄愣了一下，没想到叔父会关注他随身佩戴之物，既然叔父开口了，他只好用这心爱之物作赌注。谢安于是和侄子玩起了手势令（现今剪刀石头布的游戏），道韫和谢朗在一旁观战。

要说这手势令谁也别想玩得过谢安，他从小经常和谢尚、谢奕、谢万玩这个，玩得就是反应和应变，兄弟几个大小都玩不过他，两三个回合下来，叔父赢了，他摊开双手说道："羯儿，拿来！"叔父的口气非常坚决，不容半点迟疑，谢玄乖乖地交出了紫罗香囊。谢安拿到手上，皱着眉头闻了一下，说道：

"好香！"谢玄以为夸奖，下一秒只听"啪"的一声，紫罗香囊被丢进了旁边的一个火炉，火旺了一下，香囊随即发出"噼里啪啦"的声音，不一会儿燃烧殆尽。

谢玄看着一脸严肃的叔父，似乎悟到了什么，他涨红了脸，低头不语，叔父意味深长地看了他一眼，问道："羯儿，明白了吗？"从此以后，谢玄再也不佩戴这类物什。

快到晚膳时间了，谢安和子侄们一起走出厅堂，行至前庭的台阶上，看着生机盎然的庭院，想到了一个问题：未来十七八个孩子未必个个都能出道，就像他们谢氏兄弟几个都很有出息了，唯有他至今还高卧东山。于是，谢安就问道："往后，我们家的子侄并不需要个个出去参与政事，为国效力，而且，像女儿家最终必定是要适嫁出去，到了夫家相夫教子，繁衍子嗣。"说完，意味深长地看了一眼谢道韫。

谢道韫脸色微红，她有些惊愕，空气也变得凝固起来。谢安话锋一转，接着刚才的话继续说道："既然如此，那么我们每个人为什么还需要读书开悟，使之有才呢？"这个问题有些严肃，一时间谁也答不上来，大家思索了一会儿，谢玄指着庭前的一棵树作答道："就像这芝兰玉树一样，要让它长于阶前庭院，熠熠生辉，光照门楣！"

谢安心中一动，听了谢玄的回答后非常满意，大笑道："妙哉！妙哉！"

　　这年冬天，谢安收到了长兄谢奕的来信，信中说："收到王逸少书信，诚挚恳请陈郡谢氏将名家之女谢道韫婚配予他琅琊王氏子弟，兄思虑一番，道韫年已十四，是到了为她寻找夫家的时候，琅琊王氏乃我朝第一高门大户，兄以为门当户对，十分合适。兄长年追随桓将军征西，此事一并拜托三弟考虑周全，为道韫觅得贤婿良人，择吉日而嫁。另，兄亦书信一封告知你长嫂。"

　　有了此信，谢安觉得可以和长嫂阮夫人坐下来谈一谈了，谢安说："长嫂，弟收到了长兄来信，想必您也收到了来信。"

　　阮夫人是爽直之人，没有多少推脱说词，直截了当地说："正是！道韫冰雪聪慧，明理大气，为兄弟姊妹作出表率，她若出嫁，我这个为母的必定不舍，但是男大当婚，女大当嫁，我这个做阿母的就是想留也留不住。既然你们兄弟俩都以为琅琊王氏是适配人家，我也就放心让道韫嫁入王门。叔父熟稔王家情形，更了解王氏子弟性情，此事就由叔父做主，为道韫择良婿而嫁。只是……"

见阮夫人语焉不详，安石说："嫂夫人但说无妨！""我听说王家七子中最显才华的是最小的王献之？""是的，可惜他才十岁，和羯儿一般大小。""我还听说五子王徽之颇有名士之风，小小年纪已声名在外。"

谢安心中一怔，接着道："可是王徽之才年十五，只比道韫大一岁，我看着有些少不更事，况且……""叔父但说无妨。""长嫂，容弟再考虑些时日，定会为道韫考虑周全，觅得最佳人选。"阮夫人应诺，谢安又道："嫂夫人，还有一事，你得事先和道韫透透风，看她反应如何，一来可以让她有思想准备，二来也可以让我们长辈了解她心仪怎样的郎君？"

阮夫人没想到道韫的反应十分淡定。道韫说："阿母，我才十四，非要这么早出嫁吗？我说过要一直陪着阿母和兄弟姊妹的。"

阮夫人说："过了年，道韫就十五了，就得行及笄礼，女子十五出嫁是常事，如果过了十七不嫁，按我朝规矩，使长吏配之。"道韫一脸不屑地问："为何女子嫁人，长吏还这般逼迫？"阮夫人说："连年战乱，人口稀少，我朝鼓励早婚早育，繁衍子嗣。我们陈郡谢氏虽是名门，但世族与百姓休戚与共，不得不遵守法度。"阮夫人接着又补充了一句："阿母也是十五嫁入谢家的。"

道韫低下头问母亲道："哪门哪户可有准信？"阮夫人小心翼翼地试探道："琅琊王氏，王右军家王公子可合道韫心意？"

道韫听闻，轻舒了一口气。少女在无数个夜晚想象未来的场景，如今，这场景一下子就推到了她八岁那年，王府，美髯飘飘的王大人，一群各具性情的儿郎散坐在溪边，说笑打闹，至今她能回忆起每一个细节。

有时候，人的命运就是如此神奇，在建康城，王家和谢家比肩为邻，到了会稽郡，王谢相隔甚远，但终将因她又联系在一起，似乎冥冥之中，从一开始就注定她会走进王家。

此刻，道韫十分清醒地意识到命中注定的就一定躲不开，于是主动问母亲道："是哪位儿郎？"阮夫人想起谢安的提示，虽说女子婚嫁从未有自己挑选之先例，但是在氛围相对宽松的谢家，此事留有余地，便道："你阿父托付叔父选婿，道韫有否中意之儿郎？"

道韫的脸上一阵红晕，心里闪过王家儿郎的面孔，他们也都该长大了吧，但是要说哪一位儿郎在她心里留下过影子的话，却是一个都没有。

这些年她能见到的儿郎都是亲兄弟或者从兄弟们，也许和一大家族的兄弟交往甚多，反而心智成熟得很早。在她心里，同龄儿郎该有的样子，好像都没有清晰的轮廓，要说有，就得像她父亲谢奕一样勇猛果断，要像王右军大人那样才华卓越，要像安石叔父一样旷达高迈，更要像她眼下正在读的嵇中散大人那样超然世外。而这样的男子，又身在何处呢？

阮夫人还想和她说什么，道韫却转身一溜烟走了，阮夫人在后面追问道："真是女儿家，倒是喜欢还是不喜欢啊？"

冬日，天下起了鹅毛大雪，东山上又是银妆素裹，白雪皑皑，谢安在府上邀请一帮好友赏东山雪景，品山阴美酒，谈道论玄，好不快哉。好朋友中除了孙绰、许询、支道林外，还多了一个戴逵。这个戴逵画功了得，是隐居剡县的名士，其祖父、父亲是大晋重臣，兄长戴逯因屡立战功，被朝廷封为广信侯，后又升至大司农。朝廷屡次征召博学多才、善于鼓琴、工于绘画的戴逵，均被他坚拒。王羲之忙于公务，加上提亲之后也须回避，不在此邀请对象中。

东山赏雪宴雅趣横生，众人皆言笑晏晏。席间，戴逵谈起刚刚发生的一件事，而这件事竟暗中促使谢安为侄女作出了最终的选择。

这事得从山阴城王右军府上说起。那天夜里山阴城天降大雪，王家五公子王徽之大约是非常喜欢下雪天，打开房门，叫侍从快拿好酒来。王徽之远眺四方，一片皎洁，边走边喝，还吟诵起西晋诗人左思的诗《招隐》："经始东山庐，果下自成榛。前有寒泉井，聊可莹心神……"忽然，王徽之想起了新交好友、隐士戴逵。王徽之比戴逵小十岁，是随父亲郊游时认识的，两人一见如故，相谈甚欢。当夜大雪，王徽之很想与好友分享心情，他想到了当时居住于剡县的戴逵，便立即吩咐侍从准备好小船，连夜前去拜访戴家。

从山阴到剡县，走水路约一百五十里，船行了一夜，东方破晓时，船已停在戴家的大门口。此时苍穹之下，天地苍茫，唯宇澄清，雪白晶莹。十五岁的少年郎王徽之心中感慨万千，惬意地坐在小船上，极目远眺，似乎找到了少年心中的诗与远方。接下来谁也没想到，他在船上伸了个懒腰，打着呵欠告诉船家："现在，我们原路返回吧"，竟然连岸都不想上了。

同行的侍从大惑不解，问他为何？王徽之懒洋洋地说道："我本乘兴而行，兴尽而返，何必再见安道（戴逵的字）！"

戴逵说完这事，大家哈哈大笑，纷纷议论起来，孙绰说："依我看，这事一传十，十传百，王逸少五公子王徽之名士之风定会传遍整个会稽，接下来会传至朝堂上，最终还将载入史志，品鉴官们又将忙活一阵，发现一颗冉冉升起的名士新星。"

"是啊，这王公子真是性情中人，倒和我等是同道中人！"

"王公子不拘泥小节，率真超脱！"

谢安静静地听着各人议论，发问道："安道，王公子未见你，你又如何知道他来过？"只听安道笑道："王公子人未到书信却到，我这也是刚收到他书信一封，才知他前几日到过我门前，还附上他最爱的左思之诗《招隐》。"

众人听闻后都笑了起来，谢安说道："我理解王公子为什么乘兴而行，兴尽而返。你们想象一下，傍晚从山阴城出发的王公子，在途中，经历了夜色、黎明、清晨的景色变化，而山阴、剡县以及剡溪的沿途风景都十分秀丽，可谓'山阴道上行，如在镜中游'，所以说，那日王公子心里本来装满了少年的惆怅，结果却被沿途两岸的雪景消融了，以至于他到了安道家门口，觉得完全没有必要再找朋友倾诉了！"

众人又笑了起来，觉得谢安分析得十分在理，都很感佩。

支道林总结道："此境界乃庄子所言：从心所欲，顺理而行。"

众人走后，谢安对此事思虑良久，他认为是时候和道韫坐下来谈一谈了。

是日，谢安书房中，道韫气定神闲地安坐在谢安对面，谢安心想侄女是明白人，应该已知晓他接下来想说什么，便开门见山道："韫儿适往琅琊王氏，是我们陈郡谢氏的荣光。韫儿以为呢？"道韫回答道："韫儿听从叔父安排。""韫儿可做好准备了吗？""是。"

交谈了一会儿，安石心想：为什么你就不着急想知道是哪位公子？于是只好自揭谜底："将韫儿许配给王家二公子王凝之，可好？"他停顿了一下，语气似乎是告诉道韫，假如此时道韫表达自己的意见，依然可以更改他的主张，然而，道韫却表现得出奇地冷静，说："叔父做主，自然是为韫儿深思熟虑、周全考虑，叔父认可王家二公子，韫儿便认可王家二公子。"

谢安心中一惊，想不到竟是这个回答！

他想也是啊，道韫的思谋是顺应自然，身在闺阁，对王家公子的了解一鳞半爪，哪里明白得了其中道理，做得出自己的判断？于是说道："叔父已为韫儿考察一番，王家诸公子中，长兄王玄之已婚，眼下有四位公子和道韫年纪相仿，分别是凝之、涣之、肃之和徽之，凝之最为年长，年已十九，且稳重大气，书法得其父之韵，朝中已有名士举荐他出仕，将来子承父业，必然成为国之栋梁。涣之和肃之的才气和名气都不及凝之和徽之。虽说徽之的名气比凝之大，但是叔父以为徽之太过顺应本性，将来成为一位名士自然是绰绰有余，然而他本性太过率真，甚而有点不近常理，况且徽之只比韫儿大一岁，感觉此儿郎还没长大。叔父以为按兄弟顺序亦应该是王家二公子先成亲……"

道韫低头不语，谢安等了好久也不见道韫回应，只好再说下去："韫儿认可的话，叔父这就回明王家了，明年春日与王家二公子订婚，然后择吉日而嫁。"

道韫听完，对着叔父深深地行了一个跪拜礼："感恩叔父教养韫儿之恩，韫儿一定牢记叔父的教诲，此去王门，定做贤媳良妇，不辱谢氏门庭。"

正当谢安以为谈话结束的时候，道韫却开口提出了一个要求："韫儿有个请求，在韫儿出阁之前，能否安排我和羯儿等人一起去上虞县的广陵村和阿母母家阮社走一走，我读了些文章，非常想了解除竹林七贤的嵇康大人和阮籍大人当年是如何来到会稽，又是如何竹林论道。"

谢安听了心中又是一惊，虽说东晋女子是不允许像男子一样悠游山林，但这是道韫出阁前的最后请求，对侄女这个意外的不情之请，谢安沉思片刻，颔首说道："韫儿的愿望可以实现。"道韫心满意足地走了。

望着侄女远去的倩影，谢安思忖道：韫儿似乎有欲言又止的话，但是，一个十四岁的少女，她的全部天地就是谢家的庭院和闺阁，未来的路皆是未知数，此刻又能表达什么？想到这里，谢安的心中沉甸甸的。

第二十四章

心愿之旅 广陵绝唱

永和十年（354 年）春天，琅琊王氏王羲之府上向陈郡谢氏东山府发来聘书，开始了"三书六礼"的婚礼全流程。

王羲之聘请了许询做大媒，许询乐而受之，成为那次会稽求道之后王谢两家联姻的见证人，他喜气洋洋地专程到谢府送聘书，并呈上聘礼。聘礼除了一双大雁，还有三十种物品辅之：玄丝结、缥色衣裳、吉羊、清酒、白酒、粳米、稷米、蒲、苇、卷柏、嘉禾、长命缕、胶、漆、五色丝、合欢铃、金钱、禄得、香草、凤凰头饰、舍利兽、鸳鸯、寿福兽、鱼、鹿、乌、九子蒲、阳燧钻、丹、青。下完聘书后，就是问名和纳吉，双方订盟。王家的聘礼有好几船，浩浩荡荡地送至谢府。一来二去，谢府上下都知道王谢要结亲了，他们为道韫能嫁入王门而欢欣。

接下来就是选择请期，这个黄道吉日选在了秋高气爽的季节，离亲迎还有数月。

阮夫人有条不紊地张罗着这一切，她和谢安商量，在道韫出阁之前要给她举办一场隆重的及笄之礼，此后才能让道韫正式出嫁。谢安应诺了长嫂的请求，这边还须兑现他对道韫的承诺。于是他们分头行动，阮夫人在家准备诸礼，给道韫准备最好的嫁妆，好让她风光无限地嫁出去。

这边谢安决定带道韫和封、胡、羯、末四个兄弟等出去走一走，这也是道韫最后一次和谢府的兄弟姊妹出游。胡儿和羯儿自不必说，封儿是谢韶的小名，是散骑常侍谢万的儿子，小时候随父在外生活，这会儿也回东山来，比道韫大五岁；末儿是谢琰的小名，谢琰是安石的二子，虽然还很小，但是非常喜欢追随兄弟们。

道韫说让她的妹妹道荣、道粲和道辉也随她一起去看看，安石叔父同意了，姊妹情深，等道韫出嫁了，也许以后姊妹相见的机会就越来越少。阮夫人听说后，特意指派了数名婢女和小童一路服侍，其中有两个婢女分别叫昭雪和景春，和道韫年纪相仿，阮夫人的意思是假如这两个婢女这次出行中表现好的话，不久将作为道韫的陪房婢女一起陪嫁王府。

就这样，由谢氏少男少女组成的一支队伍浩浩荡荡出发了，他们的领队兼导师就是安石叔父。

船队出发了。会稽郡水系发达，江河湖泊密布，交通出行用得最多的还是航船。这次出行谢安事前做了充分准备，三四条航船连在一起，有帆有桨，可保顺风顺水。

旅程是从东山下来后经曹娥江支流至上虞县广陵村，然后折返回至曹娥江主干线，再到若耶溪，经鉴湖直达阮社村。一船为女眷，一船为男眷，再一船为谢安所住，最后一船为仆人和物资保障。安排妥当后，大部队出发了。

如此盛行，少男少女们还是人生中第一次，他们兴奋地看着两岸的青山绿水，头顶的蓝天白云，连连感叹：原来山水可以锦绣也可以壮观，大片的农田是生活富贵的保障，农人的春种是一年丰收的基础。安石叔父乘机说："你们虽然从小生活在贵族人家，但你们也要明白这生活安定富足是因为百姓的辛勤劳作！"

"看！广陵村到了！"船家叫了一声，众人欢呼着下得船来，沿着蜿蜒曲折的村道走去，一旁清澈见底的溪水潺潺流淌，近处粉墙黛瓦的民居错落有致，远处层峦叠翠的竹海摇曳生风，这里民风淳朴，村人耕读传家。广陵村四面环山，前面有诸葛仙山鹤立鸡群，这座山就是葛洪炼丹的仙山，但这次是在仙山的另一边。

安石叔父边走边给谢家后代们介绍起来："魏晋名士嵇中散的祖先原本姓奚，是会稽郡上虞人，他们的祖先原来就生活在这里，因为与邻里发生了纠葛，为避仇就迁移到谯郡铚地（今安徽省淮北市濉溪县）。铚地有座山叫嵇山，嵇先生的先祖就取山名而更姓。嵇康的父亲嵇昭曾做过小官，嵇康还在襁褓之中时他就去世了。嵇康是在母亲和兄长的抚养下成长的。嵇康的兄长叫嵇喜，曾出任徐州刺史和执掌皇族事务的长官宗正等职务。嵇康长大后容貌出众，仪态俊美，潇洒飘逸，时人赞叹他：'萧萧肃肃，爽朗清举'，他的好友山涛称赞说：'嵇叔夜之为人也，岩岩若孤松之独立；其醉也，傀俄若玉山之将崩。'嵇康随兄长在山阳县（今河南省焦作市）外筑庐而居，平日里潜心学问，著书立说，闲时就悠游山水。他在山阳县还结识了好友阮籍、山涛、向秀、刘伶、王戎和阮咸，此七贤相聚在嵇康寓居的竹林里，谈玄论道，吟诗作赋，纵酒高歌，操琴鼓瑟，这就是后世称颂的'竹林七贤'，嵇康是首领。后来一个机缘，他到了京师洛阳，因为出众的外貌、非凡的风度、机智的谈锋、犀利的论辩引起了轰动，'京师谓之神人'。在清谈第一人何晏的介绍下，嵇大人娶了曹操的曾孙女长乐亭主为妻，成了曹魏宗室的姻亲，后来嵇康获拜郎中，任中散大夫，所以后人都称其为嵇中散。不过嵇中散对做官这件事从来都不怎么上心，做了些时日就辞官不干了。嵇先生为人，恬静寡欲，含垢匿瑕，宽简有大量。他的神交者不过'竹林七贤'以及吕安兄弟等寥寥数人。嵇中散在洛阳，文采出众，见识非凡。他的《幽愤诗》词锋爽利，风格清俊；《释私论》提出'越名教而任自然'，观点鲜明，推理严密；《养生论》主张形神共养，防微杜渐，论述透彻，富有文采；尤其是他的名篇《与山巨源绝交书》，文风犀利，立意高远，风格清奇，傲骨铮铮，堪称嵇中散的代表作。当然，嵇先生还爱好广泛，通晓音律，尤其擅长弹琴，作有《琴赋》《声无哀乐论》。传说中嵇先生从隐士那里学得古琴曲《广陵散》，声调绝伦，堪称天籁之音。嵇先生还喜欢锻铁，每次嵇康锻铁，向秀拉风箱，配合默契，其锻造的器具用来售卖，贴补家用。嵇中散甘愿清贫不改志向，隐身山林，锻铁弹琴，陶然自乐，令人钦佩……"

众人皆听得心神向往，在人群中，谢道韫听得尤其入神。在叔父的叙述中，她双眼闪闪发光。

俄顷，经管家引荐，一位农家模样的人过来相见，自称是嵇先生故人后代，他引大家至一处农舍歇息，坐下片刻，道韫急切地问道："嵇先生在村里住过吗？"农家回答："有。""嵇先生老宅在哪里？"农家便陪众人来到一座小院前，这座茅草小院从外面看十分普通，进入后流水潺潺，别致优雅，庭院两边种植着葱绿的竹子，风过处发出一阵阵竹叶的窸窣声，庭院中间还置放着一张七弦琴，这一切仿佛嵇先生刚刚离去不久。

谢安似乎也为眼前的情景所触动，他问农家说："嵇先生何时来过这里？""听先祖说，嵇先生和阮先生一起来的，大约在景元元年（260年）。他们为避乱来到会稽，来的时候村里的老人都不认识他，听说是洛阳来的客人，村里人都出来相见，后来听他说是奚家的后代，老人们这才给他指了他们家留下的几间老宅。嵇先生和阮先生就住进了他们家的老宅里，而老宅因为年久失修又无人看管，破败坏堪，但是嵇先生他们不讲究，借了床被子就住了进去，后来村里人帮他整修了一下，看上去像点样子了。为表感谢，他取出七弦琴，在村口的老银杏树下给大家演奏起来。真的没想到啊，那琴弹得太好听了，村里人一辈子都没听过这么好听的琴声，有的听得开怀大笑，高兴得手舞足蹈，有的听了想起去世的亲人，泪流满面，有的听了想起陈年旧事，默默发呆。最有名的就是那一曲天下闻名的《广陵散》，听了心里有一种浩然正气，又回味无穷。我们这个村后来改名为广陵村，就是为了纪念嵇先生。"

道韫说："老伯介绍得太好了！阮先生是不是阮籍大人？"农人回道："正是。他们在村里住了一段时间，据说后来嵇先生回洛阳去了，而阮先生想去会稽郡别的地方再走走看看，便在会稽鉴湖边上的一个小村庄里住了下来。"

谢安问道："老伯为何知晓得如此清楚？"农人说："不瞒先生说，我正是当年跟随嵇先生回会稽的仆人的后人，当年嵇大人回洛阳的时候留下我先祖照看老宅，说再过些时间，他还会回来，没想到此去一别，就再也没有回来，离世的时候连四十岁都不到……我先祖在世时每每想起此事，心痛不已，说嵇先生若不回洛阳，在这里颐养天年，那会是多么圆满！嵇先生走后，我先祖也不再回洛阳去，他在这里修缮了这个旧院，等着嵇先生……"说完潸然泪下，大家无不为之动容。

听完这席话，谢安临时安排大家在嵇先生的茅草小院里落脚休息。他想，他们既然是来探访嵇先生的，就不如住在他曾经住过的院子里，睹物思人，不虚此行。

是夜，如水的月光照在山村大地上，道韫静静地躺着，只见窗外的月光如流水般倾泻在床前。她想，多少年前，嵇大人也是如此感受着这般清风明月，或许他睡不着的时候就披衣起身，默默地在院子里坐下来，伴随着竹林清音，弹一曲《广陵散》以浇胸中块垒，那悠扬的琴声穿越山水，跨越时间，直抵人心。她闭上眼睛，果然好像听到了一阵似幻似仙的琴声，在琴声里看见嵇先生在洛阳的最后那段时光……

景元三年，也就是嵇康从会稽郡回洛阳城的第三年，发生了一件事。这件事本与嵇先生无关，但是生性耿直、不畏权贵的嵇先生为打抱不平，终究引来杀身之祸。

嵇康和吕安、吕巽兄弟交好，吕巽是吕安同父异母的兄长。吕安的妻子徐氏貌美，有一天，心术不正的吕巽乘吕安外出迷奸了弟媳，吕安愤恨之下，欲状告吕巽。嵇康知道此事后，劝吕安暂且不要揭发，以保全门第清誉。但是谁也没想到，吕巽害怕报复，竟先发制人，反而诬告吕安不孝。不孝在当时是死罪，吕安立即被官府收捕。嵇先生知晓后非常愤怒：这世上竟有如此禽兽不如的人，真是知面不知心，当即写了与吕巽的绝交信，并出面向官衙作证，证明吕安是被冤枉的，但是没想到这事触怒了大将军司马昭。

司马昭是当时实际掌控曹魏政权的头号人物，他对嵇康久闻大名，几次欲聘他为幕府属官，但每次均被嵇康找个地方躲过去了。对嵇康来说，他是曹魏宗室的姻亲，他的理论是"非汤武而薄周孔"，他连汤武都不认同，连周孔都看不上，想让他出卖自己依附新贵司马氏，他才不干。跑到会稽郡那次也是为了躲避征辟。嵇康曾写过一篇《释私论》，他说君子就是要顺着自己的本性活下去，不为社会政治所束缚，不为外界的是非所动摇，不被欲望牵制，可以"越名教而任自然"。可以说，他就是这么任性地活着，才会给最要好的朋友山涛书写绝交信，据说司马昭看到这封实际是公然向司马政权挑衅的绝交信后，愤懑不平。

有个年轻士人叫钟会，在司马昭那里任职，也十分崇拜嵇先生，备下厚礼前去拜访嵇康。嵇康当时正在打铁，"竹林七贤"另一位人物向秀在一旁拉风箱，两人一副爱搭不理的样子，钟会无趣地站了一会儿，正准备离去，嵇康问他道："何所闻而来？何所见而去？"钟会尴尬地回道："闻所闻而来，见所见而去。"就因为这件事，钟会在心里埋下了仇恨的种子："你现在看不起我，将来我让你后悔不已！"后来钟会得到了司马昭的重用，被任命为司隶校尉。于是，借着吕安一事，他向司马昭进言："嵇康与吕安盛名于世，但是毫不珍惜，言论放荡，诽毁经典，祸国乱政，应乘其有罪，把他们都除掉！"司马昭刚好对嵇康一肚子不满，他听信了钟会，一怒之下，下令处死嵇康与吕安。

行刑当天，洛阳城暗无天日，三千名太学生长跪不起，请求朝廷赦免嵇先生，并强烈要求嵇先生来太学任教，但是他们的请愿无人理睬，三千少年郎的膝下黄金换不回嵇先生的一条命。嵇康说："儿郎们都起来吧，我愿以今日之死讨还世间公道！"

嵇先生至死不肯改口，坚持好友吕安是被冤枉的。他面不改色、神情寻常地走向刑场，看了看太阳的影子，知道离行刑尚有一段时间，便向兄长嵇喜要来他平时最爱的七弦琴，在刑场上抚响一曲《广陵散》，琴声时而如泣如诉，时而铿锵激越，前来送行的数千人呜咽不已，哀哭声响彻刑场。

曲毕，嵇康放下琴，仰天叹息道："《广陵散》是多年前一个自称古人的人在夜半时分教我的，并万般嘱咐我不要传授给别人，我学成后有人想跟我学，我每每吝惜而不肯教授，现在《广陵散》就要失传了。"说完，从容就戮，时年三十九岁。不久后，司马昭也意识到错杀了嵇康，但是一切都已追悔莫及。

这一夜，道韫没有睡好，她在睡眼蒙眬中看见一个背影走向大门，大门外突然变得异常光亮，然后背影走进一片松林，变成了一株傲然挺立的雪松，松树上盖满了皑皑白雪，风过处，传来一阵阵松涛声，接着又传来一阵阵抑扬顿挫的琴声，风雪声、琴弦声交织着……

一觉醒来，天已大亮，道韫看了看身旁的妹妹们，昨夜的神奇经历使她感触良多。对她来说，茅草小院和广陵村将成为她永生难忘的记忆。

　　清晨，船队又出发了，道韫和谢玄尤其兴奋，他们要去见外祖父外祖母了。阮社在山阴县西边，船沿曹娥江一直往西北前行，途经上虞县百官时，停驻了半天。安石叔父让大家下船来看看，他介绍道："上虞县是虞舜后代的封地，舜避丹朱于此，故以此作为县名。舜的百官从之，因此城北还有一座百官桥。"途经若耶溪边的平阳，叔父又停下来给他们介绍："这是越王勾践曾经建都的地方，后来越王把都城迁建至山阴城内的卧龙山上，开创了越国称霸的伟业。"船至鉴湖，大家了解了东汉会稽太守马臻冒死筑湖的故事。然后，船到了柯亭，安石叔父又给大家介绍了蔡邕吹笛留名的故事。

　　道韫在船上偏着头感叹道："原来会稽郡的山水地名都那么有故事，真是好地方啊！"谢安说："你外祖的祖先也在这里留下了地名和故事。"说话间，阮社就到了。这是一个傍水的小村，就在鉴湖边上，阮家庄的人听说安石叔父带着一群阮家的外孙外孙女来了，早早地杀鸡宰鹅烹鱼，等候着贵客上门。

舅舅、舅母们带着年岁相仿的表亲兄弟姊妹在船码头相迎，一声声欢呼，孩儿们涌向亲人的队伍，然后簇拥着进了院子。外祖父、外祖母见到谢道韫和谢玄，分外亲热，外祖母说已很久没见到容儿了，道韫和容儿小时候长得一模一样，说着说着，心里一酸，便泪眼蒙眬起来。

听说道韫即将出嫁，外祖母让道韫坐到她身边好好看看，谢安说："外祖母大人，道韫将要嫁到山阴城，今后可以经常来看您了！"外祖母连声说好，这才转悲为喜。

外祖父阮越是阮氏后人，早年在京师为官，结识了谢裒。如今谢裒已过世多年，阮越也早就告老还乡。阮越六十开外，身板硬朗，举手投足间处处透着越中名士的风度。

阮氏在这里已生活了差不多百年，全族人都知道他们的祖先来自陈留尉氏县（今河南省开封市尉氏县）。村里人虽然大多以捕鱼、酿酒为生，但是依然过着耕读传家的生活。

在宴席中，道韫问外祖父："先祖阮大人是何时来到这里的？"

外祖父说："景元元年的光景，先祖阮嗣宗（阮籍的字）大人率侄儿阮仲容（阮咸的字）大人离开洛阳，远迹江南，避居会稽，据说和他们一起来的还有嵇中散先生，他们和嵇先生先是去了上虞县，等嵇先生安顿好以后，叔侄俩乘一叶扁舟，闻着酒香找到了一个竹村，当时就叫竹村，村里生长着一片片竹林，先祖最喜爱竹林了，村子又靠近鉴湖，专酿山阴甜酒，还能吃到新鲜的鱼虾，就在这里住了下来，一住就是好几年。他们在竹林里雅集，清谈讲玄，阮仲容大人还在这里做一种乐器，每每弹奏便吸引众多名士慕名而来，造访竹村，再后来，村里人因为阮氏集聚于此，就把竹村改名为阮社了。"

道韫此行是为了找寻"竹林七贤"在会稽的行踪，急于向外祖父寻找答案："可是先祖阮大人后来为什么又回洛阳了？""先祖大人和侄儿在竹村隐居了好几年，阮仲容大人还在这里娶妻生子，原本不打算回洛阳了，但是嵇中散大人想念洛阳的妻儿，先行回了京师。景元三年，先祖大人听说了嵇先生下狱的消息，带着侄儿连夜赶去洛阳，想方设法前去营救，奈何无力回天。据说当年'竹林七贤'闻讯后都前去刑场为嵇先生送行，七贤最终剩下六贤，世上再无《广陵散》哪！嵇先生临终前把自己的一双儿女托付给了山涛，对，就是与之绝交的山涛，嵇先生的安排谁也没想到，他有兄长嵇喜，还有先祖阮大人、向秀等好友，为什么最后偏偏托孤给山涛？有一种可能，嵇大人当年写绝交信是向当朝权贵叫板，暗中是为了保全山涛。先祖阮大人在景元四年，也就是嵇大人走后的第二年也追随而去。"在外祖父的讲述中，道韫真切地体会到阮大人当年的苦恼和郁闷。

阮籍出身书香世家，其父阮瑀是"建安七子"之一。阮籍自幼饱读诗书，天赋异禀，作诗更是超越常人，八岁便能写出锦绣文章。阮籍喜欢弹琴，擅长竹林吟啸，长大后养成了淡泊名利、不慕荣华富贵、安贫乐道的个性。

阮籍长大了，却处在风口浪尖。因为他的家族都是曹魏的旧人，现在不得不听命于司马氏。如何才能明哲保身？他在家关门研读书籍，闲了就登山旅游，常常来一场说走就走的旅行。

钟会企图试探阮籍内心的真实想法，多次请阮籍喝酒聊天。阮籍也不拒绝，每次必到，说干就干，且每次都喝得烂醉如泥。钟会拿他没有办法，不再试探。阮籍娶的夫人很貌美，优秀基因传递给了女儿。司马昭想让阮籍的女儿作子妇。阮籍心里一百个不愿意，却不敢明言，如何应付？喝酒，阮籍大醉了两个月，每次司马昭派人来提亲，阮籍都醉得不省人事，且一派胡言乱语。拖延久了，司马昭失去了耐心，无可奈何地说道："算了，这个醉鬼，由他去吧！"

阮籍不隐不仕，又隐又仕，想做官时就做，不想做官时就辞官。司马昭对他既欣赏又忌恨，对他的放任行为听之任之。这反而让阮籍借司马昭之口，名噪天下。

有一次，阮籍同司马昭闲聊，阮籍说："我听人说东平那个地方很好玩，我喜欢那里的风土人情。"一句闲话，司马昭就把他安排到东平（今山东省泰安东市平县）做县官去了。阮籍骑着他的小毛驴走马上任，他当县官实实在在地给东平老百姓办了不少实事。后来，阮籍提出去另一个地方当官，司马昭又派他在北军担任步兵校尉。这一次任职时间最久，所以阮籍还得名"阮步兵"。

阮籍在任上时，不多说，不多事，更不参与具体政事，不是他不懂，而是太懂其中的深渊有多深，才装出一副难得糊涂的样子。

当时名士中间传闻阮步兵见人用两种眼光，以"青眼"看人表示遇到了对的人，以"白眼"看人表示讨厌人。有一次，嵇中散的兄长嵇喜去找阮籍，阮籍用白眼看他，嵇喜回去后告诉了嵇中散，嵇中散暗自高兴，阮籍就是和自己心灵相通的人。嵇喜在官场上确实是一个攀附高手，嵇中散对兄长为官之道甚是不悦。正是如此，嵇先生和阮先生两人心意相通，相约一起远迹江南，避居会稽。

嵇中散被司马昭下令处死后，阮大人心中既害怕又苦闷，他不敢重返会稽，怕司马昭突然召见他，于是经常一个人，带着酒，驾着马车，边走边喝，没有方向，行至无路处，大哭一场，调转方向，再行至无路处，又是一场大哭，后人称之为"穷途之哭"。

"终身履薄冰，谁知我心焦"，阮籍写了许多诗，表达悲愤与哀怨。景元四年，司马昭伐蜀成功，魏帝曹奂只好下诏，请司马昭接受"九锡"，拜其为相国。"九锡"是皇帝赐给劳苦功高的大臣的九种器物，也是历来篡位者行"禅让"之礼的最后一个环节。司马昭自然要表演一番，假装推辞。这时候，就要群臣出面劝司马昭接受"九锡"。这"劝进文"由谁来写？大家想到了文采斐然的阮籍。

写则落个千古骂名，不写，嵇康的下场在等着他。于是，阮籍天天把自己灌醉。这次不灵了，司马昭来真的了，命人找到阮籍，将醉倒的阮籍扶起来，刀架到脖子上，笔放到手心里。阮籍知道这一关不过也得过了，定了定神，文不加点，挥笔而就。于是司马昭顺利进位晋公和相国。

　　阮籍回到家，越想越郁闷，不出两月，便撒手人寰。

　　道韫和诸位谢家子弟听闻先祖故事后，良久不语，他们为先祖的朗朗风骨所感佩，也为先人当年之不幸而感伤。第二天，舅舅、舅母们带着小客人们在村里游逛，谢家后代发现村里真的留下不少阮氏祖先的遗迹，一个村庄前后建了两座庙，一座后庙祭阮籍，一座前庙祭阮咸，族人凡有大事都要去两个寺庙祭拜，祈求两阮的护佑。村里还有一座跨河的桥，也以两人名字命之，谓之籍咸桥。

　　走在籍咸桥上，谢道韫随口吟诵了一句诗："笑傲竹村已陈迹，凭吊阮社涕泫然。"

对于女子加笄，《礼记·内则》有云："十有五年而笄。"永和十年（354 年）春天，道韫年满十五，她从外祖父家返回东山，母亲阮夫人已准备停当，择一个黄道吉日，为道韫梳头及笄。

这天，东山谢府内装扮一新。谢家祖宅里举办过许多弱冠和及笄礼，那是谢家子女走向成人的一种重要仪式。谢安想起自己的弱冠仪式，仿佛还在眼前，感慨时间过得真快。男子举行弱冠仪式在二十岁左右，包括束发、盘发髻、佩戴成人帽冠等仪式，这个过程象征从少年成为成年人。

道韫的父亲谢奕将军因为远征在外，全权委托谢安主持仪式。谢安想要给道韫一个值得铭记一辈子的成人仪式，事先做了精心安排。

那天，道韫清早起来就以鲜花沐了芳香浴。吉时已到，昭雪和景春进来为道韫梳妆，道韫朝铜镜中的自己看了看，今早是她最后一次梳发辫，往后她将把这满头乌黑的秀发高高地梳起，那模样像阿母又不像，她有些不舍地梳着两条发辫，一副漫不经心的样子。经昭雪和景春催促，她更换了采衣采履，便安坐在东房内等候。庭院外丝竹管弦已开始演奏，道韫听出了是《碣石调·幽兰》曲，此刻，案几上的一盆春兰正盛开着，幽香满室。

母亲阮夫人和叔父、婶婶们早早地立于东面台阶上等候宾客，有司站在西面台阶下，今天请的客人都是谢家的亲戚好友，王家也派女眷前来观礼。

客人来了，阮夫人上前迎接，主客相互行揖礼之后入场，待宾客落座后，谢安就座于主人位。他起身致辞："今日我受兄长委托，为侄女谢道韫行成人笄礼，感谢诸位宾朋佳客光临！侄女谢道韫系谢门长女，自幼聪慧，精读诗书，贤德淑良，咏絮之才名满大晋，已许配给琅琊王氏二公子凝之，不久将举行婚庆大典。今日请诸位共同见证道韫的及笄之礼！"接着，谢安又向众嘉宾介绍道："今日我从兄仁祖特意让其夫人袁氏从建康城回我东山祖宅，参加及笄礼，足见兄嫂对弟辈子女的关爱，今日及笄的主司将由袁夫人担任，接下来请诸位观礼！"

袁夫人是谢尚的大夫人，大名袁女正，作为谢家长嫂，长居建康乌衣巷，这次特意代表谢尚来祖宅贺礼。袁夫人也是世家大族出身。其兄袁耽（字彦道）少有才气，为士族称道，姐姐袁女皇嫁给了殷浩。袁耽的妹夫们均是东晋朝数一数二的名流。袁耽和桓温交情很深，有一次和桓温开玩笑说："真恨不得还有一个妹妹嫁给你！"

永和十年，谢尚已升迁为尚书仆射。桓温北伐收复洛阳，曾上疏朝廷请求任命谢尚为都督司州诸军事，无奈流民反叛，只能命谢尚戍卫京师，严密守备。

说话间，袁夫人起身立于主司位，仪式正式开始了。道韫在众多姊妹的簇拥下，从东房移步至庭院场地中间，于谢家的芝兰玉树下向观礼宾客行肃拜礼。只见她气质如兰，雅人深致，众宾客情不自禁赞叹起来。

有司奉上了罗帕、梳子和发笄，一一递至主司袁夫人，道韫正面坐于笄者席上，袁夫人捧起道韫的一头漆黑秀发，缓缓为其梳好发髻，并高声吟诵祝辞曰："令月吉日，始加元服。弃尔幼志，顺尔成德。寿考惟祺，介尔景福。"说完，袁夫人俯身为道韫插上了发笄，众宾齐声祝贺。

然后道韫回到东房，更换与头上发髻相配的衣裙。一会儿，道韫梳着高高的发髻，穿着素衣和襦裙，面带着微笑出来，袅娜娉婷地走向众人。那一刻，众人发觉道韫瞬间长大了，一笑一颦、一举一动中透着优雅端庄，大气又沉稳。道韫站定，面向母亲和叔父婶婶们行拜礼。这是第一拜，感念父母长辈的养育之恩。

道韫向东正坐，袁夫人再洗手，有司奉上发钗，袁夫人走到道韫面前，高声吟诵祝辞曰："吉月令辰，乃申尔服。敬尔威仪，淑慎尔德。眉寿万年，永受胡福。"袁夫人为道韫去发笄，簪上发钗。道韫回到东房，更换与头上发钗相配套的曲裾深衣。曲裾深衣是表现大族女子雍容华贵的服饰，此刻穿戴一新的道韫又让众人眼前一亮，她神情庄重地向来宾行肃拜礼。这是第二拜，表示对族中前辈的尊敬。

道韫再次向东正坐，袁夫人再洗手，有司奉上钗冠，袁夫人走到道韫面前，高声吟诵祝辞曰："以岁之正，以月之令，咸加尔服。兄弟具在，以成厥德。黄耇无疆，受天之庆。"为道韫去发钗加钗冠。道韫再回到东房，更换与头上钗冠相配套的广袖长裙礼服。广袖长裙礼服一般是士族女子出席家族重要礼仪必备的服饰，穿着大气端庄，道韫出场后坐南面北行肃拜礼。这是第三拜，表示传承谢氏祖训，出嫁后勤俭持家，贤淑待人，繁衍子嗣。

有司撤去笄礼的陈设，摆好醴酒席，袁夫人再念祝辞："甘醴惟厚，嘉荐令芳。拜受祭之，以定尔祥。承天之休，寿考不忘。"只见道韫微启朱唇，象征性地沾了一下酒，等待下一个重要时刻的到来。

这时，谢安起身向东，念祝辞道："礼仪既备，令月吉日，昭告尔字。爰字孔嘉，髦士攸宜。宜之于假，永受保之，字曰令姜。"晋朝承袭汉制，男女在成人礼后方可取字，一般由父亲或族中大人为其取字，道韫的字事先应该是由叔父和父亲商议而定的。"取字令姜！"叔父祝完辞又补充了一句，"令姜，愿世上所有的美好都集于一身。"全场都拊掌称好。

道韫听毕，对着叔父行了一个深深的跪拜礼，回道："令姜谢过叔父大人，侄女一定好好珍惜此字，不负叔父大人的厚望。"然后转向母亲再行叩头礼，祝父母双亲长寿健康，最后向宾朋行揖礼以示感谢。

令姜，于道韫来说，是人生新的开始。

送走所有宾客后，东山谢府终于安静了下来，谢安把道韫叫到了书房，说："令姜在今日大礼中表现大气，不愧是世家女子，叔父为令姜高兴。不过从今往后，令姜是大人了，还要离开我们这个家去新家成为子妇，令姜要学会自己思考、自己判断、自己处置。"令姜应诺。

谢安再问："令姜在出嫁之前还有什么未了的心愿吗？""没有了，但小女有一诗赠予叔父大人，感谢叔父大人的会稽之行。"说完，令姜从衣袖里掏出一页诗笺交与叔父，谢安接过一看，一行行娟秀小楷映入眼帘：

拟嵇中散咏松诗

遥望山上松，隆冬不能凋。

愿想游下憩，瞻彼万仞条。

腾跃未能升，顿足俟王乔。

时哉不我与，大运所飘遥。

"好诗，好诗！"叔父不禁大为赞叹，"此诗清逸淡雅，纵横大气，不似一般女郎的闺阁之作哪！"赞叹之余，谢安心中猛地一惊，他多次寻问道韫心意，道韫均以沉默回他，原以为这就是少女的默认，然而此诗不就是最终答案吗？

待道韫走后，谢安将此诗置于案头，再次细读，心中泛起阵阵波澜，终究明白了侄女的微妙心思。此诗是道韫模仿嵇中散《游仙诗》而作，赞美了傲立的"山上松"，希望自己能够憩息松下，像"山上松"一样，隆冬不凋、志气高洁。"山上松"就是嵇康的象征，现在回想起来，那天从广陵村去阮社的路上，道韫和他说起夜里梦见嵇康幻变成一棵高山雪松，迎风而立，他还以为少女日有所思、夜有所梦。"愿想游下憩，瞻彼万仞条"，侄女这是非常直率地表达了对嵇中散的崇拜仰慕之情，也是少女的真心表白。然而，她与嵇中散生不同时，"君生我未生，我生君已去，恨不相逢同一世，天上人间总相隔"，除非有像王子乔这样的仙道之人才能帮她实现美好愿望。诗中的最后两句，是道韫对自己与嵇康这样的人物生不同时，却要与凡夫俗子在人间相逢的深深感叹，一种绵绵不绝的遗恨在诗中暗暗流淌着。

这如何是好……谢安陷入了沉思：在侄女的精神世界里，意欲追求格调高远的人生伴侣，然而现实世界中，如果真的有嵇康这等人物来到她身边，遗世独立，不同流俗，侄女的一生幸福又将如何保障？直到刘夫人唤他回房休息，他才回过神来，事已至此，道韫的漫漫人生路将会是怎样的光景？

永和十年的秋天，山阴道上丹桂飘香四溢，秦淮河边银杏满地金黄，丰收的季节也是嫁娶的时节。按照祖制，王谢两家的联姻大礼将在建康城乌衣巷举行，因为这是两大家族的荣耀时刻，届时各世家大族都会前来贺喜，皇室也会派人前来贺喜。谢尚、谢奕、谢万等谢家在外的文官武将也将悉数回到建康，参加婚庆大礼。这边谢安全程负责侄女的出嫁仪式，谢家大部分家眷和子女都早早赶往建康城做好准备。

　　东晋朝的婚礼遵循汉制的"三书六礼"，"三书"即聘书、礼书和迎亲书，"六礼"即纳采、问名、纳吉、纳徵、请期和亲迎。前面"五礼"的流程走了大半年，世家大族的婚礼就是比普通百姓更讲究仪式和程序，现在就等王家来亲迎了，这是大礼的重头戏。届时墨车亲迎、登堂沃盥、共牢而食、合卺而酳这些程序是一个都不能少的。

　　王谢联姻的好日子选在十月十八，为王羲之亲选。喜事一传十，十传百，传遍了士族圈，最后还传到了宫里，连褚太后都知晓了此事。不久，她吩咐内宫掌事传懿旨给王羲之和谢尚，宫中有两份贺礼分别送给新郎和新妇，缘由是太后知晓这位咏絮成诗的娘家才女，言下之意也是让琅琊王氏今后要善待太后娘家的亲戚。

　　说到亲戚，道韫是太后娘家的表亲姊妹，但是说来也称奇，褚太后十五岁嫁为琅琊王妃时，道韫还在阮夫人肚子里，因此对这位大才女妹妹，褚太后越发有些好奇，这谢道韫究竟是怎样的奇女子。

　　如今王谢两大家族联姻在即，太后有两个感触。一是自丞相王导去世后，晋室依仗的四大家族已演变成琅琊王氏、颍川庾氏、龙亢桓氏、陈郡谢氏，这陈郡谢氏是后起之秀，凭的是谢尚的军功和太后的娘家，而王导影响深远，至今琅琊王氏仍是东晋朝的第一高门。二是太后以为两大家族结亲意义重大，他们团结一心匡扶晋室则有利朝廷，有利于制衡越来越强的桓氏。因此褚太后下的第二道懿旨是待婚典大礼之后，请王凝之、谢道韫以太后娘家人身份去太后后宫觐见，这事对两家来说，是何等的荣耀。

王羲之接到太后懿旨后，连声应诺，心里想："王谢两家联姻，本来是谢家沾了王家的光，太后这番操作倒好像王氏高攀了谢氏，谁让谢道韫才气冲天又是太后娘家人，名气已远超王家二公子。"谢尚接到太后懿旨后非常开心，陈郡谢氏从东山起步，如今位置节节上升，与琅琊王氏联姻更是成功博得太后关注，成为世家大族间的顶配姻缘。

接着就是整个东晋朝的世家大族们前来道贺，乌衣巷王谢两家门前牛车熙熙攘攘，人们纷至沓来，送礼贺喜，即将目睹当世最强的联姻和最郎才女貌的组合诞生。

道韫提前数月随叔父和母亲阮夫人一起到达乌衣巷谢府。随着大喜日子的临近，道韫的心里反而日趋平静，如果这世间的女子都是这般无法自主地选择夫婿和出嫁的时间和方式，那么婚姻就像投胎一样，一切顺其自然，让家族和命运来主宰未来吧！

从伯谢尚真不愧是东晋朝第一音乐达人，他在京师戍卫的任内搜集查访民间乐人，制造了一种新的乐器——石磬，成为朝廷的太乐之一。也由于这个原因，谢尚更得到太后和皇上的重用。从伯言及道韫大婚这天，建康宫里将献演一台高水平的石磬音乐会，届时宫中的仙乐会飘至建宫城的大街小巷，每一个建康百姓都会知道道韫出嫁了。面对如此厚重的礼物，道韫对从伯一再行礼致谢。

父亲谢奕也回家了，还带着桓大将军一起回建康城喝喜酒。一见到道韫，谢奕开心大笑："我家道韫出嫁了，我要当丈人了，这以后更有资格多多喝酒了！"桓温听说道韫嫁与王门，笑道："早知道我桓家公子来提亲了！"谢万叔父以及后来出仕为官的谢石、谢铁叔父，这回也全都回家来了，道韫记得上一次谢府这么热闹还是安石叔父初仕那会儿。转眼谢家子弟们在安石叔父的教导下长大了，可是安石叔父还是不愿出仕，想到这里，道韫顾自笑了起来，安石叔父在谢氏兄弟中算得上是个奇人！

最后几天，忙忙碌碌的阮夫人常常一有空就来陪道韫说话，她拿出她的陪嫁之宝交到道韫手上。道韫一见，正是母亲手把手教她的那把宝剑——星月剑，剑柄上镶嵌着星月宝石，剑身发出星月一样的神奇光芒。阮夫人曾和她说这把剑是先祖阮籍大人的传家之宝，阮籍大人虽说是文质彬彬的"竹林七贤"之一，却是从小习剑，剑艺高超，只是从未在世人面前展示。到了阮夫人这一代，既然宝剑传给了女儿，阮夫人也将它传给女儿，希望一代又一代的女儿既可防身，也可自强。

道韫接过阮夫人手中的宝剑，当即跪谢，不禁流下两行热泪，说道："女儿未尽孝道就要出嫁，万望阿母今后定要保重自己，待女儿常回家看望尽孝！"说完，还吩咐下人叫来谢玄，临别之时交代道："阿姊出嫁后，羯儿一定要努力成才，报效国家，光耀门楣，让父母双亲安享晚年！"谢玄一一点头，说道：

"请阿姊放心！我当不辱谢家荣光！"

　　出嫁的前一天，道韫打开了褚太后送的贺礼，一个精致华贵的妆奁里，放着一支流光溢彩的金簪，上面镶嵌着数枚红色宝石，一看便是宫中打造的顶级发饰。道韫猜想，太后送给王家二公子的贺礼应该是一支玉簪，男用玉器，女用金银，这通常是皇室对臣子的褒奖。如今太后为了彰显她对王谢家族的重视，用上了这份奖赏。

　　明天，她将戴着太后的这支金簪荣耀登场。

第二十七章

红妆十里 谢女解围

大好的日子转眼就到，正式的婚礼接近黄昏时才开始，而谢府从清晨就开始忙碌起来。

道韫一早起来，在昭雪和景春的帮助下沐浴更衣、开脸妆扮，昭雪和景春也要陪嫁过去，三个人低声商议着，在闺房里度过最后的难忘时刻。

镜中的道韫，云鬓高梳，蛾眉淡扫，粉颈低垂，顾盼生情。熏香过的嫁衣在一旁静候着主人，这是一袭纯白色的交领广袖大衫襦裙礼服，是母亲阮夫人为她精心准备的，上面有金银丝线刺绣作衬托，既清新脱俗又显得雍容华贵，头上将饰以一尊白玉珍珠钗冠，戴之宛若凤凰展翅，寓意有凤来仪，吉祥安宁。魏晋自玄学兴起，崇尚返璞归真，士族中流行白色的宽袖大袍，以示高洁，所以连大婚礼服都时兴如此清新淡雅之风，而这身装扮刚好映衬了少女道韫的不凡气质。

乌衣巷内锣鼓开始响起来了，而隔壁王府的锣鼓好像比这边更响，一批一批的客人前去道贺，谢府这边听得清清楚楚。

谢安一直在前厅张罗着，乘着空隙过来，隔着闺房的帘幕和道韫交代道："令姜今日出嫁，要记住一件事，自出阁大礼起，令姜必须一直手持团扇，见人以扇遮面，等下进了王府拜堂时，也必须坚持以扇遮面，进了洞房方才可以移开扇子。"

"令姜记住叔父的每一句教诲！"谢道韫隔着帘幕柔声应道，突然间眼睛有些湿润，叔父为了如此一件小事特意过来叮嘱，可见她在他心中的位置。叔父在帘幕外轻轻地走动了一下，令姜刚想问叔父还有什么交代，但是叔父走了。从那远去的木屐声中，道韫听懂了不舍和惜别，他是她的叔父，但他们情同父女，女儿出嫁之时的父亲都会有一颗忐忑不安之心。

实际上，道韫在想此事的时候，谢安心中也有一份不舍和不安，隔着帘幕，他做了最后的交代，有些话欲言又止。

出阁的时刻终于到了，道韫在昭雪和景春的搀扶下来到前厅。只见她梳着飞天云髻，着一袭纯白色的大婚礼服，戴着珠玉凤冠，而全身的点睛之笔无疑就是太后奖赏的金簪，闪着无比的荣耀。

父母双亲和族中长辈都坐于堂前，那一刻，阮夫人揉揉眼，那情景让她忆起十五年前的梦境，这不就是梦中仙子飘然而至又将飘然而去？谢奕看了道韫一眼，也许觉得一切都已安排妥当，但又不得不交代一下，便想了想说道："以后阿父照顾不了你的时候，你就找安石叔父。"说完信任地朝谢安点点头。

傍晚时分，霞光褪去，暮色四合时，浩浩荡荡的迎亲队伍沿着乌衣巷从王府敲锣打鼓地进了谢府，其他人均乘坐牛车，唯有一人骑着一匹高头大马，一脸喜气洋洋，此人正是新郎王凝之。他从马上下来，进得谢府，恭恭敬敬地一一行礼，道韫在前厅中间端坐着，以一把双燕团扇挡住面容。她的目中余光发现了王郎的大致模样，身材高瘦，脸色白净，盈盈公府步，冉冉府中趋，说话语气不紧不慢，性格应该也是不急不躁。

行过各种礼仪后，司仪号令新郎新妇拜别父母双亲和伯叔婶婶们，道韫便起身和王郎一起出发了。转身走出厅堂，穿过前庭，来到院中，在芝兰玉树边，道韫看见谢玄正在和其他弟妹为她撒花，走到大门口时突然听到鼓乐大作，围着谢府看新郎新妇的人里三圈外三圈，赞叹声不绝于耳："看看，一个是仙子下凡，一个是少年才俊，都是人中龙凤，真正的郎才女貌，天作之合！"

这时，一位前引侍者已手执灯烛在车前照明，东晋朝新妇乘坐的是不加文饰的黑色车乘，并张有车帷以避光芒，称之为"墨车"。道韫在扇子背后看了一眼送嫁的谢府人，便登上了两牛相载的"墨车"。"墨车"内饰雅致，道韫心情平和地端坐了上去，听着车外的锣鼓和围观人们的称赞，脸颊微微发烫。

为了昭告王谢联姻，迎亲队伍特地沿着秦淮河南岸和朱雀桁边环绕一周，道韫在车上感受到一路的撒花吹打，可谓是红妆十里动京城，而王凝之骑在马上始终笑意盈盈，又可谓是春风得意马蹄轻。

车马经过宣阳门附近时，建康宫里传来一阵悠扬的石磬乐声。道韫朱唇微微上扬，看来仁祖从伯果然兑现了他的承诺。举国上下都在庆贺她令姜出嫁，她才意识到生在贵族人家是何等幸运。

"来了，来了！"王府门前人头攒动，人们争相目睹新妇姿容，道韫下车的那一刻又引起一阵轰动。新郎新妇步履轻盈、仪态万方地走来，婚庆大礼正式开始了。

王谢联姻的大媒人许询兼职作了司仪，他字正腔圆地喊着："沃盥！"（沃盥，乃是浇水洗手的意思。）于是随从服侍一对新人沃盥。洗毕，两位新人终于可以登堂入府了，然后就是一拜天地二拜高堂。道韫在扇子后面看到了美髯飘飘的王羲之和风韵犹存的郗夫人以及王家的另外六个兄弟和一个姊妹，便不由自主地想起了八岁那年初到王府的场景，恍如隔世。

两拜完成后只听许询又喊"同牢而食，三饭三酳！"，道韫这才发现堂上早就布置了宴席，席上金盘漆盏，铜箸玉杯，场面奢豪。所谓"牢"，就是指小猪，新郎和新妇同吃一只小猪身上的肉，就叫作"同牢而食"，寓意从此夫妻同餐，同甘共苦。"三饭三酳"就是要吃三次饭，每次各吃三口。食毕用酒漱口，谓之"酳"，前两次用爵，第三次用合卺，表示此后夫妇连理，白首不相离。

"三饭三酳"完成后，最后才是夫妇交拜，交拜是夫妇正面相拜，在低头弯腰的那一刻，道韫隔着扇子看清了对方，一张清癯俊秀的脸孔泛着红晕，有些憨厚和腼腆，是她想象中的那种模样，但好像又不是，一头乌发被一支玉簪高高束起，藏于若隐若现的大婚帽冠之内。果然太后赐了他玉簪，来不及细想，她已被人送入了洞房。

花烛照着红罗幔帐，一对新人安坐于帐前，道韫依然用团扇遮掩着面容，空气中充满了尴尬。

凝之先开口，轻轻地唤道："吾妻！"道韫脸色绯红，小声地回道："请叫我令姜！""对对对，令姜、令姜，请叫我叔平，不不不，你得叫我王郎！"因为紧张，王郎说话有些结巴，道韫"噗哧"一声笑了，但还是不肯把扇子移开，王郎靠近了说道："令姜八岁那年随叔父来我家府上，还记得吗？""记得。""看见我了吗？""看见了，你在聆听大人说话，一动也不动。""不动，是因为我在偷偷看你！"道韫羞涩无语，王郎接着说："当时我就想，以后要是我能娶上谢家女，那就是道祖福佑，张天师显灵，你说今天是不是真的显灵了，还是我在做梦？"

"啊！"道韫惊叹了一声："王郎，你果真是如此信服道教吗？"她听安石叔父说起过王家一家都笃信天师道，但今天两人头一回说话就说起了张天师，不由得大吃一惊，不自觉移开了扇子。这让王凝之也吃了一惊，面对眼前如此美丽的面容，他痴痴地说道："令姜，原来真有仙姑下凡哪！"两人笑作一团，燃烧的红烛这时"噼里啪啦"地响了起来。

第二天清晨，道韫一觉醒来，却不见王郎踪影。房外鸟鸣啾啾，晨光微曦，她连忙叫来昭雪和景春，闻道王郎已去烧香拜神，并吩咐她们：如果夫人醒了请她一起去拜。信道之人"晨昏三叩首，早晚一炉香"是日常，道韫想起母亲教导，嫁入王门一切按照夫家规矩，所以她也赶紧起身洗漱，随王郎去香堂叩首祭拜。进了香堂，看到一家人都在，果然王府上下都是虔诚的道家信徒。

拜完退出后开始敬公婆茶。令姜今天着新妇居家所穿的縹色襦裙，比起昨晚大婚的装扮，平添了人间烟火气，但依然落落大方，神情自然地出入跪拜。

王家堂前，王羲之和郗夫人端坐于王府堂前，接过新妇双手敬上的香茗，眼里满是宽慰。

道韫嫁入王府后，很快就适应了新的生活，王门人口众多，这和她娘家相似。她这个新妇按顺序挨个拜访了伯叔婶娘、兄弟姊妹和妯娌，人人都夸她懂事明理、知书达礼。当她走进庭院，感到既熟悉又陌生，和小时候的环境比，好像只是换了一个院子，就连那些花草树木也只是换了个空间。王家二少主母的生活是需要操持家务的，道韫聪慧，看过就学会了，不久就和王府一大家子相处得很是和睦。

富贵人家的日常生活也是惬意的，特别是王家。一家几乎都是书家，道韫沉浸在水墨氛围中，不时向王郎讨教书法。王郎的书法得其父之韵，并非浪得虚名，特别善于隶书和草书，也算是当时冠压东晋朝的青年书家，凝之所写的书帖在市面上一帖难求，大有直追其父的势头。于是，花窗下，亭阁上，才子佳人一唱一和，挥毫泼墨，举案齐眉，胜似神仙眷侣。能吟诗作赋的王家儿媳如今又有书法加持，才华更是锦上添花。

小姑王孟姜时年十二三岁，也写得一手好字，且能谈玄论道，仰慕道韫已久，和二嫂一见，亲如姐妹，俩人常聚在一起。孟姜说："嫂嫂字令姜，我名叫孟姜，咱俩有缘，还成了一家人。"道韫问："你以为你们几个兄弟中，谁最有才学？""那肯定是我二兄，但如果非要论谁最佳……我能说实话吗？""说啊，我就想听实话。""当数献之弟。""为何？""献之弟勤于读书，擅长辩论，大有赶超几位兄长的势头。""你二兄怎么就比不上？""二兄其他都好，可是他的偶像是……""张天师！""二嫂嫁过来没多久就对我哥了如指掌啊！"两人都笑了起来。

又一日清晨，令姜比王郎起得早，赶在进香堂进香叩首之前，决定先在后院里练一下剑，那把星月宝剑随她一起嫁进王门，一直没有机会出鞘。于是一个人悄悄来到后院，让昭雪和景春在房里候着，别吵着王郎。

秋意渐浓，庭院树下结了一层薄薄的霜露，呵口气便凝成白雾，虽然微寒，但也挡不住道韫的决心。她想起母亲阮夫人说过练剑贵在凝神聚气，手到心到，于是就动作轻灵地舞起了星月宝剑。因忙于婚事，练剑已荒废多日，但如今剑一上手，感觉便到，不知不觉中动作快慢相宜，舒展自如，在空中划出一道道优美的弧线。练毕，令姜随口吟诵了一首诗：

> 日月清辉始于晨，
> 乾坤太极两仪生，
> 我有昆吾剑，
> 求趋芝兰庭。

不远处传来一阵拊掌声："好剑，好诗！"但见一白衣少年，披头散发地走来，看上去一副漫不经心的慵懒样子。此儿郎正是王徽之，他作揖道："二嫂早安！今日空气清新，神清气爽，又见仙子二嫂练剑，今日运气一定差不到哪里去！"令姜听闻，心里发笑，但作为二嫂还得有点样子，便一脸严肃地说道："五弟早安！久闻五弟才名，还请指点。""哪里哪里，小弟不懂习武，但见嫂嫂英姿飒爽，敬佩有加！""五弟过奖了！"两人寒暄之后，王徽之没有要走的意思，幸亏道韫为人大气，不走就不走，又顾自练起剑来，看得王徽之眼花缭乱。

直到谢道韫练剑完毕，王徽之又是一阵拊掌声，说道："我为二嫂和诗一首，请笑纳！"说罢，轻声吟诵道：

清商何处听，西陆蝉声愁。

玉阶朝露湿，苔色初旭幽。

娉婷谢家女，葳蕤剑气流。

铮然一叶落，天下皆知秋。

道韫收剑道谢，王徽之这才踱着方步悠然离去。望着王徽之远去的背影，道韫想起了叔父说过"雪夜访戴"的故事，不觉莞尔。这王家儿郎的确个个有才，王徽之和他憨厚的二兄相比，显得放浪形骸，不拘形迹，颇有"竹林七贤"之遗风，但是叔父说得没错，怎么看都像是一个还没长大的儿郎。

又一日，徽之、献之两兄弟在王府堂前与两位客人谈玄，恰好谢道韫就在隔壁。听到谈玄，她兴致陡增，自从嫁入王门已好久不谈，女子出嫁后似乎更没机会出面论道，于是她静坐于隔壁房内仔细听两位小叔与人对辩，辩论的主题是《道德经》中关于"反者道之动，弱者道之用"的论点。两位小叔是正方，起初话语还顺，却不知怎么，渐渐辩不过人家，眼看就要失势。

道韫在里间急得上了头，她看到昭雪进来添茶，灵机一动，便让昭雪前去前堂和两位小叔说道："二嫂愿为两位叔叔辩论。"徽之、献之如释重负，求之不得，连连道好。

这边，道韫让景春在堂前挂起了青绫帐幔，她坐于帐后，清了清嗓子，对来访客人说道："我来接刚才的谈议，此句是老子在《道德经》中的名言，'反者道之动'可以理解为任何事物发展到一个极端，就必定会朝反方向发展至另一个极端，这就是'物极必反'。源于先贤对天地万物的观察，一年四季、冬去春来、日月运行和四时相继都是如此，也是最好的佐证。《易经》中也提到：'寒往则暑来，暑往则寒来'，说的也是此理。'弱者道之用'意思是说，和强相比较，弱的一面才是真正发挥道的作用。换句话说，世间万物的变化，遵循道的原则，皆是从弱开始的，就像老子说'天下万物生于有，有生于无'一样，'弱'和'无'是天地万物的初始，天和地起始是浑然一体的，天下万物皆是一个从无到有的过程，也是一个从弱到强的过程。就我朝与北方胡族的战争来看，敌进我退，我进敌退，这也是物极必反、强弱循环的过程。我朝不用惧怕敌兵到底有多厉害，从兵力上看，数量不是唯一能决定胜负的关键，关键是看哪一方师出有名，带兵的将帅有没有谋略，兵士们有没有士气，所谓'得道者多助，失道者寡助'也就是这个道理……"

道韫清晰流畅的思路和引经据典的论道很快使得对方败下阵来，侃侃而谈的声音甚至引来了王羲之和郗夫人等前来观战。令王羲之诧异的是，道韫身居闺阁之中，却能以道纵论天下，她对前线的形势不能说了如指掌，但至少看得清清楚楚。王羲之在一旁不禁想道："假如令姜是儿郎，这个年纪也该出仕了，甚至可以和她阿父一样报效朝廷，可惜啊可惜！"

这边，道韫论道完毕，引得一阵热烈的拊掌声，来访客人说："谢家女果然名不虚传，今日与之辩道，受益匪浅！"随后心服口服，满意而归。

这两名来访的清谈之客是东晋朝中的谈玄高人，回去一渲染，道韫更加声名大增。不久，宫中传来懿旨，让王凝之夫妇随谢尚夫人袁女正一起去太后后宫觐见。王羲之心中一惊：这宫中懿旨看上去好像是王凝之随带夫人觐见，实际上是凝之沾了谢家的光，要不然也不会说随谢尚夫人一起。袁夫人是太后舅母，王凝之和太后攀上的关系，就因为道韫是太后的亲戚，况且凝之此刻还只是品级很低的秘书郎，太后和皇上一般不予召见。

那天，道韫和凝之都起得很早，穿戴整齐，并特意戴上太后赏赐的金簪和玉簪，一对璧人等候着被宣进宫。他们早早地进了宣阳门，从宫中的偏门进入建康宫。

道韫第一次进宫，被眼前的气势怔住了：宫殿层层叠叠，宏伟而富丽，庄重而典雅，显示了它是举国的中心。道韫心想："天子家，岂是凡夫俗子能想象的地方？"

不一会儿，袁夫人出来相见，拉着道韫的手不停赞叹道韫

妹妹之仪容。袁夫人经常出入后宫，陪伴太后左右，所以这次
让她一起陪同觐见，估计也是太后的安排。

凝之和道韫随袁夫人进入后宫园囿等候，道韫见园囿中有
很多珍奇树木和花草，不禁感叹道："原来这世上还有比东山芝
兰庭院更华美的院子，可惜这里没有山，也看不到江，纵然华
丽也没有东山之巍峨，曹娥江之宽阔。"想到这里，心里不禁庆
幸自己没有嫁入皇家。想着想着就回头看了一眼自家夫君，成
亲数月，王郎对她呵护备至，除了白天要上值秘书郎之职，其
余时间都在陪伴她，怕她寂寞，和她一起吟诗作赋、挥毫书写，
话虽不多，但真心灼灼可见。

太后和皇上还在太极殿早朝，道韫和凝之在太后书房外的
偏殿内等候，茶水和点心上了一道又一道，约莫一个半时辰后，
太后终于驾临。早朝后，皇上要去早读，太后回书房处理政务。
在书房外候着的三人，此刻听内侍太监传话道："传王凝之夫妇
和谢仁祖夫人觐见！"长长的拖音中，三人依次进入书房跪拜祈
福："太后万福！"太后说："起来吧，都是一家人，别跪着了，
坐着说话！"三人起，分坐于太后两侧，太后此时约莫三十岁，
虽然过了最好的年华，依然风姿绰约，端庄大气，也许操劳过
度，看上去有点消瘦。

"令姜坐到跟前来！"太后的声音亲切悦耳，袁夫人示意道
韫过去。道韫的心为之一动，赶紧坐到太后身旁，太后仔细端
详了一番道韫，说道："像！太像了！"道韫迟疑了一下，明白
太后是说她和阮夫人长得像，果然太后接着说："哀家出阁前到

过东山外祖府上，见过你阿母，那时阮夫人刚嫁入谢家，颇具大家闺秀风范，在众多舅母里非同一般！""谢谢太后记得我阿母，阿母要是知道太后如此褒奖，不知会有多高兴！"

太后又询问了她父亲谢奕和其他舅舅的情况，道韫一一作答，最后太后提到了一个人："哀家听说你叔父谢安石才华高妙，却屡辞辟命，高卧东山，宁愿以教育子弟为己任，也不愿出山为朝廷效力。"

道韫听闻此言，立即向太后跪拜陈词道："请太后恕罪，安石叔父不是不愿为朝廷效力，只是谢门众多兄弟都已出仕为官，家中众多子弟姊妹需要长辈教化，安石叔父又酷爱山林湖海，喜好谈玄论道，请太后宽恕安石叔父！"

太后轻轻叹了一口气："说到山林湖海，大晋如此广袤大地，哀家和皇上日日住在建康宫里处理朝政，没机会出去走走看看，要真论起来，还不如隐逸名士能享此等清福！"听语气，太后竟是羡慕那些隐居高士的生活，这真应了那句俗语"不羡帝王只羡仙"。

太后接着说道："哀家出阁前随家父游览过扬子江边上的一些城邑，真的是大开眼界，可惜不知道这辈子还有没有机会，去中原见识名山大川。"虽然是第一次见面，但是太后和道韫仿佛是多年未见的姊妹，倾诉着她心中的愿望和期盼。道韫赶紧回应道："太后洪福齐天！我朝有朝一日定能收复中原故土，届时皇上去泰山封禅，太后您一定有幸登临泰山，观沧海桑田，为万民祈福。"

　　褚太后见道韫如此会说话，心里甚喜："哀家听说你擅长诗、赋、诔、讼，今日是一家人聊聊家常，我们谈谈诗赋如何？"道韫说："诺！""你以泰山为题，即兴赋玄言诗一首。"令姜有些紧张，这是太后想考考她这位谢家才女，转念之后，便沉静下来，思索片刻，开口吟诵道：

　　　　峨峨东岳高，秀极冲青天。

　　　　岩中间虚宇，寂寞幽以玄。

　　　　非工复非匠，云构发自然。

　　　　器象尔何物？遂令我屡迁。

　　　　逝将宅斯宇，可以驻欢颜。

　　太后听后沉吟片刻，问道："令姜应该没有到过泰山吧？""回太后，令姜没有，只是书中读到过。"太后赞道："好个登泰山之作，语意矫健，境界宏伟，甚有气势！哀家若不是亲眼所见你是女子，还以为是男子所作。不足之处在于最后一句，哀家改三个字，'驻欢颜'不如'尽天年'。""太好了！太后金口玉言，点题妙句！"道韫等三人拊掌称好，这三个字一改，气势更宏大。太后也是个大才女，要不是嫁入皇家，本可以经常在娘家赋诗论玄，相谈甚欢，那该多悠闲！太后脸色十分和悦，深宫之中很少有人能谈得如此投缘，可惜有缘的人总是要分离的。

　　褚太后见在一旁的王凝之只是一味附和，便问道："王家二公子有何擅长？"凝之谦虚地说道："卑职现任职秘书郎，承学家父书法，工隶书和草书。"太后说："好！我朝需要王逸少大人这样的书法家，也需要能守疆理政的世家子弟。"继而问道，"你如何看待中原之局势？"

凝之思考片刻，回道："太后明鉴，小臣以为，正以治邪，一以统万，对付北方蛮族，当以我之精合天地万物之精，以我之神合天地万物之神，精精相搏，神神相依，道定胜邪！"太后微微皱了一下眉，对凝之这番神神乎乎的说辞不置可否。

道韫听闻，不禁为夫君捏了一把冷汗，她知道凝之痴迷天师道，但不知其痴迷如此深重，竟然连太后问话都以道中术语与其相应，也不知太后是否明白就里。她急中生智，挽救道："太后明鉴，王郎的意思是北方蛮族入侵中原，邪不胜正，正能胜邪，我朝受命于天，既寿永昌，假以时日，将士戍边卫国，定能扭转乾坤，收复大好河山。"此话一出，太后脸上即刻笑意满满，想不到一闺阁女子竟能如此善辩，为夫君挽回颜面，不禁夸赞道："令姜真是将门之女！"

随后，太后留凝之夫妇和袁夫人一起在宫中午膳，司马聃下了早课过来一起用膳。此时的司马聃十二三岁，显得少年老成且早慧，见过母后娘家亲戚，便没有多少拘束地和凝之聊起了书法。司马聃热衷于此，这回倒让凝之长脸了，说起书法侃侃而谈，皇帝听得津津有味，君臣之间亲如兄弟。

王凝之夫妇觐见太后后不久，王凝之被中正官举荐为临川太守，从四品。

东晋朝承袭魏以来的选官制度，九品中正制又称九品官人法，是曹丕采纳尚书令陈群的意见，于黄初元年（220年）命陈群制定的选人制度，此制度后来一直沿用至隋唐。

九品中正制大体是指由各州郡分别推选大中正一人，所推举大中正一般是在朝廷身居要职且德高望重者。大中正下面是小中正，小中正由各地方官员担任。大、小中正官统一将全国人才划为九等，上上、上中、上下、中上、中中、中下、下上、下中、下下。各地中正官对人才详记年龄和乡籍，列出其家世和行状，并作出评语，最后划定品级。这些品评人才的文表统一呈交吏部，吏部依此进行官吏的升迁与罢黜。此项制度使得当时的官吏选拔有了一种标准，此标准采纳了地方舆论和公众意见，保留了汉代以来乡举里选的旧习。

九品中正制推行之初，缓解了朝廷与世家大族的紧张关系，也解决了原来选拔人才没有依据的问题。事实上，到了东晋朝，由于门阀的崛起，九品中正制逐渐成为世家豪族把持朝政的手段和工具，中正品第以血统为标准，门第高即获高品，此时中正官们只须区别士庶高下就足矣，品第不过是例行公事而已，所谓"上品无寒门，下品无士族"说的正是此种现象。

王凝之时年二十，为王羲之二公子，由于王家长子王玄之一直身体欠佳，卧床久病，凝之实际上已成为王家第三代入仕的不二人选。王羲之此前也任过临川太守，在东晋朝，子承父职，弟承兄职是惯例，也是寻常的仕途通道。所以王凝之从秘书郎外放至临川，任地方长官也是顺理成章之事。朝廷任命书到达后，不日就要去赴任，王府上下不免庆贺一番。

　　王羲之面对朝廷这么快就下来的任命书，有喜有忧，喜的是他王家第三代也挑大梁了，虽说凝之当个官也不是什么难事，但一下子从秘书郎升迁至主政一方的太守，从四品，有点快。他想起太后曾经因他劝和殷浩与桓温有功，说过要给他赏赐，但又不能明着给，这算不算是，他无从知道，而且看上去凝之升职似乎还沾了谢家的光，想到这里竟有些小小的不悦。再说忧，临川离建康很远，凝之此去没个几年回不了京师，以后前途如何，未置可否，所以和别的世家子弟相比，凝之升职看上去不错，但实际上也只是面子上好看而已。然而，升总比不升好。

　　这边，道韫新婚燕尔，没想到夫君这么快就得到朝廷提拔，心里一时确定不了是随凝之去临川上任还是仍然住在建康琅琊王氏府，抑或随公婆去会稽山阴城，于是决计回娘家问问叔父。自从出嫁，她和凝之回过一次门，说实在的，她想阿母和谢玄了。这次回娘家，她决计一个人去，这样和娘家人说话可以少些顾忌，再说王凝之也忙着上任前的各种准备。

　　道韫回娘家，虽说近在咫尺，但她发现这条回娘家的路有些陌生，有些遥远。当坐着牛车，带着昭雪和景春走进谢府门庭时，她觉得虽然只出嫁了数月，但恍如隔世。叔父、婶婶和阿母、谢玄在芝兰玉树下等候着，阿母看着她有些泪眼婆娑，说道："令姜消瘦了！"兄弟姊妹们闻讯后都围了上来，把她围在中间，仿佛她是得胜归来的将军，道荣、道粲、道辉三个妹妹搂着阿姊亲热不已，叽叽喳喳说个不停，谢玄按着宝剑一脸正色地说："阿姊，王家若是有人敢欺负你，你说，我一定去找他算账！"引得一家人大笑不止，谢家又似过节般热闹。

等所有的热闹都消散后，谢府堂前只剩下她和叔父，阮夫人知道道韫一定有话要和叔父交流，也悄悄地撤了。谢安坐于堂屋中间，他知道，道韫这次回娘家必定有话想与他说。

果然，等所有的人都离开了，堂屋里的空气有些凝滞，道韫作揖道："叔父福安！"谢安颔首问道："令姜可安？"道韫无语，此时的她再也无须伪装，轻轻叹息了一声，将积攒数月的委屈都"写"在了脸上，一副不屑的神情。

于谢安而言，侄女的每一个动作、每一个眼神他都能心领神会。见此，他轻轻说道："凝之是王右军二公子，长得也是一表人才，令姜有什么遗憾吗？"

道韫的脸上泛起了一阵红晕。此刻她的内心五味杂陈，在世人眼里门当户对、郎才女貌的姻缘，唯她一人"意难平"，说不出究竟哪里不好，但很难让她说出"如此甚好"的话，特别是每天见王郎痴迷斋醮祈福、步罡踏斗的样子，真是又好气又好笑。如果这不算不学无术，那么如此大好光阴浪费在神神道道，未来的他何能成材？更遑论保家卫国、建功立业？道韫深知，今日王郎被任命为临川太守，实乃凭借九品中正制，承福祖上荫功。

对未来的担心和焦虑，使道韫不免心生寒意，她不想将此番心曲全部诉于叔父，于是有些忿忿难平地娇嗔道："我们谢家中，叔父辈中有您叔父大人和谢中郎（谢石）这样的人杰，我们族中兄弟有封、胡、羯、末（分别指谢韶、谢朗、谢玄、谢琰）这样的后起之秀，每个人都非常了不起。令姜没想到，嫁入王门，天壤之中，乃有王郎！"

此言一出，谢安心中大惊，这是他意料之中，但又在他意料之外。自那日道韫出嫁前给他留下《拟嵇中散咏松诗》，他便知她真实心意，更知这世上再无一人能配得上谢道韫，侄女今世想找到让她心仪的男子已是绝无可能。然而，王凝之应该不至于平庸到让令姜如此轻视！假如当初他择婿唯才华而论，就算不考虑王徽之那样的随心之人，也可以考虑其他世家大族的青年才俊，并不是非他王门不嫁，如若那般，今日就另当别论了。想到这里，他心中有些后悔当初之选择。古往今来，所有子女的姻缘都是父母之命、媒妁之言，这究竟是命运的安排还是难逃的劫数，就看个人的造化了。

然而，事已至此，谢安平复了一下心情，决意扭转侄女的"意难平"。打定主意后，谢安不想接着再听道韫数落王郎的种种不才，便单刀直入，直奔主题，语气有些严厉地说道："令姜不可枉议，女子出嫁当以夫家为重，女子适人当以夫君为荣！"气氛突然变得凝重起来。

道韫听出了叔父话中的分量，自觉适才有些言重了。但出嫁数月，唯有此时她真正敞开了心扉，说出此番话语后，反而将胸中不平之意消除了一半，脸色也缓和了一些。

谢安将此微妙变化尽收眼底，借此时机再次开导道："令

姜，叔父以为王家二公子也不会差到哪里去，他才二十岁，已
是年少得志，起家秘书郎，即将出任临川太守，人也厚道诚实，
对令姜情分不薄，如此你还有什么遗憾？"接着道，"人生而为
人，不如意事，十常八九，活在世上千万勿求完美，为无为，
事无事，味无味，大道所以无为。"叔父的这两句话虽然不多，
但句句在理，谢道韫气又平了一半，嫁已嫁了，只能往前看，
不然又能如何？话到这个分上，她回道："叔父教诲的是，令姜
以后一定谨言慎行！"

　　谢安见此，随即说出第三句话，也问了一个至关重要的问
题："如此甚好！乾坤未定，一切皆有可能。凝之即将赴任，令
姜作何打算？""令姜正欲请教叔父。""叔父以为令姜新婚燕尔，
当以夫君为中心，相夫教子、相濡以沫方才是世家女子的本分，
如此方可助叔平一番成就。最后，叔父还要教导令姜一句话：
虚其心，无成见，人才能越活越快活！""令姜明白。"道韫深深
地行了一个揖礼。

　　在人生的十字路口，叔父总是给她指明方向。此刻她下定
了决心，既然已适王门，那就得一心一意辅佐好王郎，为他分
担，为他付出，这既是妇道也是天道，未来的路漫漫其修远兮，
虽有憾焉，但只能顺势而为。

　　道韫决定随凝之一起去临川。作为太守夫人，去一个从未
去过的陌生地方生活，这是他们共同人生的开始，也是她人生
经历的重启。

　　临川（今江西省抚州市）被称为江右古郡。早在西晋元康元

年（291年），朝廷设临川郡归属江州，临川郡管辖临汝、西平、新建、西城、宜黄、安浦、南城、东兴、永城、南丰十个县，郡治设在临汝。可以说临川太守主政一方，已经是一个不小的地方官了。

从建康城出发至临汝，又是水路又是陆路，距离一千二百多里，此去路途遥远，一别将会是数年。

建康新亭船码头上，送行的队伍浩浩荡荡，王谢两大家族的至亲好友闻讯后皆来相送。船码头上还临时搭建了帐篷。王羲之和谢安坐于帐下，不一会儿吏部官员也前来践行。

王羲之说："这是我琅琊王氏又一位公子出仕，我王家后继有人哪！"谢安回道："是啊，琅琊王氏枝叶繁茂，子弟们都能登堂入室，保家卫国，光宗耀祖，乃吾辈欣慰！"王羲之捋着美髯又说道："只是辛苦了令姜，新婚燕尔就要随叔平远走他乡。""女子嫁人理应如此，有令姜在叔平身旁，也可为他分担一些！"

谢安本想婉转地告诉王羲之小夫妻之间存在着一些分歧，但不知从何说起，话到嘴边，便成了这样："逸少兄，送了此行，我便又要回东山去了，那里才真正是我修身养心之地啊！"王羲之哈哈大笑，面对时年三十有余、正值大好年华的谢安，他只能安慰道："君子所谋，不约而同，我亦将继续回东郡会稽，悠游山水，学道修行。""哈哈哈，两个亲家再度携手，同喜同贺，同修同行！"两人亲热地挽起了手，俨然一对好兄弟。

这边船舱里间，道韫和姊妹、谢玄等人一一告别，她想到过出嫁，但没想到随夫远行，而且说走就走，可谓人生无常，天无定数，冥冥之中一切自有安排。母亲阮夫人没来，她说本来想女儿嫁在身旁，不想就此远离，与其离别伤神不如不来送别。道韫听闻不觉暗暗垂泪。昭雪和景春在一旁安抚道韫，她们将相随同去。

只有凝之站在码头上傻傻地接受一拨又一拨人马的送行，如此年轻就要成为主政一方的地方要员，心中有些茫然和忧虑。父亲一再嘱咐他，到了临川，万事要以百姓为重，多看多学，要不耻下问，还要知错就改，上对得起天，下对得起黎民，更要对得起他们的姓氏。凝之看了一眼船舱里的道韫，还好，有她在，心里踏实了很多，新婚数月，这个新妇能说会道，才干超人，将来必定能助他，只是他隐隐感到她有时并不开心，说话做事皆留有余地。

航船就要启程了，船上所有的人都挥手向凝之夫妇致意道别。此去一别至少三年，晋朝的规定，外任官员一般三年回京述职一次。凝之夫妇对着公婆和叔父婶婶等家人作了一个长长的天揖礼，船就离岸了。道韫凝望着家人们，心中有喜有悲，她的命运就如同这脚下的航船，和另一个同行者牢牢地绑在了一起，风雨同舟，共渡同修，她可以从中协助，但最终掌舵的人永远不会是她。

岸上送行者的队伍中有两个人，一直看到船越来越小，才依依不舍地离去。一个是王献之，他对二兄凝之从小就十分信任和依赖，忠厚的二兄一直是陪伴他长大的好兄弟，从今往后天各一方，只能靠书信往来了，还好，身边还有情趣相投的五兄王徽之。另一个看着船渐渐离去的人是王徽之，自从那天清晨偶遇二嫂舞剑吟诗，他的心中懵懵懂懂，有了一种再次偶遇的期待，可是自此似乎再无机会。

　　船越来越远，越来越小，直到成为江水与天际交汇处的一个小点，十六岁少年王徽之的心中，不知为什么平添了一种怅然若失的滋味。

第二十九章

二王忿怨 誓墓辞官

永和十一年（355 年），王羲之五十二岁，这一年有他的劫数，这个劫数是早就埋下的因。

回到会稽郡的他，有一天收到一份符书，本来这是一份很寻常的官员升迁通报文件，但王羲之见后，心中难以平静。这份符书说：前建威将军、会稽内史王述为母丁忧三年期满，朝廷新任命他为扬州刺史，加封征虏将军。明眼人一看就知晓，这是王述替代了殷浩原有的职务。扬州刺史因为位置重要，常由重臣领之，而会稽郡受扬州管辖，也就是说，王述成了王羲之的顶头上司。

王羲之拿着这份符书，翻来覆去地看，到底是"意难平"。原来早在三年前，王羲之初到会稽任职，他的前任王述正在为母亲举行葬礼。按照礼仪，作为接任的长官，王羲之应该去吊唁、致祭，而且一般应去三次。实际上，王述很爱面子，特别希望著名的文人雅士王羲之去看望，并多次洒扫庭院等候王羲

一九二

之到来。然而王羲之一开始去过一次，到了之后也不上前行礼，更不与王述说些"节哀保重"之类的话，马上转身就走人。这让王述有点难堪，他以为王羲之后来会弥补一下，便一连几天坐在厅堂上等候，每次听到外面有人进屋，都以为是王羲之来了。直到吊丧期满，王羲之就是不来。

王述，何许人也？他和王羲之同宗，属于太原晋阳王氏，同为周太子晋后裔，然而同宗不同族，虽然门第相当，但是两族势力此消彼长。王述是西晋东海太守王承的儿子，王承是清谈高人，名气超大，但王承去世时，王述年纪尚小，家里十分窘困，自小很少与外界往来，经常在家闭门读书，对待母亲极为孝顺，安贫乐道，信守诺言，不求声望，直到而立之年，依然寂寂无名。

然而，幸运的王述遇到了贵人提携，这个贵人就是王导。王导在世时想要多多扶植王氏世家子弟，他以王述系太原王氏名门之后为由，举荐他去做中兵属（管理兵卒事务的官职）。王述到职以后，默默实干，从来不多说一句话，即使是王导召见，也不妄谈。每当王导言谈，朝堂上总是一片赞扬之声，王述却在众多附和之中发出了自己的声音："人非尧舜，何得每事尽善。"王导听后评价他"清高尊贵，简朴刚正"，王述声望日渐增加。尔后，王述出任临海太守，被升为建威将军、会稽内史，因为他理政严肃公正，所辖之地清静无事，渐渐有了因循守规之清官的好名声。

王述是从寒门发迹的人，担任的第一个主职是宛陵（今安徽宣城）县令。可能是从小穷惯了，他在任上贪污受贿，监察部门列了一千三百多条罪名想要查办他，当时王导派人狠狠地教训了王述一顿，最后还是帮他处理了这些贪腐之事。王述心怀感恩，从此洗心革面，一改旧貌，清正廉洁无人可比。朝廷给他的赏赐，他一分不留，全部分给亲戚朋友，家里老房子一住就是多年，不装修，不添置新物。后来朝廷任命他新的官职，他想要就领命，从来不客套，如果推辞了，那就是一定不想要。

王述的儿子叫王坦之，初为桓温长史，才华横溢，后来名气越来越大，当上了朝中重臣侍中一职。王坦之劝父亲谦虚一点，王述反问："你认为我不能胜任吗？"王坦之回道："不是，但是辞让可以成为世人美谈。"王述却振振有词地反驳道："既然能胜任，为什么要辞让？世人美谈并不重要。"王述成为世人眼中的坦率之人。

还有一件事让王述博得有涵养的美名。那是他刚出道时，一次官宴，谢奕和他邻座，出了名的爱酒之人谢奕怎么看王述都不顺眼，就用一通粗话痛骂他，王述一句话也不回，起身面壁，一动不动，谢奕骂了半天，骂到无趣后才转身离去，王述这才默默地回到自己座位上。

但是，王羲之从内心里看不上这样的人，他很不屑王述沽名钓誉的行径，以为那都是装出来给世人看的，算不得真名士。当年他不愿去吊唁，自有他的理由，王羲之以为朝廷派他去接任王述这事让他很失落。

翻看一下王羲之的履历表，就知道王羲之为何失落。王羲之起家秘书郎，后在征西将军庾亮帐下当参军、长史。王导和庾亮不和，但他晚年有意栽培亲侄王羲之，欲上表朝廷，推荐为侍中，可是任性加傲气的王羲之就是不干，执意谢绝，非要追随庾亮西征，官职小一点也在所不惜。庾亮去世后，朝廷任王羲之为宁远将军、江州刺史，但任职时间不长，他又返回建康任护军将军。然而此时一代名臣王导早已离世，王羲之再无机会入朝担任重臣，几年后在司马昱和好友殷浩的一顿劝说下，他才来到会稽任内史和右军将军。

实际上，当年放弃位置高高在上的侍中不干，几经周折后赴任会稽郡，都是王羲之率性而为的结果，在会稽郡这样的神仙地界做个父母官，王羲之十分享受和知足。从另一方面说，王羲之认为琅琊王氏不管怎么说都比太原王氏门第显赫，而且他是一个不会装也不愿装的人，他不喜欢的事就是不愿意干，你们能把我怎么样？但是他不知道正是他的率性而为，为自己埋了一个大雷。

王羲之哪里知道，面对三年前的羞辱，他的上司深以为恨，当年不报，只是时机未到。对于王述这样从贫困之家一路走到上流社会的士人，最嫉恨的恐怕就是来自书香门第的文人雅士的蔑视。对于谢奕让他面壁思过的前事，那时他没有理会，是因为他很卑微，如今他升为扬州刺史，怎能轻易忍下这口气？王述在准备到扬州上任前，作别会稽郡的各大名流，就是不和王羲之告别。来而不往非礼也，不过这仅仅是让王羲之难堪的开始。

果然没过多久，新上任的扬州刺史下令彻查会稽郡，查稽税、查工程、查积案、查民怨，甚至查王羲之当初开仓赈粮的合规性，还让手下传话说，对查出来的问题让王羲之自己看着办。气得王羲之在官衙里骂天怼地，不出面接待上官检查，只让手下出去应付一下，二王之间的嫌隙越来越大。一时间，东晋朝野对二王的忿怨众说纷纭。

王羲之对王述的发迹史清楚得很，他以为王述顶多只是个"二流人物"，靠的还是他琅琊王氏的提携，现在他怎么也无法接受原来职位比他低的王述承蒙显授，成了他的上司。

这天，王羲之又听说王述升职快是因为桓温和王述成了亲家。桓温本来替自家儿子求婚，想让王坦之的女儿嫁给他儿子，王述不同意，理由是他王家之女不能随便嫁予领兵行伍之人，意思是瞧不上当时炙手可热的桓大将军，没想到桓温转头把自己的女儿嫁给了王坦之的儿子，非要结这门亲不可。时人都传说，总理朝政的丞相司马昱为了巴结桓温，起用了王述，王述沽名钓誉，反倒得到了他想要的高官之位。

王羲之越想越气恼。第二天，他在郡衙里左思右想，想出了一个办法，言辞恳切地给朝廷写了一封上奏，希望朝廷将会稽郡从扬州的管辖中分出去，单独设置越州，如此一来，他就可以摆脱这个可恶的王述。写完奏书，他立即派出使者快马加鞭去建康面呈给司马昱，想要尽快得到回复。

奏报很快到了司马昱手上，司马昱大笑道："王羲之还真想得出来，我朝祖上定下来的管辖区域岂是他一个小小的内史改变得了？"使者回去后如实禀报王羲之，王羲之问道："丞相果真如此说的吗？"使者说："正是原话！"王羲之听闻仰天长叹了一声："没想到，我王羲之终究还是落了一个天大的笑柄！"

对王羲之来说，他原与殷浩交好，经常写信劝和殷浩与桓温，实际上他怀着报效国家和朝廷的拳拳之心，一直在力挺桓温北伐，但是在官场上，大多数人都把他当作殷浩余党，包括司马昱。随着殷浩被废，朝廷不理会他这个余党也在情理之中，王羲之终究明白他的一片真心无人能识，还落了个两边不讨好的结局。

那天晚上，王羲之回到山阴城的王府，在家里大发雷霆，叫来一众儿子，忿忿不平地斥责道："你们看看，正因为你们当儿子的都不如王述的儿子，我这个当父亲的才落了个今天的下场！"涣之和肃之、操之大惊失色，徽之和献之一脸茫然，他们不明白一向洒脱孤傲、不屑仕途的父亲，今天为什么要和别人比官职、比儿子，况且二兄王凝之刚走马上任，官至太守已是王家莫大荣耀。郗夫人闻讯赶来，也感到大事不妙，嫁入王家这么多年，她头一次见羲之发这么大火，无奈之下悉心劝慰，好言相劝，才总算平息了这场怒火。

永和十一年暮春之初，山阴道上又到了茂林修竹，流水湍湍的时节，仅过了两年，王羲之再也没有兰亭雅集时的心情。青山离他远去，翠竹不再摇曳生姿，他坐立不安，叹息良久，决定亲自去建康禀报太后和皇上。

他乘快船来到京师，连乌衣巷都没进，直接来到建康宫，通报内侍官，求见太后。但是直到天色黄昏，宫中点起了一盏又一盏的灯，也没有人来通报消息。他只好无精打采地回到乌衣巷，第二天一大早又去，这回终于听内侍官说太后凤体欠安。两天后他又去了，还是失望而归，五天、七天、十天，半个月过去了，他终于明白，太后根本就是不想见他。

这半个月来，他也想过去见司马昱，可是他不愿委曲求全。论情分，当年他在会稽王子府伴读司马昱，司马昱对他这位王兄十分崇拜，学书论道，两相交好，然而时过境迁，两人地位差距明显，他不去求见，司马昱也不来宽慰他。再细想下去，此事司马昱应该早就奏请过太后了，太后纵然清楚他不是殷浩余党，但估计也不同意他所谓单独设置越州的"奇思妙想"。

一向心高气傲的王羲之彻底绝望了，此刻没人能理解他心中的忿恨，王导在世时曾教导他时时为朝廷着想，为官也当处处忍让，但是现在他已被人逼到绝处，朝廷为他着想过吗？

这天，王羲之带着几个随从，闷闷不乐地来到建康城郊的父母坟前，俯身祭拜，突然大恸而哭，泪流满面，伤心欲绝。随从们先是大吃一惊，他的父母高堂已过世多年，悲从何而来？接着见王羲之站起身，拭干眼泪，从衣袖内掏出他早已准备好的《告誓文》，慷慨激昂地发出凿凿誓言："先考先妣大人在上，恕孩儿不孝，我将遵从内心，归隐山林，不再入仕，如果以后再次为官，我就不是你们的儿子，天理难容！我的誓言，灼灼太阳可以见证！"宣读完毕，随即命随从即刻收拾行李，当日起程回会稽。

作别建康城，王羲之的心里无限伤感，秦淮河两岸的万家灯火在他心中渐次暗淡下去。

　　王羲之誓墓，一传十，十传百，在一般人看来不可思议，因为当不当官本与墓中的父母无关，为何要惊扰到早已在地下安息的灵魂？而且在士人眼里，正当壮年的王右军前程未必就止步于会稽内史，再加上豪门世族多以一人为一族的主心骨，如王羲之这般文化领袖、官场精英，他若辞官，必然会影响到王氏世家大族的地位，作为琅琊王氏的核心人物怎么能如此轻率地说走就走呢？

　　时人后来明白，如果没有王述，王羲之最终也会辞官，王述只是一个导火索而已。深谙道法的王羲之，以誓墓这种特殊方式终结了他的仕途，向世人表明他此去决不回头的态度。

　　其实，世人没有几个真正理解王右军。他自任内史以来，励精图治，百姓安定富足，会稽一片繁华，政绩有目共睹，也获得朝廷认可。但是对他来说，升不升官并不重要，在他心里最重要的事就是北伐。

　　他年轻时以诸葛孔明为榜样，也渴望遇到刘备这样的明君，建立和他叔父王导那样的一番功业，甚至他不顾与殷浩多年的交情，多次力挺桓温，建言朝廷不可胡乱猜忌桓温的野心，用好人用对人，用仁义手段笼络在外的守疆将帅，早日克复中原。对他来说，此生最大的遗憾是虽然到过边境，也任过将军，但从未领兵打仗，也没有诸葛孔明那样善于用兵的智慧。他尽自己所长，多次上书朝廷，提出许多改革朝政时弊的建议措施，无奈政局多变，门阀世族之间钩心斗角，上书多数泥牛入海，杳无音信。

在会稽任职四年来，离政治中心越来越远的他，感到朝政时局难有大的作为，对官场更是日久生厌，加上他素以文人雅士自视，作为内史，必须面对繁杂的政务，所以也曾苦不堪言地写道："笃不喜见客，笃不堪烦事。"早在两年前的兰亭雅集时，他就在心中埋下了想法，既然生命在天地间不可逆转地流逝，所有的人都将归于尘土，那么他要这世俗社会认为的功成名就又有何用？他这个时代的名士，为了表达心中的不满，已不用前辈嵇康、阮籍那样放浪形骸、装疯卖傻，何不就此退出江湖，挥手与朝堂作别，在山水间游目骋怀，乐享天年。他出仕为官只是道统引导政统，一旦看破政统，道统在他心里就迅速膨胀起来，登台入阁、除弊建功，非内心所求，归隐山林、修仙问道才是终极向往。

回到会稽郡的第二天，王羲之起草了一份辞呈，向朝廷正式提出辞去会稽内史，理由是病体难以承受繁劳政务。这也是给朝廷一个体面的托词。

辞呈到达建康时，朝野上下一片震动，世家大族中从没有这样的辞官先例。朝廷回复说没有合适的人出任会稽内史，暂时不批准，希望他坚守职位。但是王羲之哪里管得了朝廷派不派人来接任，他要回家"养病"去了。

一时间，会稽山阴城的王府中来了很多族中长辈，他们焦虑万分，王羲之可是他们族中的顶梁柱，这不是天都要塌下来的大事吗？于是纷纷前来劝慰，但王羲之心意已决，任谁来说都不愿回头。

这一天，管家来通报，又有几人前来拜访，王羲之正想称病推辞，一听说是谢安和孙绰、许询和支道林等人，马上喊道："快请，快请！"

谢安第一个进来，哈哈大笑："老弟我来看亲家了，这才没过几个月，就当真说辞就辞啊！昨日还接到叔平和令姜的急信，他们在临川也知道此事了！"

支道林上前双手合十低头道："般若波罗蜜多，能除一切苦，真实不虚！"许询说："王逸少大人被世人誉为书圣，造诣足以笑傲山林，朝堂没有什么可以眷恋，依我之见，早就可以隐退了。"孙绰也附和道："世上可以没有王右军，但不能没有王书圣。"

五人便坐下来谈玄，谢安起头说："两年前在兰亭雅集上，逸少兄以为'固知一死生为虚诞，齐彭殇为妄作'，而愚弟我以为'万殊混一理，安复觉彭殇'。时至今日，逸少兄还有什么新的想法？"然而，王大人今日心不在焉，无法进入状态，顾左右而言他："叔平和令姜在信里说什么了？""他们说只要父亲大人高兴，当不当官不要紧，喜欢去哪里就去哪里。""甚好！既然王门下一代人如此说，我是可以隐退了！其实我早就准备好了，我将带家人一起去剡县金庭，以后你们就到那里来一起谈玄修道吧！"

"啊！"众人皆惊呼起来，原来王羲之早有准备，他们终将殊途同归。

是夜，王羲之留好友宿于府上。夜晚，他单独约谢安于榻上下棋，一局完结后，他问谢安："你还记得你七岁那年到建康王府和我先叔父一起夜宴的事吗？"谢安说："终生难忘，让我一举成名，还和您一样享受了第一份牛心炙。"

羲之再问："那次我先叔父说起让我吃第一份牛心炙的长辈，你还记得吗？""记得，他叫周伯仁，是您长嫂的伯父，元帝的右长史。""对，周伯仁和王丞相也是一对亲家，周伯仁是当时唯一能和我先叔父平起平坐的人，他们一起辅佐元帝重建大晋，可你知道他后来是怎么死的？"谢安不解地摇摇头。

羲之说道："'王敦之乱'起始时，我先叔父十分惶恐，每天一早率族中兄弟子侄二十多人在台阁处向元帝长跪请罪，当时我也在场。刚好周伯仁路过，周伯仁是元帝十分信任之人，先叔父于是恳请他向元帝代为求情，但是周伯仁看也没看他一眼就顾自进了宫，先叔父非常伤心，后来幸亏元帝原谅了琅琊王氏，还让王丞相出面主持大局。后来的事，你应该都知道了，王敦叔父攻入建康城并占领了建康宫，他清算阻碍他的奸佞之辈，周伯仁也被列为清算之人。王丞相知道了这件事，但他没有出面阻止，最后周伯仁被王敦杀了，而且死得很惨。在先叔父的斡旋下，王敦叔父退出了建康城。明帝登基后，王敦第二次发兵进攻建康，王丞相与之彻底决裂，还率军与之相搏，王敦病亡，先叔父的义举保全了大晋，也挽救了我们全族数千人的性命，然而，王氏两兄弟血拼的场面，我至今犹在眼前……"王羲之说到这里，情绪非常压抑。

待情绪稍微平复后，王羲之接着说："直到王丞相后来在宫里帮助处理元帝留下的公文时，突然发现几年前周伯仁写给元帝的一份奏章。奏章的内容就是给王丞相一家求情，言辞十分恳切，而且这样的奏章不止一份。王丞相至此才明白，这位心高气傲的周伯仁表面上不肯帮忙，背后却说尽了好话，当年元帝对他不计前嫌，恐怕周伯仁起了不小的作用。但是明白这一切为时晚矣，后来先叔父痛心疾首地说过一句话：'我不杀伯仁，伯仁却因我而死。'"

谢安听后，安慰道："逸少兄，同室操戈，政治无情，你先叔父当年也是无奈之举啊！"

王羲之说："你且听我再说下去，这件事，还有我王敦叔父最后被开棺戮尸的事，我从小到大都耿耿于怀。虽然我明白先叔父是为了天下大义而为之，但我一直不愿意相信这是真实发生的事，两兄弟、两亲家反目成仇，血染秦淮河。所以后来我对先叔父一直敬而远之。咸康五年，先叔父去世，我因人在武昌，没来得及见上他最后一面，听他身边的侍从说，他最后走的时刻一直都希望见到我，当我询问有没有什么遗言留予我时，却被告知没有。这么多年来，我的仕途起起落落，飘忽不定，有时心里不免怨恨先叔父，为什么至死都没给我留下一封给朝廷的举荐信，对他来说只是举手之劳。"

谢安有些不解地望向他，王羲之说道："直到如今，我终于明白先叔父的良苦用心了。也许一开始他希望再提携我一把，留下举荐信，所以一直都盼着我能送他最后一程，可到临终时他也许彻悟了生命，改变了想法，认为与其让侄子辛苦为官，还不如让他安享荣华而清闲的生活，以保证家族不因大起大落而遭受变故。人走到终点时，也许会突然改变想法，看淡他以前为之奋斗了一生的人和事。直到今天，我对先叔父过往种种，终于全然释怀了。"

谢安至此明白了王羲之单独留下他一人的用意，便说道："逸少兄，您向我说出您深埋于心的情结，这份释怀虽然迟了一点，但是我以为对你即将开启的新生活，一点也不迟。"王羲之听后说道："安石，'勠力王室，克复神州'是先叔父提出的宏愿，我虽然位卑却一直未敢忘！以前我多次劝你不遗余力地为国效力，今日我还这样劝你，而且还想加一句，倘若你今后有机会掌握朝纲，成为像先叔父那样的重臣，你要记得，家国为天下，黎民虽枝叶，苍生皆乾坤，希望你有朝一日成为各世家大族勠力同心的领头人，让大晋民众共享太平！"

谢安望向他，这是一个不同于以前的王羲之，这是一个全新的王羲之。

早在一年前，王羲之去剡县金庭察看民情，看上了剡东这块风水宝地，让管家悄悄买下这块地，开垦种植，起屋建居，原本是想等自己完成了仕途中所有心愿，再去那里悠游休憩，然而时势让他提前了却尘缘，就此归去。

永和十一年秋天，王羲之过了五十二岁的生日。他对家里大小事都做了周密安排，携郗夫人和王操之、王献之等人，徙居剡县，其余子女或回建康王府生活，或去各地出仕为官。在七个儿子中，王操之是最不起眼的那个，他没有王徽之那样有名，也没王献之那样有才，但是他生性敦厚，忠孝为先，更时常陪伴在父母身边。

对山阴城蕺山脚下的王府，王羲之也有自己的打算。除了留给儿子们回会稽暂住的几间房子外，他决定把大部分住宅捐献给当地的寺庙。王羲之爱鹅，府上养了一大群鹅，如今这些鹅将分送给附近的平民百姓。

看着这些心爱的鹅，他又想起了一件令人心痛的往事。有一位好友送给王羲之一颗明亮的大珍珠，他爱不释手，常常放在手心里把玩。有一次，他和一个僧友下了一盘棋，结果棋下完，珍珠不见了，他就怀疑起这个僧友，僧友百口莫辩，心情郁闷地回了寺庙。几天后，王羲之在一堆鹅粪中发现了那颗大珍珠，原来是大白鹅吞吃了。他知道错怪了僧友，但那几日公务繁忙，没有马上去找僧友道歉。直到几个月后，他路过那个僧友出家的寺庙，却被告知那个僧友从他家回来后不吃不喝，不久就圆寂了。王羲之愧疚不已，每次路过那座寺庙时，心里都一阵难受。自此以后，他戒掉了玩珍珠的习气。

临走之前的一天早上，王羲之亲自给那座寺庙送去了房契和一块匾额，住持和尚出来相见，他没想到内史大人会把如此一处大宅捐献出来，更没想到过了这么久，内史大人还记得那位僧友。王羲之说："我走后，你们就在我住过的地方建一座寺庙，庙的名字我也写好了，就叫戒珠寺吧！"说完他让仆人留下匾额，头也不回地走了。

住持双手合十，目送着王羲之的背影远去，回头再看"戒珠寺"三个大字，突然有一种如梦似幻的感觉，不觉低头念起了《般若经》："一念愚即般若绝，一念智即般若生。"

王羲之也许感应到了住持和尚的目送，他在一座桥边突然停了下来，转过身给住持也回了一个双手合十的礼，一阵秋风吹过，落叶飘处，传来他的回应："诸法一相！"

终于可以启程了。那一天，王羲之穿戴整齐，峨冠博带，衣袂飘飘，一如当年他们王家从遥远的北方渡江而来。

山阴城的父老乡亲闻讯后赶来送别，蕺山脚下的船码头上人山人海，人们不舍地排队等候着，只为和王右军道个别。"王大人别走！""王大人是为民作主的好官！""王大人，我们等你回来！"百姓说着心里话，有的送来了家里的鹅、鸡蛋、甜酒等土特产，好让王大人一家带上。

船就要开了，他站在船头领着操之和献之二子，给送别的人群行了一个深深的天揖礼。低下头的瞬间，他的眼里涌出两行热泪，过往所有的委屈和不满都随风飘散而去。

　　船开了。当身后的山阴城门徐徐关闭时，王羲之蓦然回首那些渐渐远去的烟火人家，心里涌上了深深的不舍和伤感。会稽山阴于他，有太多太多的回忆。他知道，他再也回不去蕺山南麓的王府，一切都将成为如烟往事。

　　站在船头的王羲之黯自伤神的时候，一只温暖的手握住了他的手，这是夫人郗璇的手，一个温柔而坚定的声音在他耳旁响起："王郎勿悲，子房和孩儿们都陪伴着你呢。"王羲之回头看去，并肩而立的郗璇正无限情深地望着他，一如当年初见时。

　　郗璇老了，眉眼低垂，鬓已星星，从郗氏家族的千金到八个孩儿的母亲，从建康到武昌，从武昌到江州，从江州重回建康，从建康来到会稽山阴，现在又将去往剡县，这一路的陪伴，她从来没有说过一个"不"字，总是在他最需要温暖的时候，执子之手，与尔同往。王羲之对视着郗夫人，心里似有千言万语，这时却一句也说不出来，他揽过夫人的肩头，让她的头轻轻地靠在肩上，任凭清风徐来，习习地吹拂着两人的脸庞。

　　船的那一头，王操之和王献之正兴奋地看着两岸的风光，发出兴奋的吟啸声……

同是江南，山阴城有太多的市井生活，而剡县却是一望无际的青山绿水，王羲之看中的剡溪源头这块地方，的确是块好地方，可以安放他的心灵，抚平他久仕而不得志的伤口。

王羲之在这里建书楼，植桑果，教子弟，赋诗文，作书画，以放鹅弋钓为娱，以遍游东土山水为乐。书楼叫雪溪阁，因为有一条湍流如雪的小溪流经此地，这让王羲之想起了兰亭曲水流觞的那条小溪，于是便命人在溪旁建起了一间"四顾徘徊，高可二丈"的书楼，还挖了一个"广轮五十尺"的墨池。他在书楼里观看一朵朵飘逸而来、驾雾而去的白云，并以"白云先生"为师，此后他的书艺水平又上了一层楼，达到了"飘若浮云，矫若惊龙"的艺术巅峰，"书圣"的名气越传越广。

王操之和王献之当时都在父母身旁学书。相较而言，王献之的字看上去进步较大，郗夫人看出来他有些自鸣得意，就说："你的水平还差得远呢！"王献之急了，问父亲道："那我再练三年总可以了吧？"王羲之把儿子领到院子里，指着十八只水缸说："你写完这十八缸水，才能说可以。"

王献之练完一缸水后，自我感觉不错了，就捧着字给父亲看。王羲之什么都没有说，就在"大"字上提笔加了一点，成了"太"字。王献之不甘心，将全部习字拿过去给母亲看。郗夫人端详了许久说："我儿写了千日，唯有这一点像父亲。"原来郗子房指的这一点正是王羲之在"大"字下面加的那一点。

王献之默默地走开了，此后他更加刻苦地研墨挥毫，直到有一天他和他父亲一起被称为"二王"。

王羲之学会了种植蔬菜瓜果，给果园起了一个好听的名字"桑果园"。每当春夏之时，紫色的桑果从桑树上成串地挂下来，他就在果园里转，看到好吃的，就摘下来，分给孩儿们吃。他终于活成了一个慈祥的老人，虽然瓜果种得一般般，但以此言传身教，让子孙们成为敦厚温和的人，懂得退让，享受恬淡朴实的田园生活。

有一天，王羲之外出游览，夜宿小客栈，遇见两兄弟争吵打架，最后弟弟将兄长砍死了。王羲之脸色沉重，让下人报了官，并若有所思地说道："看来我在内史任上还是没有教化好会稽百姓，惭愧啊，惭愧啊！"他回到家中又将此事详详细细地讲给王操之和王献之听，并写下了敦、厚、退、让四个大字，命儿子们日日临摹，并立为家训。后来这几个字成了《王氏家训》的根基。"上治下治，敬宗睦族，执事有恪，厥功为懋，敦厚退让，积善余庆"这二十四字的《王氏家训》代代相传，绵延至今。

又有一天，王羲之正在桑果园里施肥松土，仆人来报，孙绰、许询和支道林三人来了。王羲之连声喊道："快请快请。"好友相见，分外亲热。三人说今日过来，一是看看王大人卸职后的生活，二是想请王大人一起去拜访一个人。王羲之问道："哪位高人？"三人异口同声道："东土高僧竺道潜。"王羲之说："论起辈分来，在下得叫他叔父，我年少时就听他讲经弘法，如今听说他在东土建寺，此去正合我意！"

于是，四人相约第二天就出发去拜见竺道潜。

竺道潜俗姓王，也是琅琊王氏出身，而且是王敦的幼弟，自小颇具佛性，十八岁即出家，奉西晋佛学家刘元真为师。竺道潜后来渡江至建康，二十四岁时开讲《法华》和《大品》两经，深得世人崇敬。后得到元帝、明帝和丞相王导、太尉庾亮等人的推崇，经常穿着木屐随意行走在宫殿之内，为皇室和高门士族讲经。名士刘惔是个快嘴，有一次嘲讽他说："僧人何以游王宫？"竺道潜回答："你看上去是王宫，我看不过是茅舍罢了。"世人闻之，更加仰慕其风德，称之为"方外人士"。

"王敦之乱"虽说与竺道潜没有任何干系，但是家族的风云变幻再加上王导、庾亮等故人的相继离世，他愈发看破红尘，向朝廷请求去东土传道修佛，于是就来到会稽剡山，在沃洲（今浙江省新昌县）小岭建寺院，率领僧众数百人，创立了佛教般若学本无异宗，追随者一度拥堵山门，让东土成为佛道修行的中心。

王羲之等一行四人终于见到仰慕已久的高僧，此时的竺道潜已年过七旬，但是鹤发童颜，精神矍铄。王羲之感叹佛道双修之完人正出现在眼前。

王羲之虔诚地双手合十道："弟子见过师傅，您是我小时候最敬仰的人。"竺道潜也双手合十道："贫僧出家后一直感恩于琅琊王氏家族，没想到你我今日会在这里重逢，可谓殊途同归。你既已卸职，贫僧本该亲自造访，顺便也可云游四方，无奈寺中弟子众多，事务缠身。你等四人此次前来本寺，得遇正法，是一件因缘殊胜的事情，眼下你们四人有何修佛道之愿与贫僧分享？"

四人互相看了一眼，道潜师傅这是在指点他们今后的修为。于是王羲之先开口："弟子愿在往后日子里，与众友一起遍游东郡佳山丽水。弟子还听说东土多神药，我将采药服食、炼丹修道。"道潜师傅点头赞许。

孙绰曾任王羲之的右军长史，后转任永嘉太守，其文才渐为世人称道。他说："弟子的心愿是游天台山，然后作《游天台山赋》。"道潜师傅也点头赞许。

许询说："弟子的愿望是从西兴迁居而来，落户金庭，与王逸少为邻，以后可以天天与其谈玄析理。"道潜师傅还是点头赞许。

最后支道林说："弟子有个请求，求买沃洲小岭近旁的山地，作为栖隐之地。"道潜师傅这次没有点头，他说道："想来就给你，我可没有听说过从前的隐士是买山而隐居的。"众人皆哈哈大笑。

回来以后，许询果然没有食言，在金庭边上建房起居，举家从西兴迁来，终身和羲之为伴。王羲之和许询、支道林后来遍游剡地山水，甚至还到了临海郡（今浙江省临海县），最远还到过永嘉郡（浙江省温州市）。孙绰游天台山后，果然写下了"掷地有声"的《游天台山赋》。而支道林在离王羲之雪溪阁三百米的北坡上建起一座寺庙，名叫银庭寺。

王羲之在东土逍遥的事，也传到了朝廷，后来朝廷六次征召王羲之回去，王羲之坚辞不还。据说褚太后最后说了一句话："王逸少此人终究是留不住心的，不如放了他吧！"王羲之闻言，沉思良久道："世上懂我的人莫过于太后！"

王羲之终日陶醉于东土山水，过上了神仙般的生活，有一天感叹道："我卒当乐死！"

不久之后，他问许询和支道林："诸君与我为伴，可过了这么久，安石为什么不来看我？"

第三十二章

兄终弟及　扶柩还乡

　　王羲之有所不知，他隐居的这几年，陈郡谢氏发生了重大变故，谢安忙于攘外安内。原本由谢尚、谢奕兄弟出仕撑起的谢氏大家族，遭遇了前所未有的变数。

　　永和十二年（356 年），在朝廷没给多少物资和粮草的情况下，桓温第二次举兵北伐，消灭了盘踞中原的姚襄，而且一鼓作气收复了东晋上下心心念念的洛阳城。这出乎很多人的意料，人们没想到桓温真能说到做到。然后，桓温上书，要求朝廷迁都洛阳，并表请镇西将军谢尚都督司州诸军事，镇守洛阳城。

　　朝廷的使令发到时，人尚在寿阳的谢尚得了一种奇怪的重病，未能成行，朝廷只得任命另一名王姓将领作为镇守洛阳的最高指挥官。不久后，这位王姓将领也得了重病，而且很快就去世了。

　　由于一直没有镇守洛阳的合适人选，收复的洛阳城十分不安定。当时，桓温北上经过金城（今江苏省句容市），看到自己多年前在这里种下的柳树已经有碗口那么粗，不由得感慨道："树犹如此，人何以堪。"桓温再次奏请朝廷，希望早日迁都洛阳。

这让总理朝政的司马昱左右为难，就是从这个时候开始，司马昱更加惧怕桓温有异心，常常寝食难安。褚太后依然不发声，多年来她习惯了站在大多数臣子的立场上看问题，这是保持晋室稳定的定力所在。她也知道，她不出面支持桓温，朝中就没有多少力量支持桓温，但是很多事她力不从心，只能被群臣的意见左右。

于是，除了新任扬州刺史的王述出面竭力反对迁都，还有很多江东世族也出来反对桓温的建议。时任散骑常侍的孙绰成为反对迁都最为坚决的名士。他写了一篇《谏移都洛阳疏》，疏中写道："迁都乃舍安乐之国，适习乱之乡，出必安之地，就累卵之危。"意思就是说现在的洛阳很不安定，迁都很不靠谱，孙绰还建议朝廷等到黄河以南地区完全平定，运河粮道完全打通，豫州的粮食足够充实，敌人远远逃窜，再商量迁都的事也不迟。

奏疏不光写得有理有据，文采也十分了得，桓温恨有人跟自己唱反调，就让人转告孙绰："你不是喜欢在东土过隐居生活吗？何必来操心家国大事，还不赶紧和王逸少一起退居山林。"如此一来，敢于诤言的孙绰倒是名声大噪，后来统领著作郎，成了继王羲之之后的文士之冠。

再说谢尚的徐州、豫州部队未能抵达洛阳，桓温本人也不愿意离开荆州老巢，驻守洛阳第一线，最后他只好留下数千人驻守洛阳。桓温这次持续三个多月的北伐就这样结束了，迁都一事也就不了了之。

眼看洛阳无人把守，估计不久又将陷入敌手，桓温痛心疾首。为了安慰桓温，对他既害怕又倚重的朝廷加封他侍中、大司马、都督中外诸军事和假黄钺，桓温不出一兵反倒军政大权集于一身，也是从这个时候开始，人们尊称桓温为"明公"。然而，经过两次北伐，桓温的心也凉了大半，他领教了江东名士们的厉害，明白如果不改变他们的想法，荡灭江北敌寇无从谈起。

而身在金庭的王羲之，闻说故都收复的消息，兴奋至极，心情大好，写下了著名的《破羌帖》，甚至将桓温比作周公，但又在给友人的书信中表达了对桓温北伐军粮草不继的忧虑。

回头再说谢尚。升平元年（357 年），司马聃改年号升平，任命谢尚都督豫、冀、幽、并四州军事，目的也是想以他制衡桓温。无奈谢尚病情一天天加重，最终被征召回朝，拜为卫将军，加散骑常侍。但是谢尚还未抵达建康，就在历阳病逝了，终年五十岁。

回顾谢尚的一生，最初他任文职，后改道军旅，由此掌握了军权，名列方镇，多年征战在江汉一带。早年朝廷以他制衡庾氏，后来又任他为豫州刺史，用以对抗桓温。谢尚镇守豫州数年，谢尚为谢氏家族树立了威望，发展了势力，更为谢家子弟作出了表率。谢尚曾配合殷浩北伐，进兵中原，得传国玺，又于寿春采拾中原太乐，这都是有目共睹的大事。谢尚还数度被重用，戍卫京师。

可惜，一代将才英年早逝，谢门仿佛失去了主心骨。为奔从兄之丧，谢奕、谢安、谢万、谢石等悉数赶到，谢安为从兄主持丧礼，建康乌衣巷的谢府沉浸在哀痛之中。夫人袁女正在阿姊袁女皇、继子谢康的陪同下，脸色苍白地接待着一批又一批客人前来吊唁。袁女皇去年刚刚丧夫，殷浩因北伐失败郁郁而终，两姊妹同病相怜。谢尚无子，两个女儿，一个嫁了殷家，一个嫁了庾家。

谢奕还没回荆州，朝廷的任命书就到了，任命谢奕继任豫州刺史，并授予安西将军，都督豫、司、冀、并四州诸军事。在东晋朝，兄终弟及、父死子承是常事。

谢奕接到任命书后面无喜色。假若是放在别的州任刺史，谢奕也许会更顺心一点，但豫州刺史这个位子可不一般，这是桓温当时最忌惮的位子。谢尚在世时，桓、谢两家便已在暗中较量，虽说谢奕和桓温是布衣之交，二人常常痛饮达旦，且谢奕追随桓温十几年，一旦上了前线，谢奕唯桓温马首是瞻，从来都是无条件执行他的军令。然而一旦遇到下属成为竞争对手，那就另当别论了。任命谢奕，朝廷是考虑再三，司马昱更是深思熟虑后才让皇帝发出诏令。

那天，谢奕心中不快，又喝得酩酊大醉，阮夫人最后只好命仆从把他搀扶回房。在所有的从兄弟中，谢奕和谢尚的感情最好，两人年龄相仿，谢尚只比谢奕大一岁，两人从东山一起长大，到建康后又一起为官，虽然一个长年镇守江北，一个长年坐镇江汉，但正是他们兄弟联手，为谢氏家族撑起了一片天空。谢尚无子，谢奕就把自己和阮夫人所生的幼子谢康过继给他。

阮夫人猜中了丈夫的心思，第二天待谢奕酒醒之后劝说道："谢郎不必忧虑桓将军，朝廷必是征求过他意见，他也必定是首肯过你的。你想，如果没有他同意，朝廷是轻易不敢作出决定的，如今很多事朝廷得看他脸色。"

谢奕听了，躺着的人猛地坐了起来，倒把阮夫人吓了一跳。谢奕这位大夫人多年来一直忙于照看孩子，操持家务，去荆州也不能随行，自己身旁一直跟着一名小妾，看来是自己忽视了她的聪慧和善良。他刚想说夫人说得是，阮夫人又接着安慰道："你尽管去豫州好好当官，家里没有什么可以放不下的。道韫出嫁已三年，这次来不及奔丧，专门写信表达对从伯父的哀思。谢玄在安石叔父的教诲下已长大成人，不久也可出仕。谢康有从嫂教养着，我们该放手还得放手。还有其他几个子女都是芝兰玉树之才，将来必有出息。"

谢奕听了阮夫人一席话，心中宽慰了不少。他看了一眼阮夫人，心中多有愧疚，一时又说不出口，话到嘴边，竟成了这句："夫人愿意随我去豫州吗？"阮夫人犹豫了一下，说："也好！我把羯儿托付给安石叔父，正好去豫州看看！"就这样，从未出过家门的阮夫人随同谢奕奔赴历阳去了。

豫州在江北，下辖的几个郡、郡国和西晋时期相比，已不完整，领土逐渐收缩到了辽河以东至大凌河以东，但是和北方胡族交界之处战事不断，硝烟纷飞，因此守住豫州至关重要，成为兵家必争之地。谢奕到达豫州历阳时，桓温就给他来了一封信，信中说："你一定要守好豫州，兵力不够时我派兵前来支援。昔日好友，今日战友，你我兄弟共同护卫我朝边疆。"

谢奕看得眼里一阵潮热，心想阮夫人果然没有说错，世人多猜忌桓温，甚至视之为曹孟德再世，不料桓温却以天下为己任，其格局真不是一般人所能比的。

谢奕在豫州一年，政令畅通，在百姓中口碑颇佳，守卫部队和前燕等常有交战，不过大多只是小打小闹，但也确保了东晋江山稳固和建康的太平日子。

然而，世事难料，谁也没想到，一年以后，正当壮年的谢奕也像谢尚一样得了奇怪的重病，且一病不起。这年年底，谢奕竟咽不下粥、喝不进水，阮夫人急得派出十万加急的信使求救于谢安。无奈，谢奕等不到兄弟和亲人相送，临终前握着阮夫人的手说："我共有八子四女，虽非你一人所出，但我走后恳请夫人视同己出，不仅要抚养他们长大，还要教养他们成才。"

阮夫人已泣不成声，她使劲地点着头，答应谢郎最后的愿望。夫妇俩一辈子分居，唯独这最后一年是团圆的，这最后的一年他想补偿她。可是上天就是这样不公，她为他付出了大半辈子的青春和年华，上天却提前收走了他的阳寿。和谢尚一样，谢奕也刚过五十岁。

谢安舟车转换，一路颠簸到达历阳时，长兄无奕已溘然长逝。谢安稍作停顿，带着阮夫人和随从，默默地扶着谢奕的灵柩，启程返回建康。两年之内谢家失去两位兄长，对谢家一家老小来说，这是天塌下来的厄运。

马车行至半路，下起了瓢泼大雨，车队在泥泞地里艰难地行进着，车轱辘发出"吱呀吱呀"的悲鸣声。带头的那匹马莫明原因地突然停滞不前，在车内扶着灵柩的谢安探出头来查看究竟，发现竟是马疲人倦，驾车的车夫竟顾自睡着了。

谢安看了看异常灰暗的天色，估摸再过一会儿天就要黑了，他心中涌上一股莫名怒火，拿起一根马鞭，"啪啪"两声，恨恨地朝车夫身上挥去，并厉声责问他为什么停车。车夫一个激灵，醒了过来，旁边的人都吓了一跳，他们从来没有看到过如此激忿的谢安。谢安对人一向温和谦让，对下人也是从来不动粗，而此刻却脸色铁青，怒火中烧。

说来也怪，无论车夫怎么抽打，领头的那匹马就是不动。谢安只好下得车来亲自查看，原来是车轱辘陷进了泥潭。男人们都下来推车，终于马可以走了。谢安说："我来吧！"他让车夫去后面的车，自己驾车前行。

天越来越暗，雨越下越大。暮色中，谢安驾着马车，雨水和泪水顺着脸颊不停地流下来。朦胧中，他眼前浮现出七岁那年随长兄坐堂剡县的情景，父亲去世时的情景……他明白他高卧东山这几年过得云淡风轻，还不是因为谢家长兄们在前线冲锋陷阵，而他坐享其成。他明白，谢家的顶梁柱倒塌的那一瞬间，他已是谢家的长兄，再也回不去从前的日子了。他必须站出来，驾上谢家这支车队，继续前行。

第三十三章

安石不出 如苍生何

谢奕的灵柩送回建康乌衣巷后，谢安有条不紊地主持长兄的丧礼，谢万、谢石、谢铁也很快到齐了。接下来，上至朝廷下至各家大族，纷纷前来吊唁，谢氏两位兄长一前一后逝世于任上，谢门损失巨大。

道韫得知消息后立即起程赴丧，她不停地抹着泪回忆起父亲和她相处的那些时光，记得父亲在送她出嫁时说过一句话："以后我照顾不了你的时候，你一定要找安石叔父。"一语成谶，这竟是他留给她的最后一句话。

道韫见到母亲和安石叔父时，已哭成泪人。她的后面跟着怅然若失的王凝之，以及两个陪嫁侍女昭雪和景春。昭雪手中抱着已经两岁的王家长孙王蕴之，而道韫被景春搀扶着，好像又怀上了一个。道韫和阮夫人、谢玄一起抱头痛哭，他们才一别三年，不曾想就像过了三十年。谢安见状，过来安慰道："令姜节哀，不能委屈了肚子里的王家儿郎。"

　　叔父的话像一股清泉暖暖地流入令姜的心田。令姜当即缓了下来，开始安抚母亲和弟妹们，生活总得继续。

　　王羲之和郗夫人也赶来吊丧，王羲之对着谢奕的遗体说："亲家啊，你一辈子都没闲过，不是去前线打仗就是去哪里镇守，早知道这样，就劝你随我一起去剡县过清闲日子了，你爱怎么喝就怎么喝，喝到你不肯走为止，可惜啊可惜！"说完轻抚着谢安的肩头，意味深长地说："老弟，接下来看你了。"谢安默然无语。

　　隔日，桓温从荆州快马加鞭赶来，还带着他的第一谋士郗超（字景兴）前来吊唁。郗超是郗鉴之孙，郗愔之子，也是郗夫人的侄儿，桓温十分欣赏他的才华，招他入幕，担任征西府椽，后改任大司马参军。对桓温来说，原来谢奕在荆州的时候，郗超和谢奕一文一武就像左膀右臂，都是得力干将，如今就像失了一臂一样疼痛难受。

　　桓温一进来，举座皆惊其堂堂威仪和伟岸姿貌，然而今天的桓大将军心中戚戚，面上悲切。他长叹一声，道："无奕兄，你何苦走得这么早？以后睡不着的夜里，还有谁来陪我一起喝到天明？"说完竟潸然泪下，无语凝咽，其实桓温只比谢奕小三岁，两人多年征战，患难与共，情义超越一般兄弟。谢奕一走，他竟也感到自己垂垂老矣。

　　到了晚上，桓温又来谢府，坚持要和谢安一起为好兄弟守灵，一边守一边和谢安攀谈，无奈谢安心中悲痛，大多数时候都低头哀思、沉默无语。桓大将军的义气在坊间获得一致高评。

　　第二天早上，桓温回他的建康家府，来接他的郗超在车上说道："明公失去好兄弟固然悲伤，但有件事景兴想提醒您。"桓温说："景兴想说的是豫州刺史一职。"郗超说："明公明鉴！"桓温道："你言下之意如何？""明公请恕郗超自作主张，来建康之前，我已去信给丞相举荐明公二弟桓云。""哦。"桓温向来喜怒不形于色，过了一会儿，开口道："景兴以为丞相会采纳此意见吗？就算丞相有心，但是朝中还有王彪之等人会反对的。"王彪之也是琅琊王氏，王羲之辞官后，他成了王门的顶梁柱。

　　桓温接着说："景兴有所不知，如果豫州能交给我桓家，荆州、豫州连成一线，朝廷的大半兵马就归到我桓门之下，这让皇室如何心安？这让王谢两家如何保全自身？我以为此事绝无可能。再说，我那二弟性格蛮横，在军中没有礼待士卒，口碑太差，也担不起豫州刺史的重任哪！"

　　郗超听了桓温的一通分析，自愧不如，但又不甘心就将此位拱手让人，毕竟如今只要桓大将军肯出面说话，朝廷也会给足面子，于是继续说道："那明公以为谁可以继任此位呢？"桓温轻轻一笑："不是我以为是谁，如今满朝上下都以为是他！"

　　郗超恍然大悟："明公指的是谢家老三谢安？"看着郗超吃惊的表情，桓温嘴角带着些许讥讽："不然，你以为是谁呢？谢无奕之后本该是谢家老二谢据，可惜老二不寿，早就没了，这不是该轮到老三了吗？此人定能担起豫州重任。"

　　郗超一脸疑惑，说实在的，他对桓温与谢安的关系一直捉摸不透，谢奕在荆州时常说起他这位三弟如何风姿高迈，但一向不屑于名士作派的桓温听了似乎从来不加赞许。倒是有几次谢奕说起谢安如何教育族中子女的事，桓温听得饶有兴趣。

郗超正满腹猜疑时，桓温却开口命他做一件事："景兴，从现在起，你去坊间散布一句话：'安石不出，如苍生何'，我看他这次还出不出东山？"

郗超心里想，自己永远跟不上明公的节奏，犹豫了片刻说道："恕我直言，明公难道不怕有朝一日谢安石……"

桓温直接抢了他的话："有朝一日谢安与我为难吧，不会，我信他！"说来也奇，一向反对名士清谈的桓温，对谢安有种特别的期许，他觉得，高卧东山近二十年的谢安才是真正没有权力欲望的名士，言行不做作，又有真才实干。爱才如命的桓大将军，其实早就对谢家老三心心念念，曾数次通过谢奕向谢安发出邀请，但一直无缘。昨天晚上他又找机会试探，但谢安似乎并不动心，总是把话题引到逝去的谢奕身上。越是这样，桓温越有英雄惜英雄的感觉。

很快，"安石不出，如苍生何"的话在朝堂之上和民间乡野传得沸沸扬扬，连褚太后和司马昱都听说了。豫州是军事重镇，主帅之位一日不可或缺。于是朝堂之上又是一番朝议，这次几乎意见一致，那就再次征辟谢安，同时传言，若是他再不肯出山，以后就别出来了。

此令似乎是最后通牒，然而出乎所有人的意料，谢安依然毫不动心，固辞不受，理由是受谢家两位已故长兄临终所托，回家教育子弟是他眼下的重任。但他极力举荐他家四弟谢万出任豫州刺史。看来，谢安是铁了心不出来做官了。

谢万平素擅长展现，能言善辩，很早就颇有声誉。他二十岁时被征为司徒掾，后来被司马昱拜为抚军大将军、从事中郎，此时又任吴兴郡太守。如果论资历，谢万似乎比谢安略胜一筹，所以谢安此言一出，朝中重臣一时也无话可驳。

谢万常常一副名士做派，与司马昱倒是非常投缘。如今，既然谢安推荐谢万，丞相司马昱顺水推舟，乐得做个人情，谢万继任一事很快就被决定了。

谢安松了口气，他打算安顿好乌衣巷谢府内的大小事宜后，重回东山。

新亭码头上，谢安一如三年前，再次送别王凝之夫妇。所不同的是，当年是代长兄谢奕前来送行，如今也是代他，却再也没有他的亲笔嘱托。

码头上北风萧萧天地寒，道韫披着厚厚的披风，站在风里等着安石叔父从牛车上下来，向她走来。她的眼里涌上了一层泪雾，此去一别又该数年。临走之前，她想再请教叔父一个问题，于是问道："叔父大人，上天为什么总要让至亲家人生离死别？"叔父说："因为上天要让有能力的人去保卫百姓，远离亲人完成宏伟大业。"道韫点点头，深深地道了个万福："叔父大人，令姜明白了，就此别过，您保重！"

王凝之十分体贴地扶着道韫上了船。谢安看着侄女、侄女婿的船渐渐远去。

桓温在荆州听说了谢万最终继任的事，非常不悦，他用书简狠狠砸了几下案几，叹息道："谢万明明不是这块料，偏偏又走殷浩的老路，什么是清谈误国？如此便是！"

和他想法一样的还有一个人，这就是身在金庭的王羲之。别以为书圣此时已是两耳不闻窗外事了，他对北伐前线的事件件桩桩都很留意，还时不时地发表一下意见。听闻谢万即将出镇豫州，王羲之连忙给桓温写了封信，信中说："谢万的才能足以经世治国，时人堪称其通达，如果让他身居朝廷，肯定是后起之秀。如果让他去治理兵荒马乱的边境，并不合适。望明公三思，羲之顿首顿首。"

桓温接到书信，此信和当年王右军评价殷浩北伐是何其相似，心中不免嘀咕道："你一个隐退之人、书坛高手，为何对政事还感兴趣？姑妄听之吧。"看罢就把信置于一旁。

王羲之见桓温没什么反应，又给即将起程的谢万写信道："以阁下高迈的姿态去做以往不屑之琐事，还要和那些俗务打交道，实在是为难阁下了。然而所谓政通人和，是应当低调行事，收敛起阁下的锋芒。愿阁下能与将士和兵卒们同甘共苦，做尽善尽美的榜样。"谢万接到信，礼貌而客套地回了他一封，根本没当回事。

但是，谢安反复看了王羲之写给谢万的信，不下三遍。之后，他决定暂时不回东山去了，他让谢万先去豫州，自己准备一下，随后同去。

豫州方面的消息不断有人报告给桓温，桓温当然不会错过任何一条：谢万初到那里，对士卒恩威并用，很快就赢得一片赞许声。桓温心想："难不成是自己低估了谢万的能力？"

就在这时，郗超进来报告："明公，景兴今日听说，您中意的大隐士谢安没回东山，紧跟着谢万也去了豫州。"桓温大吃一惊："他去干什么？"

郗超神秘地说道："我听说谢安石非常不放心他这个宝贝兄弟。谢万石到了军中仍是一副名士作派，处理政务也理不出个头绪。安石到了豫州后，告诫谢万石作为统兵主将，应该经常和诸将交游，没有听说过傲慢能成大事的主帅。果然，谢万石召集众将领训话，架子依然摆得很大，用镶着玉的铁如意指着四周的将领道：'诸位都是精壮的兵卒！'将领们听后很不高兴，甚至心生怨恨。谢安石知道后带着谢万石挨个拜访军中将领，与他们把酒言欢，打成一片，并向他们介绍自家弟弟的长处，让他们今后多多关照他。然后又百般提醒谢万石要养兵爱民，还帮助他处理地方政务。如此一来，才给谢万石打开了局面。"

"怪不得！"桓温听说，不由得笑了起来，"我看这谢安石自己不愿意出山，倒是非常乐意给宝贝兄弟当司马。"

"可不是吗？谢安石对这个宝贝弟弟真是百般呵护，包容至极，只有一次算是个例外。"郗超揶揄道。"哦，说来听听。"桓温来了兴致。

郗超也是个名士，对其他名士的坊间趣谈，他都能津津乐道："我听说有一年冬天，王右军送给谢安石一件上好的裘皮大氅，应该比较贵重，谢安石自己都舍不得穿，谢万石看上了，说自己怕冷，非要转送给他，结果谢安石给送去三十斤棉花，说这样足可以御寒了吧！"

"这兄弟俩有意思！"桓温被郗超的故事逗得哈哈大笑起来，"要不是王右军送的，估计这裘皮大氅也会转送给谢万石的！"

"有这个可能，谢安石十分看重与王逸少的情分。""是啊！这帮王谢名士在坊间的传闻可是多了去了！""对，这谢万名士派头十足，还有件可笑的事，明公想不想听？""说嘛，别卖关子。""你知道吧，这谢万的丈人不是别人，正是王右军的死对头王述。王述任扬州刺史后，有一天，谢万头戴白纶巾，坐车径直来到王述办公的扬州官衙。谢万当着很多人的面，没头没脑说了一句：'别人都说你傻，如今我看你确实很傻啊！'王述一向很有涵养，当场没有翻脸，慢悠悠说道：'我这人只不过大器晚成而已，给别人的感觉就是一副不精明的样子而已。'"

"哈哈哈，这算是王谢高门的门风吧，有意思有意思！不过，话说回来，这王谢大族的人才，管不管用，得走着瞧！"郗超觉得桓大将军似乎话里有话。

第三十四章

谢万被贬　东山再起

　　谢万在豫州刺史任上的第二年，即升平三年（359 年），谢安觉得自己给谢万铺了不少路，就告辞回东山去了。

　　这年秋天，谢安回到东山不久后，去剡县看望王羲之。那天，王羲之本来兴致勃勃地正和许询在谈采药制丹的事，见谢安进来，便说："你来得正好，我听说谢万即将北伐。""逸少兄如何知道？""朝廷已诏令豫州刺史谢万和徐州刺史郗昙兵分两路，北伐前燕，扫除北境隐患。"

　　郗昙（字重熙）是王羲之的小舅子，太尉郗鉴的幼子，刚刚被提任为北中郎将、徐兖二州刺史。一直以来郗昙十分信任姊夫，二人过从甚密，如此军机大事自然要先来通报一番。

　　谢安一听，脸色马上变了，说道："我走的时候还没听说此事。万石这小子也不和我通个气！"王羲之说："是丞相司马昱钦点谢万、郗昙为北伐主帅，我此前给桓温写信提出异议，这次就算了。"王羲之语气也是一腔无奈。

"这应该是桓大将军下的军令，现如今他是大司马、都督中外诸军事，很多军机大事朝廷都听从他安排。"谢安石思索了一会儿，接着道，"我可以断定这是桓元子有意作出的安排，意在考验谢万石和郗重熙，看看他们到底有没有这个能耐。反正没用他一兵一卒，要是我从兄谢仁祖在豫州的话，就不会轻易上桓元子的当。可谢万石就不一样了，他很想证明给世人看，他的确是个将帅之才，还有郗重熙也是刚上任，两个都是没什么经验的将领，这样出兵是不是太冒险了？这可如何是好？"

经谢安一通分析，王羲之也担忧起来，但转头又把谢安拉到一张摊开的地图前，指着上面的位置说："安石过来看，郗重熙攻高平（今山西省高平市），谢万石攻下蔡（安徽省淮南市下蔡县），两军北上所经之处，前燕的军队应该没什么驻防。这样，两军若是胜利会师，那么还可以再次收复洛阳！"王羲之说起北伐总是信心十足。

谢安底气不足地说道："早知道我不回来了，谢万石无人帮衬，不知道会发生什么？依他的急性子，此时可能已启程发兵了，我要是从会稽连夜出发赶去劝说，恐怕也来不及了，再说这是朝廷号令的军机大事，岂是我一个在野之人能干预得了的！"

王羲之说："安石老弟，放宽心吧，吉人自有天相，你这么放心不下，当初为什么自己不挑了这个重担？"谢安被王羲之怼得心烦意乱，说道："不说了不说了，但愿他们一切顺利吧！"

王羲之非得让谢安在金庭小住几天。这天晚上，他又唤来了许询、支道林等昔日好友一起畅饮，谢安一直心不在焉。这回，王羲之看出了谢安心中的波澜，笑着说："老弟不如从前那般淡定。"谢安苦笑了一下，默默端起一觞酒，一饮而尽。

待王羲之他们几个都睡下了，他仍无睡意，索性起床点了灯，提笔想给谢万写封信，转念一想，算了，还是给谢万手下的那几个将军写吧。信中说："今诸将随刺史北伐，愿早日建功立业，班师回朝。安与诸将交游，感佩各位忠心坚贞，勇于报国，与士卒亦能同甘共苦，皆是当世之良将也。然安诚恐万冒失进攻，不能周旋于燕军。万平素虽然常以啸吟自命清高，然其真性情，与人并无恶意，也从不亏待诸将。若有不幸之事，还望诸将护其平安返回。安拜托诸将，不胜感激。谢安顿首顿首。"写完后，谢安立即派人连夜出发，赶赴前线送信。这才吹灯息歇。

十天以后，王羲之收到了前线的消息：郗昙因病退守彭城。"什么，郗昙退守彭城？"谢安拿着这份军报，不敢相信这是真的，他走路一个踉跄，差点摔倒，王羲之赶紧扶住他，说道："安石是怕谢万石孤军北上，难以独撑北伐大局？"谢安焦虑万分地说道："岂止如此！恐怕这时他已撑不下去了，也搞不清楚郗昙为何退守，如果最后他也下令退兵，势必会引起燕军追击，后果不堪设想哪！"

事实真如谢安所预料的那样，不久前线就传来军报，大概经过如下：谢万踌躇满志，亲自率部众挺进洛阳，途中忽得报郗昙退兵彭城，谢万没搞明白郗昙为何退兵，就自行判断郗昙是因前燕兵强而退，于是惊惶失措之中，他也号令退兵。将士们闻说前方撤军，自行溃败，纷纷后退。燕军乘胜追击。很快，许昌、颍川、谯郡、沛郡等豫州各郡相继落入燕军手里。谢万石只身狼狈逃还至扬州地界。

王羲之接报，脸上有些挂不住了：小舅子郗昙平时看上去挺能扛的，这回也不通个气就自行退兵，直接将第一次出征的谢万逼上了孤军奋战、寡不敌众的境地。

谢安听报，长叹一声："万石真不争气哪！"

另一边，荆州桓温将军府内，灯火通明，郗超十万火急地进来向桓温报告前方军情，桓温听完叹息道："我早就说过谢万石此等清谈名士真不是打仗这块料，当初何必非去前线逞强。"接着又问道，"兵败如山倒，刀剑最无情，现如今这个谢万石会不会已葬身于乱军之中？"

郗超说："景兴正要报告刚刚收到的另一份军报，谢万石部下溃不成军，死伤不小，其手下一名将士打算趁乱杀了他，以泄忿恨，但是多数将士在这次出征前收到过谢安石的信，信中说希望护谢万以周全，他们念及与谢安石的情谊，及时劝住反将，才没有实施刺杀行动。"

"对了，我差点忘了他还有谢安石这个'司马'！"桓温哈哈大笑起来，"看来深谋远虑者还是谢安石哪！不过，这次建言朝廷让谢万、郗昙出兵北伐，还多亏了景兴谋划！""明公过奖了，如此一来，我们要让朝廷瞧瞧，让天下人看看，王谢大族还有什么人敢出来比试比试？"郗超有几分得意地回道。

桓温说："谢万石经此一役，这个豫州刺史的位子肯定保不住了。我估计凭安石这几年在外积攒的声望和人脉，恐怕也只能保全谢万性命而已。"桓温摇摇头，顾自叹息着说道，"被贬为庶人恐怕是在所难免咯！"两人哈哈大笑起来。

笑过之后，郗超道："明公的意思是如果谢万被贬，谢家还剩下谢安、谢石、谢铁三兄弟，谢石、谢铁还年少，这么说来，谢安必定出山了！"郗超越来越会揣摩桓温的想法。桓温接着他话说："王谢两家中，王家现在除了朝中几个人，真没什么人了，而谢家以后未必如此。对了，景兴，我给谢安石亲拟一封信，你亲自送到东山去，我邀他就此出山！"

"啊！"郗超还是没跟上桓温的想法，说道："明公，你这又是何苦非要培植起谢氏新的力量？王谢已威风得够久了，也该轮到其他大族了吧！"

桓温却说："非也！大丈夫做事不可如此小家子气，如今他谢门式微，安石来我这里肯定乐意，况且安石文韬武略，为人温文尔雅，处事又有他长兄无奕的真诚坦荡，这样的人才不可多得，收我帐下岂不是美事一桩？"

郗超心里想："这下算是引狼入室，自己本是桓温的第一谋士，如果谢安一来，岂不得让位于他？"于是他迟疑起来。桓温一眼看出了他心中的不快，说道："景兴多虑了，安石若来，我还得考验他一番，不会轻易就让他随便坐上你现在这样的位子。"

"明公明鉴！"话虽如此，郗超难免有些失落。

这年年底，朝廷免去兵败而归的谢万所有官职，并贬其为庶人。郗昙则被降为建威将军。

过了年，谢万心灰意冷地从建康回到会稽东山谢府，谢安连忙吩咐下人扫屋整理，布置房间，还叫来了谢石、谢铁两个弟弟和侄儿谢玄一起为他接风。

大家假装什么都没发生的样子祝贺谢万回家过年。喝着喝着，谢万突然放声大哭："三兄，我对不住你，也对不住我们谢家！"谢玄一看傻了眼，自己长这么大，第一次见风姿高迈的万石叔父像小屁孩一样涕泪俱下。谢安连忙抚慰道："万石放宽心，以后还有机会！""可是如果我不退兵，估计也打不过燕军啊，谁知道郗重熙会临阵变卦？""万石啊，打仗不打无准备的仗，你若是思谋周全，就不会仓促发兵了。""都是我错误估计了燕军力量，早知道上去拼一把，大不了也是损兵折将……"谢万陷于深深的自责，无法自拔。

没过多久，谢万因胸中郁结难解，一病不起，王羲之等众多好友闻讯后皆来探望。王羲之和谢万的情分不浅，劝慰说："不如像我这样逍遥山泉，自得其乐，万石何必心中自苦？"谢万苦涩地笑笑，一脸无语的样子。

谢安陪王羲之走出谢万的病房，说道："我俩去山间走走吧！"于是，两人沿着东山上的石径漫步而去。此时又到春暖花开时，一路上清泉淙淙，山花烂漫，空气清朗，可惜两人都无心赏春。王羲之问道："郎中说谢万石情况如何？"谢安只好老实相告："病情有增无减，比初期愈发严重。"王羲之问道："安石老弟，万石现在这副样子，你怎么打算？"

"我想陪他回建康，找京师最好的郎中治病。"谢安石的语气十分坚决。"不，我的意思是你自己有什么打算？"王羲之一脸严肃地看向他。

"昨天，景兴来东山了。"谢安一脸诚恳地回道。算起来郗超还是王羲之的晚辈亲戚，于是王羲之有些不快地问道："他来干什么？也不向我通报一声。""他估计不知您今日会来东山。桓温派他给我送来一封亲笔信，想让我去他帐下做司马。"

王羲之沉吟片刻，说道："如今桓大将军权势炽盛，如日中天，你去他帐下谋事自然能掌握许多机要权柄，机会倒也不错。但是，谢万石和郗重熙出兵北伐本是他主谋，你难道不介意……"话到嘴边，欲言又止。

"万石失败怨不得桓温，是他高估了自己实力，仓促发兵，真到了阵前又不敢与敌军拼杀。这事得怨我，怨我没对万石交代清楚就回东山来了，是我害了万石啊！"说到这里，谢安神情落寞，望着前方，语气悲凉地说道："逸少兄啊，想你们王门朝中还有人，眼下叔平也接你班了，可是我们谢门，我再不出山，如何对得起这一家老小啊！"谢安仰天长叹一声："事已至此，我只能收起枕石漱流的物外之心，走出东山，顺从天意了！"

升平四年（360年）春天，谢安应征西大将军桓温之邀，赴荆州担任帐下司马。这年，谢安刚好四十岁。

谢安把谢万安顿好，托谢石、谢铁两人照顾好四兄，决定带着十七岁的谢玄一起西行。他想既然早晚都要让谢玄挑起重担，还不如早点培养。谢奕去世后，谢安更加重视对子侄们的培养。他明白光言传身教是不够的，还需要让他们历练，有足够丰富的经历才是成事之道。

于是，叔侄俩从建康新亭码头出发。谢安在建康城里是个知名度很高的士人，城里很多官员都来为他送行，有个叫高崧的御史中丞开玩笑说："足下屡次违背朝廷旨意，高卧东山二十年，民众常常议论，谢安不肯出山做官，将如何面对江东百姓，而如今，江东百姓又如何面对出山做官的谢安石呢？"谢安听了，面有愧色，一时无言以对。时也，势也，造化弄人，他也没想到最终走上一条他本来不想走的路。

茫茫前路何在？谢安站在码头上，望着浩瀚江面，想起无数次在这里迎来送往的场面。如今终于轮到他上场，都说人生如戏，戏如人生，他终究明白他必须演好这场戏，为国家为百姓，为朝廷为家族，也为了绵延不绝的华夏命脉。

想到这里，谢安携侄儿谢玄一起给各位送行的官员深深地行了一个天揖礼："诚谢诸君相送，就此别过，后会有期！"

第三十五章 小草远志 穆帝驾崩

舟车劳顿后，谢安和谢玄来到了荆州。

荆州位于长江中游，东北可达洛阳，西北可达长安，西阻巴蜀，东扼京畿，可谓天下通衢。无论是守成还是北伐恢复晋朝故地，荆州的战略地位都十分突出。东晋建立伊始，势力范围仅限于长江下游一带，于是司马睿派王敦去开拓荆州，以扩大战略空间。王敦不负众望，在荆州站稳了脚跟。然而，在世族门阀和皇权的较量中，王敦铤而走险，觊觎下游的京都。王敦虽死，但王敦经营的荆州成了东晋王朝挥之不去的阴影。此后，几代镇守荆州的大将几乎都与建康朝廷貌合神离，荆州也成为培养权臣的基地。

谢安在路上一边给谢玄分析形势，一边说道："我们如果不去荆州，就不知道那里对我朝有多重要。"

桓温府衙，桓温命人打开中间的大门，亲自出来相迎："来来来！当年你长兄也是从此门进来的，如今我见到二位，犹如当初哪！"

当天，桓温还设盛宴款待叔侄二人，并邀请荆州众多达官显仕一起陪同。席间，桓温畅谈平生经历和几次北伐途中的见识，不时发出爽朗的笑声，安石风趣回应，妙语连珠，俩人的默契度非常高，看得旁人皆以为二人确实是一对好搭档。

等到谢安暂时离席，桓温得意地对左右道："谢安石一表人才，谈吐不俗，你们有没有见识过如此幕宾？"众人都称赞起来，唯独郗超默默不语。

第二天，桓温又去谢安叔侄的住处看望，询问叔侄俩需要什么补给，其关怀备至引得众人羡慕。谢玄出来，回道："叔父正在洗头。"谢安这人非常注重装束和仪表，洗头这种事做起来程序复杂，再加上本来就性情迟缓，总之，桓温等了很久也没见他出来。谢玄都觉有些不好意思，就对侍从说："给叔父送一条擦拭的头巾，去催一下。"桓温制止说："不用，让我的司马戴好帽子再出来相见。"桓温就是如此看重谢安。

又过几日，谢安和谢玄去桓温府上拜见，郗超也在座。这时刚好有人给桓温送草药，草药香气四溢，闻了非常醒脑。桓温看了一眼方子，见其中有一味叫远志，他见物起意，问谢安："这味药又被称为小草，安石，你来说说为什么同一味药有两种称呼？"谢安还没来得及回答，坐在一旁的郗超应声答道："这有什么难的，在山中就叫远志，出山了就叫小草。"

谢安听了郗超的话，知道他在讥讽自己高卧东山，素而远志，出山后只当了一个小小司马，脸色不由有些难看。桓温一

二三七

愣，马上解围道："小草远志好啊，不要小看了小草，志在远方的小草如果有一天变成一棵树苗，届时也可以长成参天大树！"郗超说："小草想要变成大树，绝无可能！"这时，在一旁观战的谢玄接过话题说："小草可以长成一片大草原，天地间苍苍茫茫皆是小草！"桓温又打圆场，哈哈大笑道："小草远志有什么不好吗？至少可以治我的病！"

临走的时候，谢玄狠狠地瞪了一眼郗超："郗参军好自为之。"回到府上，谢安对谢玄说："羯儿记住了，莫与人争一时之长。"

升平四年十一月，朝廷封桓温为南郡公，桓温的弟弟桓冲为丰城县公，桓温的儿子桓济为临贺县公，桓氏家族的势力达到鼎盛。

升平五年二月，东晋朝廷考虑再三，给原来谢万的位子填缺，以东阳太守范汪为都督徐、兖、冀、青、幽五州诸军事，兼徐、兖二州刺史。

桓温一向讨厌范汪，非常不屑又一位清谈起家的名士上位，因此对于朝廷重用范汪非常不满。尔后，他和郗超一起又故伎重演，谋划了一次目的性极强的北伐。

桓温以弟弟桓豁为都督沔中七郡诸军事，兼新野（今河南省南阳市新野县）、义城（今安徽省合肥市包河区）二郡太守，又令范汪率领兵众从梁国出发，共同北伐中原。不料，范汪因失期没有按时到达指定地点。

另一边，桓豁虽然是第一次领兵出征，没想到表现却极其勇猛，首战击败前燕将领慕容尘，夺取了许昌。正当他准备继续北上时，后方传来消息，皇帝驾崩，北伐的步伐只能到此为止，桓豁撤了下来。

这年五月，司马聃突然病逝，年仅十八岁。这位出生两岁就登上帝位的小皇帝，一直在母后褚蒜子的庇护下长大。在司马聃束发（十五岁）之后，即升平元年正月，褚太后认为皇帝应该"当阳亲览，临御万国"，就不再临朝称制，甚至还手书诏告全体大臣称自己归政于帝。然而，归政之后，天不假年，年仅十八岁的司马聃病故于显阳殿，谥号穆皇帝，庙号孝宗。后人评价晋穆帝，由于母后摄政，重臣辅政，穆帝在位虽无大功，天下却太平了十余年。这恐怕要得益于褚太后长于平衡各方势力。

因穆帝没有留下子嗣，悲痛欲绝的褚太后下诏："琅琊王司马丕，是朝廷中兴以来的正统嫡传，不论是道德名声，还是宗亲地位，没有人能与他相比，由琅琊王继承帝位。"

司马丕是司马衍的长子，司马衍驾崩时，他本应继位，但庾冰以他年幼为由，拥立了司马衍的弟弟司马岳。司马岳驾崩后，他的儿子司马聃继位。如今，司马聃无子，帝位重归司马丕，可谓名正言顺。

司马丕即帝位，是为晋哀帝。同时，改封司马丕弟弟东海王司马奕为琅琊王。因司马睿曾被封为琅琊王，自此以后，琅琊王有了特殊含义，一般都作为储君的候选人之一，地位仅次于太子。

不久之后，桓温上书朝廷，指责范汪在北伐时延误战期，请求将他免为庶人。这事其实和谢万北伐如出一辙，朝廷不敢得罪桓温，下诏罢免范汪，范汪郁闷，随后病死家中。

这件事对谢安震动很大。谢安想起自己曾经和王羲之讨论过桓大将军的人心善恶问题，如今他大失所望，明明知道人家范汪不善于打仗，为什么要置之死地而后快，谢万当年若不是急于参战，也不至于今日落得病入膏肓的境地。此后，他见到桓温，心生寒意，决定等待一个合适的时机远走高飞。

升平五年也许是个多事之年，六月，会稽郡传来一封书信："家父病危！"信是王操之、王献之兄弟寄来的。

谢安乘机找了借口说要去探望王羲之，桓温知道王谢两家是世交，也不便多说，于是谢安和谢玄就一路风尘仆仆地赶往会稽剡县。

第三十六章

服食修仙　逸少羽化

　　升平五年（361 年）五月，天气越来越热，会稽剡县金庭王府内，王羲之脸色潮红，气喘不平，身上脱得只剩下一件宽袖大衫，还一个劲地说热热热，夫人郗璇见状，不停为他捶脊抚背。几天前，王羲之接到司马聃驾崩的消息，心中十分难受，缓缓自语道："国运不济哪！好好一个少年皇帝为何走得如此仓促？太后唯一至亲，这让太后如何独自面对大晋江山？"说完叹息连连。

　　这时下人来报，琅琊王司马丕已由崇德太后诏令继承帝位。司马丕登基，决定大赦天下。见到赦书，王羲之拿起笔，写了一封《贺表》："皇帝陛下，应期承运，践登天祚，普天率土，莫不同庆。"然而他自感体力衰竭，此表文还是简短了一些，于是又写下"臣抱疾遐外，不获随例，瞻望宸极，屏营一隅"。这是王羲之最后一篇文表。文表依然写得老练，为书中上乘之作。

　　这些年，病怏怏的王羲之不废作书。他的小楷书《黄庭经》

二四一

堪称经典，草书《十七帖》成为后世草书最佳范本之一。在将近生命终点的时候，他留下了不少翰墨神品。

王羲之的晚年，喜忧参半。喜的是儿女们都长大了，忧的是除了六子王操之，其余人都为各自的前程奔波在外。

大儿子王玄之早在四年前因病先他而去，没有留下一儿半女，夫人何氏甚是凄苦。二子王凝之长年在临川镇守，几乎见不上面，涣之、肃之也因奔赴仕途，天各一方。最桀骜不驯的儿子王徽之也门荫入仕，在桓冲手下任参军。王羲之和郗夫人唯一的女儿王孟姜已嫁南阳刘畅。

这一年，七子中最聪明的王献之十七岁了，他从金庭走出去，去过自己的生活。一年前，王羲之感到所有的孩子都成人了，他想了却最后一个心愿，就是为小儿子王献之向郗昙的女儿郗道茂求婚。王献之和郗道茂两小无猜，青梅竹马，虽然郗道茂比王献之年长一岁，但是姊弟俩心中皆有此意。郗昙在上次北伐中病退彭城，被降为建威将军，一直闷闷不乐，养病在家。郗昙和姊夫交情不浅，很快便答应了姊夫家的求婚。两家人立即张罗起来，很快让两个孩子成了婚。这件婚事，王家、郗家都很满意，可谓亲上加亲。

一年后，郗道茂诞下一女，小名玉润，王羲之对这个小孙女十分钟爱，和六子王操之的四岁女儿一起被视为他晚年的掌上明珠。

但是，天不遂愿，祸不单行，王操之的小女突然得了暴疾，虽医治但无法挽救，此后不到十天，王献之的女儿玉润也得暴疾夭折了。王羲之一连失去两颗明珠，哀痛异常，一蹶不振。他临纸咽塞，写下"而今老之将至，二孙夭命，痛之缠心，不能已已"。

至此，王羲之明白，人活一世，不如意事常十之八九。他更加渴望修道成仙。然而，正因为修道，他晚年得了一种奇怪的病，这种病与他长年服食"五石散"有关。

"五石散"始于汉代，由魏人何晏首先服用。由丹砂、雄黄、白矾、曾青、慈石这五味药石炼制。最初此药散是用来治病，其药性燥热，服后使人全身发热，并产生一种迷惑人心的短期效应，甚至还有补肾壮阳、充沛精力、美容养颜的作用。何晏服了"五石散"之后，有描述说整个人神明开朗，体力增加。后来"五石散"经天师道提倡，作为健身神药，修道之人纷纷服用，而且魏晋时期很多名士都有服食此药的习惯。

"五石散"服食到一定程度，渐显毒性，因为它性大热，服食后要吃冷饭、洗冷水浴，在寒冷处休息，所以后来被俗称为"寒食散"。于是，魏晋名士们穿着宽大袍衫，不仅不怕冷，还一个个潇洒无比地在竹林清泉边吟啸、喝酒、清谈，服食"五石散"成了名士们的风尚生活。然而在华美的袍衫之下，却是浑身皮肤瘙痒，甚至红肿溃烂，个别严重的则是内脏器官也受到损伤。

王羲之是最痴迷于服食"五石散"的名士之一。他的故乡琅琊是天师道发源地，王氏世代奉行天师道。天师道对老庄学说和神仙之术深信不疑，到了王羲之一辈，他坚信修炼可以通过服食"五石散"得以加持，因为一旦服用"五石散"，人就会产生一种飘飘欲仙的感受，他深信如此便可延年益寿，得道成仙。到了金庭隐居后，他和许询等友人不辞辛劳地外出采药，共修服食，终至疾病缠身。

随着服食量的增大，王羲之身上形成了一种痼疾，到了晚年逐渐痛苦不堪。王羲之曾在一帖中说："因服寒食散，昼夜不得寐，食不得下。"又在一帖中说："昨日因过哀，几不能举步，而早来服寒食散后，强自起行，更觉顿乏。"还有一帖说："服寒食散后不知饥饿，也不宜多食，须数数进饭。"王羲之后来一直在记录他的病况，看得人痛心不已。

等到谢安和谢玄赶到金庭时，已过了升平五年的夏季。王家子孙儿媳悉数赶到，王凝之等六子轮流守在父亲病榻前，端汤喂药。这时的王羲之形容枯槁，且多日滴水不进，已在弥留之际。谢安上前探视，心中大惊，曾经"长而美白"的逸少兄风烛残年，人老珠暗，不堪直视。

王羲之见到谢安，眼中闪烁出惊喜，就如暗夜中的灯突然擦出明亮的火花。谢安连忙上前紧紧握住他的手，只听王羲之断断续续地开了口："安石，您……来看我了！"谢安用力地点点头，说道："阿兄，你一定要好好调养，过了这个秋冬，到了明年你会好起来的！"王羲之听到"阿兄"这一声呼唤，不由两眼湿润，多少往事涌上心头。

王羲之喘着粗气挣扎着要坐起来，谢安于是将他扶了起来，有一会儿，俩人就静静地相对坐着，看着窗外明艳艳的阳光照在金庭山上。王羲之嚅动着嘴唇，似有千言万语想说，但已没有力气再说。

谢安知道逸少兄的心愿，于是他噙着热泪，紧紧地握着王羲之的手说道："阿兄请放心，我们永远是好兄弟，王谢两家世代同心。"王羲之的嘴唇又嚅动了一下，谢安低下头侧耳倾听，王羲之拼尽全力在说："安石……我还想听你吟唱《道德经》……"谢安强忍着泪水吟唱起来，一如王府夜宴那一刻："道可道，非常道；名可名，非常名。无名，天地之始，有名，万物之母。故常无欲，以观其妙，常有欲，以观其徼。此两者，同出而异名，同谓之玄，玄之又玄，众妙之门……"

是夜，王羲之在睡梦中安详离世。第二天，郗夫人说，夜里她看见一个身影从王羲之床边升腾而起，尔后那身影闪动着一对近乎透明的翅膀从屋里飞走了。

儿子们怕郗夫人过度悲伤，就扶她去另外的房间休息。

谢安朝着金庭山的方向看去，喃喃自语："那是逸少兄羽化登仙去了，他果然修成了仙，逸少兄在仙界一定也是飘飘然而遗世独立的样子！"

王羲之离世后，葬于他生前亲选的金庭瀑布山，终年五十九岁。王羲之落幕了，他的故事终成传奇。

葬礼之日，王凝之向兄弟们宣读先父留下的遗书，书中说："北方蛮族入侵华夏数十年，我一直都等着回到中原的日子，看来此生我看不到了。想我琅琊王氏自临沂迁徙至江东，已历数代，成为当世数一数二的望族，辅佐朝廷，克复神州，此乃我族的荣光。可惜自我这一辈起日渐式微，我深感羞愧。希望你们这一辈能胜过我这一辈，最终实现国富民强、克复神州的宏愿。在我离开之后，你们要多陪在母亲大人左右，颐养其天年，尽人子之孝。我离世后，朝廷追赠的官职一律不予以接受，我身前是淡泊名利之人，身后加官已无必要。你们还要听从亲戚长辈的教导，尤以谢安石大人的教诲为重，我王家子孙但凡需依仗的地方，今后多请教安石……"

谢安听到这里，已是泪洒衣襟。

不久后，朝廷追赠王羲之金紫光禄大夫一职，但是王羲之的儿子们婉拒了朝廷，朝廷也只好作罢。

第三十七章

万石离世　安石履新

福无双至，祸不单行。升平五年秋天，谢安与谢玄马不停蹄地赶往建康，谢府送来了"谢万石病危"的急信。

叔侄俩踏进家门时，谢万已在弥留之时，脸色蜡黄，气若游丝，谢安紧紧地握着谢万的手说："四弟，莫要灰心丧气，过些时日朝廷定会让你官复原职，你得赶紧好起来，才能再建功立业……"谢万点点头，但已说不出话。

恰在此时，门外有人来报，宫中派内侍官前来，谢安等人连忙上前跪迎，内侍官走近谢万病榻处宣旨，只听他拖着长长的尾音念道："谢万自出任吴兴太守，政绩卓著，兄长谢奕去世后，接任西中郎将、豫州刺史，领淮南太守，领兵北伐前燕，劳苦功高，朝廷起复谢万为散骑常侍，接旨！"病榻上的谢万挣扎着坐起来接了旨，几滴热泪垂落下来。

接旨后的当晚，谢万示意他已留下遗书，谢安紧握着他的手说："万石请放心，你已不是庶民了。"谢万点头，看着护他一生的三兄，慢慢地阖上了双眼。这年谢万年仅四十二岁，此后朝廷将散骑常侍作为赠官赐予谢万。

谢家六兄弟如今只剩下三个，一种前所未有的孤独感向谢安奔涌而来。如果说以前的谢安一直在犹豫是否要收起枕石漱流的物外之心，如今的他只能负起家国天下的担当之责，面对陈郡谢氏一族男女老幼，他退无可退。

这边，褚太后得知了谢万去世的消息，心中也很悲恸。褚太后自成为皇后、皇太后以来，身边的亲人一个个先她而去，未到四十，她已历经三帝。晋哀帝司马丕自登基以后，在褚太后的培养下，第一年对政事十分感兴趣，褚太后也乐得清闲，基本不再过问朝堂之事。到了第二年，司马丕觉得朝臣们你争我抢，皇帝没什么事可干，不如修道，渐渐就迷上了道术，成天不吃饭，只吃金石药饵，年纪轻轻便病倒在床，拖了一年，仍不见好转，大臣们只好请褚太后再次临朝摄政。

而褚太后近来信佛学佛，每天礼佛。随着年龄增大，有些事她愈发认定天命不可违，她祈求佛祖护佑国泰民安。这天朝议，褚太后手上摩挲着一串佛珠，在帘幕后问众臣道："散骑常侍谢万去世后，陈郡谢氏还有没有人可以出仕？"丞相司马昱回道："有！"褚太后道："说来听听！"

司马昱启奏："陈郡谢氏中还有谢安、谢石、谢铁三兄弟，谢玄等子侄辈也已出道，然而除了谢安石以外，其余几位皆是初出茅庐。"褚太后暗自感叹东晋朝人才不济，但只问道："丞相以为谢安石此人如何？""臣以为，谢安石高卧东山二十年，原来族中兄长出仕时，他无意出山，直到谢家三兄弟先后离世，他才肯出仕到桓将军府上为司马。臣听说谢安石在东山隐居，结交会稽郡众多文人雅士，和已故的王逸少十分投缘，风神秀彻，气度高妙，且声名远扬，臣以为谢安石此人既然能与人同乐，也必能与人同忧。"

褚太后在帘幕后轻轻叹了口气，她想起当年王羲之辞官求见的情景，不是不愿见，实属无奈，她必然全面考量朝堂之事，不能随便应允无理建言。想到这里，她开口道："哀家亦十分痛悼王逸少离世。王谢两家均是江左高门，如今两族中多人离世，哀家以为丞相要悉心栽培两族后人。"司马昱应诺并奏请道："臣以为当下可以委任谢安石为吴兴郡太守，观其绩效后再予以擢升。"王彪之等人也附议赞成。

褚太后说道："准允此奏。"她摩挲着佛珠，这佛珠好比是各大家族，每一颗都得摩挲到位，于是又加了一句，"丞相给桓元子通下气！"如今很多事得和桓温商量着办，这也是东晋朝文武大臣"和谐共生"的一种新格局。朝中明眼人知道，褚太后和司马昱是在扶植对抗桓温的新势力，但是谢安能否成气候，还得看造化。

谢安接到吴兴郡太守的任命诏书时，还在服丧期，他想也没想就接受了，他没有选择的权利，刚好也是离开桓温的绝佳机会。

上任之前，谢安决定带上谢玄再去一趟荆州，当面向桓温辞别。

一路上舟车转换，这天叔侄俩沿长江溯流而上，谢安借机教导谢玄："羯儿是否看得明白，自褚裒到殷浩，从范汪再到谢万，凡是参加北伐遭遇失败的将帅为什么个个早卒？"谢玄回道："均是降职或被贬，尔后抑郁而亡。"谢安说："所以羯儿得明白，北伐只许成功不能失败，有朝一日羯儿和你父亲一样成为将军，需要缜密谋划，积极应对，方可万无一失，千万不能贸然出击，一定要上对得起国家下对得起百姓，特别是要对成千上万兵士的生命负责。"谢玄说："侄儿谨记叔父教导。"然后，谢玄又问道："叔父大人，我有一事不明，我朝那么多将士前赴后继，血洒战场，年纪轻轻就走完生命历程，而我们既然在江东生活得如此安逸富足，为什么还要如此拼命去收复北地？"

"问得好！"谢安抚着谢玄的肩头，望向无际的长江说道，"我华夏子孙自盘古开天起，一直行走于中原大地，秦皇汉武开疆拓土，成就中华之国，至汉武帝，我汉人的天下北至蒙古大漠，南至交趾，西至西域，东至朝鲜，泱泱大国，锦绣中华。自后汉以来，国力渐弱，后又三分天下，幸我大晋一统江山，但北方胡族大肆入侵中原，满目疮痍，我中原子民无奈侨迁江东，江东虽为富润沃养之地，终究不是我朝子民的生息故地。"谢安指向遥远的北方，叹息道："我大晋迁移至江东，已四十余载，历经几代，多少将士誓灭胡奴，征战沙场，虽屡战屡败，依然欲振祖业，壮心不移。"

谢玄听了，感触颇深，又向叔父大人发问："侄儿连着参加了两个葬礼，容侄儿多思质疑，坊间盛传以王逸少伯父为主的清议玄谈人士，一直反对北伐，从殷深渊伯父到谢万石叔父，他都极力反对他们出征，这是为什么？"谢安没想到侄子在深入思考当下时势，且一不小心对上一代名士产生误解，于是他指着江面上渐渐后移的群山说道："羯儿可看清楚了，群山为什么会朝后退？"谢玄说："因为船在行进。""对，其实群山在那里一动不动，只是我们在前进，倒退只是表象，看事看人不能只看表象。"

谢安停顿了一下继续说道："王逸少伯父已千古，但时人有所不知，他是朝中最极力主张北伐的名士，他这一辈子都盼着克复神州，直到临终还和我说起避乱南渡之痛。只是他以为清谈误国，所以极力反对殷深渊和万石叔父北伐，这看上去很矛盾，实际上，整个朝堂上只有他清醒地看到了北伐的症结所在，不能以夸夸其谈等同于守境戍边，不能起用毫无征战经验的文官去冒进北伐，白白消耗社稷的人力物力。他这一生始终力挺桓大将军，坚持认为朝廷要以大局为重，平衡好各家族势力，才能早日完成收复河山的大业，可惜今后他看不到了！"

谢玄回道："经叔父大人如此一番解释，侄儿幡然醒悟，今后我和别人辩论时亦会为王伯父辩说，我们这就去见桓大将军！"

说话间，叔侄俩来到了将军府，桓温和郗超再次迎接他们到来，谢安诚挚作揖道："明公在上，在下安石辅佐将军幕府两年有余，您言传身教，在下受益匪浅，学会了不少军政事务要领，今日在下特来告辞。"桓温哈哈大笑："安石过谦了，你去吴兴任职，本将已知晓，我早就料到，纵有千般不舍之情，本将也得放手，只是你千里迢迢又回到此地，所为何事？"说完露出不舍的眼神。

谢安再作揖道："君子之别，应当面相告，如今安石也算出仕之人，今后朝堂之上如若相逢，还请明公包涵在下。今日特来还有一事相托，长兄无奕临终托付我悉心教导谢幼度（谢玄字），如今幼度年已十八，博古通今，能文能武，我今去吴兴赴任，恐不适合带在身边，左思右想，还是拜托明公教导启发，授之以渔，方可培养国之栋梁，万望明公接纳。来，我与幼度一起拜师！"言辞之恳切，在场之人无不动容。说完拉谢玄一起跪拜桓温。

桓温连忙扶起两人，当场许诺谢玄为大司马掾属，今后重点栽培。是夜，又设宴招待叔侄俩，好兄弟把酒言欢，畅抒胸怀，不醉不归。

隔日，谢安只身返程，临别时又告诫侄儿，除了向桓将军学习，还要向桓将军身边之人虚心请教，郗超是大司马参军，尤须尊重。桓温带着郗超、谢玄亲自送至码头，两厢依依惜别，待船徐徐驶出，传来谢安好听的洛生咏："此去吴兴终一别，后会有期再拜谢！"

回到将军府，郗超避开谢玄，悄悄地向桓温进言道："明公以为安石不会记仇于您吗？谢万石可是因您抑郁而亡。"桓温说道："安石不是这种忠义不分之人，我朝对征战将士本该赏罚分明，方能鼓励他们在前线建功立业。要我说，以后有机会，本将就要废了这个九品中正制，高门士族把持军政重要位置，寒门士子报国无门，长此以往，岂不浪费国力人力？只有用好各路人才之力，国家才真正有希望！"说完仰头看天，心中感慨万千。

郗超见桓温文不对题，于是又进言道："暂且不提这个，郗超以为谢安石此人心中城府和计谋都很深，明公若是将来欲成大业，此人必定是个大障碍。郗超以为明公下个决心，不如趁他去吴兴的途中除了他……"

桓温听了，怒气冲冲地斥责道："万万不可，安石是我敬重的兄弟，若在此去途中少了半根汗毛，我拿你是问！"郗超心有不甘地回道："是！明公，他是太后外戚，我是真的担忧养虎为患，后患无穷哪！"

谢安来到吴兴郡，"吴兴"取名"吴国兴盛"之义，辖乌程、东迁、武康、长城、原乡、故鄣、安吉、余杭、临安、于潜十县，治所在乌程县（今浙江省湖州市），这也是一个山水清远之地，和会稽山水不分伯仲。谢万曾在吴兴任过郡守，吴兴百姓觉得谢安的到来在情理之中。只是从当地世家出来相迎的态度可以看出，以前谢万在此地的口碑一般般。

谢安到了吴兴，并不着急去改变什么。他认为治理吴兴要"御以长算"，也就是一代接着一代干，所以他不急不躁地搞起了最基本的基础设施建设，比如开建西官塘（后来此塘被称为"谢公塘"），并从此塘开始，构建吴兴水路的大格局，谢安后来派他的侄女婿殷康也到吴兴任郡守，接着修水利，治水成了吴兴的头等大事，几代下来，吴兴成了真正的鱼米之乡，正所谓治水而政通，政通而人和。

　　谢安到了吴兴，知道镇守一方水土，最该关心的是百姓的疾苦，而百姓的疾苦莫过于税赋。他想起王羲之在会稽任上感慨屡次北伐增加了百姓负担，所以他向朝廷建言："由于人口流失，减少了课税，上至朝廷下至郡衙皆入不敷出，建议朝廷一要减轻刑名，防止人口四处逃亡，二要适当减轻百姓税赋，才能让吴兴这样的水润之地休养生息，让老百姓过上安定富足的日子，都邑人口才会增加起来。"仁政是谢安最主要的执政理念，他的想法也得到朝廷认可，司马丕登基后不久，下诏减轻全国的田税，一亩只收二升。但是这样做还是没有彻底改变东晋朝税赋缺乏的问题。

　　谢安关于税赋的奏章，被大司马桓温看到了，他非常认同谢安关于人口流失的建言。自南渡以来，东晋朝廷根据当初王导的设想，对北来流民一直采取优待政策，并设置了大量的侨州郡县予以安置，这些流民被称为侨人。侨人的户籍不算正式户籍，也不负担国家的赋税徭役。江东的世族地主便利用手中的特权，荫庇了大量流民，侵占良田，逃避赋役。桓温在看到谢安的建言后，果断向朝廷提出了"土断"的设想，即撤销侨置郡县与侨籍，通过清查户口，让侨民正式加入当地户籍，同时担负课税与徭役，以稳定国家税收。其实，关于"土断"的做法，早在咸康年间晋成帝司马衍就想实施下去，但遭到多数大族的抗阻，最后不了了之。褚太后一看奏章，深有感触，当即批道：请大司马桓温执行"土断"事宜。

这是褚太后深思熟虑后的决定。对朝廷来说，把"刀"交给拥兵自重的桓温，那些世族贵戚一定会有畏惧之心，执行起来比清谈大臣要容易得多。果然不出褚太后意料，桓温得令，不遗余力地大力推进，各地隐匿户口的大族闻风丧胆。

桓温于兴宁二年（364年）三月庚戌日（初一）起推行"土断法"，史称"庚戌土断"。他把侨州郡县流民编户入册，和当地人一起纳税。一开始也是阻力重重，但桓温自有办法。他派出手下，每州每郡地督查下去，并放言谁胆敢违抗命令，私藏人口不报，一律严惩不贷。为此，还抓了几个不服的士族大户下狱，甚至没收其庄园财产予以强制执行，数月后，没人不服，"土断"得以有效推广。之后，国家控制的户口大量增加，赋税收入也增多了。这次"土断"卓有成效，限制了士族特权，增加了租税调役的来源，还大大提高了东晋的经济与军事实力，为后面的北伐打好了基础。

就这样，多年来连皇帝诏命都做不到的事让桓温做成了，大司马的权势更加炽盛，而那些江东大族背地里对他更是恨得牙痒痒。

太和元年（366年），谢安离开了吴兴。在吴兴的四年里，谢安的政绩看上去一般般，因为他干得默默无闻，任劳任怨。他离开后，吴兴百姓开始怀念他，因为他做的很多事后来都惠泽了当地百姓。

回头再说此时的北方，战乱愈演愈烈，继后赵之后，前燕和前秦成为东晋的两大劲敌。前燕是鲜卑贵族首领慕容氏建立的国家，因所在地为战国时燕国旧地，故国号为燕，他们逐渐占领了冀州、兖州、青州、并州、豫州、徐州、幽州的一些城池，并定都邺城（今河北省邯郸市临漳县）。

前秦则是氐族建立起来的政权，也是此后十六国中最强大的国家。永和七年（351年），苻健占据关中，次年登基，设置百官，定都长安，东晋屡次派殷浩、桓温等讨伐，苻健都成功抵御，国势渐固。后继的苻坚推崇儒学，奖励文教，知人善任，由汉族能人王猛辅政，得以集权中央，国势大盛，史称"关陇清晏，百姓丰乐"。

兴宁二年（364年）初，前燕起兵攻打许昌，大败晋军。桓温派将领疏通水路，亲自率水师进兵合肥，准备第三次北伐。

此时的东晋朝廷并不想让桓温北伐。司马丕因为服药变得病快快，在褚太后的摄政下，五月，朝廷任命桓温为扬州刺史、录尚书事，后又派人传旨，让其入朝辅政，结果桓温坚辞不受。七月，朝廷再次催促桓温入朝，桓温于是带了军队从荆州浩浩荡荡出发，但是到了赭圻（今安徽省繁昌县西）以后，暂停下来。赭圻离建康并不远，群臣惊慌失措。

最为焦虑的要数司马昱，这天下了朝，他就带着王彪之向褚太后汇报道："桓元子三番五次辞让朝廷任命，如今又带兵驻扎赭圻，令朝中大臣忧虑，议论他不仅挑三拣四，还意在试探朝廷底线。"褚太后摩挲着佛珠，问道："皇叔可知近日桓将军帐中有何动向？"这种话朝堂上问不太合适，此时却十分适时。司马昱回道："桓元子有个得力参军，叫郗超，是已故太尉郗鉴之孙，辅国将军、会稽内史郗愔的长子，两人常在一起计议谋事，坊间传闻两人合盖一床被子，抵足而眠。"王彪之在旁忍不住笑出了声。

帘幕后，褚太后咳嗽了一下，威严地说："我上次问你王谢两家中还有没有人能挑起重担，眼下考虑得怎么样了？"司马昱回道："谢安石在吴兴数年，在当地百姓中口碑尚可，差不多可以入朝为官了，但是我听说，桓元子也十分推崇他，认为他是不可多得之良才。"褚太后迟疑了一下，说道："那就再缓一缓。"

桓温到了赭圻，突然停止不前，到了进退两难的地步。这天夜里，他和郗超对弈，桓温心不在焉，郗超先赢了他一局，桓温突然放下手中棋子，说道："景兴，我到了建康后，这荆州的兵权肯定让我交出来，我若不交，似乎没道理。你想想看，这朝廷隔几年就换个皇帝，要是没有我等守疆戍边，替朝廷挡着北方蛮子，朝廷早就被燕人、秦人打得到处乱窜了。"

郗超也放下手中之棋，一脸认真地说道："明公，我其实早就想劝你一句，如今晋室日薄西山，牝鸡司晨，令尔等男儿汗颜哪！"桓温不悦道："景兴此言差矣，当今太后母仪天下，恩威并重，她只是临朝称制，并无独断专横，与前朝那位贾太后不可同日而语。""这有什么区别呢？明公绝世英明，为什么要屈居人下，且是女人之下呢？"桓温不语，郗超又道："自古吉人天相，明公脸上有七颗星，乃北斗之相，自古面有北斗者，就有天子之贵。当今天子嗑药成瘾，贻误天下苍生，明公既然有天子之贵，何不取而代之？"

桓温听闻一怔，继而叹息一声："景兴不可胡言乱语，我无曹孟德之才，也无曹子桓之心。"郗超仍不死心，继续说道："曹魏代汉，三国归晋，自古王侯将相，宁有种乎？一切绝非天定，而在人为！"

桓温又叹息了一声："景兴不会忘了我朝还有众多世族贵戚，他们会同意吗？此事以后莫再提起，本将就算有天子之贵，然而无天子之命。"郗超听到桓温后半句，觉得还有希望。

桓温最终止步于赭圻，他考虑再三，总不敢贸然带兵进京，这是作为人臣的大忌。司马昱也放出狠话来："如果桓温胆敢冒进，朝廷立即进入战备状态。"褚太后默许。王彪之等群臣附议："眼下燕、秦是我朝劲敌，边防重于一切，不如让桓将军就地驻守边防吧！"于是，桓温驻军并筑城赭圻，上表辞去录尚书事一职，只遥领了扬州牧一职。

兴宁三年（365 年）初，前燕再次来犯，攻下了洛阳城，守将陈祐弃城出逃。洛阳城自永和十二年由桓温夺取后，本就没有多少守军，现在燕军没费多少力气就得以轻取，而且乘胜攻打豫州的其他几座城池，朝廷这下急了，思来想去还是桓温最适合北伐，于是司马昱在褚太后授意下，与桓温在洌洲（今安徽省马鞍山市和县）会面，命他移镇姑孰（今安徽省马鞍山市当涂县姑孰镇），准备征讨之事。但是司马昱到洌洲没多久，东晋第六任皇帝晋哀帝司马丕驾崩了，时年二十五岁。司马丕也没有后嗣，褚太后下诏，让司马丕之弟琅琊王司马奕继承帝位。

司马昱于是马不停蹄，赶紧回朝处理大事，桓温再次北伐的计划就此搁置。但是他按朝廷命令移师姑孰，姑孰地势险要，南临姑溪河，西倚长江，一日可抵建康，桓温喜欢上这个地方。经朝廷任命，他的荆州老巢不久由其三弟桓豁领刺史，五弟桓冲领江州刺史，至此，除京口、豫州之外，长江上下游的军政大权基本落入桓家人手中。

桓温心中大喜，上朝觐见太后。褚太后自新帝司马奕登基后，决定再次退居崇德宫，不再垂帘听政。桓温赶了个末班车，终于在太后撤帘前见到了。几年不见，太后在帘幕后面依然沉稳大气，雍容大度，威严非凡，桓温行跪拜礼时想起了郗超"牝鸡司晨"的说法，心里想：这朝中还真没有七尺男儿有太后之胆识和谋略，她不动声色地带着东晋的数任皇帝攘外安内，一晃数任皇帝过去了，天下依旧是司马氏的天下，她依旧是那个母仪天下的太后，只不过士族大家轮流当政，相生相克，纷争不断。要说这世上有让他桓大将军敬佩之人，这褚太后算第一人。在他心里，太后就是曹植笔下的洛神，"远而望之，皎若太阳升朝霞，迫而察之，灼若芙蕖出渌波"。对他来说，太后是值得一辈子仰望的女神。

正想着，只听褚太后在帘幕后朗声问道："桓将军还有什么要启奏？"桓温回过神来，回道："臣举荐陈郡谢氏谢安石入朝为侍中！"一旁的司马昱心中一愣，他要选用的人也是谢安，选用谢安就是为了对冲桓温。

大司马桓温的脸上掠过一丝不经意的笑容，他心想："你们不是满天下寻找对抗我的人吗？我自己提出来便是了，谢安石毕竟出自我的门下，相信他会和我同心协力，今后这朝中没有我不知道的事情！"

褚太后问司马昱意下如何，司马昱找不出反对的理由，于是附议赞成。褚太后说："准了，皇帝下诏吧，按大司马桓温的意思擢升谢安石。"

谢安接到诏命后，只是淡然地对夫人刘氏说："夫人，我不是和你说过，今后富贵不可避免，这不是吗？"刘夫人也淡然一笑，回道："谢郎恐怕心中不是如此想的吧？"侍中这个位子，在朝中仅次于丞相，但是谢安清楚，内有司徒司马昱，外有大司马桓温，他今后的日子就是夹在中间，而上面还有褚太后的目光聚焦。

谢安就这样正式登上了东晋朝堂。

　　从吴兴返回建康，谢安回到了阔别已久的乌衣巷。

　　自谢万去世后，谢家兄弟各赴前程。此时，谢石门荫入仕，入朝为秘书郎，谢铁则刚去了永嘉郡任太守，这刚入仕途的两位小弟明显继承了谢家的优良家风，踏实肯干，特别是谢石得到了朝中重臣的认可。

　　谢石率族中子弟在大门口迎接谢安夫妇回家，大家兴奋地传着话："安石叔父回家了！"一如多年前大家把谢安围得水泄不通，谢安一个个打量着他们。一转眼，他一手带大的谢家子女都长大了，娶的娶，嫁的嫁，他以下的第三代都接二连三出生，芝兰树下奔跑着一个个活蹦乱跳的"小团子"，一如当年的的谢朗谢玄们，眼看这乌衣巷的陈郡谢府快要容不下了。

　　此时的谢朗也门荫入仕，成为朝中官员，他迎上来，向叔父行揖礼道："叔父大人回建康了，我等早早迎候在此！"阮夫人和王夫人也出来迎接谢安夫人刘氏，姒娣之间有说有笑地走了进去。

　　谢安在人群中一眼看到了谢道韫，一晃十多年过去了，道韫已成为三四个孩儿的妈妈，她的眼里有一丝疲惫和无奈，但是看到叔父又有一丝振奋。道韫随王凝之回到了建康，王凝之在临川任上反映平平，再加上琅琊王氏今非昔比，回来后只在朝中做了个闲官。听说叔父迁升为侍中，道韫带着孩儿们过来迎接叔父。谢安想起王羲之临终所托，决定找个时间去隔壁琅琊王氏府好好看看。

　　谢玄当时并没有跟随桓温前往姑孰，而是留在了荆州，转任征西将军桓豁的司马。令谢安感到欣喜的是，谢玄已表现出他出色的军事天赋，桓豁上任的当年，即遇上梁州刺史司马勋起兵叛乱，桓豁在太和元年（366年）派兵进攻梁州，谢玄协助平定了叛乱。此后，前秦、前燕都分头进犯荆州，侵扰边境，桓豁多次领兵救援，作为司马的谢玄每次都冲锋在前，成为桓豁的得力干将。

在书房坐定后，谢安叫来道韫，问道："可有羯儿的来信？"道韫说："前天刚收到一封，信中说了很多挂念家中的话。"谢安笑了笑，问道："令姜如何回信？"道韫回道："我在信中说，你也是娶了媳妇的人，怎么一点没有长进？是俗事烦心，还是天分有限？"谢安哈哈大笑："你这个阿姊管得有点严，羯儿可是用心做事的人，非常长进，你莫错怪了他。最近谢玄获得桓豁重用，领了南郡相、监北征诸军事，将来他一定会是个大将军。"道韫喜出望外："真的！太好了，令姜这就告诉阿母去！""且慢！我一直都想找机会问问你家里的事，叔平他……"谢安欲言又止。

道韫低下头，沉默了片刻，说道："叔父大人，王郎性情沉稳平和，是一个不善于趋炎附势和巧言令色之人，他在临川这些年干过些实事，像桓大司马推行的'土断法'就是他一手执行下去的，还兴办了当地的私学，倡导士子们学习书法，甚至亲授学生，当地百姓都很拥戴他，但是他并不讨朝廷欢心，更得不到当今朝中重臣的认可。"这下轮到谢安沉默了，事隔多年，道韫已完全站在了自家夫婿这边，这是他之前没想到的。人随事迁，境随心移，女子嫁夫当真可以以夫荣而荣，以夫哀而哀。于是他说道："叔平需要等待恰当的时机。"

少顷，谢安迟疑一下又问道："他在临川没有娶外室之类的事吧？"道韫红了红脸，回道："叔父大人对姊娘怎样，王郎就怎样，有叔父大人的榜样在，他岂至于此？"

谢安听出一丝慰藉，心中不觉轻松了一下。他自娶了刘氏，虽说爱好音律的他，平时家里歌舞伎演出不断，甚至还常常携伎悠游，但是从来不曾跨出那一步，自己也从不提娶妾一事，一怕刘氏不高兴，二怕家中不和睦，所以别人家多子多福，他只有两个儿子两个女儿，均为刘氏所出。看来，这王凝之的本分厚道的确是他这个当叔父的没看走眼。

是夜，谢府夜宴，王凝之等谢家女婿亦前来贺喜，道韫的四个孩儿蕴之、平之、亨之、恩之成为一大家子的焦点，大的已十来岁，小的正牙牙学语。谢家人团团圆圆，其乐融融，欢天喜地的场景多年未见。

第三十九章 安石面圣 太后宫宴

侍中，这个官职在九品官位制中列第三品，多用于加衔。前朝时具有丞相的权限，此时已没有丞相之风光，而且东晋官员升降频繁，担任侍中的官员此后仍有可能担任地位较低的职务，因此没人把此职位等同于丞相。

司马奕亲政后，褚太后安排了四名辅政大臣，按资格和辈分分别是司马昱、王彪之、王坦之和谢安。司马昱是皇叔，司马奕即位后，册封其为琅琊王，又进位丞相、录尚书事，朝臣称之为相王；数朝元老王彪之是尚书令、护军将军、散骑常侍；追随司马昱多年的王坦之则任侍中、左卫将军，唯独谢安此时只有侍中一个职务。

这天在显阳殿早朝后，四位辅政大臣按规矩前往司马奕书房议事。谢安是第一次如此近距离地和皇帝说话，所以坐在末席，察言观势。

司马奕二十几岁，登基前为人谨慎、谦虚低调。登基过后，褚太后一心想还政于他。他在书房坐定，开门见山地说："诸位爱卿在此不必多礼，太后卸任，朕倍感压力，好在有诸位，朕得以仰仗。"

司马昱说："太后虽然卸任了，但她还是会关注时局，心系朝廷。"这是实话，褚太后虽然撤了帘，但朝中大小事没有她不知道的，就算她不想知道，忠厚谨慎的司马奕也会亲自跑到后宫去详细汇报。王彪之、王坦之一听，也赶紧表态说他们一定尽心辅助皇帝。

司马奕说："朕日夜忧心之事想必诸位也都心知肚明，诸位有何应对良策？"四人默然，不知圣意何指，司马昱先开口道："多年前，刘惔就说过不能让他去荆州，臣如今也甚是后悔，悔当初把荆州放给了他，如今他已壮大。"大家一听，面面相觑，知道了相王所指。王彪之接着说："臣以为，桓元子并不是当前的主要问题，他有野心，但多年来他还是以大局为重，边境告急之时他总是一马当先冲上去，保卫我大晋疆土。现在的问题是燕寇秦敌，燕有慕容恪，秦有王猛，这才是我们当前最大的敌人。"

司马奕点点头，他心里认可桓温，但又惧怕一朝生变，全盘皆输。一直默不作声的谢安此时发声道："臣同意王尚书的意见，让元子再壮大些，千军易得，一将难求，毕竟我们现在的劲敌是燕和秦，眼下也只有他的军队能匹敌。元子虽有野心，但是很多事制约着他，他不敢越雷池一步，而且我们有时间布局，让他无法膨胀野心。"

　　司马奕一听谢安的话，点头道："谢爱卿见解甚好！"但又忧心忡忡地说道："朕听说桓元子身边有个郗超，经常给他出主意，挑唆煽动，谢爱卿是否知情？"谢安回道："有此事，但没有足够的证据证明两人忤逆谋反。"司马奕点头赞同，神色还是很凝重，新皇帝城府不深，所有心事直接写在脸上，司马昱见状，说道："找个时机把这个郗超弄到朝堂上来做官，拆了这对'鸳鸯'不就成了。"众人一听都乐了。

　　又过几日，桓温大司马新任主薄王珣来访谢安，这王珣是前丞相王导之孙、中领军王洽之子，因为和王羲之一样从小敬仰守边卫国的英雄人物，追随桓温而去，桓温惜才，在帐下得以重用。王珣此来，不找谢安官衙，而是直接去了乌衣巷谢氏府。虽说王谢两家结亲，但如此主动上门说事的王家子弟还是头一个。谢安一见，年方十九的王珣，俊美洒脱，又听说其文才十分了得，还写得一手好书法，大有王羲之之遗风。谢安主动问道："元琳（王珣的字）所来何为？"王珣说："桓大司马问您安否？并托我送来书信一封，务必让我亲手转交予您！"

　　谢安接信，说道："大司马为国镇守，日理万机，还记得在下，深表感激，在下入朝为官后一切安好！今日你风尘仆仆送信来，还请在府上小住几日，待我给大司马回信后，请你转送予他。"王珣应诺，随谢府管家往客房走去。

　　谢安这才展开桓温信函："安石入朝，不枉本将此前在陛下和太后面前极力举荐，从此天下苍生可安。你我兄弟当精诚团结，驱除胡虏，收复中原……"谢安十分明了此信的暗示："你是我桓元子推荐的人，以后朝中有什么动向务必告知。"

"驱除胡虏，收复中原"是桓温提出的北伐口号，但是他没有提及效忠晋室，现如今，若晋室不存，天下苍生又何安？谢安默默地念着，提笔回信。

这边，王珣随管家穿过长廊前往客房休息，途中经过水榭花苑，耳边传来一阵悦耳的笑语声。循声而去，王珣见两名女子在水边嬉笑打闹，两女子一大一小，大的十四五岁，正值妙龄，小的十一二岁，天真稚嫩，心中不觉一动，脸上绯红。两女子也发现了他。当时女子一般不见外客，尤其是男客，但两人并不惊慌，而是对王珣行了个福礼，就撒欢地跑开了，身后洒落了一地笑声，任王珣木然地伫立在原地，心中惊起层层浪花。

后来，王珣知道了两名女子，大的是谢万的女儿，小的是谢安的女儿。

谢安送走王珣后，接到崇德宫一道谕旨："中秋佳节即将来临，崇德太后邀谢安石夫人和王叔平夫人一起进宫观花赏月。"这是褚太后向重臣女眷发出的隆重邀请，荣誉至高，谢夫人刘氏是前代驸马刘惔的妹妹，本就是皇亲，谢道韫自上次进宫之后，一直让褚太后念念不忘，所以两位夫人被邀也在意料之中。谢安让仆人去宫中打探，听说被邀的还有司马昱夫人王简姬、桓温夫人司马兴男，另外还有王彪之和王坦之的夫人们等。

谢安接到谕旨请柬，心里十分清楚，虽然太后不显山露水，却在想方设法告诉他："你是晋室朝廷的人，别站错了队！"谢安真心敬佩褚太后，虽说是女流之辈，但多灾多难的晋室有她在，就能安定乾坤。

是夜，月圆中秋，天长地久，崇德宫里笑语盈盈，月华轻洒桂枝俏，秋风飘散木樨香，凉夜微寒水轻漾，贤媛移步来登场，宫雀惊起翩跹飞。

谢道韫时年二十七八，端庄秀美，挽一个飞天髻，着一袭素色襦裙，外披一件茶绿色大衫，广袖轻拂，轻盈妩媚，仪态姿容在万般之上。这天她梳妆打扮后，随婶母刘夫人一同乘坐宫中装饰精致的牛车进了崇德宫。刘夫人在车上与道韫说："今日太后宴请，定是有话想说与各位夫人转达至各位郎君，只有你，可能是太后有意邀请，等下做好献诗准备吧。"道韫点头，心领神会。

宫宴精致典雅，想必是太后亲点让人布置。褚太后在首席坐定后，一一看向各位夫人，捻着佛珠缓缓说道："各家夫人乃是我朝功臣眷属，哀家今日请你们来，赏月品茗，叙旧吟诗，与黎民苍生同赏一轮明月，共叙家长里短，夫人们莫要拘礼，各自自在就行。"

桓温夫人南康公主司马兴男该称褚太后弟媳，她首先跪谢道："太后洪福，今日有幸得以再见，我长年跟随明公南征北战，回建康的日子屈指可数，虽说当年也在这宫里头长大，但是事过境迁，如今看来，这里的一切既熟悉又陌生。"褚太后道："皇姊辛苦了！多年陪同桓大司马镇守边关，忠烈刚毅，嘉怡纯良，哀家赏皇姊金银雕饰器皿各一套，并赏赐各家夫人锦帛十匹。"于是，司马兴男率各位夫人拜谢。

平身后，听褚太后又问道："哀家听说桓大司马灭了成汉之时娶了李势之妹为妾，皇姊你和她是否合拍？"司马兴男回道："谢太后记挂，十多年前老奴（指桓温）娶了李氏，我见李氏孤苦无依又楚楚动人，就说了句'我见犹怜'，再也没有为难过她，没想到后来成了坊间谈资，你说时人是否多管闲事？"太后笑着回道："谁让大司马尽人皆知，这不就是人红是非多吗？后来呢？"司马兴男又回道："这些年我们姊妹相称，十分和睦，如今她也是人老珠黄，又没有自己的孩儿，老奴又娶了新妾，当然比她更年轻更好看了，她也就乐得清静。"

褚太后闻言，轻轻叹了口气，说道："做女子不易，遇上良人还可真心托付，如遇负心之人还真不如不嫁。不过，凭皇姊之贤淑定能笼络住大司马，为其分忧解难，好让大司马守卫国土更加心无旁骛。"褚太后的话似乎话里有话，作为公主怎会听不出弦外之音，于是司马兴男应诺说："谨记太后教诲！"

太后想到了什么，转头又说："我朝男子中也有对夫人尊重和怜惜的，比如已故的王逸少大人，比如谢安石先生，哀家听说他们都只娶了一位夫人，家中子女也皆为夫人所出，这倒是世家大族中的清流，哀家想听听刘夫人说说，如何让谢侍中做到如此这般？"

众人皆乐，刘夫人跪拜道："回禀太后，数年前，谢公高卧东山，与名士聚会，教子侄读书，过着'醉罢弄归月，遥欣稚子迎'的隐逸生活，如今有幸被朝廷重用，他当竭尽全力效忠晋室。谢公与我成婚多年，育有两子两女，曾有侄子、外甥拿着《毛诗》里的《关雎》《螽斯》给我看，什么窈窕淑女，寤寐思服，什么诜诜，振振兮，宜尔子孙，如此旁敲侧击，意谓古圣先贤，认为好女人应以不妒为美，不仅不妒，还要极力支持郎君纳妾，多多繁衍子嗣。我等他们说完后问道：'这诗是谁写的？'他们回答道：'周公。'我便说：'果然是周公这样的男人才写这样的诗！如果让周姥来写，定不会写出这样的混账话来！'后来这些子侄、外甥再也不敢在我面前提起此事了！"

褚太后听了，露出会心的笑容，久居深宫，很少听到如此爽气的话，不禁对刘氏投去敬佩的目光。而众位夫人听了此番话，个个乐得开怀大笑，气氛顿时活跃起来，宫宴出现了少有的欢乐场景。

最后轮到谢道韫说话了，面对太后和各位年长于她的夫人，她说："我给太后和各家夫人吟诵一首诗，为今夜宫宴助个兴！"说罢，就吟诵道：

> 信步苑囿界，花好月婆娑，
> 风吹碧叶落，嫦娥舒长袖，
> 桂枝洒众生，天香送尘寰。

褚太后夸道："我朝才女，诗格高远，不同凡响。"众人俱喝彩，也听出道韫以嫦娥仙子比拟太后的心思，个个觉得十分贴切。这褚太后深居后宫，位高权重，可是作为女子，她高处不胜寒，个中滋味也只有太后自己明白。

　　这边，王珣回到姑孰后向桓温一五一十汇报了此去建康的详情。没有多久，谢安就收到了大司马的来信，信中说："过些时日，本将得空来做一桩大媒，望安石考虑一番，将谢万石之女许配给王珣，王谢再次联姻，喜上加喜，安石老弟意下如何？"谢安心想，王珣来了一趟谢府，看上了谢万之女，回头求桓温做媒，成全其一见钟情之缘，而谢万之女也到了及笄之年，但是此事看起来就是大司马有意撮合，意在牵住谢安的手脚，好让他的眼线无处不在。

　　谢安思来想去了几天，觉得大司马的美意总也不忍违拂，况且如此门当户对的婚姻也找不出第二家。于是，只好告知谢万夫人王荃，这王荃本是太原王氏王述之女，王谢两家兜兜转转总是联在一起，难舍难分。王夫人好不容易走出丧夫之痛，眼看身边爱女又得离开，然而，为爱女前程思谋，觉得这桩婚姻也算天作之合，就应了下来。几年后，桓温再次做媒，将谢安的大女儿许配给了王珣之弟王珉，这是后话。

　　不久，琅琊王氏又热热闹闹迎娶了谢家之女。对谢道韫来说，娘家又来了两位妹妹，士族联姻就是这样周而复始、循环往复，王谢就像家族编织的一张大网，而士族女子就是其中的经纬。

　　不久，朝廷升任谢安为吏部尚书、中护军。

第四十章

枋头之败 郗超设计

不久，燕国重臣慕容恪病卒，桓温兴奋至极，向朝廷奏请乘机出征伐燕。司马奕见表，心中也十分振奋，他渴望就此打个胜仗，收复失地，有所建树，于是没怎么多想就诏命桓温北伐，并给桓温加了殊礼，位列诸侯王之上。褚太后知道后已来不及挽回。

桓温收到朝廷准允他北伐的诏书后，高兴得和郗超、王珣一起喝酒庆贺。喝到一半，桓温说："可惜本将手上可调遣的强兵没有多少。"说完愁眉不展，王珣说："明公，京口的军队战斗力最强，您作为大司马完全可以借调。"

桓温心头一亮："对，京口的酒也比姑孰好喝，给平北将军郗愔写封信，让他和我们一起北伐。"郗超沉思了一会儿，说道："家父年纪大了，这兵在他手上实在太可惜了！"于是，桓温对王珣说："给平北将军郗愔写一封信，邀他一起北伐。"又对郗超说："给朝廷再写个奏请，请求让会稽内史郗愔、江州刺史桓冲和豫州刺史袁真与本将一同北伐。"郗超若有所思地答应了。

郗愔很快回信，说愿与桓大将军一同效忠晋室，北伐中原，修复晋室园陵。但是这封信被郗超截获，他心生一计，将父亲的信件撕毁，自己代作一封，信中自称老病，不堪世间争斗纷乱，请求一处地方过安定日子，并劝桓温接掌自己所统的京口兵众。桓温接到此信，不知原委，心中大喜，立刻向朝廷建议转郗愔为冠军将军、会稽内史，自己则替代郗愔，领了平北将军和徐、兖二州刺史。而司马奕正是用人之时，便欣然同意了桓温的人事建议，也同意桓冲和袁真一同随桓温北伐的请求。

至此，桓温顺利入主京口，桓氏家族几乎掌控了整个长江上中下游，除了还有一部分地盘仍在庾氏家族手上。

太和四年（369 年），桓温亲率步骑五万，从姑孰出发，开始了他的第三次北伐，这也是他最后一次北伐。

桓温大军抵达金乡（今属山东省）时，时值六月，天旱，河道水浅，水运困难。大军是坐船而来的，但是河里快没水了，于是桓温命人挖掘长达三百里的运河，将汶水与清水连接，又引入黄河水。

这时，郗超向桓温提出了两条重要建议。郗超说："汶水、清水、黄河这条通道太过于脆弱，水量小，运输困难。依托此道北上的话，如果燕军坚守不战，又像秦人一样坚壁清野，我们的补给很可能跟不上，到那时情况就麻烦了。不如干脆放弃水道，全军只带必要的干粮，沿陆路轻装疾进，避开要塞，直扑邺城。他们慑于明公的威名，惊慌之下，很可能弃城北逃，如果他们仓促应战的话，正好一举将其主力歼灭。如果明公觉得这么做太冒险的话，不妨就在这里停止前进，修筑要塞，花一年工夫在这一带囤积粮食、辎重，等到明年夏天，水量大增，再行进攻。这样做虽然迟缓，但可保明公立于不败之地。"

桓温听了觉得分析很有道理，犹豫了一下，说道："快攻是不是太冒险了？一旦只带少量干粮迫近邺城，如果交战不利怎么办？想回来就难了！眼下的水道虽然不是很理想，但毕竟是一条生命线，顺利的话可凭借水道进攻，不顺利的话，要撤回来也有依托。"

郗超说："如果这次进攻不能速战速决，一旦拖到秋冬时节，不但水量减少，而且北方天冷，士兵们冬衣又不足，到时需要担心的，就不只是粮食问题了。"不知为什么，对郗超的这两条建议，桓温最后均没有采纳。

这年七月，桓温初战告捷，攻克湖陆（今山东省鱼台县东南），生擒前燕守将宁东将军慕容忠，随后乘胜攻克枋头（今河南省浚县东南淇门渡），距前燕国都邺城不过百里，前燕君主慕容暐大惧，想要北逃。

这种情况下，原来那个躲在自己家里，只想明哲保身的前燕皇叔慕容垂站了出来，这个慕容垂十三岁就上战场，是一个比慕容恪还厉害的战神。慕容垂统率五万精兵壮马前来抵挡桓温。但是，慕容暐不放心自家皇叔，又派人向前秦求救，秦王苻坚遂命两员大将率兵两万行进至颍川（今河南省禹州市），以观晋燕成败。

枋头是黄河的重要渡口，从这里往北到邺城，虽然路程不长，但是前方已没有水道可通。桓温到达这里后，停顿了一下，这一停顿之间，慕容垂已先期到达枋头。两位都是用兵大家，于是在黄河边上对峙过招，小战之后，晋军攻势明显受阻，形势急转直下。桓温又命袁真进攻谯、梁，打开石门水道，确保军船通行。但是，袁真始终无法打通石门水道。

到了九月，天气转凉，郗超担心的事终于发生了，屡次交战，晋军均败，军中粮食越吃越少。眼看马上就要断粮，随着秋季河道水位日渐下降，船已经开不回去，桓温只好命令焚烧舰船和带不走的辎重，全军由陆路向南撤退。燕军见此，乘胜追击，不久，在慕容垂、慕容德两兄弟的夹击下，晋军大溃，阵亡超过三万人，同时到达谯国的前秦援军此刻又狠狠踹了晋军一脚，桓温再败，又损兵近万。至此，桓温五万大军只剩下六七千人马，他多年苦心经营的精锐部队丧失殆尽。

这一年桓温年已五十又七，在怆惶撤退之时，他感到一种前所未有的无力感和衰老感：都被郗超言中了，水路断水，粮草供应不上，后援跟不上，败就败在他急于求胜，欲速不达，不是他不想稳扎稳打，是后方的大本营不允许他拖上一年半载，时间一长，谁知道荆州、江州、徐州、兖州这些他本来牢牢控制的地盘又会发生什么？顾此失彼和得不偿失是桓温失败的主要原因。此刻桓温心中充满了怨恨和害怕，他怨恨一切与他较量的世家大族，他害怕失去已经得到的一切权力。

豫州刺史袁真听说了桓温将罪责归咎于他未能开通石门水

道，并正在奏请朝廷贬其为庶人，于是准备申诉。在等待朝廷处置的时候，袁真焦虑万分，最后还未等朝廷复诏，据寿春而叛变，先背晋投燕，继而又向前秦求救。桓温的第三次北伐最终以全面惨败收场，他率领余部灰溜溜地退至山阳（今江苏淮安市淮安区）。

战败的消息传到建康，司马奕脸色大变，从无败绩的桓温也会失败！他的赌注下错了，接下来如何面对太后和重臣，如何面对天下苍生？正当他一筹莫展时，显阳殿的朝会上，谢安站出来劝说道："胜败乃兵家之常事，面对结果，我朝上下必须接受，当务之急，臣以为要多多安抚那些在前线牺牲和受伤的官兵及其家眷。"司马奕问道："谢大人以为要去驻地慰问吗？"谢安道："臣以为，桓温北伐虽然失败了，但他保家卫国、收复中原的精神值得褒奖，臣以为应当派重臣前去山阳安抚三军。"司马昱、王彪之等人附议赞成。

朝中的庾氏和殷氏大臣们一片哗然："什么？如此惨败还要褒奖？"司马奕看了看群臣，道："朕以为谢大人说得有理，朝廷怎么能因为一次失败而全盘否定桓大司马？朕意已定，着丞相司马道万前往山阳犒赏三军。"司马昱当场应诺。此事褚太后知悉后也没反对，反对也没用，如今大半江山已牢牢攥在桓家人手里。

消息传到山阳，桓温非常感动，他对郗超说："景兴你看，太后和陛下还是关爱本将的，输到这般田地，他们并没有处罚我，关键时刻还是安石念旧情，帮本将说了话，毕竟和你一样在我帐下数年。"郗超不以为然地说："明公还须保持警惕，他们只是对你桓家掌控重兵有所顾忌，不敢轻易处罚，而谢安石是在还明公旧情，等账还清，以后的事就未知可否了。"

司马昱来到山阳，鼓励桓温余部振作精神，养精蓄锐，再图将来。桓大司马拉着相王的手，百感交集，继而泪如雨下。与桓温明争暗斗了大半辈子的司马昱此刻也是百感交集：当今之时，不是他不想扳倒大司马，而是作为东晋朝一个久负盛名的名士，在如此微妙时刻，他怎能落井下石？那岂不是被天下人看轻？再说，眼下燕秦如狼似虎，镇守边关还真缺不了桓家军。一旦他提出弹劾桓温的建议，搞不好天下生出大乱。

于是司马昱和桓温两人在军帐之下喝酒，俨然一出将相和的感人场面。两人斗法了这么多年，始终分不出一个高下和胜负，今日之契机，似乎可以将两人合成一个强强联手的阵营。司马昱说："明公不必忧虑，鉴于袁真叛乱，本相自会向朝廷建议你家公子桓熙接替豫州刺史，如此一来，你们父子可尽力收复豫州失地。"桓温举起一觞酒，一饮而尽："相王此话当真？""一言九鼎！"

等送走了相王之后，郗超阴阳怪气地对桓温说道："相王自有天子之相，可助明公一臂之力！"桓温若有所思。

不久后，朝廷又是一纸诏命，命桓温从山阳移镇广陵。至此，桓温几乎掌控了东晋朝所有的军事大权，朝廷如此仁义厚待，是桓温万万没有想到的，他下决心好好收一收不太安分的心，励精图治，报效朝廷。

东晋上下岁月静好了一些时日。

太和五年（370年）二月，袁真病死，其部将拥立其子袁瑾为豫州刺史。养精蓄锐了一段时间的桓温率部围攻寿春，前燕、前秦都派兵援助袁瑾，但桓军势如破竹。至太和六年（371年），桓温攻破寿春，俘获了袁瑾，将袁瑾及部将宗族数十人全部送往建康斩首，袁军所侍养的数百名乞活军（活跃于黄河两岸的汉族流民武装组织）全部被活埋。桓温终于又大赢了一回。这一仗之后，豫州也彻底落入桓氏之手，自此，桓温牢牢掌握了进入建康的钥匙。

这年，桓温的结发妻子南康公主司马兴男病亡，桓温十分哀痛。南康公主长得很有男子气概，自从嫁入桓家，桓温并没有多少时间与之共度。也不知什么缘故，桓温的六子两女均不是司马兴男所出，也不是桓温最宠爱的李势之妹李夫人所出，而是另外两妾所生，但按规定均由发妻司马兴男代为抚养。

司马兴男自从和李夫人"我见犹怜"之后，终算有了可以交心的人，同为公主的一妻一妾，一起吟诗论道，一起琴棋书画，一起品茶论道，美人两两相对，金簪玉钗配着朱唇粉面，满堂光华瞬间暗淡无光。就这样，南康公主在偌大的桓府里生活了这么多年，妻妾和睦倒让桓温省了不少安抚后院之心，但两位公主无子无女的伤痛就不得而知了。

灵堂前，桓温和李夫人一起并肩为正妻守灵，几许沉默中，他看了一眼当年花容月貌的李夫人，此时已是人到中年、花老珠黄，再想想自己也是快到花甲之年的老人了，沉思了一会儿，不觉潸然泪下。这时，郗超走了进来，他全权负责南康公主的治丧，来通报朝廷派内侍送来大量治丧物资，以表对大司马和皇姑的重视。桓温说："都收下吧，不要让人以为我桓元子不识好歹。"说完，他匆匆地走出灵堂，要去处理一下军务，也为了避免更多的触景伤情。

灵堂上只剩下郗超和李夫人相对了。这郗超沉寂了几年，心里一直还想着"一人之下，万人之上"的美梦，期待有朝一日得以实现。这时他心里萌动着一个计划，等不到和桓温商量，决定先试探一下李夫人。

郗超开口道："夫人，明公待您如何？"李夫人回道："当然是好。"郗超循循善诱道："明公遇到困难，夫人愿意出手相助吗？""当仁不让，他是我夫君。"郗超又道："明公的心愿夫人可知？"李夫人说："略知一二。""眼下明公遇到一个最大的障碍，夫人可知晓？""请景兴明示。""那我说了，数十年的征战和经略，眼下晋室数州尽归桓氏，明公命中本可以担当起家国重任，救天下苍生于水火之中，因为他有天子之贵，但是他不敢跨出那一步，所以一直没有改命，主要是……"

李夫人大吃一惊，说道："景兴，这不是想要谋反吗？明公他……""李夫人难道不想报灭国之仇吗？""这……"作为一个早就被灭了祖国的女子，她心里是痛恨东晋朝的。兄弟李势来到建康，做了一个小小的归义侯，此时已去世，在建康生活的族人至今也都没什么势力可言，这让她一个曾经的成汉国公主无依无靠，而且一个被灭了祖国的妾是没有机会做正妻的，加上她无儿无女，心中的凄苦只有她自己知道。所幸这几年，大夫人南康公主待她情同姊妹，不光没有为难她，还与她一起在后院共度那漫漫时光。如今公主不在了，曾经对她宠爱异常的桓温娶了比她更年轻的妾，她活下去的意义又在哪里？

郗超见李夫人迟疑，进一步说道："眼下南康公主过世，景兴愿在明公那里极力劝说立您为大夫人，以后假使明公真的成功了，夫人您说不定能成为皇……后。"李夫人听了面露惊惧之色："休得胡言乱语，我且问你，明公最大的障碍是什么？"

郗超心想李夫人终于进入了他规划的圈中，于是不动声色地说道："宫中最厉害的女人。""太后？""对，她是明公心中的洛神，只要她在，明公就不敢大胆动作，也不会有什么作为，明公为了她可以放弃心中的宏愿。""我虽没见过太后，但是听大夫人说起过她仁慈宽厚、心胸旷达，如此太后怎么会是明公的障碍？""对，正因为她表现得仁慈宽厚、处处退让，让明公始终不敢出手。"郗超顿了一下，睁大了眼睛补充道："夫人岂不以为，明公心中的洛神不应该就是您吗？"

李夫人瞪了一眼郗超，长叹一声道："远远观之的女子永远是男人心中最美的洛神。"

郗超心中大喜，这最后一句话终于戳到了李夫人内心深处，他顺势说出自己的计划："我会让夫人您找到一个合适的机会，进宫觐见太后，到时您见机行事，便可完成一桩名垂青史的大事。"

李夫人听了，这回再没有吃惊，她问道："这是明公的意思，让景兴代为转达吗？"郗超一时不知如何回复，便说道："不是……也是，明公他怎么舍得让夫人您去冒此大险。"李夫人默默地整理了一下裙裾，顾自站了起来，一边向南康公主的灵位深深地一跪，说道："大夫人在上，如果桓家用得上我李氏，我定会赴汤蹈火，在所不惜。"

郗超在李夫人的眼眸里找到了一团霍闪霍闪的烈焰。

南康公主的葬礼十分隆重，东晋满朝文武百官都前来祭拜，给足了桓大司马面子。如今大司马一言九鼎，位列诸侯之上，就连王、谢、庾、殷这些世家大族对他家也都趋之若鹜，生怕错失了与桓家交好的一切机会。

葬礼结束后，郗超一直在思虑桓温会不会找他寻问李夫人的事，可是一直都没有。他想有两种可能，一是李夫人不愿提及此事，二是桓温冷落了年老色衰的李夫人，李夫人根本就没机会提及。不管是哪种可能，他都想把计划一步步实施下去。有一天，他主动向桓温提了出来："明公是否想立新的大夫人？"桓温一时被问得懵懂："景兴何时关心起本将后院之事？"说完他看了一眼三十多岁年纪、大有玉树临风之姿态的郗超，郗超的确也称得上是一个美男子，想起坊间有关他俩有断袖之交的说法，心中想的却是：莫不是郗超真的想吃这坛酸酸的陈年老醋？

郗超正色道："明公莫要误解，景兴以为李夫人在桓府这么多年，又深得南康公主在世时的信任，不如等为公主守孝期满后扶正了她。"桓温不置可否地道："可是她没有祖国，族人也没什么地位，这……""明公向来是开明之人，这些规矩都是人定的，我们何必照此做呢？""也是，等我打个胜仗再考虑此事如何？"

第四十一章

暗杀未遂　司马之痛

机会很快就来了。二月初二社日节快要到了，崇德宫里传来一道懿旨，请桓府眷属进宫参加太后宴请。随着年龄增大，褚太后一方面信佛念佛，一方面又喜欢热闹，上次中秋赏月宴一直让她念念不忘，此番再次邀请各家夫人一起聚会，主题是赏梅。

梅是建康种植最广的花树，每到冬去春来，遍地的梅花盛开，不畏严寒，花姿高雅，且芳香悠远，成为一道道独特的景观。褚太后曾下令农官在建康城推广种植梅树，植梅、赏梅、青梅煮酒遂成为东晋朝的一大雅事。

初春天气，阳光下梅树旁，最是舒适惬意的时节，邀数名名士围炉煮茶、坐而论道成为当朝一道道亮丽的风景。魏晋自"竹林七贤"竹下吟啸和王右军喜好曲水流觞之后，到了后期，能豪饮且终日不醉之人越来越少，而茶则可长饮且始终保持清醒头脑，于是煮茶论道成了清谈名士们的新好。煮茶喝茶，成了上至达官显贵、下至黎民百姓的心头好，逐渐流行起来。

　　褚太后此番想邀请名媛们来宫里赏梅和围炉煮茶，于是她开了个邀请名单，把各世家大族的数十名媛都邀请过来。当然上次的几位夫人是不能少的，但是桓大司马的大夫人新丧，这个名额看上去又不能空缺，于是让内侍把请柬直接送到桓温手上，让他来定夺哪位夫人出席，缺了哪家夫人都不要紧，唯独不能缺了桓家的。

　　桓温接到请柬，正不知道该出哪位夫人时，郗超进来了，他不失时机地又为李夫人美言一番，桓温说："就听景兴安排。"于是李夫人有了一次进宫觐见的机会。郗超心想终于等到时机，他私下里和李夫人见了面，如此这般说了具体的实施计划，然后装出一副诚恳的样子说道："夫人，景兴知道这是为难您了，您可以考虑不实施，此去有很大风险。万一失败，您有可能回不了桓府，但是一旦成功，明公一定会感恩您一辈子。"

　　李夫人神情凄然地说："其实若不是景兴还记得我，我在桓府后院孤寂生活，没有一点波澜，活着与死去已没有多少区别。"她顿了一下，决绝地说道："我去！"

　　郗超心中狂喜，连忙说道："好！李夫人不愧是成汉公主，功成之后，景兴会派兵士在宫外接应。"李夫人淡淡地回道："不必惊扰，我原车来回就行。"

　　二月初二，崇德宫内布置馨雅，梅香阵阵，所有的夫人都盛装出席"赏梅雅集"。室外天气尚冷，太后命人在雅室内围炉煮茶，案几上放着一盆盆梅花，绯红色、月白色、竹绿色的梅花开满了整室，花香、茶香、国色天香汇聚一堂，夫人们争奇斗艳，芳华绝代。

谢道韫随谢安夫人刘氏一起款款入场时，夫人们低声议论："看，这位就是声名远扬的大才女谢令姜。""可是我听说她入王门后，对夫君颇有微词……""可惜琅琊王氏已今非昔比，王家二公子仕途止步不前……"

少顷，众人都把目光转向一个她们此前从未见过的女子，此女子虽非青春年少，但气韵高雅，举手投足间飘逸灵动，一头青丝挽成一个灵蛇髻，身着富有层次感的杂裾，恰似一朵盛放的荷花，妆容清雅而雍容，而灵蛇髻传说是魏文帝曹丕的皇后甄宓所创，甄后就是传说中的洛神。此女子移步进殿时犹如洛神再生，光彩照人，她正是桓温的二夫人李氏，夫人们又是一阵窃窃私语。

落座不久，褚太后也在宫人簇拥下入场，气场当即艳压群芳。众人跪拜后，太后坐于首席，笑语盈盈，手中转捻着佛珠，说道："今日哀家邀约你们共同赏梅，众姊妹不必拘礼，等下品茶吟诗，竞展才艺。"

说话间，席间已备好烤炉、石碾、煮茶器、茶碗等物，不一会儿飘来茶之清香。此茶采于类似栀子树大小的茶树，且早采者为茶，晚取者为茗，将叶子晒制成饼的形状后即成。饮用时先用无烟炭火炙烤，使其烘干变红，再捣成碎末后用米汤浸泡，注入沸水煎煮，煎煮时加上葱、姜、枣、橘皮、茱萸、薄荷等，煮到像粥汤的样子时就可以喝，然后根据个人口味，喜欢咸的还可以适当加点盐。这茶汤喝了补气益血，又能开胃健牌，近来宫中非常流行。

褚太后举起茶碗，饮了头一口，然后对众姊妹说："哀家年事增高，愈发觉得饮茶是件强身健体的好事，汉时华佗曾经在《食经》中说'苦茶久食，益意思'，多饮茶有利消肿解腻、去乏提神，众位姊妹回家也可一试。"众名媛应诺。

褚太后注意到了气质高雅的李夫人，就把她唤至自己左下方的席位，并对众姊妹介绍道："这位李夫人当年是成汉公主，见到她，让哀家情不自禁想起我皇姊来，唉，皇姊也是太过辛劳，芳华早逝，好在大司马如今还有此般风姿绰约的夫人坐镇后院。"众人见太后如此推崇李夫人，也就纷纷夸奖，李氏脸色微红，手心潮汗阵阵，她没想到太后慈眉善目，对她又是如此厚爱，一时间心里有些动摇。

只听太后又说："哀家今日先请王家夫人令姜吟诗助兴，然后各家夫人自行献艺，众姊妹意下如何？"众人皆说好，道韫起身作揖礼，稍作沉吟，她说："有了，我为太后和众夫人献赏梅诗一首，共祝太后洪福齐天。"说罢吟诵道：

> 杜鹃竹里鸣，梅花落满道。
> 众女游春月，罗裳曳芳草。
> 娉婷扬袖舞，阿那曲身轻。
> 照灼兰光在，容冶春风生。

太后连说好好好，众人皆附赞。

　　道韫退场后，李夫人说为太后献演琴艺，太后十分赞许。优美的琴声让在座的夫人们感受到了高山流水、彩云追月的气韵，但不知为何，谢道韫听出了此间的哀伤和无奈，一种心有不甘和凄楚的心绪始终萦绕在李夫人指间，点点滴滴汇成汹涌浪潮，很难平息。道韫是第一次见李夫人，听她弹琴，总觉得这位夫人心里装的故事太多太多……

　　接着又有夫人现场表演书艺，气氛越来越欢愉，此时宫女们呈上一道道精致茶点，水晶糕、翡翠羹、吉祥果、玫瑰酥、珍珠奶酪和应景的梅花香饼等。珍珠奶酪这道点心是北方胡人的发明，经中原流传至江东，近来在建康城里也很流行，口感颇佳。

　　坐在旁席的李夫人在耐心等待一个时机。这时刚好有一名宫女在端上太后茶点时经过她席边，因为前道点心没来得及撤下，就只好暂时搁置一边，李夫人迟疑了一下，有些不安地换了个跪坐姿势，就朝那个搁置的托盘靠近了一些，只见她漫不经心地朝那道珍珠奶酪甩了甩衣袖，然后顾自坐下，品尝起自己的那道奶酪。而这一切被坐于她斜对面的谢道韫看得一清二楚，她稍一迟疑，就坐到婶母旁边一阵耳语，谢安夫人刘氏立马起身，走到太后的贴身宫女身旁也是一阵耳语。不一会儿，那位宫女端起太后的那份珍珠奶酪后，起身朝后堂退出。

　　这时，太后询问道："哀家的那道奶酪怎么没端上来呢？"

　　李夫人顿时满脸绯红，额头渗出一层密密的细汗。不一会儿，道韫见那位机灵的宫女重新端上一道珍珠奶酪，赔着不是："太后见谅，奴婢刚才看见一只小虫子飞进了那道点心，给太后换了一道新的……”

太后疑惑道："这天气还不热，哪来的虫子？"宫女不回，太后也不再追究，依然谈笑晏晏地和各位夫人品赏，直到兴尽而散。

宫宴之后，谢道韫没有回王府，而是随刘夫人立即回了谢府，一进府两人就即刻将此事报告了谢安。不一会儿，崇德宫派出太后心腹内侍，传话谢安及刘夫人："太后已知晓今日珍珠奶酪一事，经查验，奶酪中被人放置了砒霜，幸得刘夫人察言观色，救了太后，此后必有重赏。太后已暗中着人调查，待查明事情真相后，必将对凶手严惩不贷。在查明此案前，请谢安石及夫人勿要走漏消息。"

谢安送走内侍后，谢安问道韫："那李夫人是如何投毒的？"道韫回道："她用衣袖作掩护，长长的指甲弹了几次太后原本要食用的点心，若不仔细观察，她的动作是不会被察觉到的。"谢安说："此事要归功于令姜细心，到时我会向太后言明此中细节。我以为此事并非桓元子所谋，我对他很是了解，此人喜欢阳谋。极有可能是那郗超的阴招，如今太后肯定十分震怒，她对大司马如此优厚，却想不到对方如此蛇蝎心肠。我这就差人去桓府探听一下虚实。"

几天后，桓府传来李夫人病亡的消息。那日，李夫人神情恍惚地参加完太后宫宴，自知事情败露，回府不久后就吞服了余下的砒霜，立即香消玉殒。为了不连累桓温，她临终前让婢女亲手交给桓温一封遗书，上面简单地说自己参加太后宫宴时做了暗杀之事，是她一人所为，只为报当年晋灭成汉之仇。宫中追查下来，可把此信交出去作为凭证。她感念明公对她一生厚爱，希望身后不要为难她的族人。

遗书中没有提及郗超，郗超叹了一口气，此女情深命坚，可惜不知怎么被细心人发现了端倪，心里叹息褚太后真是命大福厚，可惜了，可惜了！

桓温眼见又痛失一位夫人，心中十分哀痛，又反复看那李夫人留下的遗书，立即招来郗超寻问，才得知李夫人进宫后闯下了如此天大祸事。桓温当下估摸着此中定有郗超的撺掇，怒声道："景兴，是不是你出的馊主意？"郗超淡定地说："明公以为是我就是我，明公不以为李夫人差一点就成功了吗？""你……坏我大事，如今宫里肯定在追查背后指使的元凶。""明公可以把我绑了去太后那里，他们必定也会认可此种结果，明公既可脱了干系又可向太后表了忠心。"

"你……"桓温怒不可遏，上前狠狠扇了郗超两个大巴掌，朝李夫人灵堂走去，只留下郗超一人，满脸血红的手印和汩汩流出的鼻血，映衬得郗超的脸色煞白煞白。

李夫人虽然没有留下一儿半女，但多少恩爱画面一起涌上桓温心头。她的遗书话虽不多，可是尽显忠烈女子的担当，此时守着李夫人灵堂的桓温心中哀痛至极。

桓温心想宫中已有数日没有任何消息，这样下去何时才是尽头，正拿不定主意时，郗超擦着鼻血，进来说道："事已至此，明公听我一言，其一，索性挑明了此事，反了又如何，如今军权基本在明公手上，谅朝廷也不敢对明公轻举妄动；其二，明公还不打算行动的话，可以退而求其次观察朝廷动向，景兴多派几个眼线去盯着，见机行事。"

桓温无奈地长叹一声："景兴，是你逼得本将一步步走上不归之路啊！"

那边，陈郡谢府中谢安写了一张便签，交予刘夫人即刻进宫，褚太后还政后，谢安作为辅政大臣不便进后宫觐见太后，只能让刘夫人代劳。褚太后接此便签后展开一看，上面只有八个字："韬光养晦，隐忍不发。"

褚太后见后会心一笑，对刘夫人说："回去告诉谢大人，哀家也不想打草惊蛇，自会更加小心谨慎，请谢大人放心。"太后得知当场是谢道韫发现其中有诈，当即许愿："回去转告诉谢大人，谢令姜此举必有回报！"

至此，谢安与太后牵上了无比密切的关系，此后凡有要事、大事需要联络，谢安都会派出刘夫人传话。

桓府为李夫人发丧，昭告天下说李夫人长年患有心绞痛之疾，停用救命之药后，自愿追随南康公主而去，以殉姊妹情深。葬礼之后，桓温给李家族人送去一大笔抚恤金。宫中居然派人前来吊唁，桓温心中更加忐忑，他甚至希望朝廷前来追查此案，可是宫里风平浪静。

一年以后，坐镇广陵的桓温听到了来自朝野上下的诸多声音，庾、殷两家的反对声尤其响亮："朝廷不公，为什么同样是北伐失利，殷深源、谢万石、范汪被贬为庶人，桓元子不降反升？""桓家几乎掌控了所有实权，如此下去，司马皇家岂不成了摆设？晋室岌岌可危哪！"

　　第三次北伐本就让桓温损兵折将，大伤元气，也招来了诸多嘲笑，这些声音让桓温真切地感受到日益增大的压力。另一方面，前秦有王猛辅佐，国富兵强，国势蒸蒸日上，太和五年（370 年）十一月，前秦苻坚灭了前燕，又灭了前仇池国、前凉和代国，取东晋梁、益二州，基本统一了长期四分五裂的北方，此时桓温想再次北伐，似乎已无从谈起。

　　年近六旬的桓温一下子觉得日子过得平淡，甚是无趣，一颗不甘寂寞的心又开始骚动起来。

　　一日夜晚，明月高悬，桓温与郗超在帐中对饮，郗超不太能喝，桓温一人独斟，有些不爽地说道："如果一辈子就这样下去，直到老死，本将去了地下，岂不被文景（汉文帝刘恒、汉景帝刘启）笑话！"

　　郗超一听这话，心想："机会终于来了！"于是幽幽地说道："明公还记得当年收复洛阳时路过王敦之墓吗？""当然记得，本将经过其墓前，感受到无边凄凉，我还对着他的墓碑轻轻地唤了两句：可儿！可儿！""明公是否认为如果您再不行动，将来和可儿一样……""唉！有时候本将也在想一个问题，我经历了成帝、康帝、穆帝、哀帝，再加上现任这个皇帝小儿，算是五朝元老了，他们什么都没干，天天在宫里头享清福，而我们这些人出生入死，拼死守着大晋江山，这到底是为了什么？""是啊！明公不是怀念李夫人吗？其实在下没敢告诉您，李夫人就是为明公而赴死的，您不能让李夫人白死！"

桓温听闻，眼眶有点潮润，从席间站了起来，对着头上的一轮明月，突然说出了那句流传后世的警世名句："大丈夫不能流芳百世，亦当遗臭万年！"

听闻此言，郗超心中大喜，咕咚咕咚饮下满满一觞酒："明公，景兴为一辈子追随您而感到自豪！今晚舍命陪明公！"

然而，晋室虽然式微，但是从皇帝、太后到满朝文武都表现得谨小慎微，没有一点差错可以抓住把柄，特别是皇帝司马奕，对大司马尤其尊敬有加，处理政事也诸多上心。在历史上，想要废除一个皇帝，可以列出以下罪状：昏庸无道、声色犬马、不理朝政、暴政苛政，凡此种种，司马奕一条都沾不上边。

一连数日，桓温心里都在犯难：皇帝小儿如此小心翼翼，怎么忍心下手呢？直到有一天夜里，郗超想出了一条绝计，说与桓温听后，桓温大惊，这郗超真是狠绝透顶，此计可让司马奕无法自证清白，更能把司马皇家逼上绝路。

桓温对郗超说："你再想想，有没有更好的办法了？"郗超说："明公不要再仁慈了，这已是分两步走的路子了。"

不久，建康城里街头巷尾、酒肆茶坊都流传起一个宫里的故事。晋帝患有痿疾（阳痿），他的三个儿子乃男宠相龙、计好、朱灵宝与美人田氏、孟氏所生，如不废之，将混乱司马氏血统，如此等等。

司马奕养有男宠，这是不争的事实，当时富家公子都在养，皇帝养几个漂亮的男宠并不是十分稀奇的事。这样的皇家荤段子人人爱听、爱传，传到后来有鼻有眼，活灵活现，且无人能分辨真伪，很快传遍了满朝官员和皇族宗室。

最后褚太后也听说了，她最近专心礼佛，心中隐隐有种不祥的预兆，冥冥之中似乎有什么大事要发生，没想到这事来得这么蹊跷这么凶险。凭她多年的嗅觉，她感到背后的风浪很大，大到足以危及晋室存亡。

褚太后秘密召见了王彪之和谢安，虽然隔着帘幕，但是王、谢两人感受到了太后的无奈和焦虑。王彪之说："太后，我已找人看过天象，钦天监报荧惑星逆入太微庭，这个谣言必是篡党所为。"褚太后说："哀家明白，自是桓党一伙所为，接下来估计桓元子会找上门来，或许会提出废帝甚至篡位的要求。"

谢安神色淡然地说道："太后，臣以为桓元子不会一下子就行篡位之事，当务之急是太后需要想清楚应对之策，是保晋帝周全还是保晋祚长久？"

谢安的话不多，但一下子就聚焦到了事由的中心，褚太后迟疑了一会儿，痛心疾首地回道："保晋祚，少杀戮，看时局变化而因时制宜。"谢安又道："事已至此，太后以为篡党中还有没有其他谋臣？"太后轻叹了口气，说道："哀家早就想明白了，此事谁受益最大，谁就是谋臣。"谢安道："太后明鉴！"王彪之又道："此事胜负已有定数！"

王、谢两人走后，太后从帘幕后走了出来，让司马奕进来，其实司马奕早在门外候见，他已急得团团乱转。刚才王、谢两人与太后的对话他听了十之八九，但就算是坐而等死，他也无力回天，晋室到了他手上，连支像样的皇家禁卫军都没有，这时候如果桓党真的像王敦、苏峻一样杀进皇宫，司马皇族一样手足无措，惶论与之对抗了。

见司马奕脸色煞白的样子，褚太后问道："田美人、孟美人怎么样了？"司马奕无奈地回道："除了哭，还是哭！"褚太后捻了一圈佛珠，说道："儿啊，如果火已烧房梁了，你只能先撤退下去，保命要紧！"司马奕愣了一下，明白太后话里有话，就叹了口气，回道："儿谨遵太后教诲，愿意避之！""好！现在还不到时候，你回去吧，安抚一下两位美人！"

司马奕前脚刚走，司马昱就进来了。太后不必回避皇叔，司马昱却对着太后行了个跪拜大礼，褚太后说道："皇叔是自家人，以前不行大礼，今日这是怎么了？"

司马昱顿时涨红了脸，回道："太后，赶紧立太子吧，谣言已传得沸沸扬扬，我司马皇家真是颜面扫地到了无以复加的地步了。"

太后却接道："皇叔没听说城外已布满兵士，你以为临时立太子还来得及吗？"司马昱立即神色凝重起来，只好招了原委："太后神明，那人找过老臣了！""他说什么？"司马昱神色非常不自然，吞吞吐吐不敢言，褚太后追问道："天塌下来也得顶上，皇叔这是怎么了？"此时，豆大的汗珠从司马昱脑门上爆出，他涨红了脸，说道："他……他的意思是废掉皇帝，由老臣继领大统……"

褚太后看了一眼几乎在全身颤抖的司马昱，攒紧了手中的佛珠，平静地回道："该来的一定会来！哀家也想到了这步，皇叔现在是琅琊王，是储君，他下了这步棋可以说是名正言顺，又可以为他自己立德树威哪！"停顿一下后，太后又不紧不慢地问道："是他让你来找哀家的吗？"

"他……他的意思是让我先试问一下。"司马昱神色更加紧张，感到事态的严重性，他再次"扑通"一声跪拜下来，说道："太后救我！此事真的非老臣所愿，老臣绝无二心，天地可以作证，老臣岂敢越位，老臣心里有两惧，一惧后人将老臣置于乱臣逆子之列，二惧他以后再找个借口废掉老臣……"说完，额头上已落下大滴大滴的汗珠。

褚太后又捻了一圈佛珠，依然不紧不慢地说道："恐怕皇叔忧惧主要还在其二吧！"司马昱明白太后洞察秋毫，更加惶恐不安、无地自容。

褚太后沉默片刻，继而缓缓说道："皇叔乃天下周公，不必多虑，国难即将来临，您和哀家一起尽力保全晋祚要紧，皇叔先预后立，为晋室存亡多争取一些时间吧！"

司马昱这才定了定神，太后看问题立场不同，绝对是为江山社稷之安危而深思远虑。这样的后宫女子，真是非同寻常。

此时的司马昱已年过半百，本是司马睿幼子，如果他登基，将成为东晋朝第八任皇帝，皇位兜兜转转，将重新传回开国皇帝第二代身上，这事要说有多荒唐就有多荒唐，有多奇葩就有多奇葩！不是他不愿意，他明白坐上皇位以后，他将终日如坐针毡，如履薄冰，甚至将会有性命之虞，想到这里，他头上又渗出一层冷汗。然而事已至此，他也无可奈何，最后只得告辞而去。

郗超见时机成熟时，就草拟了呈给褚太后的一份奏章和一份诏书。桓温看完，犹豫不决地说："太后她会同意否？"郗超坚定地说："太后怎么愿意看到社稷动乱、百姓遭劫？我们让她同意是给她面子，她不同意，我们就兵临城下，她又奈何得了我们？""景兴，千万不可冒进，那不就成了谋反。""明公，您数十年的努力不就是为了今天吗？"桓温说："景兴，话不可这么说，本将只是废无能皇帝，立有为皇帝！"郗超说："明公，我愿和您打赌，太后一定会同意，她最能权衡利弊，两害相较必取其轻！"

太和六年（371年）十一月十三日，褚太后正在佛堂礼佛，忽听内侍大声报："外有桓大司马急奏！"褚太后心中一紧，终于来了！她起身刚走出佛堂，内侍就捧着奏章和草拟的诏书呈了上来。她接过来，倚门展阅，过目数行，就知道怎么回事了，桓温果然请求废掉晋帝，另立丞相司马昱为帝！太后心想桓温已是急不可待，一步并作两步走，废立同时进行，让她这个当太后的没有一点选择余地，更别说讨价还价了。

褚太后冷静了一会儿，问另一个内侍道："桓元子这次回京带兵了吗？"内侍回应道："带了数千部众进京，据报，城外布满上万兵士，城里的百姓已惊慌失措，到处传闻要发生叛乱。"褚太后脸色十分难看，内侍问道："太后要召见大司马吗？"太后平静了一会儿说道："不必了，你也退下吧。"

佛堂之外，桓温心跳加快，虽然此时已是秋季，可是他却大汗淋漓，汗湿了大半个后背。文告递交上去后，内侍却说太后不召见，桓温猜想此刻的太后五内俱焚。假如太后真的不同意，那他桓温只能出此下策，兵戎相见，估计这会儿郗超肯定在城外积极布兵，真到跨出那最后一步，他便成了遗臭万年的乱臣逆贼！

桓温猜得没错，此刻的褚太后心头巨浪翻滚：她二十岁丧夫，三十七岁丧子，已历经四帝，晋祚之路艰难险阻，为了晋室存亡，为了天下苍生，她能扛多久无法预知，但是只要她还有一口气，这天下必定是要她这个孤寡女人来作出最后的决定！为了避免再次发生"王敦之乱""苏、祖之乱"这样的悲剧，她必须以牺牲无辜的侄儿司马奕作为代价，来换取众生平安。令她心如刀绞的是，司马奕这个侄儿太懂事太善良，自继位六年来，勤政爱民，对她总是每日问安、谦虚请教，从来也不见他发过脾气，如此侄儿如果不是生在皇家，也许就会幸福平安地度过一生。

　　褚太后流下两行滚烫的热泪。自从司马聃驾崩之后，她再也没有流过泪，她的泪似乎早就流干了，想到这里，太后用丝帕抹了一把脸，坚定地提起笔，写下批复，然后把笔狠狠一扔，又进了佛堂。

　　桓温和郗超赢了！桓温接到批复时，看了一眼就欣喜若狂，只见褚太后在文末批道："未亡人不幸罹此百忧，感念存没，心焉若割。"那意思就是她同意了，虽然同意得勉勉强强，但是让他暂时不必遗臭万年了！

　　桓温定了定神，决定趁热打铁，立即召集满朝文武，当场宣读太后诏令。朝臣们闻讯赶来，朝服整齐，肃然而立，不知刚刚宫内发生了什么变故，就连桓温一时之间也不知道如何宣读，唯独尚书仆射王彪之走上前来，提醒桓大司马："行废立之事，前朝也并非没有先例，可参照霍光。"

　　桓温喜出望外，他没想到关键时刻还有一个王彪之站了出来，他赶紧让王仆射拿来《霍光传》，按上面的说法援古定制，须臾即成。

　　不一会儿，桓温立于朝堂之上，神情自若地宣读太后诏令："王室艰难，穆哀短祚，国嗣不育，储宫靡立。琅琊王奕，亲则母弟，故以入纂大位。不图德之不建，乃至于斯！昏浊溃乱，动违礼度。有此三孽，莫知谁予。人伦道丧，丑声遐布。既不可以奉守社稷，敬承宗庙，且昏孽并大，便欲建树储藩，诬罔祖宗，倾移皇基，是而可忍，孰不可怀！今废奕为东海王，以王还第，供卫之仪，皆如汉朝昌邑故事。但未亡人不幸罹此百忧，感念存殁，心焉如割。社稷大计，义不获已。丞相录尚书事会稽王昱，体自中宗，明德劭令，英秀玄虚，神契事外，以具瞻允塞，故阿衡三世，道化宣流，人望攸归，为日已久，宜从天人之心，以统皇极。饬有司明依旧典，以时施行。此令。"

一字不漏，声如洪钟！群臣个个震惊失色，面面相觑。众人心中皆以为司马奕在位六年，无甚失德，不过人虽在位，好似傀儡一般，内有司马昱外有桓温把持朝政，退位于他而言未免不是一种解脱。

桓温见无人异议，就让一名散骑常侍前往显阳殿收取玺绶，逼司马奕即刻离宫。

时值深秋，当日虽有暖阳普照，但已是寒气阵阵，司马奕自知除了接受现实，别无选择，于是痛快地交出帝玺、帝绶，只着一袭白色单衣，步下西堂，乘坐一辆牛车而去，群臣闻讯赶来和他拜别，众人涕泪交加，甚至有人恸哭不止，跟随相送。

司马奕神情漠然地出了宫门，桓温手下的一名部将领兵百人，护送司马奕回到他此前的东海王府中。至此，三十岁的司马奕从帝王重新做回东海王，就这样成了历史上最窝囊的皇帝之一。

随后，桓温站在太极殿中央，气宇轩昂对众臣再次发号施令："今日请各位大臣随本将一起去相王府迎接新帝！"满朝文武百官齐刷刷地跟着桓温走出太极殿，在桓温的率领下，浩浩荡荡地来到相王府，迎接司马昱正式登基。

此时的司马昱心情十分沉重，他戴着一条普通的头巾，穿着一件家常单衣，向东拜受玺绶，一边不停地痛哭流涕。有朝臣非常不解，在底下窃窃私语，这清谈名士出身的相王即将成为一代帝王，为何还如此惺惺作态？

司马昱入宫后即刻换上了龙袍，然后坐着法驾皇辇来到太极殿前，在百官的簇拥下，径直沿着一条血红的地毯，一步步地走向龙椅皇座。在众臣山呼声中，司马昱升殿受朝，改太和六年为咸安元年。后来史家称司马昱为简文帝。

桓温毕竟有点心虚，临时住在中堂，并派兵屯驻守卫，以防随时生变。司马昱下诏说，桓大司马患有足疾，特允许他乘坐舆车入朝。

第二天，桓温前去觐见，想向新皇帝陈述自己废立的本意，没想到司马昱见了桓温竟悲泣起来，令桓温一句话都说不出来，只能无语告退。

人事初定。从司马奕被废到司马昱称帝，不费一兵一卒、一刀一枪，甚至连个劝谏的人都没有。这几日天气异常晴朗，一切都出奇地顺利，顺利得让人以为是一场大梦。

桓温顾自纳闷时，郗超进来了："恭喜大司马！贺喜大司马！苍天有眼，顺利成就明公之宏伟大业！"桓温见是郗超，就急着问道："太后那边情况怎么样？"郗超悄悄地说："根据眼线报告，什么动静也没有，一如既往地念佛礼佛！"桓温说："一定要善待太后！能如此顺利离不开她的支持！"郗超应诺。

桓温想了想又说："新皇帝不知怎么回事，见到本将就哭哭啼啼，像个守寡的女人！"郗超说："明公且再忍他一些时日，他身边有许多势力我们不可小觑，像庾家、殷家这些家族，数他们反对的声音最多。"郗超停顿了一下，桓温说："说下去！""尤其是庾家，多人位高权重，庾倩、庾柔、庾淉等都是继庾冰之后的世家贵胄，手握重权，还有一个司马晞，自恃是当今陛下的手足，招兵买马，兴风作浪；再有就是殷淉，从不把大司马放在眼里，在下以为这些人统统不能留！"

郗超做了一个"咔嚓"的动作，桓温默许地点点头，并问道："殷淉就是殷浩之子吧，他一定以为是本将逼死了他父亲，人为什么不反省反省自己？"并又追问道，"王谢两家什么反应？"郗超道："事不关己，高高挂起，只要不触及他们利益，对王谢两家来说，谁当皇帝不都一样吗？"

桓温叹了口气说道："门阀世族是最大的障碍，谁说寒门就不能出贵子，上苍给本将机会，本将一定要改变这个局面，让寒门士子也能出人头地！"郗超说："就凭明公这句话，上苍一定会给您这个机会！"

桓温志得意满地来到显阳殿，向司马昱启奏道："臣启奏皇上！请求铲除废帝三个孽子，以正视听，田美人、王美人以及相龙、计好、朱灵宝等人也当诛，以堵悠悠众口。"

司马昱心中大惊，血腥风雨即将开始，于是愁眉苦脸地说："此事容朕……"桓温知道他想说和褚太后商议一下，就不客气地打断道："陛下又不是幼主，还须太后临朝称制吗？"说得司马昱无比郁闷。果然褚太后回复说她不再顾问朝事，一切由皇帝自己决断。司马昱没有退路，只好任由桓温毫不留情地杀掉了司马奕的三个儿子和他们的母亲，三位男宠也惨遭屈死。

司马奕深知桓温并不会就此罢休，还会对其加以迫害，只能忍气吞声地任人杀了至亲骨肉，甚至为了避祸，他不出府邸大门，只在府内花天酒地，寻欢作乐。尽管这样，一年后，司马奕又从东海王被降封为海西县公。为了苟活于世，他还不惜将刚生下的孩子全部淹死，生怕被桓温的眼线抓住任何把柄。桓温见司马奕如此窝囊，后来不再追究。最终司马奕苟且偷生地又活了十五年，于太元十一年（386 年）病逝。一个时代总有一个时代的强人与弱者，哪怕他贵为帝王，终究也是落花流水无情去。

事情远没结束。司马昱的异母兄弟、太宰武陵王司马晞及其儿子司马综，殷浩的儿子殷涓，广州刺史庾蕴和两个兄弟庾倩、庾柔以及曹秀、刘强等人都以阴谋反叛的罪名被抓了起来。

司马昱无奈亲手写下诏令给桓温道："如果晋王朝的神灵悠长，你就不必请示，尊奉诏令；如果晋王朝的大运已去，那朕就请求避让贤人的晋升之路。"

这一天，司马昱面对桓温又流下了眼泪，桓温无奈，只好改请废黜司马晞及他的三个儿子，将其全家流放，又废新蔡王司马晃为庶人，迁徙到边远地区。

至此，司马皇族中的反桓势力全部被迁徙出京师。殷涓、庾倩、庾柔、曹秀、刘强等被满门诛杀，庾蕴服毒而尽。之后，庾希与其弟庾邈、其子庾攸之出逃，但被桓温派兵追杀，最终全部被抓回，斩杀于建康。庾友的儿媳妇，是桓温兄弟桓豁的女儿，有一天在桓府门口一把拦住了大伯桓温，又哭又闹，最后桓温总算特别赦免了庾友。

桓温在诛杀了殷氏、庾氏后，威势显赫到了极点。朝臣十分惧怕，远远地绕道而行，生怕一不小心得罪了大司马。

终于有一天，谢安也在路上遇见了桓温，并在很远的地方就开始对桓温叩拜，桓温走过去，吃惊地问道："安石为何要这么做？"谢安说："没有君主叩拜于前，臣下拱手还礼于后的。"桓温一把扶起谢安："安石老弟以后不要这样了，本将和你同朝为官，你这不是成心折煞我吗？"说完就拉着谢安一起去显阳殿书房觐见司马昱。

进了书房，谢安对司马昱行跪拜礼，桓温没有，只轻轻地说了句："参见陛下！"这时司马昱犹豫了一下，下意识地欲对桓温行跪拜礼，幸亏没拜下去。桓温的气势就是如此强大。

司马昱示意都坐下说话，三个人气氛有些尴尬地谈起了朝事，司马昱说："朕将下诏进封大司马为丞相，望您今后留在京师辅佐朕。"

谢安一听，心想大司马是掌管军事的最高长官，丞相是掌管行政的最高长官，都是位列三公，但两个职务本质上有很大区别，也不知道桓温愿不愿意接受，如果桓温接受了丞相一职，通常意味着到时要卸任另一职务。

果然，桓温听了一点也不激动，道："老臣不敢接受陛下诚意，今日来见陛下，是有一事相告，老臣不才，毕生只愿为国戍卫，不日将还镇姑孰，恐怕今后不能与陛下常见了。"司马昱暗自吃惊，问道："大司马前往姑孰，那朝堂怎么办呢？"桓温说："有景兴在，他才学过人，忠于朝廷，老臣让他留下来辅佐陛下。对了，还有安石，安石也曾是老臣的部下，只要他们两个在，这大晋朝没有搞不定的事！"

谢安低头不语，桓温的说辞搞得好像他和桓温、郗超两人是共谋一样，而司马昱有些发懵地看着眼前的两人。桓温对谢安说："安石意下如何？"谢安作揖道："大司马所言极是，只是在下才疏学浅，哪里比得上景兴？"桓温接着道："安石谦虚了！有你们两个在朝堂上辅佐陛下，老臣远在边关，就能安心为国戍边。"司马昱只能准予。

桓温权衡再三，舍不下兵权。不久，他和军队撤出京师，回姑孰去了。换了皇帝的建康宫，似乎一如从前那样平静了下来。可是司马昱不能平静，桓温留下的郗超新任中书侍郎，代表桓大司马坐镇朝堂，许多朝事大司马通过郗超依然在朝堂上发号施令，司马昱形同傀儡。而百官见了郗超如同见桓温一样，十分畏惧。郗超享受着众臣对他的敬畏，他曾经幻想过的"一人之下，万人之上"的日子似乎已经来临。

郗超的父亲郗愔生病，前去郗府探望的人络绎不绝，百官生怕落后得罪了郗超，由于人数众多，郗超便命家仆让来访者排队等候。谢安与王坦之一同前去探望，从早上一直等到中午也未能入见。王坦之气得想一走了之，却被谢安一把拉住："你难道就不能为了身家性命，再忍一忍吗？"王坦之强忍了下来，直到太阳西下时，他俩终于见到了郗愔。

太和年间，秘书监一位叫孙盛的史官写了一本史书《晋春秋》，后因避讳司马昱母后名，改名为《晋阳秋》，此书品评时事，谴责当权者，直书桓温北伐失利之事。书的草本不知怎么传到了桓温那里，桓温读后大怒，传话给孙盛的儿子说："北伐前燕，确有失利，但远没有像孙盛说的那样严重，如果不修改让其流行，当心你孙家人的性命！"孙盛之子前往姑孰请求桓温谅解，并答应立即修改。这边孙家儿孙全体跪泣，请求孙盛为孙家百来口人着想，改写《晋阳秋》。耿直的孙盛大怒，坚决不改，孙盛的儿子只好偷偷摸摸模仿老父的笔迹将书作了修改，随后托人交到桓温手里。桓温总算放过了孙盛一家。然而，孙盛当初写的草本已流传开去，最后《晋阳秋》的两种版本都保存了下来。

不久又要过年了，大街小巷里家家都在置办年货，黎民百姓不管谁做皇帝，但是这年一定要过得热热闹闹。

建康宫里开始张灯结彩，喜气洋洋。司马昱的皇后王简姬操持着宫中的过年大事，有事无事常去崇德宫向褚太后请示汇报，说完了别的事，就说到皇帝的心中苦，王皇后说："陛下忧思甚重，常常夜不能寐，臣妾担忧如此下去，怕是会拖垮了龙体……"褚太后听了，不紧不慢地劝说道："让皇帝再坚持些时日，转机总会到来。"

　　谢安和王坦之越走越近，因为桓温的气势日盛，两人都感到前所未有的压力和苦闷。

　　一次朝会后，谢安约王坦之去新亭，在谢安的安排下，两人边品酒边欣赏着江边的景色。春风又绿江南岸，新亭景色仍依旧，桃红柳绿又一年，然而物是人已非。望着远处依然奔腾不息的长江，谢安眼前闪过一幕幕与王羲之在江边留连忘返的场景。

　　说来也是，这王坦之似乎继承了他父亲王述的秉性，不喜欢谈私事，整天忧心国事，谢安只好一开口直奔主题："文度（王坦之字）弟，当年我也是这样和逸少兄在这里纵论天下大事。"王坦之道："当年王逸少所谈可是振兴家族、克复中原之事吧！"谢安慢慢喝了一口说："是啊，此一时彼一时，今日之势惶论克复，而是事关晋室存续！"

　　王坦之感慨万千地说道："安石兄以为今日而言，家族振兴与晋室存续两者之间谁更重要？"谢安道："岁月不居，苍生维艰，当今之时唯有晋室存续方可言天下太平，天下太平方可言家族振兴。"王坦之与谢安相视一笑："是也！"两人可谓心神默契。王、谢两人在朝中不敢谈及此类敏感话题，郗超眼线众多，这会儿触景生情，直抒胸臆，遂引为知己。

王坦之端起一觞酒，一饮而尽，一脸郁闷地问道："安石兄以为何时才能天下太平？"谢安忧心忡忡地说道："那就看大司马颜色而论。""晋室换了有为皇帝，大司马难道不应该对其和颜悦色了吗？""唉！一言难尽啊，文度弟你以为换了皇帝，现在的皇帝就比当初的皇帝能耐多少？海西县公的孩子为什么生出来就被溺杀？司马皇族为什么被逐出京师？庾家、殷家为什么被赶尽杀绝？那只是因为朝廷无力抗争，一个步步紧逼，一个处处退让，在我看来，新皇帝和原来那个窝囊皇帝根本上没什么区别，只是新皇帝善于清谈而已！"谢安的评论可谓一针见血，也不忌讳王坦之和司马昱的特殊关系，王坦之听闻感慨万分，原来这谢安平时不声不响，却是心中有沟壑，腹内有乾坤，时时关注着家国安危。

王坦之拱手说道："看来是我平时想错了安石兄，我以为你是……"谢安朗声大笑道："大司马的……人！难怪难怪，很多人都这么看，安是做过他的司马，殊不知安出山是为了天下苍生安！"

王坦之闻之，感慨有加："今日新亭为证，今后你我兄弟必为天下苍生谋，更为晋室存续殚精竭虑，就算有性命之虞，亦在所不惜！"

轮到谢安说："然也！就算有性命之虞，当在所不惜！"两人同举手中之觞，一饮而尽。王、谢两人从此便有了一种默契，在朝堂之上意见一致，下了朝也常在一起听琴喝酒、坐而论道。

过了些日子，王坦之说要给第三个儿子王国宝物色子妇了，问谢安有没有合适人选，谢安脱口而出："我家中正好有一小女，与您儿子年纪相仿。"这以后王坦之就差了媒人来说媒。

事实上，士族的联姻也就这么个圈子，此时和王羲之有过节的王述已经过世，王坦之是长子，世袭了王述的爵位。王坦之少有才名，世人将他和郗超齐名，但相比而言，王坦之为人处世更有声誉，在朝中做事不偏不倚，朝野上下对其评价甚高，因为王坦之与司马昱的亲密关系，王坦之年岁不高就成为朝中仅次于老臣王彪之的重臣。也因为有王坦之在朝中的地位，太原王氏这几年的气势节节上升，谢安以为选婿总也得给小女选个好人家。谢安最终答应了这门亲事。

王谢再次联姻，只不过谢家这次联的是太原王氏，这王国宝看上去英俊潇洒，聪明伶俐，谢安心想有其父必有其子，王坦之的儿子总不会错吧。不久，太原王氏就热热闹闹地迎娶了谢安之女。

再说司马昱自从登基之后，天天如同走钢丝，感觉稍有不慎就会摔下来，万劫不复。他周围都是郗超安排的人，就连内侍也被换成一批新太监。因此，司马昱在前宫从不敢多说一句话，也不敢多问一个为什么，只要是桓温的奏章，批准就是了。

有一天日落时分，桓温兴冲冲地去显阳殿书房找他汇报，此时还没到掌灯时分，但天色已暗了下来。桓温走进书房大声问道："陛下在哪里？"

正坐在黑暗中的司马昱下意识地惊跳起来，一时间还误以为有刺客，待看清只有桓温一人，总算回过神来，小心翼翼地回道："某在斯！"在与桓温面对面时，他不敢自称为"朕"，称"我"又有违祖制，于是来了句"某在斯"。桓温哈哈大笑："陛下此句出自《论语》，当年孔老夫子说'某在斯'是为了帮助盲人乐师，陛下这是有何用意呢？"司马昱非常尴尬，对他来说，他住在这深宫里何尝不是一个"盲人"呢？

就这样，本来身体一向康健的司马昱硬撑了八个月，终于病倒了。咸安二年（372 年）七月，司马昱因病重召桓温火速入朝辅政，一昼一夜连发四道诏令，但是桓温都推辞不肯前来。实际上，桓温觉得一昼一夜连发四道诏令很不正常，他害怕其中有诈，以前没见皇帝身体不好，怎么说病就病了？他等着郗超给他去信。

就在桓温小心出牌应对的时候，时局已在悄悄发生变化。

褚太后听说皇帝病重，终于走出佛堂，移步显阳殿，一边让王皇后寸步不离地看着皇帝，一边火速召集王彪之、王坦之和谢安三人到显阳殿书房议事，并让身边的内侍们看住大门，任何人都不许进来。

太后隔着帘幕，十分严肃地问道："晋祚能否久远就靠各位爱卿了，当务之急各位爱卿有什么良策？"王彪之说："桓元子不敢奉诏前来是好事，可以争取更多的时间。"王坦之说："臣以为当务之急是皇帝应立即下诏传位于太子，以防生变。"最后轮到谢安说了："太后请派出宫里贴心侍卫，兵分两路，半路堵截郗超的信件。"

太后沉默了一会儿说道："各位爱卿都说得甚好！"当即一一吩咐下去。褚太后又对三人道："当今皇上秉性软弱，各位爱卿被托孤之时，敬请诸位本着以苍生为重，为社稷着想，莫让皇上做了糊涂之事！"众人心领神会而去。

褚太后回到后宫，召唤王皇后前来，如此这般地布置下去，稍后四名侍卫乔装打扮之后，兵分两路，悄无声息地出了宫门，快马加鞭朝姑孰方向而去。

没多久，三位重臣被召至司马昱病榻前。司马昱正当壮年，登基前身体虽然清瘦，却非常精神，特别是清谈讲玄，滔滔不绝，神采飞扬。但他当上皇帝才八个月时间，就因忧思过度，整个人如同遭受了沉重打击，苍老了许多，状态十分萎靡，这次一病不起，染了重疾，虽经御医多方诊治，却已是无力回天，王皇后只好向褚太后发出陛下病危的信息。褚太后来过一次，安抚了一番，估计人多嘴杂，也不便说些什么，就起驾回宫了。

此时，司马昱倚躺在龙榻上，王皇后觉得他应该有话和三位辅政大臣说，于是屏退所有内侍、宫女，只留下君臣四人。

三人垂泪跪拜后，司马昱示意平身，有气无力地睁开眼说道："朕恐怕时日无多，已立下遗诏，希望诸位今后一定要和桓元子一道辅助好少主。"说完，向三位郑重托付出他早已起草好的遗诏。王坦之从司马昱手上接过来后，就顾自看了起来："今册封会稽王司马曜为皇太子，大司马温依周公先例居摄，少子可辅者辅之，如不可，君自取之。"遗诏中没有提及另外三位辅政大臣的名字。

读到这里，王坦之脸色大变，他把遗诏呈给王彪之和谢安两人看，两人也大惊失色，这道遗诏意味着桓温完全可以借此篡晋自立，这算什么操作？没容大家细想，王坦之当着司马昱的面，狠狠地手撕遗诏！等司马昱反应过来时，遗诏已成几片废纸，飘然落地。

病榻前出奇地安静。历史上大臣手撕遗诏恐怕也是头一回，司马昱见此长叹一声，不禁泪流满面："唉！晋室天下，只是因好运而意外获得，你们王、谢两家对这个决定又有什么不满呢？"王坦之毫无惧色地回道："晋室天下，是宣帝和元帝打拼出来的，并不是凭什么好运得来的，怎么由得陛下私自相送！"说者正气凛然，听者肃然起敬！

司马昱此刻并没有不高兴，相反他似乎看到了一线希望，不觉眼前一亮，来了精神："唉！朕也不愿如此哪！"王彪之接着道："陛下应立即传位于太子，而不是让桓元子摄政自立，难道陛下想让国家动乱、百姓受苦吗？"司马昱气息奄奄地说道："朕又没说不立皇太子，只是太子才十一岁，你们难道想让桓……对皇家大开杀戒吗？"

这时，谢安接着道："陛下，太后说了，晋祚尚长久，只是眼下暂时遭难，陛下立了太子后不是还有太后在吗？太后临朝称制数代，身体康健，陛下又有何忧呢？"司马昱听了这最后半句，茅塞顿开，如释重负地躺平了一下身体，点头示意让王坦之重拟诏书。

谢安想了一下，又道："陛下，臣建议将诏书改成'国事都按大司马温的意思办，温可依诸葛武侯、王丞相旧例辅政'。"王彪之、王坦之皆称好。

说话间，王坦之已重拟了遗诏："家国事都禀报大司马温，如诸葛武侯、王丞相旧例辅政。"遗诏中也没有提及三位，但已明说桓温只是辅政，不是摄政，且让桓温参照诸葛亮、王导两位贤相，其用意再明了不过，届时桓温再有篡位之心，天下必当共诛！

司马昱热泪盈眶地看了一遍，点头示意同意，他也不想看到江山易姓、百姓受苦，事已至此，他只能带着忧惧不安走向生命终点。

是夜，司马昱在显阳殿驾崩，享年五十三岁。

家不可一日无主，国不可一日无君。按照惯例，先帝驾崩的消息一出，皇太子司马曜应即刻登基，以防引起国内外动乱，也可马上安定民心。

但这是非常时期，哪个敢挑头拥戴新皇登基，哪个就得承担天大的风险。王谢家族的三位重臣商议了一下，决定在太极殿召集文武百官，百官闻讯后穿上朝服匆匆赶来。

八朝元老、白头翁老臣王彪之清了清嗓子，向群臣宣示先帝遗诏，底下群臣开始议论纷纷："唉！先帝登基才八个月就驾崩了，我大晋之不幸哪！""是啊，按照先帝遗诏，新帝登基事宜当须大司马前来处置。""可我听说大司马不肯进京，这事有点悬……"

王彪之站在群臣中间，正色道："先帝驾崩，太子当立，此乃古今通行常例，大司马依诏辅政，但是他一时赶不到，在下提议新帝立即登基，不必等他！诸位如果以为登基一事必须请示大司马，岂不是置大司马于不仁不义吗？"

谢安、王坦之见王彪之挑了头，也站了出来，谢安说道："崇德太后亦有令，国不可一日无君，即时举行皇太子登基大典，然后为大行皇帝隆重举行国丧！"群臣一听，太后也发话了，就不再异议。

于是，十一岁的司马曜在三位托孤大臣的簇拥下，换上龙袍，走向红毯，在大晋文武百官的齐声朝贺下，于太极殿登基升座，是为孝武帝，次年立年号为宁康元年。

桓温在姑孰听到新皇登基的消息时，为时晚矣。朝廷见他不肯进京，就向他传达先帝留下的遗诏，看着遗诏，桓温如大梦初醒。如果说以前他自己也不很清楚究竟有什么期待，但是收到遗诏的那一刻，他想那是一份先帝的禅让书该多好啊！

当晚他写信给兄弟桓冲："遗诏但使我依武侯、王公旧例。"一句话道尽他心中深深的失望，他没想到对他敬畏有加的司马昱临终时竟留了如此一手，让他进退两难，骑虎难下。

桓温开始抱怨郗超没有专程送信给他，他一直在等他的信，为的就是确定虚实再实施行动。正当他烦闷不堪时，郗超快马赶到了，两个人当即坐下来议事，郗超说："明公，景兴让快骑兵送来的先帝病危密函被人半路拦截了！"

桓温当即气得瞪大了眼睛："谁人这么大胆？""我查过了，是王皇后派了宫里四个武功高强的禁卫军士，兵分两路飞奔姑孰，有一路抄了近路，很快赶上了我派出的那两个骑兵，然后设计下了迷药，等两个快骑兵醒来时已过了一天一夜。那两个快骑兵不敢回去，估计这会儿早已亡命天涯了！""王简姬！又是王家的人给本将使的绊子！""不是！据宫里的眼线说，此事是太后布置给皇后的！""当真？""我的人还打听到王彪之、王坦之、谢安三人临时篡改了先帝遗诏。""真有此事？原遗诏又在哪里？""无从查到了！"郗超懊恼地端起一觞酒，一饮而尽。

两人沉默了片刻，桓温稍稍缓过了劲："我说你啊，当初撺掇李夫人对太后下毒手，太后应该早有防备，这就叫得不偿失！和你说过多少次了，太后非一般女子，你还说'牝鸡司晨'，这不全都合起伙来对付本将？可恨又是王谢联手，这在朝中不是一般的号召力，谢安石他……算了算了，安石如今又不在本将身边，他效忠朝廷也是本分。""可是他侄儿谢玄不是在桓豁手下吗？""不要再出馊主意了，唉！早和你说过本将无此命矣，再说，我年已六十，人到花甲，垂垂老矣！""明公莫要灰心，那皇帝小儿才十一岁，依据遗诏，凡家国大小事都得向您禀报，我劝明公再度举兵返京，到时还有谁敢不听明公……"

司马昱驾崩三个月之后，彭城妖人卢悚以海西县公司马奕为旗号，率领兵众三百人攻打皇宫，此事平息后，桓温以处理卢悚攻入宫廷为由，决定再次带兵进京。

与此同时，这年十月，司马昱下葬于高平陵，桓大司马向朝廷提出了亲自拜谒先帝陵的请求。坊间百姓闻讯，又惊恐不已，议论纷纷，甲说："听说了吗？桓大司马又要进京了，还带着大批兵马！"乙说："听说了，朝廷没有发诏书，他是无诏进京。"丙说："我也听说了，这次大司马进京是冲着王谢家族来的，上次小皇帝登基的事连声招呼都不打，可把他惹毛了！"……

司马曜和褚太后接到桓温的奏请后十分紧张，于显阳殿书房召集三位托孤大臣紧急商议，太后问道："三位爱卿，对大司马无诏带兵进京怎么看？"

王彪之说："老臣以为，他这是虚张声势，没有世家大族的支撑，他岂敢胆大妄为？"王坦之说："臣以为朝廷须做好兵变准备，他若胆敢进宫面圣，按理必定只带少数亲信进宫，不如在宫里埋伏下若干勇士，见机将他拿下！"最后轮到谢安说："若直接诏他进京，就被动了，他身边有个郗超，不可小觑其计谋，不如朝廷出面，去京城郊外相迎，既显示对他的敬重，又可伺机行事！"

褚太后沉思片刻后，说："谢爱卿主意甚妙，就按此计，哀家下诏让大司马在新亭驻守待诏，届时劳烦谢安石和王文度两位大人率众前去迎接，王叔武（王彪之字）大人和哀家一起坐镇宫中，随时协调一切可能发生的事！"

王坦之和谢安对视了一眼，如此艰难而冒险的任务就这样落到了他俩的头上。事已至此，两人只好领命而去，刚要退出，褚太后又叫住了他俩："两位大人，万一在新亭发生刀剑相逼之事，你们不用再请示哀家和皇上，同意他依周公先例居摄便是。"

王彪之一听，当即瞪大了眼睛，摇着满头白发，捶胸顿足道："太后，不可退让哪！"王坦之也摇头说道："不可不可！"谢安不紧不慢地道："唉！太后说的是万一，我们不让这万一发生就是了！"小皇帝司马曜则一脸茫然。

谢安和王坦之率一众文武官员前往新亭，早早等候大司马到来。

秋天的新亭，远处的长江依然昼夜不息地奔流着，船码头上依然人来人往，熙熙攘攘；近处的树叶红枯黄萎，纷纷飘落，秋天的萧杀感在空气中弥漫。

谢安和王坦之同乘一辆马车前往。谢安峨冠博带，衣袂飘飘，气定神闲，似乎赶去参加一场盛会，王坦之虽然衣着也十分正式，但是神情紧张，面色苍白，想必是昨夜没能安眠。

在车里，王坦之看了看谢安，说道："安石老兄，您这身打扮好比出席宫中大典！"谢安笑道："文度弟有所不知，当年王逸少老兄带我第一次来新亭游玩，和我说起避乱南渡之事，我们中原士族就是逃难也要衣冠楚楚，更何况今日是去迎接大司马，岂有对他不敬之理！"

王坦之听他一说，苦笑了一下，顿觉轻松了些。谢安用手半掩着口鼻，压低嗓音说道："文度老弟啊！晋室存亡，在此一行！"王坦之点点头，也压低声音小心回道："今日你我此行，堪比楚汉鸿门之宴！"谢安说："老弟莫慌，我们也须有备无患！"正说时，随行的文武官员中有两名武官骑马上前，隔着车窗向谢安小声报告说："在下已备好刀剑手，随时听候两位大人调遣！"谢安说："好！等下只须在军营不远处埋伏，不要轻举妄动，听我信号！"

说话间，两人已来到桓温军营前。桓温带领兵马于前一天日落时分驻扎于此，双方约定第二天一早见面。王、谢两人下车，一阵秋风吹过，一身戎装的桓温亲自出帐迎接："两位大人久违了，里面请！"王、谢对桓温恭恭敬敬地作了揖，孤身进了军帐，其余官员只得在帐外候命。

三人在帐内落座，桓温坐于主席，两人分坐左右席。此时，桓温背后的壁幕内传来窸窸窣窣的声音，还带着很重的呼吸声，空气好像凝固了一样。再看桓温，一脸杀气，王坦之倒执朝觐用的笏板，已是汗流浃背。桓温见状，故意说道："文度老弟，笏板拿反了！"王坦之连忙回道："是是是！"赶紧倒了过来。

桓温再看谢安，只见谢安神态自若，不异平常，桓温报之以放声大笑："哈哈哈哈！安石老弟，别来无恙？"谢安也笑着回道："在下托大司马洪福，甚好！明公可安好？""老了，比不上你们这些昔日的小郎君了！"桓温似乎有意缓解紧张气氛。

谢安望向桓温，几个月不见，确实老了不少。只见他两鬓花白，脸上饱经风霜，虽说行武出身，身板比一般人健朗，但分明已是六旬老人，精气神大不如前，且长年在外征战，身上还带着很多暗伤。不管朝廷认可与否，这数十年来，桓温就是大晋的脊梁，倘若没有桓大将军的守卫，哪有大晋这些年的太平日子？虽然大家都把他看作不可一世的枭雄，可是他的很多政见和主张却在谢安心中获得好评，又联想到"永嘉之乱"后国家动荡不堪，百姓流离失所，世家大族你争我斗，谢安一时百感交集，不禁热泪盈眶。

桓温见谢安动情，不禁也为之动容："安石，安石，何至于此！"谢安拱手道："因为想起了与大司马在一起时的旧时光。"
桓温的眼眶也涌上了潮雾，说道："这些年，你在朝廷为官，我
在外征战卫国，我们各安天命，如此岂不是很好？"

"各安天命！明公此言，在下深以为然。"谢安向桓温再作
一揖，然后慢条斯理地说道："安石听说诸侯有道，率兵镇守四
方，尽忠保家卫国，可明公为何要在壁幕后面安排刀剑手呢？"

桓温一愣，随即放声大笑起来，谢安见状也随他一起大笑，
"哈哈哈哈哈！"最后两个人均笑出了眼泪，桓温说："本将不得
不防啊！"谢安说："在下和文度两个文臣，明公有什么好防的？
让他们都出来透透气吧！"桓温于是大声说道："好！听安石老
弟的，都撤了吧！"壁幕后传来一阵脚步声，接着渐渐退去。

王坦之擦了一把额头上的汗，长长地吐出一口气。

"来人！拿酒来！今日我和王、谢两位大人一醉方休！"桓
温高声叫道，脸上杀气全无，一场欢宴就此开始。

谢安举起酒觞，一饮而尽："来！祝大司马顺利返京！太后
和皇上都十分想念大司马，特地让我和王大人来请您回去共商
国事。""好！就冲着安石老弟的诚意，本将即刻与两位启程返
京！本将与安石亲如兄弟，岂会像坊间传闻那样兵戎相见，我
们兄弟情分长着哪！"

谢安致谢道："是，多谢大司马多年栽培！今日大司马兴致
高，安石愿作洛生咏助兴：

浩浩洪流，带我邦畿

萋萋绿林，奋荣扬晖。

鱼龙瀺灂，山鸟群飞。

驾言出游，日夕忘归。

思我良朋，如渴如饥。

愿言不获，怆矣其悲。

……"

洛生咏，指的是要像洛阳书生那样吟诵诗篇，洛阳书生以鼻音重浊而著称，谢安虽然生在江东，但鼻窦天生有点发炎，向来鼻音浓重，此时他的吟诵抑扬顿挫，浑厚的声音在军营里久久回荡着……

桓温听得心里有些酸楚，接连喝了好几觞："绝妙好诗！绝妙洛生咏！此乃嵇中散的诗《赠秀才入军》，可惜哪，我们何时才能回到洛阳！"

军营外，原地待命的文武官员如释重负，桓温让部下招呼他们稍事休息，然后只带着随从和少许兵马一起进京了。

第四十五章

安石碎金　祭拜皇陵

　　显阳殿内，桓温觐见新皇帝司马曜。先帝司马昱共有七个儿子，但前五个都早亡，只有司马曜和胞弟司马道子存活下来，而其母本是低等宫婢李氏。司马昱四十多岁时还一直无子可继，最后请道行颇深的许询为其看诸王妃面相，许询皆摇头，最后看到一个干粗活的低等宫婢李陵容时，许询大惊，说就是此人。司马昱起初不愿意召如此女子侍寝，但最后还是听从了许询意见。李陵容果然不负所望，为司马昱先后诞下司马曜、司马道子和一名公主。

　　司马曜四岁时被封为会稽王，司马昱驾崩前才被临时立为皇太子。桓温此次进京也是来试探一下新帝虚实。只见十一岁的司马曜高坐于殿中，和其父完全不同，见了他镇定自若，不亢不卑，对话流利，甚显聪慧。

　　桓温于是想起郗超说的一件事。新帝登基之前，司马曜为先帝守丧，一直不哭临（一种为帝后守丧的仪式，集众定时哀哭），左右禀告司马曜："按惯例该哭临了。"司马曜却说："哀痛了自然会哭，哪有什么惯例可言！"桓温心想这小子可比他老子狠！

桓温决计再试一试朝廷反应，就以卢悚谋反为由，奏请处决一批与之相关的罪人，他说："此事得禀报太后！"于是在显阳殿书房，桓温觐见了褚太后，并呈上处决名单。褚太后是他心中的女神，但女神只能隔着帘幕说话，桓温为了缓和紧张气氛，就故作沉痛地说道："太后！臣来迟了，没有亲送先帝一程！"

褚太后心里却盘算着如何不让桓温大开杀戒，故意顺着他的意思说道："明公不是想要去高平陵亲祭先帝吗？明日哀家让全体文武百官陪同大司马前去，岂不体现明公对先帝的缅怀之情？"桓温见太后顾左右而言他，不禁追问道："那奏请呢？""让王、谢三位大人审议一下，再予以实施。"桓温只得悻悻而归。

桓温回到建康的桓府，郗超急不可耐地赶来："明公，昨日新亭迎驾，您为什么最后没行动呢？景兴在宫里等，真是心急如焚哪！""算了，文武百官立于营外，本将做人做事从来堂堂正正，不能落人话柄。""可是明公就这样饶了王、谢？"桓温说："景兴收手吧，本将真的是没有这个命，你我皆认命吧！"郗超说："景兴不甘心，明日王、谢两人率百官前来，不妨……"两人讨论至夜半，桓温说："景兴不用回了，今夜就在这里休息，明早他们进来，你就在里面听。""好！"

第二天一早，王坦之、谢安两人果然率百官前去桓温府上迎候。桓温将两人迎到里间，王坦之恭敬地说："在下奉陛下和太后之命，陪同大司马前往先帝陵园祭拜。"桓温呵欠连连地说："本将老了，昨天刚到京师，夜里没睡好，早上很是倦怠。"谢安说："朝中大小事皆有劳大司马，明公辛苦了！"

正说话间，一阵风吹来，吹开了桓温身后的帷帐，眼尖的谢安扫到郗超的身影，当即微微一笑，对桓温道："嘉宾（郗超的另一个字）真可谓是人幕之宾！"桓温一愣，旋即哈哈大笑："什么都逃不过安石的火眼金睛。"一边对着里面的郗超说，"出来吧！"

郗超出来后有些不好意思地解释道："景兴多日未见明公，正向他说事，你们来了，我只好回避一下。"谢安哈哈一笑，圆场道："安石在大司马荆州府的时候，有一次因为洗了头没有戴好帽子，当时也不敢出来与大司马相见，幸亏明公说等在下戴好帽子再出来不迟，明公真是有耐心之人啊！"

郗超不再尴尬，而桓温一听谢安说起旧事，心里非常感念，就说："安石、景兴、文度，你们三人皆是本将最看重之人，而今都成了朝廷栋梁，本将甚是欣慰！"

桓温一高兴就把处决名单这事给忘了。

因为要去祭拜，他突然想起司马昱还没有谥号，就问谢安："先帝的谥号定了吗？"谢安说："满朝官员就等着明公您来定。"桓温说："安石文心灵思，给想想？"

谢安说："大司马有令，容安石思虑片刻！"说完，命人取笔墨纸砚，一会儿写就一个简短奏章，并立即呈给桓温。桓温读道："谨按谥法，一德不懈曰简，道德博闻曰文。易简而天下之理得，观乎人文，化成天下，仪之景行，犹有仿佛。宜尊号曰太宗，谥曰简文。"

桓温读完，当即说："妙哉！妙哉！先帝谥号就叫简文帝吧！"一边把这篇简短的奏章交给郗超看："看看！安石就是不一般，这种短文该叫安石碎金吧！"大家于是哈哈大笑，气氛变得十分融洽。桓温说："备车，本将即刻前往！"

于是王、谢两人陪同桓温前往高平陵，满朝文武百官相随，阵势和场面可谓给足了大司马面子。陵园在建康城外的钟山之阳，此地风水极佳，据说是简文帝司马昱在世时亲选之地。

本来郗超也要陪去，可是朝堂上另有其他事，临时把他叫走了。

去的路上阳光普照，风和日丽，但是等桓温一行上了山，天却转阴了，不知怎么还刮起了风，且越来越大，不一会儿下起了雨。谢安赶紧吩咐下人说："给大司马拿披风来，备好雨具。"

行至祭拜台，乌云密布，风雨交加，桓温有些紧张地说："先帝啊，元子来拜您了，您是有什么话要和老臣说吗？"然而风雨越来越大，祭台上的香烛一瞬间就被风吹灭了。王坦之说："不如我们去享殿祭拜吧！"桓温走下台阶时脚打滑了一下，险些跌倒，王、谢两人连忙上前搀扶，大司马的脚已扭伤。

桓温说着"没事没事"，一瘸一拐地坚持走向享殿，可还没进享殿，就发现殿内隐约闪现一个身影，高个清瘦，着一袭白色宽衫大袍，远远地坐于殿中央，似乎还挥了挥麈尾，但是这一切景象都笼罩在烟雾之中，若隐若现，这时空中传来一个声音："大司马别来无恙啊！"声音不大，却十分诡异。

桓温大惊，神经兮兮地对身边的谢安说："先帝显灵了！"谢安淡定地回道："安石无缘见到啊！"

说话间已进了享殿，桓温赶紧在简文帝灵位前跪了下来："先帝啊，下臣这就来拜您了，您可不能怨我……"不一会儿，烟雾中又传来一阵声音："大司马，少子可辅者辅之，如不可，君自取之！"桓温脸色大变，惊惧万分，连忙不停磕首道："臣不敢！臣不敢！臣不敢！"此时，鼓乐响了起来，桓温献上祭文。

祭拜完毕，一行人下得山去，但下山路上桓温却看见远远又飘过来几个身影，且朝着先帝的陵墓而去，一边飘一边似乎在喊："冤啊，臣等死得好冤啊！"他定睛细看之下，这不是庾倩、庾蕴、庾柔、曹秀、刘强等人吗？还有一个他不太认识，于是声音颤抖地问一旁的谢安："殷涓长什么样？"谢安道："和他父亲一样，身材矮胖，脸色黝黑。"桓温一听，大惊失色道："他们怎么都在这里陪先帝啊？"谢安一脸愕然地说："明公，您在说什么呢？"桓温脸色煞白，强压着惊恐，被人搀扶着上了马车，一路颤抖着回到府上。

回程中，陪同的文武百官都十分诧异，议论纷纷："今天怎么了？大司马像着了魔一样。"

是夜，桓温疑得风寒，高烧不退，梦呓不断。宫中闻悉后，褚太后派出最得力的太医前去诊治。太医给桓温把脉后，问桓温身边的长子桓熙说："大司马回府后有什么反应？""父亲一直在说见到了先帝、庾氏兄弟和殷涓等。""医书上说这叫邪气入体，说白话就是撞着了什么。"太医说完给桓温开药，并吩咐道："先吃了药再说，你们家里人多向高平陵那边祭拜祭拜，圆通圆通！"在病榻上躺着的桓温一听这话，挣扎着吩咐道："快，快，快！家里立即设个祭坛，祭拜先帝，告诉他老臣从无二心哪！"

第二天王坦之来谢安家里说事，两人相对无言地下了一盘围棋，又海阔天空地闲谈了一会儿，王坦之就告辞而去。

夫人刘氏看出了点什么，口气有些不屑地对谢安说道："是不是心里特舒坦了？""夫人以为呢？""那桓元子病成现在这样，你们两个事先岂不是清清楚楚？""夫人明鉴！""这算不算以其人之道还治其人之身？""对谦谦君子施以君子之道，对暴戾小人则施以小人之道！""明日谢郎还是约王大人去看看他吧！""夫人说得在理！"

隔日，王、谢两人前去探望，郗超也在。桓温脸色依然苍白而憔悴，但总算缓过了劲，他见了两人，心里似乎有些惭愧，就说在家里设了祭拜先帝的祭坛，王、谢两人说："先帝在天之灵一定会保佑大司马早日康复的！"

等两人一走，郗超说："明公，您不觉得那天发生在高平陵的事有点蹊跷吗？而且那日景兴是被临时支走的。"桓温说："怎么可能？是我亲眼所见先帝显灵了！"郗超摇摇头说："估计他们事先做了一个局，找人演的！"

桓温听闻，依然摇摇头，长叹了一口气，闭着眼睛说道："不可能！那天文武百官全在场，可看见显灵的只有本将一人

哪！""不，明公，那是他们事先串通好的，我这就去查他个水
落石出！"

桓温扶着床沿，紧张地说道："景兴，不可！就算世家大
族联合起来对付我桓元子，此事就到此为止吧！那个事以后也
不要再提起了！"郗超无奈地点点头。过了一会儿，桓温又道：
"等本将病稍好些，即刻回姑孰，那里才是我心安之处。"

郗超说："景兴也随您一起回姑孰吧！""不必了，你还得留
在建康，真要是发生了什么大事还得指望你！""不是还有安石
吗？""唉！安石与本将，各安天命！"

桓温在建康养病数日后，向朝廷奏请辞行回姑孰，司马曜
向褚太后汇报此事，褚太后转着手里的佛珠，不动声色地问道：
"陛下以为呢？"司马曜难掩兴奋地说道："准他！"

进京十四天后，桓温带着兵马重回姑孰。朱雀门外大街上
马蹄声渐渐远去，空气中只留下一阵飞扬的尘土……

第四十六章

请赐九锡　桓温之死

桓温回到姑孰后，病情未见好转，而且风寒引发旧疾，躺在病榻上有气无力。弟弟桓冲来探望他。在桓温诸弟中，桓冲最富见识，又具军事才干，一直以来深受桓温器重。桓冲曾两次跟随桓温北伐，立下赫赫战功，桓冲当时任南中郎将、江州刺史，与另一兄弟桓豁分掌江、荆二州。

桓冲看着身形消瘦的桓温，心如刀绞，紧紧地握着他的手说："长兄一定要好起来，为了我们桓家，因为有您，我们谯国龙亢桓氏才有今天。当年父亲为仇家所杀，是您带领我们兄弟报仇雪恨，振兴家族，后来又带我们一起征战沙场，建功立业，使得如今大晋的天下离不开我桓家军！"

桓温说："五弟啊，这话外面可不敢说，以前为兄做事太张扬了。一切皆由天命，自拜祭高平陵后，兄身体每况愈下，自感大限将至。"

桓温停了一会儿，继续吩咐道："可是兄心有不甘哪！我这一生为大晋鞠躬尽瘁，死而后已，虽不能自比诸葛孔明，然我这一生都在追随前朝王丞相未尽之伟业，致力于'勠力王室，克复神州'，想当年，先帝对王丞相是何等敬重，其葬礼参照汉朝大司马霍光。多年来，兄有一心事藏于胸中日久，兄为大晋征战无数，本想自伐燕归来向朝廷请赐'九锡'，但竟有庾氏、殷氏等大家族出面诋毁，后来又为废帝那事大动干戈，再加上简文帝驾崩而去，此事一拖再拖，兄再不请求，怕是来不及了！"

桓冲一听，大声回道："长兄放心，弟立即吩咐下去，写好奏章，亲自前往建康，送呈陛下！""好！"桓温长长地舒了一口气，他多么希望朝廷能实现他最后的心愿！

"九锡"是皇帝赐给有特殊功勋的诸侯、大臣的九种礼器，表示最高礼遇。九种特赐用物分别是：车马、衣服、乐县、朱户、纳陛、虎贲、斧钺、弓矢、秬鬯。一曰车马，指金车大辂和兵车戎辂，并配有黑马八匹，其德可行者赐之。二曰衣服，指衮冕之服，加上配套的赤舄一双，能安民者赐之。三曰乐县，指定音、校音器具，使民和乐者赐之。四曰朱户，指红漆大门，民众多者赐之。五曰纳陛，是登殿时特凿的陛级，使登升者不露身，犹如贵宾专用通道，进善者赐之。六曰虎贲，守门之军虎贲卫士三百人，执戟、铩之类武器，能退恶者赐之。七曰斧钺，能诛有罪者赐之。八曰弓矢，指特制的红、黑色专用弓箭，能征不义者赐之。九曰秬鬯，指供祭礼用的香酒，以稀见的黑黍和郁金草酿成，孝道备者赐之。

这好比历代皇帝都将玉玺作为传国至宝，没有玉玺绝非正统一样，"九锡"成了"位极人臣"的象征，代表着臣子的贡献已经大到无赏可赐，无官可封，是皇帝给予大臣最高规格的一种赏赐。历史上，王莽、曹操、孙权、司马昭等人都被赐予过"九锡"，但是这些诸侯重臣后来不是篡位就是建立新的王朝。

司马曜和褚太后接到桓温的奏章，大吃一惊，连忙召来王彪之、王坦之和谢安三人商议。司马曜大动肝火地说道："朕就是不给！这不是明目张胆地想要篡位吗？还自比前朝王丞相，王丞相被赐'九锡'了吗？他这是在对照我太祖皇帝，其居心险恶至极！"

褚太后则不慌不忙地问道："三位爱卿可知大司马身体状况？"王坦之说："他的病比在建康时要加重了，怕营中动乱，现在在军中那个发号施令的人是桓冲给他找的替身！"太后又问："这个消息可靠吗？"王坦之轻声回道："绝对可靠，下臣在他军中安插了眼线。"太后说："这就好，先答应了他，从长计议。"司马曜一听急了："答应他？给他？"

一旁的王彪之说道："是答应，也不能算答应，他已病入膏肓，就算得到'九锡'又能怎样？"司马曜还是一脸疑惑，谢安道："陛下莫急，下臣让当朝才子袁宏来写朝廷赐大司马'九锡'殊荣的诏书，写好了下臣亲自修改。"除了皇帝，其余三人似乎都明白了谢安的意思，褚太后对司马曜说："陛下记住，事缓则圆，人缓则安。"

袁宏任吏部侍郎，是当朝的文学和史学大家。最初他做过谢尚的参军，后来又转任桓温的记室，继荀悦编著《汉纪》后，他编著了《后汉纪》，并著有《竹林名士传》《东征赋》《北征赋》《三国名臣颂》等名篇。谢安找到他说："袁先生是桓温老部下，朝廷赐大司马'九锡'殊荣的诏书就由您来写吧！"袁宏一听大吃一惊，疑惑地问："朝廷真的要赐他'九锡'殊荣？""那是当然的，大司马戎马一生，为国效忠，岂有不赐之理？"

袁宏见谢安如是说，不再反驳，第二天没花多少功夫就草拟了诏书，言辞凿凿，文采斐然。袁宏很得意地拿给谢安看，谢安看了看说："不行，袁先生回去改改！"袁宏只好回去改了改，然后再拿给谢安看，谢安看了看说还是不行，继续改。

如此三番五次，一个月过去了，谢安还是说不行。大才子袁宏背地里气得直骂娘，只好找王彪之："这诏书究竟怎样写才能让谢尚书满意？"

王彪之摇着满头白发，乐不可支地笑了起来："你的文笔哪里需要一改再改，是谢尚书故意刁难你，你难道没听说大司马病得不轻吗？"一语点醒梦中人，袁宏哈哈一笑："这个谢尚书，拿臣当挡箭牌啊！"于是不再焦虑，找个地方听琴喝酒去了。

桓温左等右等，就是等不来朝廷的"九锡"，病榻上愤恨不已。桓冲又来看他，忿忿不平地说道："'九锡'之事，弟听说是那王、谢三人串通好了，拖着不给！"桓温无奈地苦笑了一下："应该还有宫里头那位。"桓冲心里一惊："兄是指太后？"桓温点点头说："兄早知道会有今天，兄这些年做的那些事，既得罪了各世家大族，又遭朝廷嫉恨，皇室对我更是恨之入骨，人人巴不得我早死！唉！如果我真的不在了，你们怎么办？"桓温突然发出无比悲凉的叹息："为了桓家的今后，罢手才是上策！"

桓冲大哭："长兄莫要说丧气话，你会好起来的！"此刻，桓温的眼泪大滴大滴地落了下来："我再不说，恐怕来不及了！"桓温不停地咳嗽着，缓缓说道："兄那几个儿子并不争气，且急功近利，只会坏了大事，兄看你平素心性平和，不善与人争利，我死后，所有的将士、部曲都归你统率，唯有如此，方可保我桓家人今后性命无虞啊！切记！切记！"

桓冲又大哭，他也没想到桓温临终竟会如此考虑，为保全家族身家性命，竟将桓氏核心权力交付予他。桓温看着他，似乎还有千言万语，但好像又说不出来了，只说了一句："五弟，你先走吧，隔墙有耳，恐怕生变，等兄交代好后事你再来！"

桓冲知道桓温的这个决定，他的几个儿子是不会善罢甘休的，于是含着泪说道："长兄多多保重！"说完一步一步地往后退出，刚走几步，桓温又叫住了他："还有件事，你给我安排的那个替身怎么办？""照例是不能留的。""不要杀他！等我不在了，给些钱粮遣返回老家，让他过安生日子去吧！"桓冲连连点头答应。人之将死，其心也善。

桓冲走后，桓温将几个儿子叫到身边，一一交代后事，并告诉他们今后兵权交予五叔桓冲，这是为他们桓家长久而计。可是世子桓熙和另一个儿子桓济哪里肯相信父亲是为他们好，他们以为这本该是儿子应得的权力，怎能让五叔捡了便宜。于是两兄弟联合另一个叔父桓秘想暗杀桓冲，桓冲早有防备，结果手下人一出击就被拿下。消息传到桓温那里，桓温的病又加重了一成，他让犯事的儿子跪下，大骂："竖子不可教也！"于是在病榻上下令废掉桓熙和桓济的世袭，立即迁徙他们至长沙，永世不得回京。

清理了不孝之子后，桓温重新召来桓冲，桓冲手中抱着桓温四岁的幼子桓玄走到跟前，桓玄一直在嚷嚷："阿父，陪我去骑马呀，我最喜欢骑那匹大黑马了！"桓温一边剧烈地咳嗽着，一边安慰着幼子："好好好，阿父好了一定陪你去骑大黑马，为父还想教你射箭……"一边对桓冲说："遗书写好了，由你统率我旧部，并接任扬州刺史，桓玄承袭我的封爵南郡公。"

桓冲点头，问道："长兄还有什么想见的人吗？"

"有！"此时的桓温身形已消瘦到脱了形，他本不想给世人留下他羸弱不堪的最后印象，犹豫了片刻说："找安石来见我！不，附带上景兴和文度吧，他们三个是将来的中兴大臣，我有事托付！"桓冲说："好！"

谢安、王坦之、郗超三人得到消息后，快马加鞭地赶往姑孰。等三个人奔到桓温病榻前，桓温本来气息奄奄的身体突然来了精神，他一个个执着他们的手，说道："你们三人看到了，本将毕生致力于'驱除胡虏，收复中原'，可是本将不知后人会怎样评价我？"

王、谢两人神情凝重，一副欲哭无泪的样子，郗超则哭得一塌糊涂，一边哭一边说："明公盖世功名，朝廷当不会对不住您和桓家！如果他们胆敢对明公不敬，景兴决不会饶过他们！"

一边说一边睥睨着王、谢两人。桓温对郗超说："瞧你这怂样，我还没死呢，你就哭成这样！"

王坦之说："明公别多想，太后和陛下在宫里头一直记挂着您，昨天还特意问起您，我们来姑孰，太后特意又派了御医前来诊治，这会儿正在门外候着呢。"

桓温感动地说："你们回京城后，代我谢过太后和陛下，老臣这病恐怕是天医都治不了了，你们几个都是大晋的中兴之臣，本将离世之前，有个请求，恳请今后对我桓家子侄多多包容啊！"

谢安回道："一定转达圣上和太后，也请明公放宽心！"桓温一听，随即将目光转向谢安："安石老弟啊！这几天本将老是做梦，梦见先帝了，先帝总是对我招招手说：'某在斯！某在斯！'唉！他做了皇帝不要哭哭啼啼，该多好啊！本将真的不是那个乱臣逆贼，我要真有那心，也不必等到他驾崩！"

此言听起来倒也是肺腑之言，谢安于是安慰道："大司马千万别多想，这世上没人敢说您是乱臣逆贼！大司马功勋卓著，无人能及，我们都盼着您早点好起来！"桓温突然紧紧握住了谢安的手，眼里落下大滴大滴的泪水："本将好不了了，也许离开就在这几日了，昨天晚上先是梦见先帝，后来又梦见了你兄长，梦中依稀到了始宁东山，去喝谢无奕的喜酒，见到你嫂子嫁进了门，我在人群里一把将你抱起来，高高地举到头顶，好让你看得清楚一些……"

性格一向慢热的谢安此时再也无法忍住，眼泪"哗"地奔涌而出，放声大哭起来："阿兄……"是的，当年他叫过"阿兄"的那些人一个个都走了，他们教会了他很多，那是一代又一代的传承，可是生死之间，转换无情，天地长久，茫然无措。那一刻，他想起了他和王羲之在冶城上看到叛军逼近城下，山河惊魂，不知去往何处；那一刻，他想起了他行驾在从豫州扶柩回建康的路上，漫漫长夜，敢问路在何方；那一刻，他想起了谢万辞世，他面对一大家男女老幼期待的眼光，退无可退，担忧前途未卜……既然所有的人生都将走向终点，再过数年，他也将离开，再过百年，这里所有的人都将化为尘埃，天地与我共生，万物与我合一，我并无我，但我活着就是来过，我活着就是意义！

数日之后，桓温离开了人世，带着人间留恋，带着无限遗憾，永远地闭上了眼睛。此时距他上次带兵入京不到半年，终年六十二岁。

　　桓温去世，就像雾霾散尽，天终于放晴了。

　　毕竟司马曜才十一岁，没有辅政大臣，大晋就像没了主心骨，三位托孤大臣一起商量，谢安、王坦之提请褚太后再次临朝称制，王彪之却说："以前皇帝尚在襁褓中，需要太后摄政，如今陛下即将婚冠，反令从嫂临朝，不是很妥当吧？"谢安说："没有妥不妥当，只有合不合时，总不至于让桓冲来辅政吧！"说得王彪之无言以对，只好同意。

　　太极殿上，百官肃立，谢安带着浓浓的"洛生咏"腔调宣读诏书："王室多故，祸艰仍臻，国忧始周，复丧元辅，天下惘然，若无攸济。主上虽圣资奇茂，固天诞纵。而春秋尚富，如在谅闇，蒸蒸之思，未遑庶事……夫随时之义，《周易》所尚，宁固社稷，大人之任。伏愿陛下抚综万机，厘和政道，以慰祖宗，以安兆庶，不胜忧国喁喁至诚。"洋洋洒洒的一大篇言辞，百官听闻无不敬佩。

四十八岁的褚太后开启了第三次临朝称制，她本想推辞一番，然而国难当头，岂能坐视，最终还是爽快应承下来，同时也诏曰："皇帝婚冠之时，宜当阳亲览，缉熙惟始。"

太后临朝后第一件事就是率司马曜和群臣在朝堂上为大司马温举行哀悼仪式，按照汉代大司马霍光的规格国葬，追赠桓温为丞相，赐衮服，并谥号宣武，同意桓温幼子桓玄世袭南郡公。

司马曜有些不高兴，对王、谢三位大臣说道："大司马温人都死了，朝廷为何还要如此厚待他？"王彪之说："陛下，人走茶凉，可是桓元子这杯茶还在，只是凉了而已！"司马曜说："王大人的意思是他桓家的军权还在，既然他在世时有反心，不如现在就拨乱反正，先削权，再借机灭了……"说到一半他停了下来，毕竟天子出言须慎重。三位大臣你看看我，我看看你，心想这个小皇帝是个比先帝厉害的狠角色！

谢安开口道："陛下莫急，此事得从长计议，大司马在世时并没有实际的叛逆行动，就是废帝一事也做得中规中矩，再说如果不废帝，陛下您也无可能登基啊！"一语戳中了小皇帝的软肋。

谢安又不慌不忙地说道："大司马临终时让其弟桓冲统领所有桓氏兵士和部队，足以说明他在去世前已向朝廷投降了！"司马曜问道："为什么这么说？"谢安道："其弟继则安，其子继则反。这是大司马临终前想出的保全家族的上策。桓冲其人不似其兄，心性平和，懂得退让，顾全大局，不会与朝廷争权！"司马曜听得似懂非懂。

最终朝廷诏命桓冲任中军将军，都督扬、雍、江三州军事，兼扬、豫两州刺史，镇姑孰；荆州刺史桓豁为征西将军，都督荆、扬、广三州军事；桓豁之子桓石秀为宁远将军、江州刺史；另外，桓伊等人也得以重用。

桓冲上任不久后，对军中和地方上处死刑之事先上报朝廷，等朝廷下令后再执行。这事放在以前，桓温对处死刑之事都是自行决定。

国内稍有平静，边境又起烽火。逐渐强壮起来的前秦经常骚扰边境，东晋北边的徐州和兖州越来越不太平。兖州刺史刁彝是桓温旧部，此时正患病，桓冲便向朝廷举荐王坦之为北中郎将，都督徐、兖、青三州诸军事，兼徐、兖二州刺史，镇守广陵。此前王坦之刚迁升为中书令、丹阳尹。司马曜一听非常不理解，就和褚太后汇报此事："这桓冲不是削弱自家势力吗？"褚太后说："桓冲不是桓温，谢尚书没看错人。"

王坦之四十出头，正当壮年，正是为国家出力的最好年纪，他没有辞让就答应了下来。与此同时，谢安升任尚书仆射，总领吏部事务，加后将军，与尚书令王彪之一起执掌朝政。

临走前，谢安为王坦之饯行。地点还是设在新亭，王坦之到了那里，发现谢安带了一帮乐伎，笙、筇、角、笛、筝、琵琶、箜篌等乐器一应俱全，还现场搞了一个带烧烤的野炊，那排场堪比多年前的兰亭雅集，只不过主角只有王、谢两人。

两人在一处风景优美的水边席地而坐，听着一曲又一曲的音乐，享用着美酒和美食，阳光正好，微风拂面，心中不禁涌起无限感慨。

王坦之哈哈一笑道："安石兄向来会享受生活，格调高远，可谓身在朝堂心在林泉啊！兄难道不怕下面的人仿效你吗？"谢安道："身正不怕影子斜！致乐可以治心，乐则安，安则久，如若不是为了当年那句'安石不出，如苍生何'，我还是愿意回东山逍遥。等再过几年我老了，就可以回去享福了！"说时竟有点伤感，王坦之也被他感染了，说道："是啊，以前我和你总是想方设法联合去对付那个人，现在那个人不在了，感觉一下子没有了目标和方向，也不知道未来还有什么在等着我们？"

谢安道："其实那个人也没世人想象得那么不堪。他没有王敦、苏峻那样明目张胆，也没有王莽、曹操、司马昭那样狠绝，他毕竟为守卫大晋奉献了一生。然而，后世终究要称他为枭雄，他若明白人生在世也就短短数十年，也许就不会那么瞎折腾了……"王坦之道："他若是你就不是他了，都说三岁至老，本性难移。"谢安说："不说他了，临别之前，为文度弟奏一曲《高山流水》，万望你到了那边时时保重，捷报频传！"

乐使们纷纷退下，谢安起身走至琴前，拨弦两声后开始演奏，铮铮琴声中，王坦之听出了"峨峨兮若泰山，洋洋兮若江河"的意境，不觉叹息道："唉！弟此去一别，就如同俞伯牙与钟子期，往后不知何时才得相见？"此后两人相对无言良久。

谁知一语成谶。王坦之被派到前线镇守后，尽心尽力，打败了前秦的数次进攻。由于劳累过度，王坦之不久就病倒了，朝廷派出御医时已是回天无力。

宁康三年（375年）五月，王坦之病逝，年仅四十六岁。

谢安得知这一消息时，手上正拿着王坦之写给他的信，大意是让谢安和桓冲要和睦，将相和，国家方才兴，信的末尾又劝说谢安不要经常沉湎于音乐，不要给下面的人做出不好的榜样。

这样的信实际上谢安收到了很多封，谢安相信桓冲应该也收到了类似的信。王坦之似乎特别敏感于两人之间微妙的关系，来信总是提及忧国忧民之事，从来不谈及个人私事。这就是王坦之的行事风格，忠诚单一，循规蹈矩。

谢安拿着他的信，眼泪夺眶而出，毕生尽忠王室的兄弟就这样走了，没想到新亭一别终成句号。朝廷对英年早逝的王坦之十分痛惜，追赠其为安北将军，谥号献。

王坦之去世后，谢安与老臣王彪之共同执掌朝政。九朝元老王彪之已七十高龄，早有力不从心的感觉，屡次上疏求退，司马曜不准，转拜他为护军将军，加散骑常侍。

谢安十分尊重王彪之，称许道："朝中大事，众人不能议决的，问王公必能有个结果。"事实上，朝中大小事已基本落在谢安手中处理，谢安逐渐成为朝廷的坚强依托。

到了宁康三年，司马曜已年届弱冠，褚太后让谢安为皇帝物色皇后，谢安举荐了太原王氏、晋陵太守王蕴的女儿王法慧。

谢安认为选择皇后其实就是选择外戚，没有贤良的品德必然引起祸端，唯有名望像王蕴女儿那样的才行。王蕴是名士王濛的儿子，王濛属于太原王氏的另一支，谢安十分崇敬王濛，和王蕴也是世交。王法慧品貌才华俱佳，于是立皇后的事，司马皇家听从了谢安的安排。

这年八月，司马曜迎娶王法慧为皇后。不久，司马曜胞弟、琅琊王司马道子迎娶了王坦之的从侄女为王妃，这不仅使太原王氏的影响力持续存在于东晋朝廷，也为司马曜后期主相相持的政局埋下了伏笔。

太元元年（376年）正月初一，司马曜加元服，行婚冠大礼，崇德太后褚蒜子正式归政，复回后宫。谢安升任中书监、录尚书事，成为实际上的大晋丞相。

早朝后，百官们退朝而去，只剩下谢安和王彪之两人，王彪之刚想退出，被谢安叫住了。

谢安对很多事情都很讲究，尤其是周围环境，只见他拉着王彪之看起了太极殿内外的设施，一边走一边说："看看，这宫殿破旧不堪，好几代不修了，哪里还会有好风水？"王彪之瞪大了眼睛说："现在秦贼猖盛，谢中书不要在修缮宫殿上浪费国家财力了！"谢安说："王公请放心，修缮花不了多少钱，再说这皇宫毕竟事关国家和晋室的形象。"王彪之一听，说："你都拿定主意了，还来问我！"顾自生气地走了。

第二天谢安备了些礼品，上门去拜访王公，王彪之正盘腿坐在一张胡床上，见谢安登门，也让人搬过来一张胡床，与之对坐下来。

胡床自北方经中原传入，近来在东晋朝各大家族中普遍流行起来，这是一种生活方式的改变，也是一种文化的传播，从实用性上说，垂足而坐自然比原来的席地而坐要舒坦。

谢安道："看来王公也喜欢令人舒适的环境，这不是可以推己及人吗？"王彪之没好气地回道："老臣终究拗不过你，如今你已位列老臣之前，此事你定吧，只是别太铺张浪费了。"

谢安道："谢过王公，没有您首肯，下臣岂敢擅作主张？虽说如今我已位及中书，可是想起从前那些险恶之事，这心里一刻也不敢放松，眼下晋室内外多少事，千头万绪须理顺，还望王公为安石指点迷津！"

王彪之捋了一把长长的白须，叹了口气道："算你是个谦虚好学的明白人，老朽也时日无多，就和你这个首辅大臣说说当前应对之策吧！当前内忧外患并不比先帝那时少，秦贼有王猛辅佐，气势日盛，对大晋更是虎视眈眈，而桓家势力依旧强大，幸亏桓冲不是桓温，但也不可掉以轻心，你记住一个原则：'荆扬相衡，则天下太平'，什么时候做到东西两边平衡了，大晋就少了内忧。还有一条，你知道为什么晋室接连好几代，事事都得倚仗外戚吗？"

谢安回道："安石明白，晋室没有自己的精兵强将，也调不动诸侯军队。"王彪之道："老臣不会看错人的，安石应该明白接下来怎么做了吧？"

谢安深深地一鞠躬，道："听王公一席话，如拨云见日，安石心里瞬间明亮了。"

王彪之长舒了一口气，说："老朽估计也等不到克复神州那一日了，以后你若有机会……代老臣去看看中原吧！"说完，怅然若失，让下人送客："恕老朽不能奉陪多时，精力日渐不济了。"

谢安遂起身告辞。

第二年，建康宫焕然一新，谢安领着司马曜、褚太后等参观，众人看了后都非常开心，司马曜说："这宫里宫外就像变了一个样，谢中书花了多少钱？""不多不多，才十二万铢。"司马曜不信："谢中书开玩笑吧！才十二万铢？""真的，下臣让工部先做预案，再利用原有建筑材料翻新，精打细算地施工，下臣每天都来监工。"

褚太后欣喜地说："谢中书亲力亲为，辛苦了！""请陛下和太后请放心，如今这翻新过的宫殿依照天象，以北极方位而定势，能确保我大晋日后国运昌盛！"

司马曜当即赞道："中书无所不能啊！"

对谢安来说，修缮宫殿这等面子文章要做好，真正决定大晋长治久安的是还要做好里子文章，实现内部平衡、大族和谐。他决计让新晋国丈王蕴出镇，于是召来桓冲，劝其解任徐州刺史，由王蕴来接任。

桓冲深知，今非昔比，所以在很多事情上谢安小心翼翼地试探，桓冲则大度地处处退让，加上王坦之的英年早逝，对桓冲触动也很大，他不仅一口答应解除徐州刺史，改镇姑孰，还请求辞去扬州刺史一职，举荐威望日盛的谢安担任。他上书朝廷说，举荐谢安兼任扬州刺史有两个原因："一，臣之气量和涵养都不及谢中书；二，扬州刺史一般都有丞相兼任，综合考虑，臣以为谢中书比在下更合适，由他兼任则利国利民，而臣身为军人，更适合镇守四方。"

司马曜接到此奏章，大喜过望，跑到后宫找褚太后汇报此事，褚太后兴奋地转动佛珠说："看来佛祖显灵了，大晋的国运来了，这桓冲能有这样的肚量，真是菩萨保佑！陛下准他就是！"

但是谢安却辞让不受，他说："桓冲让出徐州刺史一职已不错了，这扬州刺史还是让其继续留任吧！"然而，上天有意，太元二年（377 年），桓豁去世，荆州是桓氏的老根据地，也是桓家最不愿放弃的地盘，而其他桓氏后人似乎很难当此重任，且扬州与荆州，桓冲不能同时兼顾，只能二选一。

司马曜劝谢中书不要再推辞了，谢安就这样不费吹灰之力兼任了扬州刺史，都督扬、豫、徐、兖、青五州诸军事。

之后，谢安提请桓冲都督江、荆、梁、益、宁、交、广七州军事，兼荆州刺史，镇江陵，又以桓冲儿子桓嗣为江州刺史。江州刺史也是一个非常重要的位子，宁康元年（373 年）曾由虚职多年的王凝之短暂出任过江州刺史，驻豫章。此时，王凝之又被重新召回建康，等待新的职务。如此安排，让桓氏一族依然掌控长江中游的军权，看上去，桓家没有因桓温去世而失势。

桓冲出发时，司马曜在建康宫西堂为之饯行，谢安更是代表朝廷将其送行至溧洲（今江苏省江宁县西南）。溧水流长，虽比不上滚滚长江，但是对于一路西行的桓冲来说，他又将回到兄长的发祥之地，世事轮回，又有多少人看得清其中的天意！

桓冲对谢安拱手行了一个拜别礼，道："此去一别，请谢中书代我向陛下转达：冲誓死守卫西面边境，竭尽全力保卫国家！"谢安听后竟有些泪目，眼前这个人似桓温又不似桓温……

桓冲把扬州的军权让给谢安后，双方协作，东晋出现了多年未见的"君臣和睦，上下同心"的局面。

然而，这年大旱，天呈异象。谢安一边安抚灾民，一边上书司马曜，主张复兴衰败灭亡的侯国和世家大族，寻找晋初开国功臣的后代加以封赏。此事一传开，原来破落的世家大族子弟纷纷前来投奔朝廷，愿意报效国家。

谢安看到这一局面，十分欣慰，为国家广纳贤才，吸收表现优异的士族后代为朝廷所用。后来，谢安又向司马曜奏请，非士族出身的寒门子弟也可前来参加选才，一时间，全国各地的文武之才都奔向京师寻找发展机会，时人皆称赞谢中书善于选人用人。

谢中书的口才特别好，多次朝会时慷慨陈词，援古拟今，劝导百官以社稷江山为重，同心同德，专心国事。不管多么紧急和棘手的事情，到了谢中书手上，总能做得从容不迫。时人于是将他比作王导，甚而认为在文治方面，谢安比王丞相更胜一筹。

太元二年（377 年）九月，辅助苻坚基本统一北方的王猛去世两年，秦、晋边境平静了一段时间，因为王猛临终前曾告诫苻坚："晋朝虽然僻处江东，但实为华夏正统，而且上下安和。臣死之后，陛下千万不可图灭晋朝，鲜卑、西羌等降伏贵族贼心不死，是我国的仇敌，迟早要成为祸害，应逐渐铲除他们，以利于国家。"对王猛的死，苻坚曾三次临棺祭奠恸哭，说道："老天不想让大秦统一天下呀，怎么这样快就夺去了朕的景略（王猛的字）！"于是，按照汉朝安葬大司马霍光那样的高规格，隆重地安葬了王猛，并追谥王猛为"武侯"。秦国上下哭声震野，三日不绝。

王猛去世后，苻坚灭掉了北方的另外两个强国前凉和代国，完全实现了北方的统一。

随着时间的推移，苻坚逐渐忘记了王猛的临终告诫，眼里越来越容不下占据江东之地的东晋。早前，前秦曾夺取了东晋的梁、益二州，此时他已不满足，不断集结军队在边境挑衅滋事，虎视眈眈地盯着淮阴不放。晋北边境百姓流离失所，苦不堪言，告急文书频频传至朝廷。

长江上游有桓冲把守，下游却一直是个薄弱环节，此处晋军在与秦交战之中始终处于下风。

一次朝会后，司马曜焦虑地留下几位重臣，于显阳殿书房商议镇御北方之事，有谢安、王彪之，还有郗超。

郗超在桓温过世之后收敛了不少，但是司马曜总觉得他是桓温旧部，心有余悸，不敢重用。再加上桓温去世后，郗超丧母，辞官了一段时间，直到又被起复为散骑常侍、中书侍郎。中书侍郎就是中书令的副手，位在谢安之下，郗超对自己的官职倒是一副无所谓的态度。但是，他认为父亲郗愔是大晋名公郗鉴的长子，一直处于闲职，如今老了一再要求去职，闲居会稽，而此前家世并不显赫的谢安却借势掌控了朝政，为此心中一直愤恨不已。谢安对郗超之怨当然也心知肚明，只是从不道破。

书房内，司马曜面前叠着一堆江北告急的文书，焦急地问道："三位爱卿对防御江北前线有什么对策？"

王彪之先开口道："老臣以为当务之急是要加强江北的军事防守，以前郗家父子在时守土有责，胡人岂敢对我朝轻举妄动。"说完看了郗超一眼，似乎想说，到了孙子辈不好好守住，只知道给桓温出馊主意，然而话到了嘴边却成了这样："广陵是我朝门户，守住此地可一举两得，既抵抗了北边的虎狼秦人，又可使荆扬相衡，朝廷务必派出精武良将坚决守住这道防线。"

郗超似乎并不理会王彪之的影射和讥讽，他本人只是一名文臣，若是被派往前线非他所愿。桓温过世后，他对仕途看淡了许多，如今只求过好平常日子。这时皇帝问计，他自然想起了旧主，口气明显有些不屑："遗憾啊！我朝要找挥麈谈玄的文人雅士，一抓一大把，但能领兵打仗之才寥寥可数啊！"

最后大家都把目光转向谢安，谢安向来都喜欢最后一个发言，以前是位子靠后，现在是为了深思熟虑。

一阵沉默后，谢安气定神闲、一字一顿地说道："臣举荐谢玄镇守广陵！"

此言一出，司马曜一脸诧异，其他两人也感到非常突然，王彪之接口道："谢玄是谢中书侄儿，如此举荐朝臣们会作何议论？"谢安回应道："正因为他是我侄儿，臣对其了解透彻才敢举荐！"一时之间，气氛有些尴尬，司马曜看了眼郗超，他知道郗超和谢玄一直不和。此时三位大臣一票对一票，郗超这一票至关重要。

郗超是郗家长孙，他的祖父和父亲都出镇过广陵，任过兖州刺史，这广陵本是他郗家的发祥地，确实他的话最有分量。

只见郗超不疾不徐地说道："谢幼度乃富贵人家的英俊公子，如去前线，镀个金自然是不错的……"谢安斜了他一眼，郗超哈哈一笑道："谢中书莫急，臣还没把话说完！谢中书敢于冒着触犯众怒的风险，举贤不避亲，推荐亲侄子，实乃英明之举！臣以为谢幼度一定不会辜负他叔父的举荐，因为他的确是个难得的经国统军之大才！"

司马曜心想这反转也来得太快了，没想到郗超继续说道：

"臣曾经与谢幼度共同在桓大司马幕府做事，亲眼见他用人各尽其才，即使是一些细小事务，安排也非常妥当。后来，幼度在桓豁帐下做司马，领南郡相、监北征诸军事，已具备独领一郡的能力，在荆州建了不少军功，桓大司马在世时曾对下臣说谢幼度四十岁时一定会成为统军持节的大将！臣赞同谢中书意见，且相信谢幼度一定能出师成功！"

谢安没想到郗超会有如此一说，当谢安看向他的时候，发现郗超的眼里闪过一道明亮的光。郗超就是这么一个人，复杂中夹杂着真诚。虽然政见不同，却能殊途同归。

司马曜顿了一下，高兴地拊掌大笑起来："好！好！好！朕要的就是年轻将领出师！谢爱卿举荐得极好！郗爱卿称赞得极好！"唯独王彪之一脸茫然。

最终此事就这样愉快地决定了。朝廷一纸诏命将谢玄从荆州召回建康，任命谢玄为建武将军、兖州刺史，领广陵相，监江北诸军事。

谢玄快马加鞭回到建康领命。这一天，谢安在乌衣巷谢府内终于见到了阔别良久的侄儿。谢玄此时三十出头，一身戎装，英姿勃发，举手投足间存有几分谢奕的风采，言谈举止中又形似几分谢安的气度。

谢玄的夫人桓氏带着儿子谢瑍等前来迎接。谢瑍已十岁，但不知为何看上去说话和反应显得有些迟钝，谢安作为叔公曾风趣地说道："大音希声！"

谢道韫早就听说谢玄回家了，赶紧从娘家带着儿女们过来相迎。一时间，芝兰树下子孙环绕着嬉闹着，谢府这天又像过节一样热热闹闹，谢安似乎想起了当年场景，心中十分感慨，可惜谢朗不在了，他最看重的三位"小谢"只剩下两位。

所幸谢家还有谢石和谢铁两位小叔，成为朝廷大员，身兼要职，赴任在外。谢安心想，从父兄手里交过来的担子，到了他手上总算没有黯淡下去。

是夜，谢安与侄儿谢玄对坐谈心，他知道谢玄明日一早就要动身去广陵，便有些不舍地端详起侄儿。

谢安拉着谢玄的手，眼眶中渐渐充满了泪水，语气也沉重了起来："羯儿知道吗？你大伯谢仁祖、父亲谢无奕、三叔谢万石都因守边而英年早逝，守边是为了什么？我们这些南渡而来的中原士人也许早就忘记了故土和家园，可是那些留在北方的中原人就没我们幸运。数十年过去了，他们依然生活在连年战乱中，受尽了痛苦和屈辱，中原人一旦落入胡人军队手中，大多难逃一死，男子被迫成为奴隶，挣扎在生死边缘，女子则饱受虐待，生不如死。我听前线的军人说，最惨的是当军粮不够时，中原人成为胡人军队的口粮，还被恶称为'两脚羊'。如此遭胡人军队虐待的人成千上万，不计其数。如果没有人保卫国家，强悍的胡人军队迟早会杀到江东，如此下去，我们中原人不仅会亡国，还会灭种……"

谢玄看着从小教诲他的叔父，回道："叔父大人，侄儿明白了，从王丞相当年提出'勠力王室，克复神州'至今已数十年了，我朝始终没有真正战胜过胡人，我此去广陵定当不负叔父重托，不负朝廷使命。"

　　少倾，谢安又说："羯儿此去一定要建立自己的军队。大晋实行的是世兵制，有的地方祖孙三代都为兵，如此当兵还有什么战斗力可言。如果钱粮不够，尽管向朝廷奏报，朝廷必能体谅戍边将士之苦。"谢玄回道："是!"谢安又叮咛道："去吧，再去见见你长姊，如今你阿母阮夫人已不在了，她也不常回娘家，今日听说你回来就一早赶来了……"

早在春秋战国时期，吴王夫差筑邗城，开凿中国历史上最早的人工运河之一——邗沟，沟通江淮水系，成为广陵开发之始。秦始皇统一中国后，设置了广陵县。汉代，吴王刘濞受封广陵，建立了吴国。三国时期，魏吴之间战争不断，广陵成为江淮一带的军事重地。到了东晋，东晋所辖北边境土主要为荆、扬两州。荆州位居上游，地广兵强，是防止北方胡人南下的重要据点，设有强有力的都督府，"资实兵甲，居朝廷之半"。广陵是京畿之所在，立国之根本，而且是三吴及浙东的谷帛重地。众所周知，"建康拥天子以为尊而力弱，荆襄挟重兵以为强而权轻"，这种"枝强干弱"的局面，最终成为"荆扬之争"的根源。

谢玄到达广陵时，天色已黑，他在马车上第一眼所见，便是黑压压的人群聚集在城郊各处。他们衣衫褴褛、露宿街头，不时引发一阵阵小小的骚乱，只为抢夺一口粮食或者一块栖身之所。谢玄心中掠过一丝丝疼痛，这些应该就是叔父所说的为逃避北方战乱而来的流民。

等简单安顿好之后，谢玄有些迷茫地问当地官员："这些流民为何流落至此？"官员回道："这些人也是从中原南渡而来，但过了江之后，由于财力匮乏、势单力薄，再无力南行。因此，广陵、京口逐渐成为大量流民滞留点。"谢玄再问："我朝不是有侨置法吗？他们为什么没有被安置？""人多地少哪！再加上他们居无定所，漂泊为生，很难安置。"谢玄吩咐手下一两天后再一同去京口看看。

到了京口，谢玄看到的现象更是触目惊心。京口比广陵更加贫瘠和荒凉，流民们在荒野里衣不蔽体、啃食树皮，秋冬的寒风吹过，那些人瑟瑟发抖，很难想象到了大雪纷飞之时这些人是否还能活下来。

谢玄路过一个街头，勒住了马，走到一群流民之中，见一个为首的人在那里分发食物，这个人长得一身腱子肉，一看准是当过兵的。谢玄问道："兄弟，你们从哪里来？"那位头领模样的人见有将军下马来关心他们，并不怎么吃惊，说道："我们从东海郡郯县（今山东省郯城县）逃难而来，本想投靠大晋军队，没想到这里的军队连自己也吃不饱饭，还管得了我们什么？""那你们怎么生活？""出卖体力呗，谁家有需求我们就去帮工，唉！这世道让我等空有一个好身体啊！"谢玄看着他们，默默上车走人……

谢玄召集了当地的文官武将，并吩咐下去拨出部分军帐，临时安置这些流民。此时，一位文官上前说道："启禀将军，此办法不能长期解决他们的困难。"谢玄问道："那依你之见，如何处置他们？"文官一时答不上来。

这时，一个武将模样的人出列，拱手说道："末将有计可献！"谢玄说："不妨说来听听！"武将朗声说道："可以仿效当年郗太尉在'王敦之乱'时组建流民军队，一则可以抵御秦军南下，二则可以拱卫京师。"谢玄追问道："如何组建？""以流民帅为将，以流民为兵，组建流民军。"

谢玄看向这位武将，此人面色赤紫，须眉长得有些异于常人，一看便是精于习武之人，气血十分畅通。

谢玄有些好奇，他曾听叔父和桓温说起过郗太尉当年这支神勇无比的军队，于是又追问道："我是听说过当年郗太尉组建的流民军，后来成为平定'王敦之乱'的中坚力量，可是这么多年过去了，这些流民帅还在吗？"那人语气坚定地说道："有！因为一直有一支部队在，名字叫乞活军。"

"乞活军？"谢玄发出长长的惊叹："就是被桓大司马活埋过的乞活军吗？"

"是的！"这位面色赤紫的武将不慌不忙地答道："乞活军其实一直都在，其中最活跃、历时最久的便是东海王司马越之弟燕王司马腾的那支，以及后来冉闵用来创建冉魏政权的那支。这些部队皆由北方流民收编而来，流民没有财产和住所，只为乞食活命，这样的部队打起仗来从不贪生怕死，十分勇敢彪悍。乞活军活动的范围很广，徐、兖、冀、青、幽、并、扬七州都有，甚至还给胡人打仗卖命。但他们中的大多数人愿意归顺大晋正统，所以不断渡江而来，京口和广陵就成了他们的大本营。他们平时没有组织、散落各地，但实际上大多数人都经过专业操练，一旦有人号召，他们即刻就能操起刀枪，冲上前线杀敌。他们的首领就是流民帅，流民帅大多是在战场上打出来的将帅，从死人堆里爬出来的，一个个凶悍无比，杀人和吃饭一样平常。如今因为无仗可打，流民帅也大多隐于市，那些得过军功的，有的担任了侨州郡县的郡守或县令。您刚才所见的那个人应该就是一个流民帅，这样的人才流落街头岂不是浪费？末将建议广纳这些骁勇善战的流民帅，让他们把流民兵组织起来，朝廷不用费多少军饷，就可以得到一支精锐部队，为我大晋戍边退秦。"

听完这番话，谢玄大吃一惊，又茅塞顿开，便问道："请问你尊姓大名？"那武将道："彭城刘牢之，字道坚，南渡而来的侨民，北地、雁门太守刘羲之孙，征虏将军刘建之子。在下在这里就盼着有朝一日遇见恩主，辅佐大业，收复中原，匡扶晋室……"说完，向谢玄行跪拜之礼。

谢玄连忙上前，细看之下，这位武将与自己年龄相仿，满眼闪烁着渴望建功立业的光芒，于是一把扶起刘牢之说道："道坚兄弟，来来来，随我一起回京口府衙，本将愿听你细细道来！"说完，邀刘牢之与其同乘一辆马车而去……

第二天，谢玄派人给谢安送去一封急奏："南徐州和南兖州是北来侨民最多的地区，侨寓人口计二十二万之多，京口和广陵两地还有数以万计的流民，兵力十分充足。玄为此建议就地组建一支精锐部队，以中原侨民子弟为骨干，然后从民间招募骁勇善战的流民帅为将才，授予军号，让其率领江北江南的流民兵。流民兵纳入系统后，进行严格操训后就能作战。此举是破秦之首举，万望朝廷恩准。"

谢安收到谢玄的急奏后十分兴奋，当即奏报司马曜，司马曜道："流民兵，这名字很耳熟，当年郗太尉不就是用流民兵平定了'王敦之乱'？可是，朕听说后来这些北来的流民兵引发了'苏、祖之乱'。"谢安道："正是！然而，此一时彼一时，当时苏峻引兵入京是庾亮没有平衡好朝廷与地方的关系，如今谢玄是下臣派出去的帅，陛下您有什么不放心的呢？"

司马曜年纪虽小，但也明白这朝中他能充分相信的唯谢中书一人而已。谢中书是褚太后的外戚，更是多年的股肱之臣，他岂有不信之理？况且以前朝廷因为手上没有军队，常常被地方诸侯挟持得身不由己。没有军队好比手中没有武器，赤手空拳怎能与地方豪强抗衡，就是派出十个谢玄也是空谈。如今只要谢中书身在朝堂，这支部队就相当于是朝廷的亲兵。

司马曜爽快地说道："准了！只是流民兵这称呼得改一改！"谢安回道："谢陛下恩准！流民兵的称呼确实不雅，下臣以为京口一直被称为北府，称之为北府兵如何？"

"北府兵！好！好！好！给谢玄下诏，组建北府兵！谢中书赶紧筹备军饷！""是，下臣决定亲自走一趟京口，鼓励一下北府兵的士气！""准！"

谢玄接到诏书之后，当即在广陵、京口两地发出招募令。

招募令说:"事关国家危难、晋室存续,望天下黎民百姓以延续中原命脉为重,能者出力入伍,共同组建一支装备精良、训练有素的北府军队,守卫边境,阻秦退敌。"

招募令发出后,青、徐、兖的青壮民众和大批流民喜极而泣,他们看到了希望,纷纷奔走相告,应募入伍,数万之众的兵力迅速集聚起来。

在报名的队伍中,谢玄发现了在京口街头遇见的那位流民首领,他带着一众精壮的汉子前来报名。谢玄赶紧起身相迎,说道:"东海的兄弟,你怎么称呼?""在下姓何名谦,我等愿意效力谢将军!""好!好!好!"谢玄看着这些人无比欣慰,心生感佩,说道:"你们到了这里不必再为生计忧愁,可以凭此建功立业,光耀门庭!"何谦等人跪拜道:"是!往后余生但听谢将军指挥!誓死保卫大晋!"

就这样,东海何谦、琅琊诸葛侃、乐安高衡、东平刘轨、西河田洛、晋陵孙无终等一大批骁勇善战之士来投,均被谢玄选为将才。这些人大多出身寒门,极其渴望通过建立军功改变自己和家族的命运。

谢玄又以彭城刘牢之为参军,率领精锐作为北府军的前锋部队。北府军在短时间内迅速组建起来,虽然一时还缺少精良武器,但兵士们士气高昂。谢玄安排刘牢之严格训练新老士兵,为抵御前秦积极备战。

这年冬天,江北江南已是寒风凛冽,树枝挂冰,北府军军营中却是一派热火朝天。

谢安到京口后，马不停蹄地来到军营。

军旗猎猎，战鼓擂响，号角齐鸣，谢安站在高台上，面对整齐列队的兵士说道："北府军的将士们！今天我来到这里，带来了粮饷和精良装备，朝廷希望你们尽心守卫家国，你们有没有信心与秦人一拼高下？"底下的兵士们情绪被激发起来："有！"谢安再度高声说道："我知道，你们都来自中原，你们加入北府军的初衷不应该只是为了混口饭吃吧，你们心中都有一个梦想，希望有朝一日回到故土家园，希望家国不再支离破碎！我问你们，北府军是不是一支有梦想的军队？"底下的兵士们热泪盈眶，激动地大声回答："是！"谢安发出第三句问话："如今，秦人对我大晋虎视眈眈，他们妄图过江一举歼灭我们，请问大家是答应还是不答应？""坚决不答应！"回答声响彻整个军营，声音传得很远很远……

第五十章 淮南首捷 谢家受封

北府军尚在组建之时，前秦已开始对东晋步步紧逼。太元三年（378年）二月，苻坚派征南大将军苻丕率步骑七万进攻东晋西线的军事重镇襄阳（今湖北省襄阳市）。驻扎长江中游的桓冲发兵抵抗，秦晋大战由此正式拉开序幕。

前秦军的气势十分嚣张，一上来就剑指襄阳，情势对东晋非常不利。为了接应桓冲，朝廷命谢玄征发兖州军民做好应战准备。军令之外，谢安给侄儿也送去一封鼓励加鞭策的急函。此时的谢玄手中已集结了三万北府兵，但是远远少于前秦军。谢玄派出刘牢之、何谦等人率军在淮水、泗水一带游弋，做出随时援助襄阳之势。

襄阳守城战开打，南中郎将、梁州刺史朱序一开始比较轻敌，认为前秦的军队没有船只，根本不用防备。没想到前秦军以五千骑兵顺流渡过汉水以后，很快攻克襄阳的外城，并缴获东晋船只一百多艘，用来接运其余的兵士。不久后，苻丕统率众将领向襄阳内城发起进攻。朱序率军顽强抵抗，襄阳城坚如磐石，苻坚大怒，限令苻丕于次年春天以前攻克襄阳，否则提头来见。

苻丕急命各部合力攻打襄阳。东晋朝廷诏令冠军将军、南郡相刘波率兵八千紧急赶往襄阳救援。但是，刘波畏惧前秦军的强大，不敢进城。朱序只得孤军作战，最后连朱序老母亲韩氏都率领城中妇女捐钱捐物在西城修筑防御工事，拼死坚守，敌军多次进攻均无功而返。全城军民群情激昂，奋力抗击敌军的故事传送到建康，褚太后下令表彰朱序母亲韩氏为"巾帼英雄"。这道西城墙遂被人称为"夫人墙"。

前秦军与朱序交战数次，久攻不下，于是决定撤离襄阳。秦兵撤退后，朱序放松了戒备。第二年二月，襄阳督护李伯护秘密派遣儿子暗通前秦，请求做前秦军内应。苻丕大喜，乘机下令各部再度进攻，终于一举攻破襄阳内城。

朱序被俘，苻丕将他押送至前秦都城长安（今陕西省西安市）。苻坚十分看重坚守襄阳一年有余的朱序，十分瞧不起出卖朱序的督护李伯护，反手就把李伯护杀掉，将其头颅悬挂于城墙示众。

朱序想从长安逃回东晋，于是就秘密逃到宜阳（今河南省洛阳市下辖县），藏在朋友夏揆的家里。苻坚追兵而至，怀疑夏揆并将他拘捕起来，要挟其交出朱序。朱序为了不连累朋友，主动自首。苻坚闻此更加欣赏朱序，没有追究他逃离之罪，还授予他度支尚书一职。

秦军襄阳大捷后，苻坚就命前秦兖州刺史彭超为都督东讨诸军事，率军攻打东晋的彭城。三月，彭超率领七万大军杀向彭城，向驻守彭城的龙骧将军戴逯发起进攻。

朝廷接到戴逯的告急信后，急命谢玄出兵相救。谢玄立刻命何谦、高衡等率部推进至泗口，谢玄准备偷偷派遣使者知会戴逯援兵已至，但是一直找不到通过前秦军封锁线的办法。

百般无奈之际，北府军小将田泓请命，说自己有办法给城中送信。谢玄正求之不得，于是派出田泓，田泓凭着过人的水性偷偷地接近彭城，没想到眼看就要游到城下了，还是被巡逻的秦军发现，抓获后送至彭超帐下，彭超说："我军防守这么严，你竟敢冒死送信，是个人物！"田泓昂首道："要杀要剐随你，少废话！"彭超道："确实是条汉子！我不杀你，你只须向城内的军士们喊话，说"晋军败了"，我就给你金银万两，锦帛百匹，过后你带着这些东西回老家过好日子去吧。"

田泓一听，决定来个将计就计，假装十分心动地说道："好！请将军立个字据画个押，怕你到时要赖！"彭超一听，心里乐道："这个见利忘义的小人，喊完话就杀了你！字据画押顶个屁用！"于是就让人拿来笔墨纸砚写好字据，画好押，田泓收了起来，说道："走吧！"

几名秦将押着田泓来到城下，田泓大声喊道："戴太守等诸位将领听着！我是北府军部将田泓，特意来报我大军即刻就到，诸位一定要努力坚守！我不幸为贼军所捕，已无望生还，请转告谢将军，我无负大晋……"说到这里，数名秦将已怒不可遏，一片刀光之下，田泓一腔碧血照千秋。

得知田泓遇害，谢玄难过了好一阵子，这是他亲手带出来的北府军的第一位牺牲者，才二十出头的年纪。他沉思了一会儿，觉得还不到北府军和前秦军硬碰硬的时候，所以他没有立即下令救彭城。他听说前秦军的辎重都在留城，于是就扬言让何谦去攻打留城，并发了一小部分兵前去试探。

彭超听闻果然上当，立马就带领大军去救援留城。等彭超的大军开往留城，何谦的部队调头前往彭城，把城内的数万军民都转移了出来。等到彭超反应过来的时候，谢玄已经带领彭城军民安全撤离，退往广陵。

彭超大怒，回军就杀了过来，占领了彭城之后，一路上无坚不摧，接连攻克淮阴、南县、盱眙，最后杀到了离广陵不到百里的三阿（今江苏省高邮市北阿镇），将三阿团团包围起来。三阿是东晋的北大门，如果被攻破，秦军便可直取广陵。京师上至皇族百官，下至黎民百姓皆震恐不已："秦军快打到京师来了！"

就在此时，苻坚又派遣两位猛将俱难、毛当率领数万大军前来援助彭超，可以看出苻坚是想一举攻入建康。补充过兵力的前秦军达到十四万之众，势不可当，一下子就打败了三阿守将、东晋右卫将军毛安之等人。

司马曜在显阳殿上急得团团乱转，对谢中书说道："这可如何是好？敌军都快到家门口了！"

谢安说："陛下莫急，下臣已遣征虏将军谢石统率水军屯兵涂中（今安徽省滁州市），作为后盾，再遣兖州刺史谢玄即刻自广陵出发，援救三阿。""谢玄的北府军如今怎么样了？""经过一年半的组建和不停招募，眼下已发展到三四万了。""当真？可是秦军有十四万之众。"谢安平静地回道："在三阿附近，秦军没有布防多少兵力，我军可以集中主要兵力援救。陛下可曾听说老子在《道德经》中所说的'抗兵相加，哀者胜矣'？请陛下一定要相信北府军的战斗力，哀兵必胜！"

司马曜无语，他知道哀兵必胜的说法，可这管用吗？

褚太后则在崇德宫中天天烧香礼佛，祈祐晋室。东晋朝到了生死攸关的关键时刻。

五月，谢玄领命率三万北府兵从广陵往西讨伐彭超、俱难。第一战，谢玄与将领田洛进军白马塘，以破釜沉舟之势展开强大攻势。北府兵出手，果然如猛虎下山，个个像是杀红了眼的凶狠之徒，誓言要为北府兵兄弟田泓报仇雪恨。

田洛身先士卒，一路杀将过去，于乱军之中手起刀落，一刀枭首了前秦将领都颜。秦兵见前锋主将阵亡，纷纷退缩，来不及撤的兵士顷刻之间都成了北府兵的刀下鬼。不一会儿，鲜血染红了大半个白马塘，北府兵气势冲天，一路杀一路喊，喊声振聋发聩，震惊不已的秦兵们皆慌不择路地后撤而去。他们做梦也没想到以往不堪一击的晋兵今日竟变得如此勇猛无敌。

经此一仗，北府军士气高涨，继续向北乘胜追击，至盱眙，再次打败了前秦军，前秦军只好退居至淮阴。至此，北府兵对前秦军已进行了反包围，三阿之围终得解救。

随后，谢玄命北府军将领何谦率水军沿淮河而上，焚烧了前秦军临时搭建的淮河浮桥。此后，谢玄又率戴逯、田洛等人乘胜追击，在君川（今江苏省淮安市盱眙县北）再次打败前秦军，大获全胜。另一边，谢玄的前锋刘牢之率部破坏了前秦军的运输舰，并乘机收复了敌军的最后一个据点——淮阴。

淮南一战，谢玄带领三万北府兵打败了不可一世的前秦军，而且北府军一路打一路壮大，最后发展到五万人。北府军面对两倍多于自己的前秦军并没有畏惧，英勇向前，四战四捷，最后斩杀了前秦十余万大军。彭超几乎全军覆没，与俱难一起只身逃回长安。

彭超惊恐万分地对苻坚说："臣没想到遇到了北府军，臣听说他们组建还不到两年。"苻坚咬牙切齿地说道："朕也听说了谢玄的名字！那是上天有意安排与朕作对的人哪！"彭超无奈之下只好自杀谢罪。

淮南之战后，前秦势力退回淮北，与东晋划淮河为界。此后一段时间，双方暂停战争，进入相持时期。这对于偏安江东的东晋而言，无疑是赢得了休养生息、继续备战的宝贵时间。

这是谢玄第一次指挥的战争，当胜利的捷报一次又一次地传至建康宫，东晋上下群情振奋，庆贺之声不绝于耳。这一役不光是解了前秦灭晋之危，还彰显了大晋军队的巨大战斗力！谁说我大晋无人，真是天佑华夏！

以前桓温在世时虽说也打过胜仗，可对晋室来说，那是战战兢兢的胜利，只有今天才是真正扬眉吐气的胜利！朝廷内外发出由衷赞叹："北府军神勇！谢将军当真是个奇才！"

那一天，三十六岁的谢玄英姿勃发，骑着高头大马凯旋，还镇广陵。广陵百姓空巷而出，夹道欢迎，一睹他们心中大英雄的风采！

谢安早就率众在广陵郡城门口相迎，谢玄不知叔父前来，赶紧翻身下马，恭恭敬敬地问道："叔父大人此为何来？"谢安哈哈大笑："奉朝廷之命犒劳三军！"

谢安走上台阶，高声说道："众将士们！北府军首战告捷，朝廷不会忘记你们的功劳！陛下让老臣代表朝廷前来犒劳三军，并给北府军全体将士记功嘉奖！"底下的兵士们都欢呼起来。

看热闹的百姓也在一旁大声欢呼："北府军战无不胜！"欢呼声响彻云霄。

北府兵初战告捷后，涌现了一批获得军功的流民帅，刘牢之、何谦、高衡、田洛等人均被授予更高职位，牺牲的田泓家属也得到朝廷的优厚抚恤。北府军将士士气大振，更加刻苦地训练，厉兵秣马，准备来年再战。

太元五年（380年）五月，司马曜在太极殿召见谢安和谢玄，隆重表彰淮南之战的功臣，这是他登基以来第一次大胜，喜悦之情溢于言表："朝廷论功行赏，加封谢安为司徒，领卫将军，开府仪同三司，进封建昌县公！加封谢玄为冠军将军，加领徐州刺史，进封东兴县侯！"叔侄俩在朝堂上双双受封，底下文武百官无不折服，陈郡谢氏一族为保家卫国立了大功，这功得记！

从这时起，司徒谢安被尊称为谢公。谢安将着一大把须髯，既有欣慰又有感伤，岁月不居，他成了人们口中的谢公。

谢安被世人称为谢公，还因为这两年朝中重臣王彪之、郗超先后离世，世上再无和谢安同一段位的重臣了。

早在太元二年年初，司马曜感恩于王彪之当年仗义执言，助他顺利登基，欲加授王彪之为光禄大夫。王彪之尚未正式拜官，已经病重不能上朝。司马曜闻讯，派人前往慰劳，并赐钱三十万给王彪之治病。十月，年逾古稀的九朝元老王彪之逝世，享年七十三岁，朝廷褒奖其为人正直不阿，一生以匡扶晋室为己任，其忠心天地为证、日月可鉴，朝廷赠其以未拜的光禄大夫之职。

谢安拜祭王公的灵堂，感怆良久，王公已逝，谢公当立，此乃天地之轮回。

而郗超的去世让人十分意外。郗超自为母亲守孝期满后，朝廷起复他为散骑常侍，后又授他为宣威将军、临海太守，他都没有接受，一副无所谓仕与不仕的超脱样子。

倒是有一天，作为郗家长子的郗超去见父亲郗愔，作出了一顿令人意想不到的操作。

郗愔这人十分好财，到了晚年，家里已敛财数千万。郗超向父亲请安后，故意将话题引到钱财方面。郗愔看出来了，说道："你只不过想得到我的钱财罢了！"说完打开钱库，允许郗超在一天内任意取用，他认为郗超最多也就用掉个几百万而已。不曾想，郗超竟然在一日之内将库中大部分钱财分给了众多亲戚好友，一边分一边说："不必谢我，有道是财散人来，我只是替我父亲散财聚气！"郗愔得知后，大吃一惊，这不就是个败家儿子？但是送出去的钱财哪有收回之理，郗愔只好忍气吞声。

郗超听闻父亲之言后，无比洒脱地说道："时人不懂我就算了，自有人懂我！"恰好此时，郗超听闻谢安与朋友坐而论道一事：谢安认为圣人、贤人与普通人之间本没有什么区别，关键在于修为不同，最后的境界也就不同，朋友们都不是很赞成，于是叹道："如果景兴听见此话，一定不至于不相信。"谢安的话传到郗超耳里，郗超十分高兴，他说："听听，这就是世上懂我的人。"

郗超的好朋友戴逵品德高尚，隐退后想去会稽剡县养老，郗超斥资百万，为戴逵造了一座豪宅，宅邸非常气派，又舒适别致。戴逵入住以后，给亲友写信道："最近到了剡县，住进了郗超修建的宅邸，就好像住进了豪华官邸一样。"

世人不解郗超，而郗超似乎看透了世事，去世前频频作出各种神奇操作。

郗超死于一场重病，他知自己大限将至，并无多少畏惧。桓温去世后，他似乎无所寄托，就想着早早离世，可去地下与桓温继续为伴。

临终前，他将一箱书信交给门生保管，嘱咐道："我老父年事已高，我死之后，如果他悲伤过度，影响到饮食和睡眠，可把这箱子呈交给他。不然的话，你就把它烧掉。"

郗超死后，郗愔果然因老来丧子悲痛欲绝，患病在床，吃不下睡不着，家人急得团团转。门生便将郗超的箱子交给郗愔，郗愔迟疑地打开一看，里面全都是当年郗超与桓温密谋篡权的来往书信，不少是郗超主动煽风点火的信函。郗愔大怒道："这小子死得太晚了，我郗家差点出了乱臣贼子！"一把火将这些书信全部烧毁，自此再也不为郗超流泪，两天后竟能下床自如行走。

谢安闻讯后说："虽为父子，道不同也！"当即给郗愔写去慰问书信，赞赏他忠心王室的气节。郗愔至此似乎看破了红尘，坚决辞去会稽内史之职，带着家眷去会稽的山水间安享晚年。

再后来，郗超的门生将郗超生前所著的一部书稿交到谢安手上，并附上了郗超生前留给谢安的一封信。信中言辞恳切地希望谢公能将他毕生所学的佛学经典发扬光大。

谢安看完这本遗作，长叹了一声，这才明白作为顶级谋臣的郗超其实一直十分崇信佛教，过去他也经常见郗超与支道林等高僧讨论佛教般若学，其修行见识常常非同一般。郗超留给世人的遗作叫《奉法要》。书中提倡用佛教以五戒"检形",用十善"防心",认为善恶有报,天堂地狱均系乎心,强调人们必须"慎独于心,防微虑始",把本已突出超脱的人生哲学解释成了一种治心从善的道德学说。郗超将佛教的道德作用提到了十分重要的位置。

谢安十分感慨,像郗超这样的才子本是世间少有,但越是这样的才子越有人性的两面。谢安也终于明白了郗超去世前的各种神奇操作,也明白了郗超为何要把最后的遗作托付于他。

谢安感念良久,上奏朝廷,将郗超遗书付印于世。自此,天下佛家遂将《奉法要》奉为佛教义学史上的重要文献,世人不再记得那个密谋之臣,只记得一个探究佛法颇深的郗超。后世的佛家子弟得以长读《奉法要》,更把它作为世代研读佛法的经典篇目。

冠军将军谢玄自回建康接受了朝廷的嘉奖之后,就径直回府来见家人。

谢安处理完公务,听说侄子已回家,急匆匆回了乌衣巷谢府,进了门,连朝服都没换就问刘夫人:"人呢?"刘夫人不说话,朝院子的池塘边一呶嘴,谢安朝那个方向看去,只见一个人一身素衣长袍,正气定神闲地坐在那里钓鱼,此人正是谢玄。

于是,谢安轻轻地走过去笑道:"冠军将军凯旋后竟有此等闲情雅趣?"

谢玄见是叔父,忙起身道:"叔父别笑话羯儿了,在边境时间久了,很是想念东山的悠闲生活,叔父不记得您在东山指石边钓鱼的日子了吗？"

谢安不禁哈哈大笑："你小子原来偷偷学我钓鱼啊？那是多少年前的事了？"

谢玄也笑了起来："那时的鱼真是鲜美啊！我在三阿与敌军艰苦周旋时就在想，如果打了胜仗，我一定要回东山钓鱼。如今暂时回不了东山，先在这池塘边过个瘾。看！叔父，我今日已钓了好几尾，虽然此鱼不能与东山的鱼相媲美，但是足够我们一家人吃一顿了。对了，叫上我阿姊，让她带孩儿们都来吃鱼咯！"

谢安捋着长须，想起了多年前谢玄吟诵的《诗经·小雅·采薇》中的那句话："昔我往矣，杨柳依依；今我来思，雨雪霏霏。"他不禁感叹造化弄人，谢玄真的成了一位远戍边关的良人，然而谢玄也是像兄长谢奕一样的性情中人，就算已建功立业却不贪图名利，但求活得自由自在。

此刻，陈郡谢氏已成为全东晋最炙手可热的豪门世家，他们叔侄二人不一会儿就得上前堂去应酬前来贺喜的人群。他俩换了身衣服，走至前院，果然人声鼎沸，门庭若市。

送走最后的客人时已是黄昏时分。阿姊谢道韫带着几个子女回娘家来品尝谢玄的鱼，加上谢万、谢石、谢铁的子孙，这几条鱼哪够分着吃？

道韫开玩笑说早知道不来了，谢玄的儿子谢瑛终于能开口说话了，但口齿依然含糊不清，只听他结巴着说道："姑姑莫走啊……阿父钓的鱼……瑛儿不吃，都让姑姑吃……"刘夫人开心大笑："我们瑛儿就是聪明，谢将军刚得了冠军将军，明着是让阿姊来吃鱼，实则是让阿姊回家来瞧瞧，还是瑛儿最懂他阿父的心！"

道韫嗔道："是是是，婶母说得对，令姜还不如十岁儿郎懂事。是呢，如今谢将军功勋盖世，谢家终于可以告慰先祖和我们先父、先母在天之灵了。只是可惜，我兄弟八人，如今只剩下羯儿和靖儿兄弟俩了。"说完眼眶潮红，谢安见道韫说起兄长谢奕的子孙，也是一阵心酸，当年芝兰玉树下谢家兄弟众多，后来或戍边而亡，或因病而卒，一个个离他先去。也算是上天有眼，最让他得意的几个"小谢"还时时陪在身边。

说话间，仆从通报王凝之、王徽之和王献之三兄弟下值以后，也想过来品尝谢家鱼宴。

谢安哈哈大笑："这鱼怕是真的不够吃了！"闻说王氏三兄弟要来，谢安就换了个话题问道韫："叔平最近有何打算？""回禀叔父大人，自从几年前朝廷任命他为江州刺史、左军将军后，他在那里任职没有多少时间就被召了回来。由于时间短暂，我也没相随而去，回来后就一直在秘书省赋闲职。"

谢安说："这事我知道。当年还是桓大司马提议，后来又是桓大司马把他撤了回来，叔平承其父才华，书法造诣一流，但是不擅长驻守边境，更不太适合军旅，如今倒是有一个地方很适合叔平，也很适合令姜。"

年届不惑的谢道韫听着叔父的话，心里微起波澜："请叔父大人明示。"谢安迟疑了片刻，继续说道："如今郗愔年老去职，这会稽内史的职务是空了出来，就是不知道叔平意下如何？当年你公公在世时也任过此职，那可是山清水秀的福地之所，只可惜若是去了，怕是以后我和你婶母想见令姜和孩儿们就没这么容易了。"

道韫眼前浮现起久违的东山情景，谢玄在一旁听闻后，就急着帮阿姊回了话："还不赶快谢过叔父！阿姊，别错失这么好的地方，多少人求之不得，依我看，姊夫是再合适不过了，总胜过在京师混日子吧！"

道韫听了谢玄说"混日子"这词，有点难受，要说这王凝之也四十好几了，不能说他不求上进，但是仕途上求稳，生活中求道，怕是很难超越其父，这也是天命。如今，对她这样陈郡谢氏出身的夫人来讲，早就懂得在众人面前维护好自家夫君的形象。自从年轻时大薄凝之之后，自感无趣，从此再未出口作过任何损毁，就连叔父大人也以为她已无怨无悔地接受了这辈子的婚姻。

道韫拜了拜叔父，轻声说道："这事需要我单独和叔平通气吗？"谢安道："不用，等下我来问他意愿，最终须待我启奏陛下后再定！"道韫应道："是！"

不一会儿，王家三兄弟也到齐了，他们带来了丰厚的贺礼。王凝之人到中年，略显暮气；王徽之虽说年纪长了不少，却依然一副桀骜不驯的作派，先后做过桓温、桓冲的参军，不久前刚辞了桓冲帐下，回京城也做了闲官；唯独王献之，长相逸美，风华正茂，又写得绝妙"一笔字"，最受谢公赏识，此时任司徒左长史，跟在谢公身边处理朝政，也算是王家唯一一个手握实权之人。

明眼人一看，王家的几个儿子似乎都等着谢公栽培，而谢公心中也一直默念着当年王羲之的临终嘱托。

王、谢两家精英集聚，庆贺谢玄淮南大捷，谢安高兴地举筯说道："想当年，逸少兄兰亭雅集，今日之时谢家以鱼宴之名，共祝王、谢子弟如鱼得水，个个水宽鱼大！"

大家开怀畅饮，谢玄喝起酒来有其父遗风，大口喝且一定要找个对手一起喝。王凝之是王家老大，但不胜酒力，不一会儿就晕头转向，趴在席几上了事。

老二王徽之觉得不可输了王家面子，挺身而出，力战嫂子娘家小舅子。无奈谢玄喝酒如同打仗，豪气冲天，一筯接一筯，把谢道韫急得左右都不得劝。谢玄一边喝一边揭王徽之老底："我听子野（桓伊字）说起过一件事，子猷（王徽之字）兄你坐船进京，船停泊在码头上，却碰上了子野从岸上经过，你派人传话：'听说子野擅长吹笛子，请试为我奏一曲。'那桓子野听说过你子猷的名声，便立刻掉头下车，上船坐在一个小马扎上，为你吹了《梅花三弄》等三支曲子。吹奏完毕，你就上车走了，连一句感谢的话都没说！"

王徽之听后哈哈大笑："没想到那桓子野还将此事记在心里！"谢玄也笑道："那是当然了！子野对你这位王公子可是念念不忘。不过我一直在想，子野当时已是西中郎将、豫州刺史，我们曾一起联手打败过秦军，他可是比你官大多级，你就不怕他拒绝？"

王徽之听后又是一阵哈哈大笑："谢将军以为我会在乎他官大与否吗？他是爱乐之人，我是赏乐之人，我们俩惺惺相惜，乃高山流水千古知音。当时在船中听他连着吹奏三曲，我深受感动，久久沉浸在他的笛声里，不与他客套告谢，就是为了继续沉浸在这种余音缭绕的氛围里……"

在一旁观察王、谢子弟的谢安听到这里，大笑道："王子猷果然有其先父遗风，好个'但求闻笛'！王子猷的佳话早就传遍坊间了。"

王献之和王徽之自小就是形影不离的好兄弟，这会儿见状，王献之也来助战嫂子家小舅子，无奈小舅子酒量惊人，还大声取笑道："论书法，我谢玄比不过你们三兄弟，论喝酒，我谢玄可是一个抵三。"大家正酒酣之时，仆从来报，西中郎将桓伊求见，于是大家又都来了兴致，重开宴席。

桓伊也是著名的士子，自小读书习武，观梅吹笛。后为桓温器重，多次参与各州府军事，累迁至大司马参军。桓温过世后，朝廷选拔能御敌守疆的将帅，桓伊当选，被任命为淮南太守，又因抚军御敌有方，晋升为都督豫州之十二郡，扬州之江西五郡军事，建威将军，历阳、淮南太守。太和六年（371年），前秦派将领救援据守寿春的叛将袁真之子袁瑾，桓伊与谢玄联合打败了前秦。东晋朝廷以战功封桓伊为宣城县子，又晋升为都督豫州诸军事、西中郎将、豫州刺史。

桓伊进来，风度翩翩，和王献之、谢玄等站一起，正是东晋朝三位绝世男儿，天下无敌手。相比而言，桓伊温润如玉，王献之仙风飘飘，谢玄俊朗洒脱。

王徽之道："今日子野试为大家再吹一曲？"

桓伊接口道："承让！"于是从袍襟内取出那支著名的"柯亭笛"吹了起来，悠扬的笛声在谢府的夜空中久久回旋……

几日之后，谢玄将军又要回京口去了。军人守边是天职，功勋在身，责任更加重大。谢安等一行送至城门口，挥手告别："义胆忠心守国门，为驱胡寇战昆仑，谢将军一路平安！"

谢玄一身戎装，执剑跨马，挥手作别送行的父老乡亲："请叔父放心，羯儿为国效忠，誓守边关！"春日的杨柳正漫天飞花，谢将军一行渐渐驶向北方的烟尘……

第五十二章

朱母投奔　道韫受赏

一天，谢安上完早朝，回家吩咐刘夫人："明日还须劳烦夫人去崇德宫一趟，请夫人带另一位夫人进宫，给太后一个大大的惊喜！""哦！什么样的惊喜？"这些年来，刘夫人一直是谢安和褚太后之间的桥梁，问道："谁的夫人？""夫人到时便知，而且让令姜也一起去觐见。虽说太后现在不再过问朝政，但是我们还是太后的娘家人，她常盼着有娘家人陪她说说话。"

刘夫人带着谢道韫和另一位五十岁上下的夫人进了崇德宫。褚太后刚从佛堂出来，见刘夫人一行到来，便命人在后花园招待。

五月天，后花园里正是百花盛开的季节，牡丹、芍药、海棠次第绽放。清雅的兰花是褚太后的最爱，太后自闲下来后便在后宫培育了不少兰中精品，此时放置在周围，馨香阵阵，隽永悠远。

太后落座后，问刘夫人道："这位夫人是？""启禀太后，这位夫人便是朱序的母亲韩氏！谢公让我带进宫来见您！"

　　韩氏连忙跪拜，褚太后说道："夫人请起！朱母在前线抗敌的英雄故事哀家早就听说了，巾帼不让须眉哪！朝廷给予了嘉奖！"韩氏谦虚地说："太后过奖了！作为大晋臣民，这是老身应该做的事！"刘夫人看了一下左右小声地说："太后，韩夫人有事与您说！"褚太后屏退左右，刘夫人拉着道韫也想退出去，褚太后说："你俩就不必了！"

　　韩氏坚持跪地，语气沉重地说道："老身是从长安逃回来的！苻坚抓了朱序不放，给他封官加爵，朱序哪敢坏了名声，就跑到朋友家躲了起来。苻坚派人把他朋友抓了起来，他怕连累朋友，只好去自首，没想到苻坚没有怪他，反而优待他，任命他为度支尚书。朱序本想以死报国，可苻坚威胁他说，如果他胆敢自杀，他一家老小都得死。太后！您说我一家老小几百号人……"褚太后闻言，轻轻地叹了口气说道："哀家理解！"

　　韩夫人接着道："无奈之下，我们全家佯装投降。朱序和老身商量后，决定让我带领几名婢女先行出逃。有一天乘着天黑，我化装成仆人从后院逃了出来，历经无数关卡，现在终于回到了建康。到了这里后，朱序让我一定要先找到谢大人，再向皇上或太后面呈一封书信。"韩氏一边说着，一边满含着泪水，从怀里掏出一份书信，交到太后手里。

　　太后展开一看，这是一份血书，是朱母临走前朱序割破手指、以血写就的信，信中只有四个大字："誓死效晋"。太后动容不已，抹起了眼泪，但又细心地问道："你说你走后，苻坚不会引起怀疑吗？"韩氏说道："我的一个陪嫁婢女在我走之前自愿服毒自尽，以作替身，如此老身才得以脱身，朱序这些天在为母亲举行葬礼了！"

太后听了唏嘘道："你们朱家满门忠烈啊！"朱母跪地回道："请太后放心！老身此来愿作人质，只为保证朱序只是伴降，假以时日，当朝廷需要他挺身而出时，他一定会效忠晋室，不惜殉身！"

刘夫人不失时机地补充道："谢公以为此事暂时不宜对外声张，所以让我悄悄地带朱母来见太后，希望朱序暂时留在那边，有朝一日仍为我大晋所用。"

褚太后说道："谢公安排甚好！刘夫人你回去后为朱母她们寻找一处僻静的住处，对外称是你家远房亲戚，所有生活费用哀家会派人定期送去！"刘夫人应诺，带着朱母和道韫想一起退出，却被太后叫住了："令姜今日来了还没有好好与哀家聊聊，怎么说走就走呢？"

谢道韫回道："令姜随婶母今日来看望太后，遇见此等感人之事，亦对朱母之义举深表感佩。"太后说："是啊！令姜也是有担当之女眷啊！还记得您上次进宫赏梅一事？"道韫说："当然记得！""当时由于你的细心救了哀家，哀家承诺会奖赏你和你的家人。""太后洪福！这是令姜理应做的事！""哀家承诺的事一定会兑现，如今会稽内史一职刚好空缺，哀家以为很合适王凝之先生，我会向陛下建言，令姜意下如何？"

谢道韫看了一眼婶母，果然太后和叔父大人的眼光一致，看来这么好的差使不应也太不领情了，于是向太后跪谢。

　　太后又发话了："哀家今日除了要赏赐令姜一些宫中的精细器皿和妆饰之外，还想把后宫培植的数盆兰花赠予令姜，也只有令姜方才配得上这高妙之幽兰！"令姜再次跪谢："谢太后褒奖，谢太后恩赐，令姜回去后一定悉心呵护好幽兰，让它们年年花开，代代留芳，清香四溢！"

　　三人都得了赏赐，又和太后一起用过宫中午膳后才出宫，之后分头回家。

　　没有战争的日子，宫里宫外皆是岁月静好的模样，建康城又恢复了往日的闲适。

　　这天下朝后，谢安到显阳殿书房面圣，司马曜正一副胸有成竹的样子在察看江山图。谢安望着这位年轻皇帝的背影，忽然觉得比起前几任皇帝来说，这一位算是胸有大志、亲历亲为的，他常常不为世家大族的意见所挟裹，年纪轻轻已展现出自己足够的政治定力和主张。

　　谢安看着司马曜的背影，不禁想起了一件往事。在司马曜十三四岁，还是太后临朝称制之时，正值冬天，他白天不穿夹衣，只穿着五六层的绢衣，晚上却盖着两床被子睡觉。时任中书监的谢安劝谏道："陛下应该让自己的身体保持规律，现在白天过冷，晚上过热，恐怕不是养生的办法。"司马曜却回答道："因为这是昼动夜静啊！"谢安后来与别人赞叹道："陛下对玄理的理解不比先帝差啊！"

对朝中第一辅政大臣谢公，司马曜十分尊重，毕竟是谢安等老臣辅佐晋室从桓温手里夺回了皇权，又暂时打退了氐族人的入侵。如今的司马曜除了不时向褚太后咨政外，还起用了同母胞弟司马道子作为辅政者。这位司马道子虽说才十六七岁，却是一副十分老道的样子。这年，司马道子刚被加了开府，也领了司徒。

谢安想乘着司马道子还未到，把该说的事先说了。这时，司马曜转过身，发现谢安早等在那里，不好意思地说道："让谢爱卿久等了，有什么事说吧！"谢安说："秦发生了内乱。"司马曜一听很高兴，说："越乱越好！氐族人也想一统天下，笑话！"谢安说："作乱者已经被抓了。"司马曜道："这算不好不坏的消息吧。"谢安回道："谋反者符洛没有被杀，只是被流放而已。"司马曜说："这算是个好消息，有罪不杀，就是尧舜也不能大治，这符坚是想干啥？"谢安说："他想以爱胜威。"司马曜道："以威胜爱，必定成功；以爱胜威，必定失败。"谢安心想此语出自《尚书》，看来皇上的书并没白读，于是就拱手道："陛下英明！"

司马曜听了，心中有些小得意，又问道："谢爱卿还有什么好消息吗？"

谢安见司马曜正高兴着，就接下去说道："没有了，只是下臣还有一事要启奏，臣以为郗愔之位空缺日久，想举荐一人。""说来听听！""下臣举荐王凝之继任会稽内史，授以左军将军，臣以为琅琊王氏自王彪之之后无人担任要职，此事还得为平衡各族而计……"

话未说完，就被司马曜打断了："唉！这事不好办哪！谢爱卿有所不知，朕的国丈大人早就看上此职，一直说要外任，朕劝说不住，还让王皇后向朕说情，这不，昨晚王皇后又喝高了，让朕在后宫花园里爬树给她看，朕不愿意，她就……"司马曜一脸尴尬和无奈，接着有些羞愧地侧过脸来说："看，这是皇后醉酒后抓花了朕的脸……"

谢安这才发现司马曜脸上有几道深深浅浅的红印。对于皇后王法慧嗜酒，他近日有所耳闻，但没想到胡闹得这么严重，而且听说这年纪轻轻的王皇后很是霸气，每回都要求皇帝陪她一起喝，非得一醉方休不可。

其实谢安还有所不知，司马曜经皇后劝酒后，现在也变得贪杯不已，常常在后宫酩酊大醉，不省人事，到了第二天早朝还能远远闻到一股酒味。当年谢安为皇帝物色皇后，在太原王氏一族中选人，也是感念与王坦之的情义，并无知晓皇后贪杯一事，今日所见，着实让谢安大吃一惊。如此少年皇帝，夫妻秀恩爱，秀到如此暴力，真是时代的发展远远超乎上一辈人的想象，而皇帝借此拒绝首辅大臣的人事举荐，也是前代闻所未闻之事。这真是老手遇上不讲套路的新手，有理也说不清。

王蕴是谢安向司马曜力荐的国丈，王蕴原来在吴兴、京口等地任职，口碑不错。王法慧当上皇后后，王蕴自以为是外戚，一直不肯在朝中任要职，且十分向往去东郡为官，谢安多次以当年褚裒镇守京口一事来比喻国丈应当担起卫国重任，但是王蕴心在东郡，和女儿串通一气，任性到家。

谢安心中不觉凉了好大一截，心想："罢了罢了！此事也不知道褚太后有没有提起过。"正想着，司马曜似乎知道谢安心中所想，说道："朕也是无奈，昨日太后也问起会稽内史一事，朕向她说了国丈想去，她顿了一下说，皇上作主吧，哀家只是问问而已。"

谢安听到这话更是无语，他不是桓温，司马曜也不是简文帝，让他更想不到的是王蕴父女会如此强势。但是他隐隐约约地感觉到此事并不简单，表面上司马曜借了王皇后醉酒要挟的名义，实际上皇帝是想扶植自己的势力，或者借此给王、谢两大家族来个下马威。真是如此，往后看此事才刚开了个头。

谢安不动声色地想到这里，司马道子进来了。因为是在书房，司马道子进来就和司马曜"称兄道弟"地亲热了一番，没行君臣之礼，把谢前辈搞得如同局外人一样坐立不安。

司马道子和兄弟热乎够了，这才开始和谢安打招呼："谢司徒也在啊！"司马道子又说道："今日早朝听谢大人倡导重学儒家经典，我朝一直奉《道德经》为正统，此为何解？"

谢安回道："我朝以老子《道德经》为正源，弘扬道法自然、静而不争，然《道德经》虽为万经之王，但非华夏文化之全目，而儒家经典乃历朝理政精典，也是帝王驾驭文武百官的必胜之道，两者是不相矛盾的。两者互补，皆为修身、治国、用兵、养生之道，帝王学之，以政治为旨归，可以达到'内圣外王'的境界。"

司马曜一听此说非常敬佩，自从简文帝驾崩后，除谢安以外，就没有一个能胜任他读书学习的老师，对司马曜来说，谢公既是首辅大臣，也是帝师。于是他接着谢安的话说道："是啊，谢爱卿所言极是。这几年国家还算太平，兵士们在操练武艺，百姓们在休养生息，就是在文化方面，朕以为欠缺了些。前阵子道子兄弟与朕谈论起修佛庙一事，朕以为修庙崇佛果然是件好事，应该弘扬向善、从善、积善的氛围，但是当务之急，朕以为更应当大力宣扬儒家之《孝经》，百善孝为先，孝才是治国之本。"

司马道子崇佛尽人皆知，他在东郡修了不少佛庙。谢安闻圣言，深有感触，接话道："陛下有此意甚是英明！身体发肤，受之父母，不敢毁损，孝之始也；立身行道，扬名于后世，以显父母，孝之终也。孝，不只是孝顺父母，孝顺父母只是孝道之始，往深里讲，孝道才是小到家族大到国家的根本，先做到修身齐家、家族和睦，然后才能实现治国、平天下的终极理想，推广孝道可以让世人做到'老吾老以及人之老，幼吾幼以及人之幼'，实现我朝风气之净化。下臣提议不妨来一场《孝经》大讲坛，先在京师讲，往后下臣组织一批名士，到各地去宣讲，要让百姓弘扬第一正道孝道！"

司马曜说："此主意甚妙！就按谢爱卿的意思办。接下来朕还想恢复明堂郊祀之礼，爱卿以为如何？"

谢安说遵旨，司马道子在一旁也只好称好。司马曜非常高兴，在很多理念上，他和简文帝相比，简文帝崇尚玄而又玄的玄学，他则非常推崇儒学。谢安自执掌朝政以后也认为要以儒家经典洗礼大晋上下，所以君臣合心，在理念上十分协调。

　　明堂郊祀，是自汉代沿袭而来的祭祀传统，明堂中的上帝祭祀、祖先配祀，与郊祀中的主祭天地相互呼应，都寄托着五谷丰登、风调雨顺的祈愿，是儒家所倡，也一直是帝王的重大祭祀活动。谢安觉得很有必要借此机会重振满朝文武之精神。

　　三人正说着话时，一个女子急匆匆跑来，内侍想要拦下，但已被她闯了进来。司马曜见状，大声喝道："大胆！新安公主，这里可不是后宫，你想闯就能闯的地方，没看见朕正和爱卿们商议朝政吗？"

　　谢安看过去，这位二十余岁的女子一身绫罗绸缎，打扮精致入时，一脸无所畏惧的样子。内宫女子避见大臣这是朝堂规矩，然而她并不以为然。

　　新安公主名司马道福，是先帝司马昱的第三个女儿，与司马曜、司马道子同父异母。因与司马曜、司马道子年龄相仿，从小玩在一起，感情甚好，于是出嫁后常来宫中找两位兄弟。新安公主嫁的是桓温的儿子桓济，当年先帝为了笼络桓温，不惜将公主下嫁给桓家，没成想桓温去世前，桓济这位驸马爷却非要搞事情，密谋杀死自己的叔父桓冲，自己当桓家最牛的男人，结果事情败露，这位驸马爷被亲爹流放至长沙，从此一去难回。

　　如此一来，新安公主既不情愿去长沙，也不愿意在京城守活寡，于是当机立断就和桓济和离了。和离之后，搬还宫中居住，一住就是数年。

　　新安公主一看全天下最有权势的三个男人都在场，眼中满是期待，但转念一想，毕竟谢安是外客，就欲言又止起来。司马曜似乎知道她为何而来，斥责道："别在这里胡闹！"司马道子则看看新安公主，又看看谢安，神秘地一笑。

谢安心想新安公主的事莫非与自己有关联？这时，新安公主说话了："你们两位皇弟要是不想管此事的话，我就找皇太妃去。再不成，我就找太后说去！"说着气呼呼地走了出去。新安公主所说的皇太妃就是司马曜、司马道子的生母李氏，而太后是指褚太后。谢安不明就里地想，这后宫之事真不少。

待公主走后，三人又商议了一下开讲《孝经》和明堂郊祀的事情。谢安等着司马曜解释刚才公主的事，但司马曜就是避而不谈。

这年九月，朝廷开讲《孝经》，司马曜亲自登上讲坛，开口道："我华夏民族乃礼仪之邦，大晋虽安于江东，但文脉与中原文化一脉相承，传承至今。所谓修身齐家、兄弟和睦、夫妇和顺、子孙和谐、家族兴旺、社会清明，其核心就是一个字——孝。孝不仅是指孝顺长辈，孝也是君君臣臣，臣忠于君，君心系江山社稷和天下黎民，这就是大而化之的孝道。孝道是治国平天下的根本，孝道是选拔人才的基本标准……"听者皆拊掌称好。

司徒谢安侍坐于旁，尚书陆纳伴讲，侍中卞耽伴读，黄门侍郎谢石、吏部郎袁宏手执经书，中书侍郎车胤与丹阳尹王混选取文句，使讲坛成为当时的一大文化盛事。过后，讲授《孝经》成为一种时尚，在各地掀起热潮，孝文化在大晋得以极大传播。

该来的事一定会来。举办完了《孝经》讲坛，谢安正想着去琅琊王氏府一趟，解释王凝之任职之事时，司马道子就找上门来了，说："陛下有件事头痛得很，还是请大人随我一起去面圣。"

谢安急忙赶赴显阳殿书房，司马曜正在研读《论语》，见谢安进来，开口道："子曰：色难。有事，弟子服其劳；有酒食，先生馔，曾是以为孝乎？"谢安道："陛下，此乃《论语》中子夏问孝一段，陛下觉得有什么不妥之处吗？"

司马曜回道："上次谢爱卿见到了新安公主胡闹之事，新安公主还是找了朕的母妃李太妃。李太妃经不往新安公主死磨烂缠，就帮着一起到褚太后那里说情去了。太后信佛，说'宁拆一座庙，也不拆一桩婚'，但还是经不起新安公主一把热泪一把鼻涕的诉苦，说她这些年来一个人孤苦伶仃，长夜漫漫不知如何度过余生……太后最后也同情起了公主。"

谢安听得一头雾水，便问道："陛下，您还没告诉下臣发生了什么事？"

司马曜叹息了一声，道："新安公主看上了琅琊王氏的王子敬，非他不嫁。"

谢安大吃一惊："可是子敬有妻室，娶的可是郗昙的女儿、表妹郗道茂，俩人自小青梅竹马，感情甚笃，这还是王逸少在世时给他娶的妻……公主是否可以在其他世家大族中选个如意郎君？"

司马曜却自顾自说道："此事已无从商量，公主自小就仰慕王子敬，不仅认为他书法当今天下第一，而且还说其才貌俱佳，玉树临风，要怪就怪王子敬太过优秀。当年先帝在世时将公主下嫁桓家非公主所愿，如今好不容易有个再嫁的机会，自是不会错过王子敬了。"

谢安回道："这……公主总不会愿意去当妾？"司马曜听了不大自在，说道："自然了，总不能扫了我皇家颜面，所以说最后太后同意了新安公主的请求，让王子敬和离，不就可以娶公主了？朕听说王子敬与郗氏也没什么子嗣，正好新安公主可以为其延续后代。"

谢安心中大怒，一脸不屑，这是什么狗屁圣旨？好好一桩婚姻被一个刁蛮公主给钻了空子！

于是谢安十分不情愿地回复道："陛下，此事下臣可管不了，怕是王逸少地下有知，会把我骂得狗血喷头。再说，这王子敬也不是一般名士，他很傲气，当年下臣修缮宫殿，请他为太极殿题个匾，结果王子敬和别人说谢安石趋炎附势，我想既然他不给面子也就算了，此事最后不了了之。"

但是司马曜搬出了《孝经》，说道："难道谢爱卿想让朕的后宫鸡犬不宁吗？刚刚讲了君君臣臣的孝道，朕也不忍心看到太后和母妃心中不悦，吃饭饭不香，睡觉觉不稳。"

谢安无语了，司马道子在一旁帮腔："此事还真的只能找谢司徒作媒，一来皇家嫁女历来需要重臣出面，二来琅琊王氏这几年没什么人担任要职，陈郡谢氏与王家结亲，你们亲家之间传个话岂不方便？"

谢安见两兄弟是事前商议好后才来找他，所以尽管心里气不打一处来，却是无言以对。看来，活学活用《孝经》的司马曜比起先帝来，不知道棋高多少着了。唉！身为大晋第一重臣，连此类皇家烦心事都得包揽，而且不揽还不行，真是无可奈何！

司马道子看了一眼犹豫不决的谢安，说道："走吧！赶早赶迟都得去，我和谢公一起上门去，也好让谢公有个开脱的地方！"

谢安一百个不情愿地和司马道子一起向乌衣巷王氏府赶去。

牛车撒着一路清脆的铃声来到了王府，谢安下车抬眼看了一下琅琊王氏的牌匾，似乎一切仍如他七岁那年，然而那个"长而美白"的少年王逸少此时又在何方？

正恍惚之间，王家的子孙们出来相迎，王凝之、王徽之、王珣、王珉等一行人，唯独不见王献之本人。

王凝之说："欣闻叔父大人前来，我等前来迎候！"谢安跨门而入，王羲之小院依旧，连墨池也一如从前。坐定，谢安说：

"早就想来看看各位子侄，郗老夫人可安好？"

郗老夫人是指郗璇，自从王羲之仙逝后，她有时生活在会稽金庭，有时也会由儿子们接回建康住上一段时间。郗老夫人虽说年事已高，可是习书不断，身体健朗。金庭王羲之之墓则一直由王操之守护着。这时，王凝之作揖回道："母亲大人听说了您和司马大人要过来，她身体欠佳，恕不能出来相见！"

侄女谢道韫此时出来相见，给谢安敬茶，又隔着帘子拜见了司马道子。只见道韫对叔父说："不瞒叔父大人，宫里早就传来消息，婆母大人气得病倒了，七弟说了坚决不从，这会儿怕是和弟妹两人抱头对泣呢！"谢安明白，道韫这话也是说给司马道子听的。

然而，谢安又心想："看来司马道子此人擅长造势，这媒还没做成，坊间已是传得沸沸扬扬，让王氏如何应对为好。"谢安叹了一口气，说道："这不能怪嫂夫人，换了我也恨死！更何况郗氏还是嫂夫人的母家侄女。"

谢道韫又说："叔父大人，您就不要再掺和这趟浑水吧，七弟是死也不会答应的。"

谢安有些惭愧地看着道韫，想到了自己答应王凝之任职的事也没着落，就对着凝之和道韫说道："叔父还有一件事也没办好。"没想到王凝之一脸淡定地说："叔父大人，我等早就知道此事了。国丈的任命书不就是通过秘书省下发的吗？国丈都督浙江东五郡，任镇军将军、会稽内史，不日就要上任。"

谢安愧疚地回道："是。"道韫则说："叔父大人不必放在心上，王郎去会稽郡任职本就无所谓，去哪里当值都是当值，问心无愧便是最好。"

谢安看了一眼侄女夫妇，人到中年能活得通透便是福分。他对王凝之说："给你七弟捎句话，褚太后说希望王子敬有后。"这句话也许戳到了痛点，大家都沉默了。

待谢安和司马道子走后，王献之夫妇才出来和大家相见，郗老夫人则在内室大骂谢安："如今高升了，就跟着皇室做帮凶，想当年要是你们父亲在世，定把他谢安石骂出门去！"道韫无语，只得劝婆母消消气，又说道："叔父大人的确很为难，朝廷不是还派了皇上的亲兄弟一起来说媒。"

郗道茂闻言，红肿着眼睛流泪道："大家都别为难了，和离吧，我回娘家便是！自从嫁入王门，我没给王郎留下一儿半女，本就对不住王家。"

王献之激烈反对道："不！我不稀罕什么公主，也不想成为皇室亲戚！再说，谁说我们没有子嗣？我们曾有过一个女儿，可惜没留住，说不定过些时间夫人还会……"郗道茂说："可是这一切都由不得王郎你啊！"说到这里，两人都泪如雨下，悲伤欲绝，兄弟妯娌们赶忙相劝。

这一天，王家笼罩着极其压抑的气氛，每一个人都觉得透不过气来。

到了晚上，仆从拿来一把艾草，王献之在内室用艾草熏蒸，说："不够，再去取，越多越好！"仆从又拿来一大把，王献之命他全部点燃，然后让他退下。

　　不一会儿，内室传来一股浓烟，郗道茂觉得不对劲，走进内室看见王郎已脱了木屐将一条腿伸到火盆中。郗氏惊叫道："王郎！你这是干什么？"王献之龇牙咧嘴地叫道："你别管！"

　　浓烟呛得两个人咳嗽不止，红通通的艾草灰让王献之痛得"嗷嗷"叫了起来。可是王献之丝毫没有停止的意思，郗道茂赶忙叫仆从过来把王献之拽出来，然而王献之死活不肯出来。仆从只好高喊众人过来帮忙，大家拉的拉、抬的抬，总算把铁了心的王献之给拽了出来。可是王献之的一条腿已是血肉模糊，不忍直视。

　　"王郎……你这是何苦？"郗道茂泣不成声。王献之狠狠地说道："我把自个人烧瘸了，他们总不会再逼我了吧！"

　　王献之为拒绝新安公主逼婚烧伤自残的消息一传十，十传百，最后传到了宫里。新安公主听了后，心疼不已，却愈发坚定了要嫁王献之的念头。

　　这天她又把司马曜堵在显阳殿书房，司马曜十分头大，无奈之下只好说道："阿姊听说王子敬的事了吗？谢公说他烧艾草烧到腿已瘸了，走路一拐一拐地，你还打算嫁吗？"

　　司马道福语气坚决地说："嫁！这样情比金坚的男子世上少有，他越这样，本公主越铁定了心要嫁他！王子敬的下半辈子，我会好好照顾的，我还要给他生个一儿半女！"说完竟对着司马曜长跪不起："陛下就答应阿姊的请求吧，阿姊可是从来没求过皇上什么事！"司马曜想扶她起来，司马道福执意不起，司马曜长叹一声："你呀！真是不撞南墙不回头，罢了罢了！就依了你了！"

　　隔日，谢安来书房面圣，待所有事务处理完毕，司马曜为难地叹了口气说："谢爱卿起草个诏书吧，诏王子敬为新安公主驸马。"

　　谢安摇摇头说："陛下，这事……"这时，书房后面的帘幕里传来一个声音，一听便知是褚太后。褚太后长年寡居后宫，也许是最看不得皇家女儿受这种痛苦，所以最后与公主共情，完全站在公主立场上说话："此事的确让谢公为难了，但是我堂堂司马皇家怎能眼看一个年纪轻轻的公主孤苦伶仃呢？那郗氏若是肯回娘家，谢公可为她物色一个如意郎君再嫁，如此岂不是两全其美！"

　　太后出面说情，看似无懈可击，实则欺人太甚。然而，太后的颜面怎能违拂？谢安知道，事已至此，他退无可退，跪拜回道："太后在上，臣遵旨！若是王子敬坚决不从，下臣也是无能为力。"一旁的司马曜霸气地说道："朕赐婚予他，他岂有不从之理！"

　　谢安以他那"安石碎金"的功夫很快拟就了一份诏书，派宫中内侍下旨送至琅琊王氏府。

　　琅琊王氏一家老小无不忧心忡忡。郗老夫人拿着诏书，掂量了老半天，知道王献之那条腿算是白白烧瘸了。如果再不答应这门婚事，王门从此将不得安生。

　　郗道茂知道了此事，反而不再哭泣。乘着王献之躺在床上疗伤，她走进王子敬书房，以王子敬的口气拟了一份休书，然后来到郗老夫人房间，长跪道："谢过婆母大人多年养育之恩，侄女无以回报，还是主动退让为好，如此方可换来王门安生。"说完呈上了休书。

郗老夫人见此情景，悲伤不已，扶起侄女抱头痛哭了一阵，随后叫来王凝之、王徽之等人商议此事。

老夫人问众人道："我不敢妄想，假如你们父亲还在世，怎样处理此事？"王凝之低头不语，王徽之却慢悠悠地说了一句："先父当年曾说，如果我有王文度这样的儿子，也不至于被王述老儿欺负。"一句话让大家都回忆起当年王羲之辞官的往事，郗老夫人长叹一声，向来性情散漫而话语不多的王徽之一语道破了现状，琅琊王氏的式微已到了无可奈何的地步。

郗道茂一直在内室听着婆母和伯叔们对她的最后判决，这时反而心神宁静，从容不迫地走出来，对大家说道："如果先父活着，我想他也不会失去这个机会！"

郗老夫人心里一酸，一把抱住了侄女："好孩儿！只是太委屈你了！从今往后，我们一家都亏欠了你！"

接着郗老夫人走进内室，和王献之长谈。王献之躺在床上，就是不松口，一直大声嚷嚷："不！我就同我阿父一样辞了官，也不能让她走！"

郗老夫人悲从中来，说道："你可以无所谓，但是琅琊王氏的众多子弟怎么办？非要让大家都背负违抗圣旨的罪名吗？"

王献之看了一眼郗氏拟就的休书，一把扔出了床外，又一拳头狠狠地砸向那条受伤的腿。

过了几日，宫里派内侍来催回复。如此三番五次，毕竟郗老夫人年事已高，最后愁得病倒了，王凝之对弟弟好言相劝："子敬啊子敬，顺则为孝，母亲大人经不起折腾了，你就放了郗氏吧。你若执意留她，她心里更难受，如今她都已打点好回娘家的行李了。"

待王献之腿伤痊愈之后，他犹豫了好几天，是否要去司徒府上值，这边宫中又差使来催促行"三礼六聘"，被逼得走投无路的王献之终究熬不过去了。一天早上，忿忿地在休书上签上大名，把笔一扔，就出门往新亭方向去了，憋了这么久，他需要放松一下自己。

看着他一瘸一拐的背影，王府上下悬着的心终于落地了。

待他走后，郗氏默默地带着几个包裹和嫁过来时的两个婢女，乘着一辆牛车，悄悄地回了娘家。说是娘家，郗县早就不在了，她只好投奔伯父郗愔。郗愔见侄女不期而至，大骂："王子敬、谢安石一个个都是忘恩负义的东西！假若郗嘉宾还在，就不会如此欺侮到郗家人头上！"说罢已是老泪纵横，不能自已。

王献之自新亭大醉而归，回到房内已不见郗氏踪影，问仆从郗氏留下什么话，仆从回道："祝福新人白头偕老，子嗣绵延。"

于是王献之大哭，哭声震天撼地。稍后，提笔给郗道茂写了一封信："虽奉对积年，可以为尽日之欢。常苦不尽触额之畅。方欲与姊极当年之匹，以之偕老，岂谓乖别至此！诸怀怅塞实深，当复何由日夕见姊耶？俯仰悲咽，实无已已，惟当绝气耳！"此帖后来成了王献之的传世名帖。王献之纵有百般傲气，最终傲不过家族兴衰的责任。

王献之写完此帖，差人给郗氏送去，还送去了很多钱物，想以此弥补心中的亏欠。郗道茂收下了帖，却悉数退回了钱物。

没多久，新安公主披红戴绿地嫁了过来。司马曜嫁皇姊，心中十分得意，于是嫁妆丰厚，排场宏大，秦淮河两岸如同过节一般喜气洋洋，乌衣巷又是十里红妆，坊间百姓争睹皇家公主婚庆大礼。

谢公被推为司仪，主持这场盛大的婚礼，谢公用他浓重的"洛生咏"开场道："花堂结彩披锦绣，欢天喜地笙歌奏，今日设宴邀亲友，举觞称贺赞……佳偶"，说到"佳偶"两字时，谢公明显停滞了一会儿，不经意地苦笑了一下。

入夜，新安公主手执团扇，坐于洞房之中，手已很累，但是王献之默然坐于一旁，既不开口也不取团扇。终究新安公主忍受不了这寂寥的气氛，放下架子，隔着团扇说道："王郎，我理解你，是我拆散了你俩的姻缘，可是你是否理解过我？"

王献之还是不搭理，气氛十分尴尬，新安公主只好自顾自说下去："我十岁那年，你随谢公入宫，那天我跟着阿姊偷偷跑到前宫去找父皇，却不曾想在路上第一次遇见了你。当时阿姊告诉我，你就是当朝大才子王子敬，我像被雷打了一样呆呆地站在那里看着你。你有谦谦君子的气度，你有飘飘若仙的举止，我和你擦肩而过时，闻到了一股淡淡的清香，你还对着我和阿姊谦和地笑了一笑。回到后宫，我茶饭不思地过了好几天，阿姊说我这是害了相思，就是从那时起，我下决心一定要嫁给你王子敬。我父皇在世时十分宠我，待到我要出阁之时，他曾问我有否中意郎君，我说出了你的名字，可是他一再摇头，说道：'这个不行，他早就成婚了。'是啊，你比我大十多岁，我为什么就这么傻……可是我摆脱不了对你的思念，从此以后我专门收集你的字，十多年过去了，收了满满两大箱子，如今作为我最得意的嫁妆一起嫁了过来……"说着说着已泣不成声。

王献之听了不胜其烦，一把将公主的团扇拿掉，说道："哭什么哭，嫁都嫁了，说这些废话有什么用！"公主破涕为笑，痴迷地看着眼前的王献之，讨好道："王郎果然就是我梦中的样子！"又欣喜万分地说，"对，十岁那年我闻到的那股淡淡的清香就是王郎身上这味道！"王献之叹了口气道："那是草药的味道。"新安公主哪里知道，王献之和他父亲一样求仙问道，自年轻时起就采药食药。

新安公主一改昔日趾高气扬的公主作派，嫁入王门后孝亲有加，温和待人，仿佛变了个人。

新婚不久后，王献之跟随谢安一起被召见。

显阳殿书房内，司马曜想放松一下，他让侍从拿来围棋对谢安说："来来来！早就听说谢公是围棋高手，今日陪朕下一盘如何？"谢安心想：陪皇上下棋，难哪！既不能明显让棋，又不能真的让皇上输棋。于是嘴上说着话，眼睛却专注地盯着棋盘。

黑白对弈一局之后，司马曜以微弱优势获胜，心情大好，说道："谢爱卿是不是以为下棋也如同秦晋博弈啊？如今秦不犯晋，晋也不用兵，各自休养生息，真希望天下永远这样下去啊！"

谢安不失时机地说道："陛下明鉴，如今天下暂时安稳，臣以为应该推行'镇以和靖，御以长算，德政既行，文武并用，不存小察，弘以大纲'的方针，就是说在处理内部关系上不纠缠小事，以大局为重，从而减少内耗，使上下齐心同力；相对减轻百姓的税赋，安定社会生产；维护皇权政治，改革门阀弊端，用人唯才。"司马曜郑重地看了一眼谢安，说："谢爱卿所言极是，如此政见甚合朕意，朕的理想亦是如此。"

谢安又道："如今大晋也只是暂时安稳，陛下还须从长计议。北边氐族觊觎我江东之地日久，想当年从王丞相到桓大司马，他们都有志于勠力王室、克复神州，奈何晋室几代努力没有成功，我辈仍须努力。臣以为稳定天下后重点还须厉兵秣马，作好备战。"

司马曜颔首称道："谢爱卿提醒得及时，朕和子民应该无时无刻想着中原故地，那里才是大晋的来处。当务之急，如谢爱卿所言，的确要改革门阀弊端，重用北府兵那样的寒门将领。对了，上次谢爱卿和我说起跟随谢玄将军建立不小功勋的北府将领叫什么？"谢安道："刘牢之，他已升任鹰扬将军、广陵相了。"司马曜说："好！像刘牢之这样的寒门武将，朝廷既要用好，更要用对。"谢安称道赞同。

这时，司马曜见旁边一直观棋不语的王献之有些拘谨，就问道："姊夫，朕的阿姊有没有欺侮子敬？"王献之顿了一下，回道："没有，公主非常贤淑！"

司马曜哈哈大笑："阿姊遇见你子敬就成了贤妇，这叫一物降一物！"谢安也被逗笑了。

司马曜又笑道："其实朕早就听说你王子敬才华盛名，今日你辞了谢公的长史，朕要封你为建威将军、吴兴太守，不知意下如何？"王献之没想到这么快就得到朝廷重用，这裙带效应说来就来。他看了一眼一旁的谢安，谢安也始料未及，但知道司马曜正想昭示一下皇恩，于是对着王献之说道："子敬还不赶紧跪谢陛下！"

王献之不由自主地跪谢："谢陛下！只不过下臣怕是不能胜任。""哎！子敬不可过谦，对刘牢之这样的寒门子弟，我朝要重用，对王子敬这样的世家子弟，我朝也要眷顾，这就是谢公所说的'镇以和靖，御以长算'，谢公以为呢？"

谢安拱手道："陛下英明之举，如此臣真的可以安心于先皇托付了。"对谢安来说，日益成长的司马曜有自己主见和想法，也是皇权得以加强的表现，他欣喜地对王献之说道："恭喜王将军、王太守！"

王献之去吴兴走马上任，琅琊王氏的门前车马又多了起来，世态炎凉可窥一斑。王献之下朝回府，对着新娶的新安公主笑了一下，新安公主却不知这是苦笑，王献之心里的苦岂是一朝一夕就能化解的。

接着，王徽之也得到了皇帝召见。那王徽之又是怎样被司马曜看上的呢？原来论名士之风，王徽之在七兄弟之中名气最大。除了当年雪夜访戴的故事一直在坊间流传以外，王徽之在桓冲那里当手下也有许多奇闻逸事，传来传去就传到了司马曜耳朵里，特别是三桩逸事最得圣心。

逸事之一：王徽之在桓冲手下担任骑曹参军，说起来这也是谢安给他安排的美差，想让他变得务实上进，一般士族子弟求之不得。骑曹参军就是主管坐骑的军官，到任不久后，桓冲问他："王参军，你在军中管理哪个部门？"王徽之想了想说："不知是什么部门，时常见人把马牵进来牵出去，我想不是骑曹，就是马曹吧！"桓冲再问："那你管理的马匹总数有多少？"王徽之毫不在乎地回答："这要问我手下饲马的人。我从来不问，怎么能知道总数有多少呢？"桓冲又问："听说最近马得病很多，死掉了多少匹？"王徽之面不改色心不跳地回答道："我连活马的数量都不知道，怎么知道死马的数量呢？"桓冲无语，摇摇头走了。

逸事之二：一次，王徽之跟随桓冲出外巡视，王徽之骑马，桓冲坐车。事不凑巧，一行人没走多久，天突然下起了暴雨。王徽之虽然平时不修边幅，但也不想当落汤鸡。他环顾四周，发现只有桓冲一个人坐在车里，便立即下马钻入车中，还理直气壮地对桓冲说："公岂得独擅一车！"桓冲见撞进来的是王徽之，又听到外面雨下得很大，便让他一同坐了。王徽之在车上一副心安理得的样子，倒让桓冲无所适从，只好扭头看向车窗外。岂料等雨停了，王徽之连句谢谢都没说就顾自下车走了。

逸事之三：过了一段时间，桓冲问王徽之："卿在府上日久，理当学会料理事务了吧？"王公子没搭话，只是看着远方出神。等了半天，王徽之见这个讨人嫌的上司还是没走，就用手支着腮帮子，自顾自说了一句："今天天气不错，早上空气很清新！"桓冲这下对王公子哥彻底服了，说道："问你是不是该开始正常上值了，你倒好，跟我说什么早上空气清爽，得了，自个玩去吧！"就这样，王徽之愉快地离了职，回了建康，在家赋闲。

这些逸事，司马曜听说后直呼有个性，有意思，让谢安把王徽之召来见见。王徽之入宫觐见，仍是披头散发、衣冠不整，一副不修边幅的散漫样子。

司马曜见了，乐呵呵地问道："王子猷，朕可听说你和子敬一样都是当朝大才子，你既然觉得在桓冲那里是大材小用，那你想去哪里当官？"

王徽之回道："回禀陛下，下臣以为如今这般甚好。"

司马曜听了，说道："世家子弟身怀良才，岂有在家中白白浪费之理？"谢安连忙示意王徽之跪下来回答，岂料王徽之就是不领会，自顾自站在那里，说道："如果陛下让下臣自选的话，下臣倒是愿意去会稽山阴隐居。"司马曜问道："为何？"王徽之答道："人生几何，譬如朝露，去日若多。慨当以慷，忧思难忘。下臣真心向往有朝一日能回归自然，过上和我先父一样的神仙日子。"

司马曜闻言，说道："子猷说的极是，假如朕不当这个皇帝，朕也想归隐山林，逍遥于天地之间。可是子猷啊子猷，当下正是你大好年龄，岂有不报效朝廷之理？"

就这样，司马曜执意留下了王徽之，任王徽之为黄门侍郎。黄门侍郎就是给事于宫门之内的郎官，是皇帝的近侍之臣，专为皇帝传达诏令。司马曜的本意是想看看，散漫不羁的王徽之到底是有真才实学还是浪得虚名。

王徽之无奈只好到宫中上值。毕竟从小家学渊源，功底深厚，起草个诏令、向下传递诏令这些差事对他来说根本不算什么，王徽之很快得到司马曜的认可，天天陪在皇帝左右，面圣的机会比谢公还多。

而真正让司马曜欢喜的是王徽之是个围棋高手。在黑白博弈中，王徽之此人从不执着，下棋思维敏捷，快而流畅，也不煞费苦心地给司马曜让棋。君臣之间交流，话语不多，却是心神默契。

谢安看着他俩专心下棋的身影，长舒了一口气，他突然发现王徽之和司马曜心性相通。人与人之间的关系就是这么奇妙，他当年为侄女择婿时最不看好的王徽之如今却因性情散漫得到圣恩眷顾，轻而易举就当上多少人梦寐以求的黄门侍郎，正五品官级。人不可貌相，在王氏三兄弟中，相对而言，王凝之更显得平淡无奇。

然而，对王徽之来说，是几品官、有没有实权都不是他真正关心的，祖辈、父辈艰苦奋斗得到的家族地位和财富荣耀是与生俱来、习以为常的事，他向往的是自由自在、无拘无束的人生。

这么多年来，王徽之真正在意的事不是官位，也不是财富，而是一个人，也就是他的二嫂谢道韫。每次只要见到她，王徽之心里总是一阵无法言说的激动，想对她诉说，想为她做点什么，可总是说不了也做不了。

道韫嫁入王门二十余载，他也早已娶妻生子，可在他心里，一直记得十六岁那年那个清晨时分，谢道韫舞剑吟诗的那一幕，抑或是为他们两兄弟幕后清谈退客的那一次，或者是送别二兄去江州临川赴任的那一刻，他一直仰慕着比他小一岁的二嫂。她的才华胆识、她的气度风雅、她的倩丽身姿在他心里落地生根，始终挥之不去。

他和她同住在乌衣巷的王府大宅里，王徽之住的小院和二兄王凝之家住的院子隔着一条小河，隔河相望，他习惯了将那种刻骨铭心的想法收敛起来，行叔嫂之礼，长幼有序，尊敬有加。然而，随着年岁增加，王徽之心中的怅然若失并没有消散，相反滋生出厌世的悲观，更加看淡未来的人生。

这么多年来，王徽之一直隐藏着内心，可是隐藏得再好也会被人发现的。发现这个秘密的人正是七弟王献之，两人自小一起玩乐，性情相通。

有一天，谢道韫得了风寒，久病不见好转。王徽之心焦如焚，特意派自己的夫人送去膏方。听闻服后仍未见好转，他便在书房写下了《承嫂病不减帖》："得信，承嫂病不减，忧灼宁复可。吾便欲往，恐不见汝等。湖水泛涨不可渡，遂复隔绝。不然，寻已往彼。故遣疏知吾远怀，不具。徽之等告。"

此帖日后也成为王徽之的传世名帖，写得清新脱俗、风姿卓越，然而，字里行间却透着一种深藏不露的失意。王献之阅帖后，说道："五兄，二嫂的风寒恐怕不用你如此担忧吧？"

王徽之一个激灵，涨红了脸，说道："这……这全天下最懂我的人就是你子敬老弟！"他顿了一下，又悠悠地问道，"你说，她有感应吗？"王献之正色道："不知道！有也不会告诉你！"

王徽之长叹一声："你说，当年谢公为什么看中的是我二兄，而不是我呢？"王献之说："你那副德性，任谁谁都不放心！"两人哈哈大笑起来，笑着笑着，王徽之眼泪笑了出来："我们兄弟几个不是活在先父的荣耀中，就是身不由己地接受家族的安排。唉！"

王献之闻言，说道："五兄，你就知足吧！你看看我，就算自残瘸了腿又能怎样，照样狠心抛弃原配。"

王徽之关切地问道："郗氏如今怎么样了？"王献之神情落寞地说道："还能怎样？早些天我派仆从给她送些钱物过去，她坚辞不收，全数退了回来。她说在大伯家有吃有穿、不饿不寒，已足矣，还让仆从关照我说一定要善待公主，自己都那样了还关心夺夫公主。前几天，谢公托人传话给她大伯，给她说媒，她大伯怒道：'道茂从此不嫁'，你说，这让我如何心安得了？"

王徽之挥了挥手说："我俩都别说糟心事了，走！我带你去秦淮河边散散心，那边有太学宫，还有栽种桃树的渡口，比你经常去的新亭热闹又雅致。"

于是兄弟俩乘着牛车来到秦淮河边。这里有座太学宫，始建于东晋咸康三年，根据当时王丞相提议"治国以培育人材为重"而立于秦淮河南岸。如今谢公也十分倡导太学，让人重修了一番，开放之日，谢公曾亲自前去授课，《孝经》讲堂也曾在这里设立。之后此地常常请知名学者前去给士族子弟讲授，一时太学宫成为士子们前来听讲、交友、切磋、游玩的好地方。而文人雅士多喜欢在这里品鉴收藏之物，因此渐渐形成了一个热闹而不失雅致的文化集市。

有人在叫卖文房四宝，兄弟俩逛过去，王献之发现了一方品质上乘的砚台，就接过来一看，惊喜地说道："石色碧绿，晶莹如玉，质感细腻，扣之无声，呵之出水，好砚！"

卖砚之人见两兄弟气度不凡："两位先生眼力非凡，这是一方有年头的古砚，好砚等待合适的人。来！我来磨墨，你们试一试这砚如何？"当下就铺纸研墨，王献之来了兴致，挥毫书写起来："秦淮太学兴，渡口桃花开。"

卖砚之人见到王氏"一笔书"如行云流水，酣畅淋漓，书艺非一般了得，大惊道："莫非兄长就是王子敬？您的字在坊间可是一字难求啊！"王献之还想掩饰一下，王徽之已大大咧咧地回道："如假包换！"此时也有路人认出兄弟俩，都围上来争睹王门公子的神采，并小声议论着："这不就是新安公主的新驸马吗？果然风度翩翩，犹如仙人下凡，只可惜了这腿脚……"

围观的人越来越多，王徽之想拉着王献之赶紧离去，却听卖砚之人激动万分地拦下兄弟俩说："砚台一直在等有缘之人，今天总算等到了，在下愿以这方砚台换取王大人的这几个字。"说完双手恭恭敬敬地呈上洮砚，王徽之代王献之接过洮砚，低声对王献之说道："子敬快走，等下怕是脱不了身！"王献之却不着急走，他嘱随行仆从拿来钱两说："字你留下，钱也收下，我们不占买卖之人的便宜。"一时四周围观之人都啧啧称叹起王献之："看看，人家王公子就是大族子弟，为人处事就是高远。"

兄弟俩拱手示意大家让个路，高高兴兴地捧着一方心仪的砚石离去了。

两人来到了秦淮河的渡口，此时刚好阳春三月，渡口桃花争相绽放，立于枝头恰如一片片朝霞，与绿树婆娑的垂柳互相衬映，形成了桃红柳绿、柳暗花明的春日胜景。兄弟俩看得心旷神怡，忘却各自的烦恼，于是命仆从取来坐垫，安坐于树下休憩片刻。

秦淮河非常开阔，除了朱雀桁等几座浮桥，其他很多地方依然需要摆渡，而此地渡口大多是北岸来的渡客。兄弟俩正兴致勃勃地对坐闲话时，对岸划来的一叶扁舟引起了他们的注意。

扁舟由远而近，上有一白衣女子似仙女下凡，洛神再现，引得兄弟俩侧目而视。

不一会儿，小舟行至这边渡口。摆渡人还没停稳，白衣女子就急着想上岸。只见此女子体态轻盈，正值青春妙龄。忽然一个小浪辟打过来，女子在船边踉跄两步，王献之见状，紧张地从座位上站了起来，手上还揣着那方砚石，就急急上前几步，摆出一副想要扶她上岸的姿态，王徽之在后面一声朗笑："没想到子敬有英雄救美人之心！"

说话间，女子已顺势一跳，轻松地上了岸。见到岸边的王献之，微微一笑，面色灿若桃花。王献之瞧过去，不觉心跳加快，似乎在哪里见过此女子。

白衣女子正要擦肩而过，即将走远时，竟转过身来，浅笑盈盈地朝王献之看去，目光聚焦在他手上那方砚石上。

只见那女子行了一个屈膝礼，笑问："敢问先生手中这方砚石从何而来？"王献之好奇地问道："难道女郎认识这方砚石？"女子："这砚石像极了我家祖传的那方古砚。"王献之又发问："敢问女郎家里是做砚石的吗？"女子："不，那方砚是祖父传给奴家的。"

王献之来了兴趣，把手中的砚石向她递了过去："既然如此，女郎您看一下便知。"不料女子竟摆摆手说："不，先生，您先帮我看看，这砚的背面有没有刻着两个小字：桃叶？"王献之翻过来一看，真是奇了，背面果然有两个很小的字：桃叶。字虽小，却刻得苍劲有力。

于是，王献之也拱手回道："正是。你叫桃叶吗？"女郎略显娇羞地颔首道："是！奴家正是桃叶。此砚是当年祖父送我的十岁生诞之礼，桃叶两字正是祖父所刻，据说此砚价值不菲。后来我们全族从中原南渡而来，家道中落，家父变卖了家产，这方砚石不幸也被一起卖掉，想不到今天还能在这里见到它。"说完，从王献之手中接过砚石，左看右看，喜不自胜，看完又还到王献之手上，说道："先生还没回答奴家，您是从哪里得的这方砚石？"

王献之说："在太学宫附近的集市上。"女子道："想来也该如此，就是不知道已转卖了多少回了。"说完，眼眶有些潮红。

王献之见了心疼，说道："既是如此，这方砚石还是物归原主，我不能夺人所爱！"桃叶坚决不收，又屈膝行礼道："不！先生，您才是这方砚石的有缘之人，它在您这里更有用处！"

两人正互相谦让之时，王徽之看出了其间微妙。他上前一步，哈哈大笑起来："桃叶小娘子说得对，你和我家七弟的确是有缘之人，要不然今天也不会在渡口相遇了！"说得两人面红耳赤，互相对望。然而，这一眼万年，真可谓心有灵犀。

王献之自从去了秦淮河渡口，回来之后心情大好，对新安公主也不再那么冷漠，夫妻两人和谐了不少。

数月之后，王徽之发现七弟天天往渡口跑，回来后就在书房里写个不停。终于有一天，他发现王献之写的全是情诗，似乎又一个春天来到了王献之身上。

这天，王徽之走进书房，拿起帖子，乐呵呵地读出声来：

桃叶映红花，无风自婀娜。春花映何限，感郎独采我。

桃叶复桃叶，桃树连桃根。相怜两乐事，独使我殷勤。

桃叶复桃叶，渡江不用楫。但渡无所苦，我自迎接汝。

桃叶复桃叶，渡江不待橹。风波了无常，没命江南渡。

王献之一把将诗帖抢了回去，王徽之促狭地笑道："七弟招了吧，和桃叶走到哪步了？这诗要不要给新安公主看哪？"

王献之说："看什么看？我都打算娶桃叶为妾了。"王献之"招供"道：桃叶家住秦淮河北边，因为要到南岸来替人缝衣补贴家用，所以天天渡河而来。王献之得知后每日准时去渡口迎接她，一来二去已日久生情。王献之在渡口边上悄悄地买了一座别院，打算就此迎娶心上人，眼下他正思考着怎样告诉家里人。

王徽之听完故事，叹道："七弟还真是有情郎哪！要我说，这渡口哪，今后可以改名为桃叶渡了！"

王献之说："和五兄实话实说吧，我第一次见到从船上远远驶来的桃叶，还以为是年轻时的郗氏，那眉眼和神情都像极了。既然不得相见，就再娶一个回来。"

王徽之说道："其实啊，七弟最不能忘怀的人还是原来那位，事已至此，你还是想想怎么向公主交代此事吧！"

王献之就这样不事张扬地迎娶了桃叶。

　　而新安公主看着王献之纳妾，没哭也没闹，把心里的苦生生咽了下去。

　　终于等到机会去了趟宫里，面对褚太后，她的眼泪再也忍不住地往下淌："请太后为我做主！"

　　褚太后先是一愣："什么事又惹我家公主伤心了？"新安公主道："他娶了一个叫桃叶的小妾，据说长得像极了从前的郗氏。"

　　褚太后一听笑了："他和你正式说起过这件事吗？""说了。""那就对了！他还是尊重你的！"褚太后又说道："公主，千万要记住，身处这个时代的女人，要求不能太多，你已经赶走他的原配，总不至于要求他不能纳妾吧。你虽贵为公主，但这世间没有哪一条哪一项规定说男子娶了公主就不能纳妾了。像王逸少、谢安石这样尊重夫人的男子，世间是少有的。"

　　新安公主不甘心地说道："可是他的二兄王叔平至今也没有纳妾。"褚太后说："你为什么不看看王叔平娶的是谁？是集才华、智慧和美貌于一体的谢令姜，她非寻常女子可比。再说你不要老是和别人比，你生在皇家，想嫁入王门，王子敬为了你做出巨大让步，你已实现了多少女子梦寐以求的愿望，人要学会知足。"

　　褚太后一番开导，新安公主无奈之下接受现实。太后说："回去善待王子敬，人的尊重是互相理解出来的。"

　　至此，王献之总算找到了心理平衡。可是不久之后噩耗传来，郗道茂病亡，年仅三十八岁。王献之闻此消息，久久不语，他朝渡口别院走去，一去就在那里住了一月有余。直到公主放下架子，亲自寻到别院，王献之这才回了乌衣巷。

　　王献之、王徽之得到重用以后，琅琊王氏似乎重回顶流士族的阵营。但是，对谢安的另外几位王姓女婿来说，似乎也迫切需要得到岳丈大人的提携。

　　谢安还有三位王姓女婿，王珣是侄女婿，王珉是大女婿，王国宝是小女婿。

　　王珣出身琅琊王氏，是王导丞相之孙、中领军王洽之子。最初他和谢玄一起担任桓温的掾属，得到桓温的起用。后来桓温北伐，王珣转任主簿，军中机要事务皆交由王珣处理，军中文官武将都认可他这个王主簿，可见其能力非同一般，其书法也深得琅琊王氏真传。

　　王珣是个文武全才。当年豫州刺史袁真叛归前燕，王珣参与讨伐，并迅速平定叛乱，因此功被封为东亭侯，后来又转任大司马参军、琅琊王友。桓温离世后，谢安将王珣调任中军将军桓冲的长史、给事黄门侍郎等职。

王珣在任桓温主簿的时候，因为一次给谢安送信的机会，机缘巧合地在谢府见到了谢万之女，情有独钟，于是由桓温作媒迎娶了谢安的侄女。

王珉是王珣的亲弟，年少聪颖，很有才艺，也善于行书，名望比王珣还高，与从兄王献之齐名。王珉初任著作佐郎，才干显现。王珉因兄长娶谢氏女，也顺势与谢家联姻，成了谢安的大女婿。

到了谢安小女在闺中养成，谢安为女儿所选人家依然是王家，只不过选的是王坦之三子王国宝。王国宝比起王珣、王珉两兄弟来说，长相更佳，英俊高大，仪表堂堂。谢安以为忠臣王坦之之子不会差到哪里去，但是令谢安万万没想到的是，王国宝是隐藏极好的纨绔子弟。王坦之在世时，王国宝还算老实，王坦之一撒手，无人管束的王国宝成了一个野心勃勃的官场高手，结交攀附，趋炎附势，行为非常不检点。他多次向岳父示意，谢安无奈，给他安排了一个尚书郎。没想到王国宝嫌官小，不肯接受，谢安没再搭理他，觉得这个小女婿一时也掀不起什么风浪。

三位王姓女婿，就这样对谢安形成了一种无形的压力。

这天，王珣携妻前来谢府拜见岳丈，言语之中充满了对现任职务的不满。谢安听出来了，就说道："元琳（王珣的字），你是否清楚大晋建国以来的历史，从琅琊王氏到颍川庾氏，再到谯国桓氏，士族轮流把持朝政，皇位形同虚设。到了桓氏执政，桓氏仅凭一言就废了海西县公，改立简文帝，而简文帝临终时连个皇太子都不敢自立。你说这司马皇家还有什么尊严可言？"

王珣大惊，他没想到谢公会说出这番话来，心想总不至于因为他在桓温手下任过长史，就对他心生嫌隙，谢公自己不是任过桓温长史？于是回道："谢公，下臣不是很明白此番话，还请明示。"谢安说："那我再给你说说，当年王丞相为什么临终时没有留下任何遗言重用王逸少的故事吧……"

王珣听完王羲之的故事，明白大意是说当年王丞相希望王逸少知天安命、享受南渡二代的安逸生活，可偏偏王逸少一生都盼着克复中原失地，这事和他王珣当下渴望为大晋建功立业有些类似，莫非想让他王珣学学王逸少放弃雄心壮志？

王珣见谢公说得不甚明了，一时又心有不甘，只好悻悻然地带着夫人回家了。

不久，王珣就接到调任书，任命他为豫章太守，王珣心想：凭他多年军功，只当个太守，还要外放，岂不是降级了？于是，托词身体欠佳，回绝了朝廷的任命。

这事传到谢安那里，谢安十分生气。

几日后，谢公作出了一个令时人无法理解的决定：让侄女（谢万之女）和自己的大女儿分别与王珣、王珉两兄弟和离！

此令一出，坊间震动。王珣、王珉两兄弟人品、才华、口碑皆不错，是因为王珣不执行岳丈的命令就下令离婚吗？

一向淡定自如的王珣遭受这一沉重打击后，抑郁成疾，一连数日卧床不起。他百思不得其解："是我说错什么话、站错什么队了吗？就算我不当官也可以，凭什么一句话就解除王、谢的婚姻？而且王珉什么错也没有，为什么也被和离？"

现实就是这样残酷，谢公一句狠话，两个女儿就哭哭啼啼地回了娘家。坊间盛传王、谢由此交恶，要彻底断了关系。各种议论传得纷纷扬扬：既然是王、谢交恶，那么王凝之这个侄女婿不也是琅琊王氏的吗？王献之、王徽之不是刚得到谢安的提携吗？

谢道韫就这样急匆匆地来找叔父了。多日不见，她也不甚明了一向谨慎行事的叔父突然间作出如此令人费解的举动，一向在家里说话很有分量的刘夫人似乎也没拦住谢安。

叔父迟迟不还家，刘夫人说："你叔父这次铁了心要让王、谢和离，令姜还是先去安慰一下两位妹妹吧！"道韫只好进了内室好言相劝，谢安的大女儿哭得更加委屈，和离一事对她来说就是无妄之灾。

三位姊妹正说话间，谢安回来了，说道："叔父知道令姜定会来讨个说法！"见侄女和女儿都对他十分冷淡，他却不甚介意，平静地说道："请令姜随叔父来书房单独交谈，此事非三言两语可解也！"

行至书房，叔侄两人恰如二十多年前一样相对而坐。谢道韫神态严肃地说道："叔父大人，令姜清楚地记得当年我出嫁时，您教诲我出嫁后要学会三件事，即自己思考、自己判断、自己处置。"

谢安说："对！可是彼一时此一时，不可同日而语。假如你愿意和离，叔父也会同意！"

谢道韫彻底震惊了，甚至不敢相信此话出自叔父之口，她脸色苍白但口气强硬地说道："不！令姜不愿和离，也不会对王郎变心，而且请叔父大人允许侄女说出不孝之言，您变了，变得让令姜不再认识！"

谢安沉默须臾，依然平静地说道："令姜，叔父没变，变的是这个时代。王谢联姻本身就是一场政治联姻，作为儿女，你们没有权利决定自己的婚姻，那不过是当年两家联合起来增强彼此实力的一种形式。元琳两兄弟我并无意贬低他们，对于他们的才能，叔父认可并欣赏，只是他们两兄弟的野心和能力已远远超出我的掌控范围。如果任由他们发展，未来他们会成为下一个桓氏，将晋室重置于危险境地。"

谢道韫说："叔父为什么如此看轻元琳两兄弟？我家王郎和五弟、七弟不也出自琅琊王氏吗？"谢安说："令姜问得好，这就是问题的症结所在，我早就以为令姜若是男儿，可以出将入相。不是所有琅琊王氏的子弟都得值提携，人分品性，就你夫君几个兄弟秉承了其父的高远个性，不把出仕作为人生的终极目标，不会对晋室构成危险，但是这王元琳两兄弟是王丞相之孙，能力超群，口碑不错，今后说不定又会出现'王与马，共天下'之局面。且元琳长得和王敦十分相似，作为首辅大臣，我只能防患于未然，先外放他们，让他们远离都城，方是长远之策。"

谢道韫听闻此番话语，不禁冷嘲道："叔父这可是以貌取人！而且是否对未来不确定之事担忧过度了呢？要是元琳两兄弟不是你以为的那种人呢？"谢安叹气道："当年你公公王逸少在世时和我反复讨论桓大司马的人性是恶还是善？他一直力挺，结果怎么样？还是差点让晋室走上不归之路。"

一席话说得谢道韫无言以对，她想了一下，又道："现实是叔父终究以担忧之名对元琳兄弟实施了打压。"

谢安平静回道："说打压也没错，叔父也是出于无奈。作为首辅大臣，只有平衡好各世家大族之间的权力与利益，才能维护晋室与门阀之间的关系，大晋才能长治久安。这是治国的大道理，作为女子，也许只有令姜能听懂！"

道韫沉默了一阵，她似乎已明白叔父的一片苦心，长叹一声，继续问道："叔父大人，令姜再问您，尽忠匡翼晋室和您儿女们的婚姻幸福此两者，哪个更重要？"谢安道："一样重要！"谢道韫反问道："把令姜许配给琅琊王氏是否也是叔父大人操控的政治联姻？"

谢安看着道韫的眼睛，诚恳地回道："是的。至今为止，所有士族的婚姻都带有政治目的。当年是你公公王逸少提出的联姻，叔父只是在当时的认知范围内，尽最大可能地为令姜寻找最好的郎君！所以，时至今日，假如令姜依然'意难平'，叔父愿意为你再作一次主！"

谢道韫听到这里，已彻底理解了谢安。只有经历过动荡不安的过往岁月，才会最终作出这样看似唐突的举动。可是她依然忿忿不平地回道："不！叔父大人，您有没有想过，对两个妹妹来说，让她们改嫁一次会受到多大伤害？""知道，与其让她们和元琳兄弟一起痛苦不安，还不如回娘家重新开始新的生活。这些大道理，等下还请你帮叔父去开导开导她们，我也不想看到她们受苦啊！"

但是，谢道韫发出了最后一问，令谢安也无法回答："对女子来说，不是从父从兄就是从夫从子，何时才能从自己？"

谢安无言以对。

就这样，在谢安的执意安排下，一场令外界捉摸不透、让人感到扑朔迷离的王、谢和离事件最终成了谢安平衡各世家大族势力的超常规举动，得以完成。这件事传到宫里，只有褚太后让刘夫人传了一句非常中肯的话："谢公深明大义，为了尽忠晋室，无所不用其极。"

王珣、王珉并没有因为谢安的打压而意志消沉下去，他们决定另起炉灶，重振旗鼓。王珣不愿任豫章太守，谢安又任命其为散骑常侍，王珣觉得还是委屈，仍不接受任命，最后被调任秘书监，和王凝之共事，才勉强接受。王珣后来凭借自己的努力，和其弟一起最终得到了司马曜的重用。这是后话。

识人千面不如识其心一面，谢公纵有千般智慧，也没有想到他不太在意的小女婿王国宝表面上依然对岳丈恭恭敬敬，心里却积恨日深，且一步步酝酿着针对他的计谋。

这天上午，谢安正在和外甥羊昙下围棋。一局未了，宫里传话让他赶紧去一趟，有紧急情况。谢安对羊昙说："你别走，我去去就回，回来再下完这局！"

赶到宫中，司马曜哭丧着脸说："王皇后昨晚又喝高了，把自个儿也灌没了！"谢安大惊，这个由他物色的皇后王法慧才二十一岁，美貌聪慧，却不想是个女中醉仙，自己把自己给折腾死了，这事要是传出去，那就是当朝天大的笑话。

举荐王法慧，是因为谢安看中其父王蕴，以为有其父必有其女。王皇后登场，的确才貌双全，知书达礼。当初谢安一见，还以为是年轻时的谢道韫再现，秀外慧中，惊为天人，而当时朝中也无不称赞她。

司马曜初婚时和王皇后恩爱有加，郎才女貌，一对璧人。可惜随着时间的流逝，心气颇高的王皇后发现原本憧憬的后宫生活并没有想象的那么美好。她不是司马曜的唯一，后宫中的莺莺燕燕让她妒火中烧但又无可奈何，富丽堂皇的宫殿在她眼里渐渐成了藩篱和牢笼，唯有美酒可以解脱忧怂。她不生育，又喜欢上了喝酒，寻找飘飘欲仙的快感，后来越发意气用事，不光自己喝，还命令后宫嫔妃一起喝，皇帝回到后宫也得跟着一道喝。偏偏司马曜是个怕老婆的主，由着她姿意放纵地喝，喝得整个后宫就像个大酒缸，酒气熏天，连褚太后和李太妃也劝不住。

司马曜把国丈王蕴请去，要求他管教王皇后，王蕴照做了，但是没过几天，王皇后的酒瘾又发作了，王蕴非常自责，为此向司马曜脱帽谢罪，且再也不敢留在朝堂，要求外放，以求将功补过，于是就有了和王凝之争会稽内史一职之事。

谢安摇摇头，这事说到底他有责任，但是他无权也无精力去过问后宫之事。作为南渡二代的他，对南渡三代、四代的很多习性可以说是看不懂，甚至诸多事理解不了。

　　谢安安慰司马曜道："陛下，此事对外不可声张，只说王皇后不幸染疾而崩。"司马曜道："这个自然。"谢安望去，此时的司马曜脸上没有任何哀伤的表情，有的只是一种彻底解脱后的释然。谢安想起他的后宫中还有张贵妃、陈归女等一大堆宠妃，不由暗自叹了口气：帝王家事，凉薄人生。

　　等谢安布置好王皇后的发丧之事时，天色已晚，谢安想起和外甥的那局棋还未下完，匆匆打道回府，顾不上吃晚饭，就对羊昙说："来！我们把刚才那局棋下完！"

　　羊昙说："听说皇后崩了，舅父大人是不是去处理此事了？"谢安盯着他说道："年轻人真不知道他们是怎么想的，不思过去，不畏将来……看棋，落子无悔！"羊昙回过神来一看，他已经输了。

　　时序来到太元八年（383 年）八月，天已微凉，转眼将进入秋季。建康宫内，谢安急匆匆地向显阳殿书房走去，他和司马曜都接到了荆州刺史桓冲的八百里加急军报。

　　军情出自襄阳之争。长江中游的襄阳历来是兵家必争之地，桓冲因为在上次淮南之战前痛失襄阳，把荆州的镇所从江北的江陵改到江南的上明。这几年来，他一直耿耿于怀，想把襄阳从前秦手上夺回来。

　　这年五月，桓冲奏请朝廷，出兵十万攻打襄阳、沔北及蜀地，司马曜十分支持，桓冲当即一鼓作气，接连拿下五座城池。司马曜接报后十分振奋，以为桓冲立了大功。

　　然而，兵强马壮的苻坚哪里肯善罢甘休，不久就派出征南将军苻睿和慕容垂救援襄阳。慕容垂行军至沔水时，命将士每人手持十把火炬夜行，伪装成兵力极强的样子，桓冲中计，畏惧秦军兵多，又因军中有疾疫蔓延，于七月退军至上明。没想到到了八月，蓄谋已久的前秦借此契机，一触而发，全面点燃了南下的战火。

前秦作为以北方多个游牧民族建立起来的国家，八月正是水草丰盛、牛肥马壮的季节。这年苻坚即位已二十六年，这位氐族国君自小胸怀大志，自从袭杀堂兄自立为大秦天王后，着手革除暴政，主张"黎元应抚，夷狄应和"，重用王猛等汉族士人，抑制豪强，强化王权，鼓励农耕，教民以区种之法，兴修关中水利，以增加财政收入，又提倡儒学，兴办教育，继承汉族政治传统和文化传统，积极推行圣君贤相的治国之道，对其他民族实行服而赦之的方针，凡自动归顺或投降的少数民族上层，苻坚基本采取优容政策。十余年后，前秦大治，百姓丰乐，北方出现承平景象。

同时，苻坚还陆续消灭了前燕、前仇池国、前凉、代国，取东晋梁、益二州，并远征西域，结束了北方长期分裂的局面。统一北方后，他自恃"强兵百万，资仗如山"，开始不顾王猛临终遗言，执意消灭东晋，实现"混六合以一家，同有形于赤子"的终极之志。

发兵之前，苻坚在前秦的太极殿召见群臣说："朕自继承大业以来，将近三十年了。四方大致平定，只有东南一角，还没有蒙受教化，此乃朕多年心结，不平不足以慰余生。朕粗略计算了一下，当今我秦军可出兵百万之众，此兵力足以灭晋，朕准备亲率大军东伐。众爱卿以为如何？"

面对苻坚的主张与发问，群臣大多持反对态度，纷纷以"粮草不丰，人心厌战"表示反对，苻坚的胞弟、阳平公苻融劝其谨慎决策，连苻坚最宠爱的张贵妃闻言也劝谏他，准备不足，不要盲目发兵。前秦上下没有达成共识。

苻坚见此，就说："这事好比在道旁建房子，如果去寻问旁人意见，听了很多议论，最后一事无成，房子还是建不起来，朕自有决断。"这时，唯有曾经打败过桓温的鲜卑族将领、后来归降了前秦的慕容垂站了出来，向苻坚表示支持出兵东晋。苻坚听后十分高兴，对慕容垂说："世上能与朕平定天下的人，只有你一个。"当即赐给慕容垂五百匹布帛，以奖励他同心同德。

苻融毕竟是苻坚的胞弟，这么多年来追随他征战无数，成为他的左臂右膀和坚强支持，兄长既然发令，弟哪有不从之理？苻坚命苻融、慕容垂等人以二十五万步骑兵作为前锋，自己则随后自长安发兵，决定率领六十余万步兵和二十七万骑兵组成的主力部队，大举向东南进发。

前秦军出发后，由步兵、骑兵、车辆、辎重等组成的队伍浩浩荡荡，一路向南，远远望去，烟尘滚滚，旗鼓相望，前后延绵千里。苻坚，这个胸怀壮志的亲征皇帝，洋洋自得地对外宣称："以吾之众旅，投鞭于江，足以断其流。"

九月，苻坚抵达项城（今河南省项城市），凉州（今甘肃省武威市）的军队抵达咸阳，蜀、汉的军队也顺流而下，幽州、冀州的军队到了彭城，东西万里，水陆并进，运输军粮的船只多达万艘。苻融率领的部队二十五万人则先期抵达颍口（今安徽省颍上县东南）。

前秦大军压境，来势汹汹，形势万分危急。得到军报，举国震惊，建康城内百姓惊慌不已，有的说："这次秦贼动真格了，听说苻贼誓师说不灭不还，定要一统天下！"有的说："真是多灾多难，刚过几天安生日子，秦贼就想来吞并江东！"平日里习惯了清谈论道的士族们也慌了，一百万胡人军队将要南下，这可怎么办？

谢安和司马曜在显阳殿书房里商议了一整天，他们都清楚，就兵力和财力而言，秦晋对抗将是一场力量悬殊的较量。对东晋来说，能出兵的荆、扬两地的军队加起来也只有二十万人，况且战线从东到西很长。

这年司马曜满二十一岁，登基刚好满十年。十年来，朝堂上有王彪之、王坦之、谢安等人辅佐，宫内有褚太后帮衬，国祚还算顺遂，君臣还算和谐。随着北方的敌人越来越强大，他这个年轻国君感到了前所未有的压力，甚至在殿前感受到了群臣中行将亡国的恐惧正在蔓延。

谢安说："陛下，躲不过就开打吧！"司马曜问："怎么打？"谢安说："下臣一连思考了几日几宿，现在手上有四步棋可走。""说来听听！"君臣一直商议到夜半时分。

次日，司马曜在太极殿召集群臣，焦虑地说道："请众爱卿群策群力。"下面黑压压的文武百官开始议论起来，有文臣说："陛下，下臣以为，此事须从长计议，是否派出使臣和秦国议和，大不了我们舍出几座城池给他们。"马上有人反对："陛下，臣等反对不战而降！割几座城池也填不了那苻贼的欲壑。"有武将挺身而出："陛下，打吧！我们虽然人少，但是人心比他们齐，还有据守淮河的天险！""打！我们打到长安去，把符贼老巢给灭了，看他还能横多久！"

看来大多数人主张迎战。

司马曜见群情激昂，但没有一个人真正说到点子上，于是在大殿上大声责问："朕只是问你们怎么打！"下面鸦雀无声，无人应征。

司马曜于是下诏：任命尚书仆射谢石为征虏将军、征讨大都督，任命徐、兖二州刺史谢玄为前锋都督，与辅国将军谢琰、西中郎将桓伊、龙骧将军檀玄、建威将军戴熙、扬武将军陶隐等人，统帅八万兵众抵抗前秦，兵分三路，北上迎击秦军。

众臣恍然大悟，诏令的几乎都是在淮南之战中立了头功的谢家军，看来谢公早就作了布置。但是众臣又在底下小声议论开了："八万晋军如何对抗百万秦军"，"怎么起用的又是谢家军"，"打不过人家怎么办"……

谢公出来安抚道："此次符贼是直奔东南方向而来，桓将军镇守荆州，从西边调兵遣将过来反而会让敌军乘虚而入。至于符贼调动了那么多兵力，下臣以为他们一时半会也不会全部渡江过来……"说到一半，谢安不再说下去，军机好比天机，时时处处不可泄漏。

是日，建康宫西堂布置得金碧辉煌、端庄隆重，司马曜和谢安在这里为即将出征的将帅践行。

这些将帅中，谢石最为年长，已五十又六，起家秘书郎迁黄门侍郎，在淮南之战中曾领水军抵御前秦立下战功，后册封为兴平县伯，升任尚书仆射；谢玄时年四十岁，任冠军将军，徐、兖二州刺史，都督江北诸军事；谢琰是谢安次子，时年三十一岁，起家著作佐郎，迁秘书丞、散骑常侍、侍中、尚书左仆射等职；桓伊时年四十左右，为西中郎将、豫州刺史。另有檀玄、戴熙、陶隐、胡彬等将领陆续到来。大晋的将军个个俊逸伟岸，把西堂映衬得更加光华宝气。

人到得差不多了，谢安招呼开宴，他看着众将领问道："陛下为众将践行，诸位可知这是为何？"

见众人面面相觑，谢安神色凝重道："人不能数典忘祖，要知道你们都是从中原而来的第二代、第三代，当年我们皆是追随我大晋元皇帝（指司马睿）南渡而来，最终至江东避祸。一转眼，我们在这里已生活了数十年，你们也许不知道，当年你们的父辈、祖辈的南渡可谓千辛万苦！王逸少在世时曾对我说过一句话：'避乱南渡，华夏之痛！'至今我每每思之，心犹在痛！晋室带领我们大家好不容易在江东站稳脚跟，黎民百姓也过上了安稳日子，可是北方的那些蛮族亡我之心不死，要打过江来，我们再不出手还击，任由他们欺凌，华夏就会在我辈手中灭种灭族！多年以后，我辈皆成胡族。你们有没有想过，假如我们都丢了衣冠，穿上胡服，还能像今天这样侃侃而谈、坐而论道吗？"

谢公的长篇大论引得众将感叹万分，纷纷说道："华夏衣冠乃我族文明之象征，我们决不能穿胡服！"谢安乘机又道："是也！今日出师，陛下为你们践行，老臣想在王逸少那句话后面加上一句：'衣冠不绝，华夏不灭！'以此勉励诸位，成败荣辱皆在此一战！"

众将热泪盈眶，齐声应和道："衣冠不绝，华夏不灭！"

这时，司马曜起身向众将敬酒，众将心情激动，皆一口干完觞中之酒，热血在男儿胸膛熊熊燃烧！

　　龙骧将军胡彬作为前锋最早出发，出发前，他来请示谢玄。谢玄心里没底，只好前去司徒府面见谢安，请求对战事做出具体指示。谢安只是平静地说了一句："不用担心，已安排妥当。"谢玄只好告退。

　　回来后，谢玄一直心神不定，只好派属下张玄重新去问，谢安说："这事不用请教了，你让谢将军亲自过来，我和他去山中别院下一盘棋！"

　　谢玄接到这个指令，更加不安："都什么时候了，叔父还有心思下棋？这八万人对一百万人可不是闹着玩的。唉！"

　　不一会儿，谢安就带着谢石、谢玄、谢琰以及一大帮亲朋好友，乘车奔向一座山间别墅。这山间别墅是谢安在建康郊区模仿东山谢府建造起来的一座半山别墅，有山有水，有竹林有清泉，可小住可雅集，唯一不足的是，山脚下没有日夜奔腾的曹娥江。谢安想念东山的时候就会来这里住，因此这里也叫"东山别墅"。

到了"东山别墅"，谢安让仆从在竹林摆下棋局，秋日的山风一扫建康城的烦躁，吹得人特别凉爽惬意，谢安对同来的外甥羊昙说："来！你做个见证，今天如果我输了，叔父就把这座别院输给谢幼度！"谢玄笑了，说道："叔父怎知一定会输给我？"谢安捋了一把美髯笑道："貌似我以前一直都没赢过！"谢玄是圈内有名的围棋高手，连谢公都甘拜下风。

谢安说："下棋吧！"竟然没说如果谢玄输了该赌上什么。谢安平时棋艺的确不如谢玄，这天谢玄老是心不在焉，而谢安却是一副神情专注的样子，下到最后，两人看上去快要和棋了，但是谢玄稍一不慎，最后一着输给了叔父。

谢安哈哈大笑起来，转过头对羊昙说："谢将军输了，那我就把这座东山别墅送给你了！谢将军另欠我一处别院！"大家听得都乐了。

谢安扬扬手又说："来！我们一起去登山赏秋景，如此良辰美景不可辜负！"于是众人跟随谢公一道朝山上走去，一直到了夕阳西下，方才赶回建康城里。

然而到了这天夜里，谢安这才在司徒府悄悄召集众将领，一对一地面授计议，安排他们各司其职，分头出发。

众将领每个人都得到指教，天亮之后，各自踏上了征程。

但是，远在荆州的桓冲深深担忧，他派出三千精锐部队东下，入卫京师建康。谢安却认为三千人对这样一场大战实在是杯水车薪，多此一举，于是拒绝荆州军队入城。在遣返荆州军队的同时，他给桓冲去了一信，信中说："朝廷早已安排妥当，不缺兵马，倒是荆州要对北边多加戒备。"

桓冲明白谢安指的安排就是布防在建康周围的谢玄率领的北府兵，但他认为谢玄手中的那点军队根本不能扭转大局，便将下属们召集到一起，叹息道："谢公确实有居庙堂之高的胸怀，但他真的不懂军事，尤其是作战。如今大敌将至，他却仍然在下棋、游玩、清谈，最后派遣了几个未经世事的毛头小伙子去迎敌，部队人数又远远不及敌军，天下之事可想而知了。我估计，不久我们都得穿胡服了！"

他的手下也都很忧虑，但是朝廷信任谢家军，就是铁板钉钉的事。

十月，前秦阳平公苻融所指挥的秦军先头部队开始发起进攻，目标是东晋重镇寿阳（今安徽省淮南市寿县）。

寿阳，别称寿州或寿春，地处淮河以南，淝水以西，一向是淮南一大重镇。战国后期曾是楚国的都城，东汉末年的袁术曾在这里过了一把皇帝瘾。东晋时，为避晋元帝皇后郑阿春的讳，改名为寿阳。寿阳是控制两淮水陆交通的枢纽，徐、兖两州通往建康的陆路，淮水、汝水、颍水、淝水等水路均在附近交汇，历来为兵家必争之地。

苻融一鼓作气攻克寿阳，俘虏了东晋的寿阳守将徐元喜等人，徐元喜为活命无奈选择了投降。

差不多同一时间，慕容垂攻克了郧城（今湖北省安陆市）。慕容垂将郧城交给后到的慕容暐把守，率军继续推进到彰口

（今湖北省宜昌市当阳市），成为各路秦军中，深入晋境最深的部队。

秦军在中路和东路初战告捷。东晋的龙骧将军胡彬受谢石、谢玄之命率五千水军前去救援，还未到达就接到寿阳失守的消息，急忙撤退，行至硖石（今安徽省淮南市凤台县、寿县之间），就被秦军包围，情势十万危急。

苻融一面围攻硖石，一面派卫将军梁成率五万人东进，赶到洛涧（今安徽省淮南市东淮河支流洛河）西岸布防，以阻止谢石、谢玄等人前来救援胡彬。

此时，谢石、谢玄等率晋军七万五千人（八万军队中胡彬分走了五千）挺进到距洛涧以东二十五里处，探听到梁成已在洛涧西岸布阵，不敢盲目轻进。此时，困守在硖石的胡彬部队因为原先是轻装前进，以求快速赶到寿阳，如今被围，所带粮草很快就要告尽。胡彬派人潜水逃出，向谢石等人报告："如今贼势强盛，而我部粮食已尽，恐怕只有来生再见了！"不想这人未能潜出，就被秦军的巡逻队捕获，胡彬部粮尽的情报被秦军掌握。

苻融得知这个情报后，大笑道："此乃天助我秦军！"于是做了一个足以影响整个战争的决定，派轻骑飞告苻坚："晋军人数不多，容易对付，就是怕他们逃脱，我军应该快速行动，全面进攻！"并附上了截获的胡彬情报。

远在项城的苻坚接信后大喜不已，等不及正向项城汇集的大军，只率轻骑兵八千人，昼夜兼程，火速赶到寿阳与苻融会合。

为什么苻坚只带了八千精锐骑兵？实际上，苻坚这次南征过于仓促，他号称的八十万大军还远在路上，有的甚至还没有动身启程。由于苻坚是七月才开始下令征兵，征兵的标准是在民间"十丁抽一"，在"十丁抽一"的情况下夹杂了许多只经过简单训练而没有打仗经验的老百姓，且这些老百姓来自各个民族，甚至有不少汉人，大多数不愿意为前秦卖命。

因此，在得到苻融派人送来的书信后，苻坚只能放弃未能完成集结的大军，带了八千亲兵奔赴寿阳。尽管这样，苻融和慕容垂等人的前锋也有二十五万之众，仍然是东晋军队的两倍之多。

到达寿阳后，苻坚视察了一下战场情况，又分析了情报，认为晋军兵力远远不足，于是他很乐观地在军帐之中踱着步，思考着下一步作战计划。

这时，苻融进来向他建议速战速决，趁早率部挺进东南。苻坚说："不！朕以为晋军根本不是我们的对手，你看我们不妨派个人去劝降，如果不战而能屈人之兵，那是最好的结果。"苻融说："不打，晋军怎肯投降？"苻坚说："我军中有一人可以以一抵万。"苻融问："何方神将？"苻坚于是请来一人，此人正是度支尚书朱序。

朱序穿戴着氐族人的服饰，一眼看去，已看不出他曾是汉将。自太元四年（379年）襄阳兵败遭俘后，他得到苻坚的赞赏和重用，一晃四年过去，已为苻坚在对其他胡族的军事行动中立下不小战功。苻坚一向喜欢用汉人，王猛离世后，他深信朱序是上天派给他的另一个得力助手，对屡建战功的朱序早已深信不疑。

苻坚得意地对苻融说："朕决定派朱尚书去晋军营中走一遭，让谢家人看看，此刻降秦前途一片光明。看看朱尚书就是个例子，投降过来还能得到重用。"

苻融见苻坚主意已定，只好作罢。当下，苻坚给朱序面授机宜，并让他给谢石、谢玄带去不少金银财宝作为见面礼。

朱序出苻坚军帐后，心中狂喜不已，皇天不负有心人，投降四年终于迎来了一次天大的机会。但是他又有一丝担忧，谢石和谢玄知晓他的情况吗？这四年中，他和谢公一直单线联络，外界甚至以为他那被喻为"巾帼英雄"的母亲早已不在人世。想到这里，他回到营帐中做了精心准备。

朱序骑着快马，带着几名随从来到晋军帐下，求见谢石和谢玄。

谢石和谢玄带着一大批将领见到了久未谋面的朱序，脸上挂起轻蔑的微笑："朱序，你苟活于世，还有脸来见我大晋将士吗？"

朱序哈哈大笑道："想你晋军区区数万人怎敢与我大秦军队交手？现在我大秦皇帝慈悲为怀，命尔等速速投诚，与我一起效忠天王，一统天下，如此岂不是两全其美。来人，献上吾皇之诚意！"于是命人献上金银财宝。

谢玄嗤笑道："哼！我堂堂大晋主帅岂是他苻贼能以区区金

钱收买之人？来人，拿下，以大晋军法处置叛徒！"说完让手下绑了朱序等人。谢石毕竟年长一些，劝住道："两军交战不斩使者！"乘混乱之际，朱序对靠近他的谢玄手下说："请悄悄告诉两位谢将军，屏退左右，我有要事相告！"

谢玄得报后，佯装把朱序的随从拉下去处置，把他们分开。军帐中只剩下谢石、谢玄和朱序三人，朱序上前，"扑通"一下跪在二谢面前："大晋臣民朱序可算是找到了回家的路！"说完，眼泪夺眶而出，把四年来怎样佯装投秦一事作了简单陈述，谢玄上前扶起他，说道："刚才错怪朱将军了！"

朱序说完自己的事，激动得站起来说道："当前从两军实力看，晋军数万人对秦军一百万人，看上去的确没有机会得胜！"谢石疑惑地问道："那你为什么还来投晋？"朱序说："此时你们应该果断出击，若能迅速击败秦军先锋，破敌锐气，或许可以打破这个死局！"

谢石问道："何以见得？"朱序说："把地图拿来，且听我分析秦军的情况。"

谢石打开作战地图，朱序一一指点道："苻贼的另外八十七万大军大致可分为西、东、中三路。西路军计划顺江而下进攻荆州，由于时间太过仓促，这路军队慌忙之下甚至连运送军队的船只都没能凑齐；东路军计划抵达彭城，然而，从幽州到彭城的距离长达两千多里，这支部队目前还在路上；中路军的计划是抵达项城，中路军的人数最为庞大，而且是从各地出发前来集结，每支部队与项城的距离各不相同，因此各部队的抵达时间也各不相同。结果便是，等到苻坚从长安抵达项城时，各地抽调的军队还没有按时完成集结，已抵达的军队军心涣散，怨声载道。还有，苻坚号称的一百万人不过是各族强行糅合，属于乌合之众，而且各打各的算盘。我建议两位主帅，乘着前秦各军还在调度之中，赶紧打他个措手不及，以北府兵的神勇定能取得胜利！"

谢玄听完这席话，大受启发，说道："多谢朱将军赐教，吾等将不负将军一片苦心！"

但是，谢石看着这位曾经的东晋守将，心中疑惑不决。如果这时快马去建康求证朱序伴降前秦一事，那么从寿阳出发有两千多里路，根本就来不及行动。这时，朱序似乎看穿了他的疑惑，于是从衣服内层掏出一封书信，此信正是谢公告知其已安顿好朱母的一封亲笔信。朱序递上书信，着急地补充道："我把老母作为人质安顿在建康，就是为了让谢公相信我。这下你们总可以相信我了吧！"二谢对谢公的笔迹了如指掌，看完确信无疑了。

谢玄不禁对朱序肃然起敬，行事缜密，大晋有此等忠臣，关键时刻真是以一抵万。

朱序还在不停劝谏："你们若是等到苻贼将百万大军集结完毕，便再也没有机会了！"

谢石还在犹豫，之前他听说苻融带了二十余万部队作前锋，现在加上苻坚带的八千精兵，其战斗力可想而知，那么晋军这区区八万兵马怎么抵挡得了秦军二十五万人？自出征以来，他一直担忧打不过秦军。他原来的策略是打不过就拖住，以守为攻，待敌疲惫时再伺机反攻。出发之前，他曾和三兄谢安就此次军事行动深入探讨过，但是谢公并没有什么明确意见，只说到时"见机行事"。

正当谢石迟疑不决时，辅国将军谢琰进帐来，他听说来龙去脉后，劝说谢石道："五叔，这事不要再怀疑朱将军了。临走之前阿父曾关照我要'当机立断'，我们现在主动出击不就是当机立断吗？"

谢玄听闻，为之一振，这时也在一旁说道："对！我觉得朱将军分析得非常正确，我们若是等到苻贼将百万大军集结完毕，便再也没有机会了！"

谢石权衡再三，决定冒险一次，便命令谢玄做好主动出击的准备，谢玄应诺。在一旁的朱序见此，就起身告辞："乘还没有被秦人怀疑，我立即回去复命，就说晋军听说兵力如此悬殊，非常害怕，准备向朝廷请求增援。如果增援部队不到，会考虑投降一事。"谢石问说："如此，那几个随从不会怀疑吗？"朱序说："你们留下苻贼送的财宝吧，他们都是我的亲信，就是真的起了疑心也不会说出去的。"

天色全暗下来的时候，朱序带着随从从晋军的大本营回到了前秦的驻扎地。与此同时，谢石派出快马向谢安送去下一步作战快报。

第五十九章

夜袭洛涧　淝水大捷

　　太元八年（383 年）十一月初的一天，谢玄向刘牢之发出命令："广陵相、鹰扬将军刘牢之听命，立即率五千北府精兵，开赴洛涧，向秦军发起进攻！"

　　洛涧是由南向北流入淮水的一条小河，距硖石不远，苻融当时一面围攻硖石，一面派前秦荆州刺史、卫将军梁成率五万人东进，赶到洛涧西岸布防，以阻止谢石、谢玄派人救援胡彬。而刘牢之部就是谢玄安排来救援胡彬的，他们一直在寿阳附近驻军，等待出击的机会。

　　有"北府军第一猛将"之称的刘牢之受命之后，打算夜袭梁成。这个梁成可不是一般人，他出身氐族豪门，父亲是前秦帝国的开国元勋梁平老，可以说他是前秦军嫡系名将，作战经验丰富，而且不负厚望，屡立战功，是一个从无败绩的名将。淝水之战前夕，苻坚特意将他与另一名叫张蚝的将领安排为主力前锋，作为大军的矛头直指晋军。

谢石、谢玄挺进洛涧附近后，梁成已击败晋军数次试探性的攻击，警惕性很高。刘牢之部在到达距洛涧十里地的时候，被秦军发觉了，梁成立即在洛涧西岸列阵以待。根据情报，梁成的部队有五万人马，是刘牢之部的十倍，但是刘牢之此刻不管人数，只求速度，想在梁成还没有做好充分准备之前给他当头重击。

这天夜里，月黑风高，刘牢之当机立断，发出冲锋令："勇士们，机会来了，和我一起渡过洛涧，冲向秦营，杀敌立功！"说完，刘牢之一身黑衣带头跳进冰冷刺骨的河水。

这时，河对岸的秦军发现了动向，立即射箭阻挡。北府军借着微弱的星光，迎着满天流矢，涉过冰冷的河水，冲向十倍于自己的秦军，那是多么气贯山河、奋勇拼搏的壮观一幕啊！

历史记住了这一幕！

幸亏洛涧是一条不宽的河，正值寒冬枯水期，晋军渡河难度不大，再加上天黑风大，秦军射来的箭大多轻轻飘落水中。

与此同时，秦军士兵中有不少是从未经历过战场的新兵，如果是在白天，他们见晋军人数少，尚能安心作战，但此刻是在夜晚，他们被晋军震天的嘶喊声、马鸣声、刀枪声吓得不知所措，以为晋军出动了大批兵马，于是发生了骚乱。

梁成奔到最前面，试图制止军中骚乱，却正好撞上刘牢之的主力突击方向。秦军兵力虽然比晋军多得多，但在黑夜里调度指挥失灵，军中的骚乱愈演愈烈，有的兵士想乘机逃命，梁成声嘶力竭地喊着："莫要惊慌，随本将快快集合！"

这一喊彻底暴露了秦军主力所在位置，黑暗中，刘牢之率数百名神勇战士闪电般先期渡过洛涧，悄无声息地来到秦军跟前。刘牢之凭着微弱的星光辨认出秦军主将梁成，梁成还未反应过来，刘牢之手起刀落，将他立斩于阵中。

刘牢之提着梁成的头，大喊道："你军主帅已被我斩杀，你们还不速来投降！"一边喊降，一边指挥部队分兵穿过秦营南面，绕到秦军背后，以此切断秦军退路。

失去指挥的秦军惊恐万状，瞬间崩溃，慌不择路地涌向淮水岸边，试图渡河北逃。但是淮水不是洛涧，即使在枯水季，照样水深湍急，一夜之间，淹死的、被晋军杀死的、互相踩踏而死的秦军尸体堆满淮水西岸的秦军大营。

天亮了，晋军盘点胜利成果：阵斩秦卫将军梁成、扬州刺史王显、弋阳太守王咏等十员将领，秦军阵亡达一万五千余人，余众溃散而去，不复成军。

洛涧一战，前秦名将梁成和他麾下的数万秦军，就这样灰飞烟灭了。

洛涧首捷，成为淝水之战的第一滴血，从此改写了秦、晋两国的历史。

消息传到晋军大本营，全军上下群情振奋，士气大增，谢石、谢玄一面派人向建康传递捷报，一面统率东晋主力，水陆并进反攻寿阳，直逼淝水东岸，并在那里扎下军营，列阵以待。

淝水，是寿阳附近的一条河流，源出肥西、寿县之间的将军岭。淝水分为两支：向西北流者，出寿县而入淮水；向东南流者，注入巢湖。过了淝水就是寿阳，守住淝水对两军皆至关重要。

　　苻融和苻坚在寿阳城里十分不安。苻坚被吓懵了："这怎么可能？梁成可是朕的先锋部队，而且是五万人对五千人！"苻融告诉他梁成真的败了，苻坚大怒道："可恶的晋人，朕本仁慈，不想看到晋军作无谓牺牲，派人给你们一次投降的机会。你们竟然假意逢迎，夜袭洛涧，斩杀朕的大将和士兵，那就休怪朕无情无义了！"

　　苻坚又对苻融说："晋军来势汹汹，我们不能就此缩在寿阳城里。眼下我们手上还有二十多万人马，迅速集结全部军力，在淝水西岸排兵布阵！朕就不信，他们怎么与我们抗衡！"

　　苻融心有余悸，迟疑地劝说道："陛下，我们的大部队还在后面，要不等全部到齐了再下令总攻！"苻坚说："不！朕听说他们的前锋才八万北府兵，桓冲的荆州部队也没能调迁过来，何必惧怕他们？"

　　苻融说："陛下难道忘了上次三阿之战中我军和北府军交手，谢玄率三万北府兵就打退彭超、俱难吗？"苻坚说："此一时彼一时，不可同日而语！"接着说："来！跟朕一起登上寿阳城墙看一看，这北府军究竟有多'厉害'？"

　　这天，天空阴沉沉的，又有雾霾笼罩，苻氏兄弟登上寿阳城楼，远远望去，淝水东岸晋军大营黑压压的一大片。当时正值晋兵操练，隐约可见部阵齐整，将士精锐，看上去风头很健。兄弟俩又看向淝水北面的八公山上，此山向来草木葱茏，秋冬季节，枯草随风晃动，远远看去像极了站岗守卫的士兵。望着漫山遍野的"北府兵"，苻坚心中大惊，竟然对苻融说道："对岸军营密布，山上好像也有很多守军，此军是劲敌，怎么能说他们兵马比我们少？"说着，苻坚脸上露出了忧惧之色。从此世上有了"草木皆兵"的成语。

苻融仔细观察了一会儿，不能确定山上山下是否已布满北府军，劝说道："陛下，事已至此，我军恐怕也只能在淝水西岸排兵布阵，不能就此怕了他们！"

兄弟俩达成共识，于是打开城门，派出十余万军队列阵淝水西岸。两军隔水对峙，箭在弦上，战事一触即发。

这天夜里，谢玄骑着战马，巡视军营，他一边骑一边思索着。望着对岸黑乎乎的敌方军营，谢玄想到，谢公送来的回复是见招拆招。谢玄又想起了出征之前，叔父面授的计议是"有勇有谋"。将在外，叔父的确不会有什么具体意见，看来这仗要打漂亮，重点在"谋"字上。怎么"谋"呢？他想起"火烧赤壁"的故事，当年东吴和蜀汉联军巧设良计，以少胜多，在赤壁一带大破曹操军队，从而奠定三国鼎立的基础……火攻、水淹这些都是借助外力的"计谋"，周瑜和诸葛亮配合默契，谁又是那个愿意挨打的黄盖呢？

谢玄的坐骑赤兔马仰起头来嘶鸣了一声，对！就是他！谢玄突然想到了一条妙计和一个人，兴奋地快马朝军营骑去，向五叔谢石汇报作战方案！

第二天早上，谢玄派人送信于苻融，信中挑衅道："君孤军深入而沿水布阵，此为持久战之道，并非速战之策，你我对峙不下，不如你军稍作后撤，令我军渡河过来，你我方可决战胜负，岂不快哉！”

符融接到此信，心中七上八下，犹豫不决，众将领表示不可上当，如今秦军兵力占绝大优势，只要不使晋军攻破防线，待路上的八十七万大军集结完毕，便可大获全胜。然而，符坚看了谢玄的信，正想抓住机会打一仗，出一出"洛涧之战"的恶气。他始终认为他们手上有二十余万兵力，怎么就打不过晋军区区七八万人？于是，命令道："不如将计就计，我军只须稍退几步，待晋军半渡而击之，便可速战而胜！"

符融以为符坚说得不无道理，毕竟他们人数多，只要晋军敢渡河过来，渡到一半之时便可冲上去，消灭他们。这么多年来，符融都是唯兄长马首是瞻，这次也不例外。于是符融决定下令在淝水的前军往后撤，摆阵让晋军渡河过来。

谢玄接到符融同意后撤的信息后，心中大喜。他迅速在北府军营里找来一名小将，这名小将正是在淮南之战中壮烈牺牲的北府兵田泓的亲弟田澄，田澄在兄长去世后积极要求加入北府军，数次杀敌立功，已成为军中楷模。

田澄和田泓一样，水性都非常好。谢玄说："田澄，你悄悄潜水过去，给对岸送一封信。"田澄问："送到哪里？"谢玄说："秦尚书朱序将军帐下，你渡河到了对岸只能见机行事，不能发生一点纰漏。"

田澄向谢玄行了一个深深的拱手礼，道："末将明白，假如我回不来了，我会把此信吞吃下去，就算被俘被杀也决不说出半个字。只是真到了那时，只能……请谢将军照顾好我的老父老母！"谢玄看着田澄，心里无比难受，无数北府兵将士为了守卫国家和民族尊严，不惜献出年轻的生命。他走过去，抚着田澄的肩说："好样的田澄，本将就在这里等着你安全归来！"

不一会儿，田澄一身夜行装束，消失在黑暗而冰冷的淝水之中。那一夜，谢玄骑着赤兔马在寒风中等候，直到田澄在水中露出了脸，对他挥舞着双手。暗夜中，谢将军露出了他那雪白而整齐的牙齿，对田澄报以灿烂的笑容。所有的努力，都在悄悄地积攒着成功……

第二天，大战拉开了序幕。这天，天色阴沉，北风呼啸着，苻融穿戴盔甲、披着战袍威风凛凛地立于阵前。对岸，谢玄与谢琰、桓伊也一身戎装立于军中。

晋军向对岸的秦军喊话道："对岸的兄弟，你们稍作后退，等我们渡河过来与你们一战胜负！"苻融于是下令前军后撤。布阵在淝水西岸的数万秦军手执武器，往后撤退。说来也怪，这天西北风十分强悍，风"呜呜"地吹着，秦军顺着西北方向退去。

秦军人数太多，是优势也是劣势，前军撤退的消息并没有全部及时通知到后军，后军并不知晓前军为何后撤。

这时，度支尚书朱序已成功策反前凉末代国主张天锡和同为东晋降将的徐元喜，他们派人在军中大喊："前方的秦军败了！""前方的秦军败了！"这么一喊，后面的部队慌了，阵脚大乱，军中混乱不堪，士兵纷纷往寿阳城方向逃离。

晋军已渡河到一半，苻融本想率兵反攻，但是得报说军中发生了骚乱，苻融迎着北风声嘶力竭地喊道："回来，都给我回来！"苻融眼见大势不妙，急忙带着几位亲兵策马赶往前面，想去阻止逃兵。这时，他远远看见晋军骑兵已从浅滩处强渡淝水，骑兵后面是黑压压的步兵，似乎是全军出击，对前秦军发起了猛攻。

晋军先锋骑兵冲上岸后，举着"晋"和"北府"字号的大旗，杀气腾腾地冲锋过来，追得秦军四散逃窜。苻融大声疾呼："兄弟们，停止撤退，现在我命令你们立即转头杀向晋军！"

北风刮得正紧，苻融的声音在逆风中非常微弱，没人理会他。更糟糕的是，苻融的战马因为逆向前行，突然被自家的一阵乱兵冲倒，苻融从战马上"啪"地摔了下来。冲在前面的数名晋军见状，追上来就对倒地不起的苻融一顿狂砍。就这样，前秦一代宗室大臣、主将苻融瞬间命丧黄泉。晋军一首领提着苻融的头，高喊道："秦军将士们，你们的主将已被我斩杀，想要活命的速速投降！"

失去主将的秦兵听闻，越发混乱，全军彻底崩溃。这时，朱序乘机率张天锡和徐元喜等人临阵倒戈，一边继续派人大喊："秦军败了！秦军败了！"一边从后面袭击前秦军马，秦军腹背受敌，一时之间，摸不着头脑，晕头转向，不知所去。

在后面坐镇指挥的苻坚得知前方的苻融已被斩杀，还来不及悲痛，一支飞箭像长了眼睛一样"嗖"地一声射向他，击中了左肩，他差点从马上摔下来。苻坚忍着剧痛大喊一声："情况不妙！立即命令全体撤军！"这一撤，二十余万大军如潮水般退去，"哗哗"地四散逃窜。

古人打仗，拼的就是士气，士气散去，三军尽失。秦军溃兵，人心惶惶，沿途不敢停留，日夜兼程地逃跑，想要渡过淮水保命。然而，这些秦兵基本来自北方，水性不好，再加上寒冬将至，找不到船的大多数士兵只能涉水逃命，逃亡中有淹死的，有冻死的，也有饿死的。一夜之间，淮水上漂浮着一具具秦兵尸体，秦军见状更如丧家之犬，一阵阵寒风呼啸吹过，一群群南归的飞鹤在空中哀鸣，逃命的秦兵以为这是晋兵仍在后面穷追不舍，更加慌不择路，从此世上诞生了"风声鹤唳"的成语。

这边，谢玄、谢琰和桓伊率领的七万多晋军，一鼓作气，乘胜追击，一路追击至寿阳附近的青冈。他们沿途看见秦兵人马相踏而死的尸体，漫山遍野，阻塞了江河。

谢玄在赤兔马上放眼望去，又喜又悲，试想当年胡人入侵华夏之地，是否也是如此场景？作为一军主帅，看到了满目心酸，也体会到了快意恩仇。谢玄策马上前几步，用马鞭指着寿阳城的方向，对后面的三军将士发出指令："将士们听令，拿下寿阳城！""得令！"将士们齐声应允，三军冲向前去……

寿阳城里的前秦守军听说前方大败的消息，早已军心大乱。毫无悬念，北府军势如破竹，收复寿阳，生擒前秦淮南太守郭褒。

寿阳城里，苻坚、苻融留下了不少被遗弃的物资，有苻坚的乘驾云母车，还有他的仪服、器械、军资和各种珍宝，留下的牛、马、驴骡、骆驼有十万余头。将士们牵着胡人的牲畜走过寿阳街头时，老百姓围上来争相观看，奔走相告，寿阳终于又重回大晋！

当晋军的大旗重新插到寿阳城墙时，淮水上升起了一轮旭日。寿阳城门之上，谢石、谢玄踌躇满志地登上城楼，俯瞰着淮水两岸的地形，正察看之时，闻报朱将军率军前来。

谢玄立即命人打开城门，朱序、张天锡和徐元喜三人率数千兵马复归晋军。谢石、谢玄下楼拱手相迎道："淝水大捷幸亏有三位将军做好内应，我会向朝廷奏报尔等功勋！"三人还礼道："岂敢居功！我辈此来弃暗投明，重归晋室！"众将皆朗声大笑，胜利的笑声响彻寿阳城头，传得很远很远……

第六十章　折断屐齿　御书宝树

　　谢石和谢玄派出的信使直达建康，当捷报送达时，谢安正在府上跟客人下棋。信使说："谢公，前方有战报！"谢安十分平静地说："呈上来！"仆从随即转呈上来，谢安展开一看，脸上不露声色，并随手将捷报在放置棋盘的胡床上一放，说道："知道了，下去吧！"

　　信使走后，谢安对客人说："我俩继续！"客人猜测是前方送来的战报，忍不住问谢安："谢公，淮水那边的战况怎么样了？"谢安依然盯着棋盘，慢吞吞地说："小儿辈大破贼！"客人听了，有些不敢相信地追问："八万北府兵打败了百万秦军？"谢公捋着一把美髯回道："是啊！把那苻贼打回北方去了！"客人高兴得手舞足蹈起来："谢公，那是打了大胜仗啊！得得得，我们不要再下棋了，我得回去赶快把这个好消息告诉大家！"说完，起身告辞。

　　谢安送走客人，回到内宅时特别兴奋，一脚跨过门槛时跟跐了一下，把木屐的齿碰断了，而他还浑然不觉。

至此，淝水之战以东晋的全面胜利而结束！

建康城里百姓奔走相告，甚至喜极而泣："听说了吗？晋军在淝水大胜，秦贼狼狈逃回北方去了！""北府兵神勇，八万人胜了百万人！""谢家军真的厉害！保卫了我大晋子民不受胡人入侵！""我们不用担心穿胡人的衣服了！""我听说谢公真是高手，部队临出征前，给每位将军都面授了计议！"……

这边显阳殿书房里，司马曜龙颜大悦，立即召谢公商议下一步对策。谢安回禀道："此事下臣已有安排，北府兵汇同荆州桓冲的西府兵乘胜追击，这会儿已渡过淮河，收复了不少故地。"司马曜高兴地说道："好好好！等将领们凯旋，朕将重重封赏！"

太元九年（384年）一月，捷报再传，谢玄命刘牢之收复了谯城；桓冲也派军攻占了魏兴、上庸、新城三郡。接着，晋军又收复了梁州等地。

司马曜下诏派殿中将军前去慰劳北府兵，加授谢玄前将军、假节。

回头再说想要重振旗鼓的苻坚。淝水之战中前秦大军究竟被斩杀了多少人，这事没法统计，但是秦军的损失只能以"惨重"二字来形容，号称百万的秦军最后剩余十之二三。苻坚想要统率起余下部队，但是除了溃散的苻融余部，所剩无多，没有完成集结的部队在路上听说前方吃了败仗，有的已自行解散。负伤的苻坚带着残部败退到淮北时，终于遇上了慕容垂的部队。

慕容垂想起当年被前燕权臣逼得走投无路投奔苻坚的情景，这时本可以对苻坚弃之不顾，但终究于心不忍，于是带着完好无损的三万大军护送着苻坚一路北归。

回到洛阳的苻坚，手里又聚集起了十多万兵马。苻坚返回长安，哭悼苻融并告罪宗庙后，下令大赦天下，锻炼兵器并监督农务，抚慰孤老及阵亡士兵的家属，准许淝水之战死难者的家属永世不向前秦朝廷交纳赋税。苻坚似乎没有因为淝水大败心灰意冷，反而更加努力，试图重建国家秩序。

但是，前秦这盘沙还是散了。先前被统一的鲜卑、羌等部族首领见淝水之战后前秦元气大伤，这时纷纷举兵反叛，建立起割据政权。先是慕容垂在其部族人的挑唆下，逃回前燕故地复国称王，史称后燕；后有羌族的姚苌等人重新崛起，丁零人翟斌也起兵反叛。北方重新变成四分五裂的局面。

同年八月，谢安敏锐地意识到，北方叛乱四起，前秦已自身难保，正是收复失地的大好时机，于是上疏请求一鼓作气，全面北伐。司马曜雄心勃勃，立即同意了谢安的上疏，以谢安都督扬、江、荆、司、豫、徐、兖、青、冀、幽、并、宁、益、雍、梁共十五州军事，假黄钺，全权负责北伐事宜；以谢玄为前锋都督，从东路率领北府军自广陵出发北伐，同时命豫州刺史桓石虔等人率军从中路和西路出击北伐。

北府军的名号已威震天下，谢玄大军来到下邳（今江苏省徐州市睢宁县），前秦徐州刺史赵迁就放弃了彭城出逃。九月，谢玄派遣刘牢之进攻前秦兖州刺史张崇，在赶走张崇后，刘牢之据守鄄城(今山东省菏泽市鄄城县)，黄河以南的许多地方一听说刘牢之的名字，面顿失色，纷纷归顺。

十月，谢玄派淮陵太守高素出击广固(今山东省潍坊市青州市邵庄镇)，前秦青州刺史苻朗投降归顺。随后，大军又进军讨伐冀州，谢玄派刘牢之等人据守碻磝(今山东省茌平县西南古黄河南岸)，郭满据守滑台(今河南省滑县)，颜雄渡过黄河建造营垒，兵锋直指邺城(今河北省邯郸市临漳县)。驻守邺城的守将是苻坚之子苻丕，他派遣得力部将桑据进驻黎阳(今河南省鹤壁市浚县)抵抗晋军，但是北府兵夜袭，桑据打不过，连夜逃走，晋军又一举攻克黎阳。

就这样，东路的谢玄一路收复了兖州、青州、司州、豫州，中路和西路的桓冲出兵攻克了鲁阳(今河南省鲁山县)和洛阳，并收复了梁州和益州。

至此，淝水一战，使前秦、东晋以淮河—汉水—长江一线为界的局面改成了以黄河为界，整个黄河以南地区重新归入东晋的版图。可以说，淝水之战后，东晋不仅一举化解了亡国的危机，而且延续了此后数十年的命脉。

北伐，一直是东晋人的梦想，从王导到庾亮、庾翼，从殷浩、桓温到谢安。眼看黄河以南的大片故土收复，又攻克了蜀地和汉中，东晋上下群情振奋，避乱南渡以来几代人的梦想一朝得以实现。此时的建康城里，人们喜气洋洋，从来没有如此感到扬眉吐气，失而复得的喜悦在各地传递着蔓延着……

在一个春日晴好的日子里，谢安带着外甥羊昙一起登上了冶城，极目远眺，江山依旧，却又重新改姓了大晋。谢安看到远处飘着一朵朵白云，翩若惊鸿，宛若游龙，心中默默念道："阿兄，如今的大晋正在实现您当年想要克复中原的愿望，收复了大部分故土！"

白云一朵朵地飘过，似乎在对着谢安说："好样的！好样的！我说过你会成功的！"

不久之后，司马曜发布诏令，在建康宫西堂为北伐将领集体庆功，进行封赏。谢安以总统诸军之功，进拜太保；谢石迁中军将军、尚书令，进封南康郡公；谢玄封为康乐县公；谢琰封为望蔡县公，桓伊封为永修县侯。其他在淝水之战中荣获战功的诸将均得到了封赏，如刘牢之晋升为龙骧将军、彭城内史，赐封武冈县男。至于重新回归东晋的朱序，被授龙骧将军、琅琊太守，后来还历任豫、青、兖、雍四州刺史。

除了正在边疆攻守的将领无法回来，谢石、谢玄等人匆匆赶来领赏，而桓冲自感淝水之战前失言于谢安，惭愧不已，没有前来领赏。但是，谢安仍建议司马曜给参加中路和西路北伐的桓冲部队将士封赏，桓冲听说后深受感动。

西堂内，司马曜忍不住问诸将："临出征之前，谢公究竟给你们面授了什么计议？"

众将你看看我，我看看你，谢石犹豫了一下，回道："回禀陛下，只有四个字：见机行事。"谢琰说："我也只有四个字：当机立断。"谢玄说："我那四个字是：有勇有谋！"桓伊说："我也是四个字：军令如山。"众人先是顿了一下，继而都笑了起来，原来谢公根据每个人的个性提了看上去很重要其实没有实际内容的命令。正所谓将在外、军命有所不受，每位将领只有领悟了才能临场发挥。

司马曜听后，发出了爽朗的笑声："原来如此！一场以少胜多的战役，谢公真是神机妙算啊！怪不得谢公见信使来报，依然可以安心下棋！"

众人皆大笑起来，在欢笑声中似乎悟到了"人法地，地法天，天法道，道法自然"的真谛，笑声将庆功宴的气氛推到了高潮。

庆功宴不久后的一天，下了早朝，司马曜提出要亲临乌衣巷谢府，谢安只好马上吩咐府上洒扫布置一番。

这天，司马曜特意坐了四乘牛车，换了宽敞大袍，以一副清流名士的作派造访乌衣巷，谢安、谢石、谢玄、谢琰等人早早于堂前焚香，恭迎圣驾。

司马曜从牛车上下来，一眼就见到谢家堂前的那棵枝叶繁茂的瑞柏，不觉称赞道："朕早就闻说谢公教导谢家子弟有方，譬如芝兰玉树，乐其生于庭阶耳，今日所见，谢府堂前真有一棵宝树也！"说完立于树下赞叹不已。

稍后，司马曜行至堂屋，谢安早就备下笔墨纸砚，司马曜亲书"宝树堂"三个字，谢府上下皆跪拜皇帝隆恩。自此以后，"宝树堂"成为陈郡谢氏的堂号，代代相传，经久不息。

这一刻，陈郡谢氏的荣耀可谓达到了巅峰。

太元九年（384 年）六月初一，谢安正和司马曜商量北伐之事，内侍来报褚太后病危的消息，谢安下意识地抖了一下肩，对司马曜说道："臣恳请让夫人刘氏进宫送太后最后一程，太后毕竟是谢氏的外甥女！"司马曜恩准，刘夫人迅速进宫前往探视，司马曜也一并前往。谢安则在显阳殿书房侧室等候。

这一刻，太后的过往岁月在谢安的眼前一幕幕划过：十五岁时，嫁予琅琊王司马岳为妃；二十岁时，晋康帝司马岳即位，册封为皇后；二十二岁时，晋康帝驾崩，年仅两岁的晋穆帝司马聃即位，她成为太后，从此开启了临朝称制的人生。晋穆帝驾崩后的近四十年里，太后又先后拥立晋哀帝司马丕、晋废帝司马奕、晋简文帝司马昱和当朝的司马曜四位晋帝，其间又是两度临朝听政。太后这一生识大体，不弄权，忍辱负重，低调行事，尤其在桓温把持朝政的那段最难熬的日子里，韬光养晦，隐忍不发，力挽晋室于狂澜之中，以一个女子的柔弱肩头撑起这风风雨雨的四十年大晋天下。而每当皇帝可以亲政，她立即退隐于崇德宫，青灯伴古佛，虔诚祈求晋祚长盛不衰……一代太后的进退得体处处体现了女中名士的作风。

碍于男性外戚不能见深宫后妃之规矩，谢安与太后这一辈子没见过几次面，可是她端庄大气的仪容和处之泰然的语气犹在眼前耳旁……谢安想到这里，不禁潮润了眼眶。多少年来，太后于谢家，是朝中的庇护，也是配合默契的亲友，多少往事，一件件一桩桩此刻一齐涌向心头。她是大晋的太后，也是他谢家的外甥女，今后如果没有了太后，晋室天下将会怎样？谢家又会怎样？谢安不忍细想……

正当谢安心潮翻涌之时，内侍来喧："陛下诏令，太后薨逝，请谢公为太后主持丧礼。"

谢安的肩头剧烈地抖动了一下，没想到，太后走得如此之快，享年六十一岁。生死轮回，一切皆有天命。谢安默念了一会儿，最后振作了一下自己，在心中叹道：也许太后已佛佑升天，和先帝夫君、儿子团圆去了，那也是好事一桩。

有一件事却难住了朝臣们。司马曜和褚太后为叔嫂关系，朝中纷纷议论如何服丧的问题。有一位太学博士提议说："侍父侍君都应该做到敬。《礼记》上说：'夫妻丧礼，丈夫按父亲丧制，妻子则按母亲丧制。'为太后服丧，应该按母亲的丧制服丧一年。"讲究孝文化的司马曜听从了这个意见，举国哀悼，怀念这位三度临朝、扶立六帝的大晋太后。

七月，司马曜将褚太后安葬于崇平陵，国丧由谢安主持。

崇德太后褚蒜子就这样走完了她看似平淡无奇，实则暗潮汹涌的一生。

谢安回到府上问刘夫人："太后有没有什么遗言？"刘夫人流着泪说："太后临终时让我转告你一句话：别问天意，一切随缘！"

谢安心中大惊：这是后半生笃信佛教的太后的大彻大悟吗？难道太后临终时能看得到今后的晋室天下吗？然而，未来终将如何，天意不可预知，此刻的他唯有尽心效忠晋室，为子孙后代造福，方才不辜负太后临终遗言。

太元九年注定是一个多事之年。二月，一封告丧的急信送达京城，打破了东晋政局的平静。桓冲在淝水之战时不看好谢安、谢玄叔侄，事实结果让他颇为羞愧，而且他长期服用五石散，身体早就消耗一空，于二月发病去世，享年五十七岁。桓冲一死，荆州、江州两州刺史就成了空缺。

当时东晋的政权格局是谢安主内、桓冲主外的一种门阀制衡。桓冲一去世，给谢、桓两族之间带来了非常微妙的变化。从威望和功勋来说，谢玄无疑是这两个州最合适的接班人。谢安却不这样认为，他明白在淝水之战中，谢家人已经立下显赫功勋，如果再占据要地，显然会被朝廷猜忌。另一边，荆、江二州作为桓氏的势力范围，让别人接替恐怕也会引起桓氏子弟不满。桓家有骁猛善战的桓石虔，让其据有险胜之地，谢安也担心难以控制。一番权衡之后，朝廷任命桓石民为荆州刺史，命桓伊改镇江州，桓石虔镇豫州。三桓统辖三州，既满足了桓氏的需求，也不用担心他们一家独大。

尽管谢公处事时时谨慎公允，但是万万没有想到的是，司马皇家正在酝酿着针对他的攻讦和诽谤。作为陈郡谢氏的掌门人，谢安从司马曜对谢家的封赏中也隐约感到一丝异样和不祥。

时年六十五岁的谢安其实没有真正了解过南渡三代、四代。每个时代都有良莠不齐的现象，喜欢玩弄权力的人不管到了哪一代，都会成为祸害一个时代的开始。

琅琊王司马道子年轻时曾以恬静寡欲受到谢安称许。少时他兼摄会稽国，因为是司马曜同母胞弟，深得信任，十六岁时加开府，领司徒。太元八年被擢升为录尚书六条事。渐渐地，刚二十出头的司马道子成为和德高望重的谢公平起平坐的权臣。

谢安专心理政的时候，他并不知道司马两兄弟正在宫中喝得酩酊大醉。自从王皇后崩后，司马曜既不急于再立皇后，也不再顾忌后宫中原来还有崇德太后的规劝，染了酒瘾的他常常拉着司马道子一起喝到天昏地暗，一边喝一边听司马道子数落朝臣，一开始是把每个朝臣都数落一遍，后来渐渐把话题绕到陈郡谢家。

司马道子说："陛下，您可知道现在的谢家有多厉害？上次直接让他家两个女儿与琅琊王氏的王珣、王珉两兄弟和离。"

司马曜也喜欢"八卦"，问道："说来听听。"司马道子添油加醋道："据谢公说，如今他谢家是天下第一豪门，他家的女儿不愁嫁。"见司马曜不语，司马道子又说道："我还听说，陈郡谢氏富得流油，上次谢公和人下棋以一整栋别墅作赌资，世人都传其'围棋赌墅'。还有，谢玄将军上次和友人喝酒时遇到王珉就吵了起来，最后一定要让王珉认错，说没有我叔父许诺，你们王氏兄弟休想有出头之日！"

司马曜来了兴趣，问道："当真？""坊间还传闻，陈郡谢氏堪比当年谯国桓氏，手段更高明，气焰更嚣张！""你这都是听谁说道的？"司马道子醉醺醺地回道："王国宝！谢公的二女婿，这总不会有错吧！"司马曜狠狠地摔了酒觞，说道："岂有此理！岂有此理！"

这谢公的二女婿王国宝，就是谢安看不上眼但又没被和离的那位女婿。王国宝多次要求岳丈提携，谢安只让他担任尚书郎。王国宝认为自己出身名门望族太原王氏，又是王坦之的儿子，心中十分不满，拒绝岳丈的安排，不去上任。谢安听说了坊间对二女婿的风评后，心中不爽，但以为凭二女婿的能耐，也掀不起什么风浪，就一直没把二女婿的事放在心上。

然而，谢安低估了王国宝的其他能力。有道是东边不亮西边亮，王国宝最看家的本领是善于结交权贵，既然岳丈的路走不通，那就寻找另一条通道，抱上了司马道子这条粗腿。

王国宝的从妹嫁给司马道子，作为王妃从兄的王国宝凭着这层关系攀附上了司马道子，而司马道子正好想要寻找与谢安抗衡的力量，于是两人一拍即合，里应外合，开始给谢安找茬、泼各种脏水。

不久，坊间疯传一个消息：随着北伐的节节胜利，眼下朝内朝外基本都是陈郡谢氏的人了，谢安要像当年的王莽那样篡位夺权。然而，这种消息如何传递给皇帝？司马道子煞费苦心地思考着。机会终于来了。

有一天早朝，因天色尚早，朝臣们都打着灯笼来上朝，到了显阳殿门口就聚在一起等候，殿前有几棵大树，树上挂着各位朝臣从家里提来、用来路上照明的灯笼。司马曜起得早，路过朝臣们等候的区域，看了一眼就皱起眉头，这树上怎么挂的基本上都是"谢"字的灯笼，不觉心中一惊："难道朝中真成了谢家的天下？"

下了早朝，司马曜也不问缘由，就在那里生闷气。殊不知这正是王国宝设计构陷岳丈的卑鄙伎俩，让人做了不少"谢"字灯笼，司马道子则想方设法把这些灯笼提前挂在树上，而树下正是司马曜必经之路。

司马道子走进显阳殿书房，见司马曜正丧着脸生气，司马道子一见，心想王国宝想出的妙计还真管用，于是不动声色地说道："陛下为何所忧？"司马曜郁闷地说："清晨所见为何皆是谢氏灯笼？"司马道子回道："陛下，臣小时候曾听说'王与马，共天下'的说法，那时乱臣逆子王敦发难。现今陛下难道还看不出已是'谢与马，共天下'了吗？"

司马曜被戳到了痛点，终于燃烧起他多年来压在心底的忿怨，不平地说道："不是王就是谢，王谢王谢，他们这些世家大族还想把持天下多久？"

司马道子乘机进言道："陛下，自先祖元帝南渡以来，大晋皇权基本落入世家大族手中，先是琅琊王氏，后来是颍川庾氏、谯国桓氏，现在又是陈郡谢氏，他们你方唱罢我登场，轮流执掌朝政，从前各位先皇与傀儡又有何区别？陛下您是当今圣主，难道还想让这种局面继续下去吗？早朝上应该都是司马氏的灯笼，这才是王道啊！"司马曜听了无言以对。

这时谢安进来，兄弟俩立马停止了议论。当时北伐还在继续，谢安奏请道："陛下，谢玄遣宁远将军寮演讨伐占据魏郡（今湖北省光化县北）的申凯，已击败了申凯。谢玄打算让豫州刺史朱序镇守梁国，自己坐镇彭城，北可以巩固河北之地，西可以援救洛阳，南可以捍卫朝廷。"

司马曜说道："谢将军军功卓越，成绩可嘉！然而，朕亦听闻朝臣们议论，认为征战已久，北边应当早日设置戍守边关，然后休兵养息。"谢安心中一惊，前方将士拼命收复疆土，眼看可以进一步扩大战果，却不想这时皇帝欲借朝臣们议论收缩了，不容谢安细想，司马道子在一旁说道："臣建议派谢玄将军回镇淮阴，朱序将军镇守寿阳。"

司马曜意味深长地看了一眼谢安，说："朕以为道子所言极是，谢公意下如何？"这意味着东晋今后的主要防线依然会回撤到淮河一带，如此一来，这些年北府军辛辛苦苦攻下的黄河以南的疆土将会无人把守，长此下去必将无功而返。谢安坚持说："臣以为……"司马曜打断道："谢爱卿没听说吗？以攻为守、与民休养方是长久之策！"话已至此，谢安不能再争执下去。他隐约感到司马兄弟俩一唱一和，似乎想把他逼至无路可退的境地。

自那以后，谢安明显感到他和司马曜之间已渐生嫌隙，君臣之间早前的那种信任荡然无存，无法再直截了当地沟通，甚至当着众朝臣的面，司马曜总是毫不留情地驳回他的奏请。谢安见了皇帝，需要反复思考如何说话。

谢安回到家闷闷不乐，甚至开始怀疑自己："是世道变了，还是我老了，跟不上年轻人的思想？"刘夫人见他十分苦恼，就说道："我也是今日才听娘家人说，坊间都在传说谢公你独断专横，堪比当年谯国桓氏，甚至有人诋毁你越来越像王莽篡汉，人言可畏啊！"

谢安大惊：原来司马两兄弟对他早有提防，不知谁人在背后捣乱？谢安苦想冥思也找不出答案。

这一边，司马道子十分欣喜，他一边经常陪司马曜喝酒"八卦"，一边更多地培植自己的亲信，打算授予王国宝秘书丞一职，并出任琅琊、堂邑二郡太守等职。接下来，他还把和谢家"和离"了的两位女婿王珣、王珉推荐给了司马曜，授以要职。然而，王珣、王珉两兄弟似乎并没有在背后议论诋毁自己的前岳丈，这让司马道子有些失望。

司马曜对王珣十分欣赏，甚至还经常与之切磋书法。

司马曜平素也喜好附庸风雅，他久闻桓伊的丝竹盛名，一日乘桓伊回京，召其在西堂宴饮，让谢安等近臣一起作陪。桓伊虽说姓桓，但这几年随谢家军征战中原，对谢公和谢玄将军敬佩有加，在他心目中，他们分别是人生导师和榜样上司。桓伊有备而来，奏请司马曜准许他召来自家家奴吹笛，自己则抚筝唱起歌来。

在座诸位大多听过桓伊吹过笛，却从未听过他唱歌。桓伊一开腔，举座皆惊：

> 为君既不易，为臣良独难。
> 忠信事不显，乃有见疑患。
> 周公佐文武，金滕功不刊。
> 推心辅王政，二叔反流言。

歌声时而慷慨时而激昂，最后的余音带着一腔悲凉深深地震撼了在座的每个人。

一曲终了，众人皆默声无言，气氛十分压抑，因为这首《怨歌行》唱得用意明显，将谢公比作了周成王时被管叔、蔡叔散播流言中伤的周公旦，一片忠诚的周公旦一沐三捉发，一饭三吐哺，那可是天下士人的榜样！众人将目光投向谢公，此时的谢公已是老泪纵横，沾湿了衣襟。桓伊唱毕，特意走到谢公身边，向他行了一个深深的揖礼，一切尽在不言中。作陪的另几位朝臣，见此也唏嘘不已。

司马曜见此情景，面露愧色。

第六十二章

出镇回避 魂归东山

其实司马曜心里清楚，如果当年没有王彪之、王坦之、谢安三人的力挺，也许晋室早就被篡位了，而自他登基以后，谢公竭尽全力辅佐于他，的确是世上少见的贤臣良相。曾经，君臣之间无话不谈，学识渊博的谢公于司马曜而言，是首辅大臣也是良师益友。谢家为晋室披荆斩棘，牺牲众多兄弟都是不争的事实，那些宫内外流传的谢家传说，司马曜本来就是将信将疑。

然而，作为一名少主，二十三岁的司马曜是雄心勃勃的，他对父皇只当了八个月皇帝就郁闷而死一事记忆犹新，也曾暗自发下誓言，决不走父皇的老路，不当一个被世家大族操控的木偶皇帝。他的理想是重回秦皇汉武时代，不能让皇室的权力落入门阀士族手中，他要把皇权牢牢地控制在自己手上，真正成为天下的主子。

朝中不少老臣看不惯司马道子对谢安的中伤和打击，于是有人出面劝谏皇帝不要猜忌陈郡谢氏，从长远看要安抚好谢家出征的将士们。然而，司马曜铁了心想要改变世族把持朝政的现状，坚持任用同母兄弟和其他司马皇族之人。

太元十年（385年）四月，前秦到了分崩离析的时候，苻坚困守于长安，各胡族首领率部纷纷攻击岌岌可危的前秦都城。数月之间，狼烟四起，混战不停，城内外百姓死伤无数。西燕慕容冲攻打长安城时，苻坚身披甲胄，亲自应战，结果两军对峙，久攻不下，前秦守军元气大伤，苻坚本人飞矢满身，血流遍体。

谢安听闻后，也许是英雄惜英雄，他想派出远在洛阳附近的北府军前去救援苻坚。面对朝堂上的屡次不爽，谢公心里渐渐有了一个计划，他想试探一下司马曜的真实想法，皇帝是否对他已猜忌到无以复加的地步。

于是，谢安奏请道："陛下，臣以为当下时机千载难逢，臣自请率军北伐，借机救援苻坚，如果晋军帮助苻坚守住了长安，就可以一举拿下大晋故都，就算退一步，仍由苻坚统治长安，至少我朝可以在中原扶持一个傀儡，届时见机彻底收复中原。"

设想的确非常完美，就等司马曜如何开口应对。司马曜听完，不紧不慢地问道："此计甚好！谢公将如何救援？是去前线坐镇，还是像原来那样只是在后方指挥？"

谢安狠了狠心，回道："臣自请出镇广陵，朝堂上大小职务一概免除，臣还希望此去在广陵步丘为大晋建设一座新城。"

司马曜惊愕地看着谢安，这一刻他盼了很久，但不知来得如此容易。他想谢安交权如此之爽快，真是大大超乎了他的想象。

　　这一天，谢安心里拔凉拔凉的，司马曜连句挽留的话都没有，就同意了他的自请，而且说不定这会儿司马曜回到后宫正和司马道子一起喝酒庆贺。

　　谢安猜得没错，这天夜里，司马兄弟在宫中宴饮欢庆，庆贺终于成功逼走了"谢阿翁"，朝堂将重新回到司马氏手上，几代司马皇家人梦寐以求的事情，终于在司马曜手上得以实现，从今往后，什么王家、谢家都休想再把持朝政，天下本来就唯司马氏独尊。

　　司马道子笃信佛教，在民间建了不少寺庙庵堂。这天夜里，司马道子顺带着唤了一个名叫妙音的尼师入得宫来，这妙音说佛头头是道，谈吐雅致，再加上本是红颜女子出家，很快就博得圣心，司马曜马上许诺在宫中建一尼庵供妙音修佛，从此，司马曜过上了宠幸尼师这样荒淫无度的生活。

　　谢安一走，这世上谁还有权再对他们司马兄弟说三道四？谢安起初感到悲哀：从东晋初建以来的五六十年间，王、庾、郗、桓、谢各大家族为效忠晋室殚精竭虑，戍边卫国，才得以分权于晋室天下，形成坊间一直在传说的门阀政治。如今不谙世事的司马兄弟为了掌控朝中大权，不惜把堂堂首辅大臣排挤出朝堂。现在晋室看似赢了，往后司马氏是否能独撑天下，就不可预知了。

　　朝中有老臣出面反对年事已高的谢安出镇避祸的做法，理由是太过草率，而且朝堂中很多事没有了谢公，恐怕会处置不妥，但是司马曜正求之不得，对此一概不予理会。

谢安最后去了趟冶城，登高望远，将山河尽收眼底。在冶城上他想起了崇德太后给他的临终遗言"别问天意，一切随缘"。所有的因果皆为天意的安排，他又何必非要在朝堂上与人争权夺利不可？只要保住晋室，让黎民百姓免遭战争之苦，从他谢安手上交出世家大族的权力，那又怎样？他本就无意于朝堂，心里一直向往的还是回东山过优哉游哉的生活。

谢安释然了，决绝地向司马曜递交了辞呈。

司马曜在西池为谢安设筵饯行，西池在西堂附近，是当年谢安修缮太极殿时专门设计建造的园林式休憩之处，如今却成为谢安告别建康的见证之处。

司马曜见谢安脸上并无不舍之情，心中有些惭愧，对他无所谓、放得下的气度肃然起敬，于是起身敬酒赋诗一首，作为君臣依依惜别的留念。

谢安出镇广陵，继续任东晋十五州军事总指挥，此次将率一部分亲兵前往，计划与前线的北府军会合。

北伐是东晋几代人的梦想，淝水大捷让多少人盼着彻底光复故土，如今谢安即将亲自率军出征，正是多少人翘首以盼的一天。于是，建康新亭驿站附近，人头攒动，朝臣和百姓们自发地前往送行，几大家族也派出了代表。

人群中，谢安看到了桓伊，他现在是江州刺史、护军将军，不远千里前来送行，谢安远远地朝他致意，并在马上微笑着向众人一一告别，用他特有的"洛生咏"吟诵着送别诗："山川阻且远，别促会日长。愿为比翼鸟，施翮起高翔。各位亲友，后会有期！"余音袅袅，在风中回响……

这首送别诗是魏国曹植所写，只有心细的桓伊将军听出了谢公吟诵此诗时的无限悲怆。

谢安此去广陵还带上了一家老小，打算在广陵步丘建造一座新城。这座城他在去之前就进行了大体设计，时年已六十又六的他知道自己去日无多，想尽量给大晋的百姓做点贡献。同时，还有一个想法在他心里越来越清晰，那便是归隐东山。他计划在建城的同时，制造泛海的船只和装备，等到北边的战事大致安定后，带一家老小从水道回到东山，从此不问世事。

然而，到达广陵后，谢安就病了。起初，谢安以为是染了风寒，吃几副草药、休息几天自会好转，还坚持去誓师大会。然而，誓师这天又发生了意想不到的事情。

当时，战鼓齐鸣，可是帅台边上的一面战鼓却莫名其妙地被敲破了，谢安见状，心中一惊，让手下立马更换了这面鼓。接下来，谢安神思有些恍惚，一向准备充分、说话精确的他，致辞时竟说错了话，自己还茫然不知，众人简直不敢相信自己的耳朵，私底下纷纷议论："今日谢公怎么了？"

到了七月，谢安的病不仅未见好转，还越来越重。他躺在病榻上不停咳嗽，人一下子苍老了不少。这天，刘夫人给他端药进来，顺便给他送来了谢玄关于邺城的军报。

当时，前秦已到了奄奄一息的时刻，慕容垂围攻苻坚儿子苻丕把守的邺城，苻丕向谢玄发去求援信，请求归降东晋，谢玄于是派前锋刘牢之领兵去接应苻丕。慕容垂听说晋军来救苻丕，朝北撤退而去，刘牢之率部追赶，行军两百里后，慕容垂故意抛弃了大量辎重，使得晋军因贪婪而引起哄抢。慕容垂趁机反击，结果晋军大败，被斩首数千人，几乎全军覆没，最后还是苻丕闻讯后，率部救下了刘牢之，刘牢之逃回邺城，收揽败兵退回至黄河以南。

过去百战百胜的刘牢之打了一个前所未有的败仗。谢安闻报后，长叹一声，时也，势也！他召来军中秘书郎，气喘吁吁地吩咐草拟战略调整的奏章。

谢安在重病中上书朝廷：请求估量时局暂时停止进军，命龙骧将军朱序进据洛阳，前锋都督谢玄与彭城、沛县之敌对峙，委任谢玄为前线总督察。如果上述两城守敌凭借地形顽抗，待来年涨水，再进行东西夹攻。最后恳请朝廷召其子、征虏将军谢琰解甲息兵。

这是个考虑周全的方案。如果来年局势好转，依然可以继续北伐。如果不行，那就以守为攻，保住已经收复的故土。

谢安的病越来越重，他再次上书，请求回京城养病。司马曜接到谢安的奏报后，心生愧意，不仅同意了谢安的战略调整，还同意他回到建康，并派出侍中和御医前去广陵慰问和接应。

太元十年十月初，时隔五个多月，谢安和刘夫人等一行人又回到京城。

半躺在马车里的谢安摇摇晃晃、迷迷糊糊、半梦半醒。一会儿，他梦见自己坐上了另一乘官轿，回到了从前，年轻又洒脱。他的旁边还坐着一个人，仔细一看是大司马桓温，两人谈天说地一路行去，不觉行了十六里路，直到看到一只全身羽毛雪白的鸡挡住了去路，才停下轿来。

他醒过来时，一直守候在身旁的刘夫人轻声说道："谢郎，你醒了？你刚才一直在喊大司马！"谢安心中一惊，刚才的梦境在他心里变得格外清晰。

于是他问刘夫人道："到哪里了？"刘夫人回道："到西州门了。"谢安说："过了西州门就算回到建康了。"刘夫人说："是啊！回到京城，谢郎的病自会好起来！"谢安闻言说道："难说了！夫人有所不知，刚才我做梦，梦见我坐在桓大司马的官轿里，还和他有说有笑，这说明我接替了他的职位，走了十六里，就是十六年，自太和五年至今我在朝中执政刚好也是十六年，最后我梦见了一只白鸡，鸡就是酉，今年刚好就是酉年，太岁星在酉，是凶兆，白鸡意味着一切归于空白，命中注定哪！夫人，我的病恐怕是很难好起来了！"刘夫人闻言，抹起了眼泪："谢郎快别说这样的丧气话了……"

数日后，谢公病情加重，所幸神志还很清楚，朝中重臣多想前来探望，但都被谢家拒绝了，传出话来说谢公称不必多礼，尽心辅佐好朝廷便是对他的抚慰。

病榻前，幸亏有刘夫人和谢瑶、谢琰等子女的悉心照料，谢安甚是欣慰，他说："在广陵时我已设计好了那艘回东山的航船，可惜没有付诸行动。如今我真想回去啊，从哪里来到哪里去。"谢琰说："阿父病好了，我们都回东山去！"

刘夫人看着他，展开一封刚到的家书，正是老家东山寄来的。原来两年前谢玄出征北伐，家中缺人照顾，就让夫人桓氏率儿子谢瑍和儿媳一起回始宁东山了，这儿媳不是别人，正是王羲之的独生女王孟姜之女刘淑珍。

谢安问道："信中说什么了？"刘夫人看了两行，便喜滋滋地说道："瑍儿来报，前几日添了一个大胖儿子！"谢安激动地说道："太好了！"刘夫人说："羯儿可能还不知道，他当上阿翁了。对了，信中瑍儿说希望叔祖给孙儿起个名！"谢安想了一会儿，断断续续地说道："瑍儿生性迟缓，却是有福之人。此小郎是我谢家的曾孙，亦是逸少兄的曾外孙，王谢联姻又将出个奇才高人。此小郎生在始宁祖地，那是我们谢家几代人生活的灵秀之地，亦是我们谢家运气长存之地，我看就取名灵运吧！"

"谢灵运，谢灵运！好名好名！"病榻前一片喜气。

过了一会儿，王凝之三兄弟前来探视，谢安想起当年逸少兄临走时的嘱托还犹在眼前，如今自己就快要去和他见面了，心中反倒非常坦然。这时，他看了看王献之，相起了他和郗道茂和离一事，就笑着问道："子敬，还恨我吗？"

王献之知道他说的是自己离婚那件事，就苦笑了一下道："这事不怪叔父，她也早就离世，我何恨之有？听说叔父一直想着回东山去，等叔父病好了，我们一起回会稽，我还想着在兰渚山下再举行一次兰亭雅集！"王凝之、王徽之都说好，谢安也微笑着说好。

谢道韫带着一些女眷来看望叔父，刘夫人在房外嘱咐道：

"等下你们都别哭，得让他高兴起来才是。"道韫答应，但是见到曾经伟岸高大的叔父神形消瘦的样子，她还是忍不住红了眼眶。

谢安见是道韫进来，说道："今天见了令姜等姊妹们，所有我想见的都见了，我也该满足了，然而还有一人我怕是见不着了！"道韫一听，那一眶热泪再也控制不住，"唰"地流了下来，她抹了一把泪说道："叔父，您有什么话我来转告羯儿吧！"

谢安想了想说道："羯儿是谢家人的荣光，我已没有什么话要告诫他，只愿他爱惜保全身体，能长久地效忠晋室天下，光耀谢家。"

道韫点着头，谢家男丁大多为国戍边而身死他乡，这几乎是他们家族的痛楚，然而为国赴难身不由己，没有大家就没有小家，身为女子的道韫非常理解叔父此刻的心情。临别之前，她还有很多话想请教他，关于生死，关于婚姻，关于人性……但她怕累着叔父，一直犹豫着不敢开口，谢安半闭着眼，似乎在空气中也感知到侄女的迟疑，他开口道："令姜是不是还有话想问我？"

于是道韫轻问声道："叔父，纵观历史，天下纷争不断，朝代更迭不休，您本无意于江山社稷，一心向往山林清泉，曾听您说过'万殊混一理，安复觉彭殇'的名句，却为何最终将自我放逐于宦途，您有过后悔和遗憾吗？"

谢安知道侄女一直都在寻求真道，可谓女中名士，于是喘着气回道："令姜问得好！叔父没有后悔，我前半生隐居东山，后半生身处朝堂，其实两者一样，皆为自然之道。我起初出仕只为振兴家族，后来则是为了天下苍生，人只要不计功名，看淡生死，就可以出处两可。不管你置身何方，都会像鲲鹏展翅，自由高飞，不再畏惧一切！"

谢道韫再问："叔父大人，其实我知道您和我公公大人一样都是家族的顶梁柱，您用半辈子的精力和心血换来晋室的延续，您觉得值得吗？"谢安微闭着双眼，回道："值得，晋室南渡后，各世家大族鼎力相助，才让皇权得以承续下去，换来华夏子孙不被灭族，在江东保留了中原文化的传承，后世之人会给我们这代人公正评价的，我是问心无愧的……"

谢道韫点着头，她知道叔父在向她作最后的告别了，只见谢安喘着气说道："令姜，你知道《道德经》最后一句怎么说的吗？'天之道，利而不害；圣人之道，为而不争。'此乃我一生追求的最高境界。"

道韫被叔父的话深深震撼到了。

谢安又挪动了一下身子，说道："令姜，叔父虽然没有后悔，但此生仍有两个遗憾，一是和你公公一样，看不到真正克复中原的那一天，二是我恐怕活着回不了东山，我已交代后事，走后把我安葬于东山，我依然会在那里枕石漱水、笑谈玄道……"谢道韫点头答应着，她早已热泪滚滚，泣不成声……

太元十年十月十二日，一代名相谢安安祥地阖上双眼，魂归东山，享年六十六岁。

　　谢公去世的消息传到宫里，司马曜痛哭流涕，为师如父的首辅大臣终究离他而去了……

　　太极殿里一下子变得黯淡无光。谢公出镇扬州以后，司马曜渐渐惭愧此前对谢公的各种猜忌。直至谢公离世，他才明白许多事都是有人向他故意编排的，谢公除了住在乌衣巷祖宅外，只有那套围棋赌墅时有意送给外甥的别墅，谢公在建康再也没有其他私宅。同时，由于失去了谢公的辅佐，如今朝堂上司马道子总揽大权，各部皆是他的手下，他举荐的王国宝更是奸诈无比，处处伸手，朝堂上出现了主相争权的局势。

　　然而在朝堂上，各方势力对谢安的功绩定位却有不同意见。因为这关系到对谢公身后的封赠礼仪，司马曜有点左右为难。这时，已升任中书令的王献之站了出来，一向少言寡语的他慷慨陈述谢公一生的功勋和业绩，沉痛地说道："谢公对晋室之忠心日月可鉴、天地可昭，在我朝历代首辅大臣中是首屈一指的忠臣！"

司马曜听闻，再也不顾他人反对，以隆重的礼仪封赠谢安，还在朝堂上哭吊了三天，赐棺木、朝服等物，追赠谢公为"太傅"，谥号"文靖"。司马曜又诏令在谢公曾经办公的司徒官府中备办丧事仪式。至下葬时，其葬礼规格与大司马桓温相同，又因为北伐的军功，谢安被追封为庐陵郡公。

谢公去世四天之后，他的宿敌苻坚困守于长安，眼见各路胡人背信弃义，只好拼死一搏进行突围。羌族首领姚苌乘机包围了苻坚，苻坚被捕，姚苌命人将其绞死。曾经怀着一统天下梦想的大秦天王苻坚就这样被杀了，时年四十八岁。

一个时代落幕了，世上再无谢安和苻坚，北方十六国从此陷入更大战乱中，而东晋因前秦的消亡又延续了十数年。

谢玄接到叔父逝世的消息时，正逢丁零族翟辽先降晋后叛乱，占据了黎阳（今河南省鹤壁市浚县），再加上泰山郡（今山东省境内）反叛，黄河以北骚动不安。

谢玄内心对叔父去世本就震动很大，所以军事一旦失利，他自认为处置不当，便上疏朝廷，请求奉还符节，解除全部职务。而司马曜十分清楚，除了谢玄和北府军，此时没人守得住已经收复的中原失地，于是下诏派人前去慰劳谢玄，命令他回镇淮阴，并让朱序将军代镇彭城。

谢玄回镇淮阴不久后，也生病了。他当时只有四十三岁，正当壮年，也没想方设法医治，致使病情越拖越重，于是上疏请求解除职务，但朝廷诏令不准许。谢玄再次上疏陈述，说既然不能履行职责，恐怕会荒废北伐军务。

朝廷下诏让谢玄移镇东阳城（今山东省青州市北）。谢玄只能奉命上路，后来，朝廷又为谢玄派了一名医术高明的医士，让他回京口治病。

谢玄奉诏回到京口，病却长期不见好转，于是多次上疏请求回京治病。事实上，谢玄所上的十余道奏疏都被司马道子等人扣住，不予答复。

许久以后，朝廷才调谢玄为散骑常侍、左将军、会稽内史，谢玄只得抱病入会稽郡履职。此时的他，终于回到了谢太傅生前最想回去的始宁，见到了孙儿谢灵运。

这边朝堂上，自谢公过世后，琅琊王氏中的王献之和王珣都得到司马曜的信任和重用。王献之被征拜入朝担任中书令；王珣先任侍中，后又转任辅国将军、吴国内史，最后还担任了尚书令，成为东晋后期的重臣之一。

谢公过世后，王珣曾对王献之说："我想去哭吊谢公。"王献之惊讶地说："我很希望你这样做啊！"于是，王珣就去了谢安的灵堂。他到达后，有人阻止王珣道："谢公活着时，不会见你这个客人。"但是王珣不理他，直接走进去哭吊，并且哭得十分伤心。也许此时他已完全理解了谢安当年的做法，而时人都评价王珣不计前嫌，用实际行动证明了谢太傅当初看错了人，王珣是一位贤士。

中书令王献之和黄门侍郎王凝之其实和他们父亲一样学道修仙，长期服食"五石散"。王献之当初为了不娶新安公主，曾灸足心，落下了严重的后遗症，经常腿脚疼痛，还影响到睡眠和饮食，以至于身体每况愈下，不久也走到了生命的尽头。临终前，王家请道士主持上表文祷告，道士问王献之此生有什么过错想要坦言，王献之说："想不起有别的事，只记得和郗家离过婚。"

太元十一年（386 年），继王羲之之后的东晋一代书法大家王献之病逝，年仅四十三岁。

王献之去世后的一个月，同样病得不轻的王徽之突然想起自己有一个月没见到七弟了，便问仆从："为什么一点也没有听到王子敬的音讯？难道他已经去世了？"仆从告诉他："您家二兄怕你伤心，说先不要告诉您，王子敬去世已一月有余。"王徽之愣了一下，怪不得二兄王凝之来探病时吞吞吐吐、躲躲闪闪。

于是，王徽之叫了牛车前去王献之院中奔丧，一路上他一直很安静，默默地坐着，没有流下一滴泪。

王徽之到了王献之居所，也不跟人打招呼，径直进去，坐在王献之平时常坐的地方。他斜目而视，看见旁边正放着王献之平时最喜欢弹奏的那张琴，琴的面板上干干净净，似乎王献之刚刚弹过。于是他弹了起来，琴发出了叮叮咚咚的声音，可是不知为何怎么也调不好琴弦，而两兄弟过去亲密无间的情景此时一一浮现在脑海里。

王徽之操起这把琴，狠狠摔在地上："子敬，子敬，人和琴都不在了！"说完就悲恸得昏了过去，仆从惊慌地叫来众人。事情惊动了二兄王凝之。大家让王徽之躺在王献之的床上，过了很久他才苏醒过来。

一个月以后，一代名士王徽之背疾复发，也去世了。

再说前线没了谢玄领导北府军，朝廷任命司马恬、王恭先后取代谢玄，王恭就是司马曜已故皇后王法慧的兄弟，尽管刘牢之等人依然神勇，但是缺少了谢公和谢玄的指挥，北府军节节败退，原来收复的城池一座接一座地失去，大部分为后燕占据。

太元十三年，谢玄在会稽郡病逝，终年四十六岁。根据遗言，谢玄葬于会稽始宁东山。

一代名将魂归故里，终于可以安心长眠了。

朝廷追赠谢玄为车骑将军、开府仪同三司，谥号"献武"。

直到谢玄病逝，司马曜才发现谢将军曾多次给他上疏，但最后这些上疏都没有送到他手上。其中有一文恳请回建康养病，这样写道："臣兄弟七人，都先后凋谢殒灭，唯留臣一人，孑然独存。经历的艰难困苦，谁可与臣相比！臣之所以含悲忍痛，希求继续苟活人世，是因为满怀无穷忠心，欲上报朝廷恩德，或许能恢复康健，将来或许还有可能完成克复中原之志，这也是我陈郡谢氏几代人的愿望。臣家中遗孤甚多，想起他们，臣心中不胜悲伤，为此求生之心，不能即刻付与尘土。臣一片勤恳之情，实可哀怜。恳求陛下怜悯臣的忠诉，霈然降恩，不使臣含恨九泉。"

司马曜读完这篇上疏，已是泪流满面，数度哽咽，文臣误国，忠将难求！如今面对满朝文武，他再到哪里去寻找陈郡谢氏这样的满门忠烈？谢家叔侄若是看到故土尽失，岂不含恨九泉？悔恨已无处可追。

太元二十一年（396 年）九月的一天，司马曜在后宫清暑殿中与宠妃张贵人一起喝酒。司马曜又喝高了，他和张贵人开玩笑道："你年近三十，美貌大不如前，又没给朕生过孩子，白占着一个贵人的名分，明天朕就废了你，另找个年轻貌美的取代你。"

这话让张贵人听了妒火中烧，而烂醉如泥的司马曜毫无察觉，张贵人借着冲天酒胆，竟对他起了杀心。她先把一旁服侍的太监们灌醉，等司马曜和太监们纷纷醉倒睡去后，她召来心腹宫女，趁司马曜熟睡之际，用一床被子把醉梦中的司马曜给活活捂死了。

张贵人酒醒后十分后怕，她谎称皇帝于睡梦中"魇崩"。时任中书令的王国宝深夜前来，叩响禁宫大门，打算进去替皇帝撰写遗诏。然而，司马曜死得这么突然，哪来遗诏？而司马道子终日声色犬马，其子司马元显已代为掌控朝堂。在主相争权中，这对父子原本就对被司马曜压制十分不满，此时司马曜之死正求之不得，因而命令王国宝不要声张此事，对张贵人之罪行也不再追究。

可叹司马曜就这样不明不白地崩了。司马曜少年聪慧，冲破门阀政治的格局，成为东晋江左立国以来唯一真正掌握过皇权的皇帝。本来可以借此成就一番大业，却在猜忌忠臣和任用佞臣中葬送了良机，最后因贪杯稀里糊涂地死在一个嫔妃手上，成为中国历朝历代皇帝中天大的笑话。

司马曜死后，谥号"孝武帝"，与皇后王法慧共葬于隆平陵（今江苏省江宁县蒋山）。

此后皇太子司马德宗即位，是为晋安帝。司马德宗的智力残疾程度甚于西晋惠帝，自然也不会追究父皇之死。从此，东晋朝内外大权均被司马道子父子牢牢把控。

气数殆尽的东晋王朝开启了苟延残喘的阶段。

　　时间来到了隆安三年（399年），东晋王朝的大限将至，地方势力纷纷割据自拥。

　　前一年，国舅王恭因为看不惯王国宝弄权和司马元显把持朝政，率北府军举兵讨伐，没想到被司马元显成功策反了刘牢之，刘牢之背叛王恭，将王恭及部下抓捕回建康，王恭被处死，而刘牢之最终取而代之，成了北府军首领。

　　桓温的幼子桓玄世袭了其父爵位，此时已成为文武双全的将帅，但受到司马道子父子的处处打压和提防戒备。如果说桓温晚年试图篡位还是犹抱琵琶半遮面，那么桓玄则是从小立志，自诩英雄豪杰，且比其父更加杀伐果断，欲与朝廷一争高下。他响应王恭，夺据荆州，自立山头，把东晋王朝这条破船搅得随时都有可能触礁翻沉。

　　此时，积弱已久的东晋朝廷实际控制只限于所谓"东土"的三吴地区。在三吴范围内，南北士族的田园、别墅最为集中，赋役也最严重，不光世家大族对朝廷十分不满，普通百姓也怨声载道，有的平民沦为佃客、奴客，他们中有的逃亡到海岛、山区，屯聚力量谋求新的生路。

这年无能为力的朝廷颁发了"免奴为客"的政令，就是征集本身或者父辈、祖辈是奴客，但已放免为佃客的壮丁去当兵。这些佃客大多是世家大族原有的"荫户"，好不容易摆脱了奴隶的身份，现在又要被抽去当壮丁，所以都不愿意应征。而征发佃客，对其主人也是重大损失。一时间，"东土嚣然，人不堪命"。就是这样一纸政令，成了"五斗米道"教主、大天师孙恩起事的导火索。

孙恩并非完全草根出身，他原本出身北方大族琅琊孙氏，只是南渡江东后，孙氏并没有什么地位和权势。他的叔父孙泰利用盛行的"五斗米道"，在信徒中发展势力，逐渐成为江东"五斗米道"的大教主。王恭起兵反叛司马元显时，孙泰曾纠合兵众，帮助朝廷一起劫杀王恭所部，司马元显招扶其为辅国将军，后来见其在会稽一带响应者日益增多，十分惧怕，最后以谋反的罪名诱杀了孙泰。

一直跟随叔父的孙恩失去了靠山，就带着一帮徒众驾船逃至舟山群岛。他继承了叔父的衣钵，既是教主，又是海盗，经常利用海盗船劫掠会稽郡一带的沿海居民。

"五斗米道"又叫"天师道"，此教的开山鼻祖是东汉末年的张道陵。张道陵自称是太上老君亲封的天师，如果信徒想拜在"天师道"门下，必须拿出五斗米入教，"五斗米道"因此而得名。历经曹魏和西晋，至东晋时，"五斗米道"得到了很大发展。

　　江左的五斗米道除了信奉教义外，还相信神仙鬼怪，修炼长生不老之术。不仅平民百姓信仰"五斗米道"，王室和豪门士族中也有众多信徒，并出现许多著名的天师道世家，连琅琊王氏和陈郡谢氏这样的顶流大族里都有他的信徒。

　　这年，琅琊王氏的王凝之已经六十五岁了，也许是他没有嗑药的缘故，在王羲之几个儿子中成为硕果仅剩的几个之一。又或许琅琊王氏再没什么人才，终于轮到沉稳持重的王凝之出场了，朝廷命他出任左军将军、会稽内史。王凝之率领一家老小来到会稽郡，落户于山阴城内，住进蕺山脚下的官衙，一如当年王羲之率领全家到会稽为官。

　　王凝之与其父一样体恤百姓，自执政以来，会稽郡算得上平稳和谐，过了几年安定日子。王凝之在书法上承其父亲之韵，书艺造诣不浅，在内史倡导下，会稽郡内士子读书、习书蔚然成风。

　　已是八十多高龄的郗老夫人一直怀念先夫王羲之，从会稽又回到金庭去了，她将在那里终老仙逝。后世有人说这位女中笔仙一直活到九十多岁，在那个时代成为一个传奇老人。

　　内史夫人谢道韫此时已是一位六十老妪了，两鬓染霜，子孙绕膝。她和王凝之白首偕老，四子一女均已成家立业。三个儿子和一个女儿都跟随王凝之来到会稽生活，唯有从小就过继给已故长伯王玄之的王蕴之还生活在建康城。

　　谢道韫长期操持家中内务，勤于读书和练剑，看上去依然风韵不减、雅人深致。当时，会稽郡文风鼎盛，这与内史和内史夫人敦促教学有关。到会稽之后，时常有学子前来求教玄学，而谢道韫常常在堂内设一素色帘帏，端坐其中，侃侃而谈，谈锋甚健。虽说内史夫人未曾设帐授徒，但实际上为诸多子弟传道、授业、解惑，受益的学子不计其数，会稽学子都以师道尊称她，渐渐地，内史夫人得了"谢师尊"的名号。

当时能够与谢道韫相提并论的只有同郡的张彤云。张彤云是谢玄下属张玄的妹妹，她嫁到江左大族顾家。朱、张、顾、陆是江东原有四大世家，张玄也常常夸妹妹可以比肩谢道韫。当时，有一个叫济尼的尼师，经常出入王、顾两家，后来有人问济尼，谢道韫与张彤云谁更雅致，济尼说道："王家夫人神清散朗，故有林下风气；顾家夫人清心玉映，自有闺房之秀。"自此，"林下之风"成为形容女子态度娴雅、举止大方的成语。谢道韫的声誉堪比女子中的"竹林七贤"。

一天清晨，谢道韫正带着三岁的小外孙刘涛在后花园玩耍，阳光明媚，透过竹林照在清泉枕石上，显得斑驳而迷离。

谢道韫坐下来微闭双眼，想休息一会儿，此时眼前浮现起各种情景，一会儿是当年在谢家后园里和四岁的谢玄一起玩耍，一会儿又是建康乌衣巷的王家后园里第一次见到王氏众兄弟。

"外婆，和我一起来玩啊！看，有毛毛虫！"刘涛奶声奶气的声音打断了她的思绪，她想："多像肉团子羯儿的声音啊！"似乎时光倒流，可是一切早已物是人非。

这时，她听到前院传来一阵急促的脚步声和焦急的说话声："夫人，夫人！不好了！听前院的人来报，海盗打进来了！这会儿已在攻城了！"进来报信的正是她的两个陪嫁婢女昭雪和景春，她们一直没有出嫁，忠心耿耿，陪着道韫从青丝走到白发。

该来的一定会来！那孙恩在海岛上看到朝廷"免奴为客"的政令推行不下去，就开始筹谋举兵反攻，他纠集了数百名海盗，趁着时局动乱登陆起事，很快获得许多三吴"奴客"的依附，江东八郡的一些士族也纷纷响应，出钱出人。不出半月，一下子聚集了数十万大军，孙恩一下子膨胀起来，自封为"征东将军"，又将临时组建的军队用充满宗教色彩的名字命名为"长生军"。就这样，五斗米道教主孙恩，率领一众起义军造反，一路从舟山杀将过来，会稽郡首当其冲，成为被攻打的第一个目标。

谢道韫说："你们去打听清楚，主公现在哪里？"景春回道："听前院的人说，他正在城门口命人搭建神坛，听说海盗都是同教兄弟，他说他们不会对会稽城怎么样！"

谢道韫心中大惊，所有的因果总会在一个瞬间汇集。她说："快备轿！我和他说去！"来不及穿戴整齐，谢道韫穿着家常便服就出门了。

她在城门口找到王内史，此时的王内史没有组织士兵守城，而是让几位下官登上城楼去喊话："同教的弟兄们，我们都是信奉五斗米道的信徒，教义告诉我们要普度众生，众生平等！张天师告诫我们要诚信，不欺诈，不偷，不抢，不贪小便宜，反对'强取人物'。既然如此，你们为何还要来攻打城中百姓？立即放下你们的屠刀吧！"

城外一片茫然，没有反应。而如此荒唐的言行，引得众多守将担忧，他们纷纷劝说王凝之作出反击，并立即向朝廷求援，但是王凝之始终坚持己见，与乱军对峙着。

谢道韫见状，只能亲自上前规劝："王郎，都兵临城下了，你为什么还要和海盗讲道理？他们会听吗？""会！"王凝之信心十足。正说话间，城墙上"嗖嗖嗖"地飞来许多流矢。

贼兵们终于喊话了："城里的人听着！限你们在天黑之前投降，打开城门，否则休怪我长生军刀下无情！"

王凝之大声说："夫人快快请回！这边你放心好了，我自有办法！"说着让兵丁护送谢道韫回家。

谢道韫见夫君如此沉沦，十分恼怒。实际上孙恩来犯已不是一次两次，前面早有几次小打小闹的攻击。谢道韫也多次劝谏王凝之早做准备，但是王凝之一直不以为然。此时此刻，他不仅没有听夫人特意跑来规劝，积极应战，反而对众将士喊道："大家莫要惊慌，我已经跟道祖大仙祈祷了，让他派数万鬼兵在各个要塞驻兵防守，放心吧！反贼是破不了城的！"

谢道韫见丈夫如此执拗，不听规劝，于是瞪大了眼睛，再一次劝说道："王叔平，你听着！这不是道场，这是战场！你的后面是会稽数十万百姓的身家性命！如果谢公还活着，他一定会把你骂得狗血喷头，你不要再执迷不悟了！"

不料，一向对夫人和颜悦色的王凝之此时却梗着脖子说起了狠话："你不用搬出谢公来，他不也是五斗米道的吗？这里不是女人说话的地方，走开！"

谢道韫蹭地一下升起了怒火，这么多年两人虽称不上琴瑟和鸣，但至少相敬如宾，王凝之从无脸红脖子粗地对她说过这种话，今天这是怎么了？王凝之说得没错，这东晋朝上至皇帝下到平民百姓都信道教，连谢道韫本人也是道教信徒，可是信徒不等同于迷信和盲从，像王凝之这般走火入魔实属世上罕见，可偏偏让他这样的人撞上了孙恩！

谢道韫明白两人之间终究横着一条鸿沟，她默默地转身离去。在登上轿子的那一刻，她回头再看了一眼王凝之，眼前这个与她捆绑了一辈子的男人，她可以接受他的平庸和迂腐，甚至可以接受他并不是她的真爱，但是她无法忍受他的愚蠢！

曾经，她以为时间可以消除她的"意难平"，可事实证明，不是真爱换不来两颗心的靠近，他永远不懂她，她对他永远只是相敬如宾。人生的苍凉感瞬间爬上心头，无边地蔓延开来，也许自古至今，有多少夫妻都是这样"意难平"地度完这一生。

王凝之也正在人群中非常不屑地回看了她一眼，那一眼是如此陌生而茫然。谢道韫悲叹了一声，低头坐上了轿子，她不知道，这一眼竟是她夫妇俩最后一次对视。

第二天一早，孙恩的长生军发力，一举攻破会稽城门，守城将士寡不敌众，四处溃散。少数几位壮士浴血奋战到最后一刻，被敌兵围上来后英勇就义。而执迷了一辈子的王凝之则表现得"临危不惧"，从昨天开始，他始终坚守在神坛上，不回家，不睡觉，此刻依然在踏星步斗，拜神起乩，口中还念念有词："天兵天将，守住各路关卡，不让贼兵来犯！"

孙恩手下的一个海盗头子率众冲了上来，先杀了他的卫兵，得知他就是王内史后，哈哈大笑道："我就是天兵天将，取王内史头，可领重赏！"说完，手起刀落，一刀枭了王凝之的首级。王凝之就这样去见了张天师。

黑压压的海盗冲进城来，毫不留情地大肆杀烧抢掠，东晋曾经最为清静安逸的东土一瞬间成为人间炼狱。会稽城接着被洗劫一空，城中大户和普通百姓皆惊慌失措，纷纷朝山上逃去。孙恩大军人数众多，且个个凶神恶煞，逃往山里的民众最终难逃此劫，他们被追杀，被俘虏，幸免于死的被押送回城。

谢道韫坐在堂屋中间，她旁边站着昭雪，景春惊慌不已地进来报信："夫人，一个兵士来报，主公……大人已为贼人所害……"

谢道韫愣了一下，心被剧烈地刺痛着，她闭上了双眼，不敢相信昨日一别竟是最后一面。然而，她知道此刻没有时间悲哀，她深吸一口气，努力镇定下来，问道："平之、亨之、恩之，他们都走了吗？""按照夫人的安排，他们已打扮成平民百姓逃往山里去了，少夫人和孙儿们也都一起走了。"

不一会儿，又一名婢女进来报告："敌贼就要打到内史府来了！"昭雪说："夫人，我们从后门走吧，要不然真的来不及了！"

这时，谢道韫站了起来，从旁边的木架上取下陪嫁兵器——星月宝剑。只见她拔剑出鞘，剑发出一声呜咽，细看之下，剑身上依然闪烁着星月的神奇光芒。

谢道韫执剑而立，发出命令道："昭雪、景春听命！立即命全体家丁去前院集合，和敌军决一死战，冲出城去！"

原来，为了看家护院，道韫早就招募了数百名家丁，经过平时操训，这些家丁的能力堪比正规军，此时不用更待何时？

昭雪、景春立即领命而去。

不一会儿，谢道韫换好箭衣，佩着宝剑，来到前院，数百名家丁已准备好刀剑和盾牌，女眷们也愿意以死相随。道韫巡视一遍，高声说道："诸位想必知晓大难已临，如果愿意走，现在可以领钱离开，如果愿意随我来，我们将同仇敌忾，一起杀贼，冲出城去！"数百名家丁一齐喊道："听从主母，一起杀贼，冲出城去！"

无人离去。

此时谢道韫想起三岁的小外孙刘涛还在后园玩耍，他的父母亲已随王家兄长一起出城上山躲避去了。谢道韫立即命人找来，刘涛瞪大着圆圆的眼睛问道："外婆，我们要去哪里？"谢道韫说："出城，找你阿母去！"

谢道韫命人抬来一架敞开式的肩舆，一把抱起刘涛坐了上去，下令道："出发！"

不一会儿，一小股乱兵前来攻打内史府，因为人数不多，很快就被家丁打散逃窜而去。谢道韫一行打算从西门出城，那里备有船只可以从水路离开会稽城，于是一行人一路朝西奔去。

会稽城内户户紧闭，不见行人，随处可见倒毙街头的尸体。队伍行了数百步后，迎面遇上一小股敌兵，敌兵见轿上抬着一老妪，于是就蜂拥而上，欲砍杀老妪。谢道韫眼疾手快，左手护着小外孙，右手拔出星月宝剑，仗着轿子的高度，奋力刺杀过去。无数次练过的剑法此时一齐用上，劈剑、抡剑、斩剑、刺剑、穿剑……一连斩杀数名敌兵，家丁们也奋勇杀过去，一小股敌兵很快就被撂倒，队伍一往无前地向西冲去。

但是，更多的敌兵从左右两边闻讯赶来，他们渐渐形成包围之势，将谢道韫他们团团围住。

谢道韫大喝一声，对家丁们说道："诸位战士，振奋精神冲上去！"说完把刘涛交给轿边的景春，自己奋力拼杀。

敌兵越来越多，家丁们顽强抵抗，浴血奋战，倒下了一个又一个，两个敌兵又杀到轿前，被谢道韫居高临下刺杀毙命。

血，在肩舆四周流淌着，抬轿的家丁再也抵挡不住越来越多敌兵的进攻，他们死的死，伤的伤，拼尽了最后一点力气往前移动着。

血，顺着星月宝剑往下滴淌着，谢道韫用尽她最后的力气又手刃了一个敌兵。西城门就在不远处，可是就差那几步……终于，死伤过半的队伍被赶来的数千敌兵团团围住，抬轿的两名家丁失血过多，倒地不醒，肩舆落在地上，星月宝剑也被重重摔在地上。

余下的人全部被俘。敌兵首领叫喊道："这位就是内史夫人吗？我们大首领即刻就到！"

不一会儿，孙恩带着一大帮敌兵赶来，他围着谢道韫的肩舆转了一圈，然后哈哈大笑道："你就是谢太傅侄女、王内史夫人吗？"

谢道韫发髻凌乱，箭衣和脸上沾满了血迹，却依然从容不迫坐于轿上。面对孙恩的发问，她怒目而视，使得孙恩不敢贸然靠近，孙恩只好又发问道："夫人为什么不肯投降？还杀了我这么多兄弟！"

谢道韫终于开口道："你们作恶多端，迟早会有报应的！"孙恩哈哈大笑说:"长生军攻打会稽郡,要灭的就是王、谢两大家族,我来告诉你吧,不光你的夫君已归天,你的儿子儿媳、女儿女婿以及儿孙们都被我手下找出来杀死了,你已经是一个孤老婆子了!"

谢道韫听闻,眼睛里喷射出怒火,忍着悲痛,巍然不动地坐在轿子上斥责道:"你真是一个人间恶魔!告诉我,为什么要灭王、谢家族?"

孙恩仰天大笑道:"就因为你们这些世家大族把持朝政、祸国殃民,我们这么多无辜百姓只有造反起事,才能冒死求得一条活路!"

谢道韫大声回击道:"不!你以一己私欲,包藏祸心,起兵谋事,抢杀劫掠,无恶不作,就算灭了王、谢,换成你这样的恶人执掌朝政,天下苍生必将陷入万劫不复之地!"

一席正气凛然的话说得孙恩无地自容。他不甘心地说道:"我们五斗米道倡导普度众生,众生平等,我们若是造反成功必定不会和王、谢家族一样!"

谢道韫冷笑几声,继续斥责道:"你看看这遍地毙命的百姓,再看看这大火烧过的房子,这就是普度众生、众生平等吗?你率众造反无非就是借着道教大义揭竿而起,然后违背大义、众叛亲离,说一套做一套!你口口声声说王、谢把持朝政,你见过他们为平定内乱、保全百姓不惜兄弟反目维护正义吗?你见过他们与胡族打仗、保家卫国不惜牺牲全家族男丁的生命吗?你这是信口雌黄、颠倒黑白!你还配叫道教教主吗?苍天有眼,一定会让你这种人下到十八层地狱!"

孙恩被驳斥得哑口无言。

这时，被俘人群中传来孩儿的哭闹声，是三岁的刘涛！孙恩一把从景春手中抓过孩子，景春不从，立即被孙恩的手下推倒在地。刘涛在孙恩的手里吓得哇哇大哭，孙恩嚷道："这是王家的后代吗？如果是，留不得！"

这时，谢道韫从肩舆上站了起来，只见她一步步走上前去，径直走到孙恩面前，挺身而立，大声怒斥道："他姓刘，是我外孙，这本是王家的事，与其他家族有什么关系？如果你非要赶尽杀绝，连三岁的幼儿都不放过，那就先把我杀了吧！"说完一把将外孙抢夺过来，抱在怀中紧紧不放。

孙恩被怔住了！上下打量着这个胆识过人的老妪。他孙恩虽是一介武夫，但对于谢道韫的才名，早有耳闻，如今见谢道韫不顾生死也要护着外孙，顿时被她这无所畏惧的气势深深地震惊了，对眼前的老妪肃然起敬！

孙恩摆了摆手说道："说得好！内史夫人不愧为将门之女，不同寻常女子，你夫君若是有你这般果敢，也不至于死得这么糊涂！今日我不杀你外孙，也不杀你和余下的家眷，我会叫人护送你们出城，找个地方，日后好自为之吧！"

谢道韫冷冷地看了眼孙恩，无所畏惧的神情竟让孙恩不寒而栗。就这样，谢道韫以强大的气势保住了外孙以及留下来的家丁和女眷。

孙恩果然信守承诺，没有再为难谢道韫祖孙二人。此后，谢道韫便带着小外孙在会稽城郊一处叫紫洪山庄的地方隐居，少数家丁和女眷跟随谢道韫而去。

尾声

　　紫洪山庄是会稽城郊一处僻静的小山庄，位于山阴道旁，又在书圣王羲之曾经雅集的兰亭附近，这里山高水长，云淡风轻，附近的百姓并不认识这位曾经风华绝代的女子。谢道韫隐居后足不出户，每日只在府内打理内务，闲暇时仍然写写诗文练练剑。

　　她和王凝之唯一留下的后代就是早年过继给大伯王玄之的长子王蕴之一家，王蕴之此后多次想接她回建康都被婉拒，她说："我的夫君和儿孙们都埋葬在了会稽郡，我要和他们永远在一起。"

　　春光明媚的日子里，她偶尔会带着外孙乘坐着肩舆去走一走，那里是"山川自相映发，使人应接不暇"的山阴道，那里有蕴含着"山水之乐、生死之悲"的兰亭，凭吊先人，她终于明白了王羲之"后之视今，亦犹今之视昔"这句话的真正含义。

　　数年之后，紫洪山庄蕙兰飘香，一如当年建康宫里的崇德宫，清香四溢，沁人心脾。谢道韫和昭雪、景春仔细照顾这些蕙兰已数十年了，蕙兰跟随她们从建康到会稽山阴城，最后又辗转到这偏僻的小山庄。蕙兰如人，一代一代地吐露着悠远的芬芳，道韫记得她曾答应褚太后说会让兰花代代相传，如今她做到了。

转眼到了下雪的季节，小山庄的雪天特别冷，人们都不敢出门。这一天，谢道韫披上斗篷坚持要去附近的山上看雪，昭雪、景春只好陪她一同前去。她们都老了，三个老妪互相搀扶着，蹒跚着向山上走去。不一会儿，雪越下越大，鹅毛般飘落下来，纷纷扬扬，天地之间苍茫寂静，无限辽阔。

谢道韫迎着风雪，走进一片傲然挺立的松林，风过处，传来一阵阵神奇的松涛声，这时，空中似乎传来一个声音："白雪纷纷何所拟？"接着又隐约传来一阵阵抑扬顿挫的琴声，松涛声、琴弦声交织在一起，一如当年那夜她在上虞广陵村听到的绝世琴音，优雅风华，旷达无边……

那一刻，谢道韫"唰"的流下了久违的泪水，喃喃自语道："未若柳絮因风起，未若柳絮因风起，未若柳絮因风起……"

俯仰苍茫大地，三个人的身影在风雪中变得越来越小，越来越小……

晋安帝隆安四年（400 年），退守海岛的孙恩再次攻克会稽郡，会稽太守谢琰遇害，时年四十九岁。隆安五年，寒门出身的北府军将领刘裕率军攻打孙恩，孙恩兵败后投海而死，其妹夫卢循被推举为义军首领。这支长生军此后又活跃了十年，直到被刘裕彻底消灭。

四〇三年，桓温之子桓玄废晋安帝，篡立为帝，国号楚，史称桓楚。第二年，刘裕击败只当了一百六十一天皇帝的桓玄，恢复并由此掌握了东晋政权。此后多次发动北伐，攻灭南燕、谯蜀、后秦等，又一次实现了北伐成功。

四二〇年，刘裕废晋恭帝自立，建国宋，史称刘宋。东晋至此正式灭亡，中国历史由此进入南北朝时期。

后记

暮春时节，陌上花开，绿荫冉冉，又到柳絮飘飞的时节。一眼望去，柳絮堆积，柔绵胜雪，给江南春日增添一道别样的风景。

当我凝视这雪一样的柳絮时，不禁想起一千六百多年前的一位绍兴女性，她最初以一句"未若柳絮因风起"而载入文学史册。她就是谢道韫，温婉贤淑、才华灼灼，给世人留下了"咏絮之才""谢女解围""天壤王郎""林下之风"等经典故事。而后，读着她仅存于世的三首诗，我更是浮想联翩，猜想这是怎样一位女子。

也许就是从对谢道韫的探究开始，我渐渐萌生了写一写这位古典而传奇女子的想法。一千六百年前，她怎样生活？她婚姻上的"意难平"怎么化解？她在会稽如何终老？四年前，当拙著《越是我故乡》出版之后，我产生了一种新的创作欲望，于是一边找来《世说新语》《晋书》等历史书籍阅读，一边开始构思。

　　一般而言，史书中的女子大多只是陪衬，然而刘义庆、房玄龄等人对谢道韫的笔墨不算吝啬。尤其是《世说新语》中的谢道韫是一个思想非常前卫的女子，她与男子隔帘谈玄论道，在叔父面前大薄夫君，文能吟诗作赋，武能挥剑而起，手刃敌兵。但是，凭借史料只能仅此而已，谢道韫的形象非常平面化，没有立体感，我依然感受不到她的喜怒哀乐，也无法想象她作为一个士族女子既幸运又无奈的心态。

　　就这样，我反复构思了一年，下不了笔。直到有一天，因为我要作一个历史讲座《品读兰亭序》，需要对王羲之及其家族作一个系统的了解。作完两场讲座，我突然意识到写作一个历史人物，要把他（她）放到历史背景中，而不是单独只写一个人的故事。

　　王羲之是谢道韫的公公，谢安是教导谢道韫成长的叔父。王、谢是当时四大家族中两大高门，四大家族排序依次是琅琊王氏、颍川庾氏、谯国桓氏和陈郡谢氏。王家是老牌士族，因为王导曾是东晋的开国宰相，所以一直遥遥领先于其他家族。谢家是后起之秀，因为谢安的东山再起，著名的淝水之战保住了东晋的半壁江山。

　　从排序上看，王、谢两家既有新老世家大族的传承，也有两家之间千丝万缕的联系，两大家族不仅影响了当时的社会文化和风俗，也影响了此后的中国文化走向。魏晋风度，从建安七子到竹林七贤，以至于在后来的王、谢家族中的诸多人物身上都一一呈现，王家的"黄庭换鹅""兰亭雅集""雪夜访戴""桃叶之渡"，谢家的"芝兰玉树""小草远志""草木皆兵""风声鹤唳"等故事皆在历史上留下光亮。

王、谢两大家族因为王羲之和谢安的忘年之交，此后一直保持着联姻关系，不仅王凝之娶了谢道韫，谢安的另外一个侄女和长女都嫁予王导的孙儿。到了后期，谢安的侄孙还娶了王羲之的外孙女，诞下了南朝著名的山水诗人谢灵运。

王、谢两大家族皆来自中原大族，他们代表了当时顶流的士大夫阶层，延续了自汉魏以来的门阀政治。琅琊王氏系簪缨世家，一度"王与马，共天下"，陈郡谢氏则凭借着三度临朝称制的褚太后的外戚身份，再加上赫赫战功，先后操控东晋朝政。两大家族的权力交替过程中还夹杂着庾氏和桓氏的轮番执政，所以东晋王室历经十一帝一百零三年，基本都在大族控制之下。世家大族在魏晋时期的崛起，不仅锻造了士大夫阶层的家国情怀，更培养了士族的独立思想、人文品格和精神境界。

读魏晋历史，让人联想起由儒雅男人组成的一个个风雅场面。无论是惠风和畅的春日，还是寒风凛冽的冬天，魏晋名士们头戴纶巾，身穿宽袍，脚踏木屐，聚在一起仰观宇宙之大，俯察品类之盛，饮酒清谈，吟诗挥毫，笼天地于袍袖，引颈而仰天长啸。回望历史，为什么一向克己中庸的士人会有这段超越现实生活的时光？答案是既然世事无常，不如在世俗生活中不拘礼法，活出真我，率性而为，旷达天下。于是一个动乱的年代，成就了一个思想活跃的年代，文化之繁荣，思想之多元，堪比春秋战国"诸子百家"时期。以魏晋风度为发端的儒、释、道交织的士大夫精神，成为此后中国知识分子的人格基础，其影响之深远，如长河落日照亮后人之路。

可以说，如果没有魏晋，中国历史文化将缺少一章超凡脱俗的壮丽诗篇。

然后，到了东晋中后期，作为南渡二代的王羲之、谢安不再衣衫不整，装疯卖傻，他们追求更雅致的生活风尚，崇尚更务实的保家卫国理想。七岁的谢安曾问二十四岁的王羲之："中原士族和众多百姓为什么南渡至江东？"王羲之回答道："因为战乱，中原士族和众多百姓失去家园，妻离子散，甚至命丧黄泉。他们纷纷逃离故土，只有江东这片土地还没有受到祸害。"谢安再问："为什么这些逃难的士族还要穿戴得如此整齐？"王羲之回答道："衣冠是我们中原华夏民族文明的象征，士可杀，不可辱，衣冠楚楚乃真君子也。"从此，衣冠精神深深地埋在了谢安心中。

在当代中国，一直把秦汉、唐宋等王朝的强盛时期作为我们历史上的荣光，津津乐道，其实泱泱中华就像一个大钟摆，在强盛与纷乱中轮回，我们当正视每一段历史和历史人物身处其中的切身感受以及由此生成的文化基因。

当我将历史小说构思到这一步时，我的眼前变得异常清晰。我看到了文章脉络：整篇小说应当写王、谢两大家族，他们留下了深深的历史遗痕，而家族一直延续着他们的精神、思想和品格，在中华大地上散发着传承不息的文化记忆。

如此，二〇二二年的盛夏季节，我开始动笔，通篇小说的主角不再只是谢道韫，王羲之、谢安以及王、谢后代王献之、王凝之、王徽之、谢玄乃至褚蒜子、桓温、郗超、司马曜等一众人物在我的笔下渐渐生动起来。他们生活在一千六百多年前，在世家大族的辉煌与陨落中演绎着各自的悲喜人生，而以王、谢联姻为纽带的谢道韫被放置于人物众多、情节环生的故事背景下，她的一生也变得张弛有度，凸显主题。

二〇二三年八月二日，我在键盘上敲完最后一个字，完成了历时三年多的创作初稿，并最终定下《王谢》作为书名。

尾声中，小说又回到构思的起点，历经丧夫失子之痛的谢道韫，已是一个饱经沧桑的老妪。她在会稽的某个小山村隐居，凝望着漫山飞舞的雪花，想起咏雪成诗的那时那刻，一切似乎就在昨日，然而，人生悲欢如柳絮，转眼风吹散。谢道韫最终在会稽终老，却无人知晓她何时终了……

我写作"后记"，正是江南绍兴的四月天气，柳絮纷飞，时晴时雨。想起我的一位作家朋友说过一句话：不要焦虑时光，做三四月的事，在八九月自有答案。到了秋季，"山阴道上桂花初，王谢风流满晋书"，顺利的话，《王谢》一书就得以问世了！

在此，感谢广西师范大学出版社，感谢广大读者！

二〇二四年四月十八日写于绍兴

图书在版编目（CIP）数据

王谢／王征宇著. -- 桂林：广西师范大学出版
社, 2025. 1. -- ISBN 978-7-5598-7475-7

Ⅰ. I247.5

中国国家版本馆 CIP 数据核字第 202494619S 号

王谢

WANGXIE

出 品 人：刘广汉
策　　划：长　岛
责任编辑：魏　东
装帧设计：侠舒玉晗
书名题字：王征宇

广西师范大学出版社出版发行

（广西桂林市五里店路 9 号　　邮政编码：541004）
（网址：http://www.bbtpress.com）

出版人：黄轩庄

全国新华书店经销

销售热线：021-65200318　021-31260822-898

山东韵杰文化科技有限公司印刷

（山东省淄博市桓台县桓台大道西首　邮政编码：256401）

开本：890 mm×1 240 mm　1/32

印张：15.875　　　　字数：320 千

2025 年 1 月第 1 版　　2025 年 1 月第 1 次印刷

定价：68.00 元

如发现印装质量问题，影响阅读，请与出版社发行部门联系调换。